· 本书出版受 2019 年度三明学院学术著作出版资助；

· 本书系 2019 年三明学院引进高层次人才科研项目 (编号 19YG02S) 成果；

· 本书受三明学院文化传播学院学科建设基金资助

Research on Poets and Landscape Poetry in the Middle Tang Dynasty

中唐诗人与山水诗创作研究

谢明辉　著

厦门大学出版社　国家一级出版社
XIAMEN UNIVERSITY PRESS　全国百佳图书出版单位

图书在版编目（CIP）数据

中唐诗人与山水诗创作研究 / 谢明辉著. -- 厦门：
厦门大学出版社，2022.8
ISBN 978-7-5615-8718-8

Ⅰ．①中… Ⅱ．①谢… Ⅲ．①山水诗－诗歌研究－中
国－唐代 Ⅳ．①I207.22

中国版本图书馆CIP数据核字(2022)第160856号

出 版 人	郑文礼
责任编辑	王鹭鹏
美术编辑	李嘉彬
技术编辑	朱 楷

出版发行　厦门大学出版社

社　　址	厦门市软件园二期望海路 39 号
邮政编码	361008
总　　机	0592-2181111　0592-2181406(传真)
营销中心	0592-2184458　0592-2181365
网　　址	http://www.xmupress.com
邮　　箱	xmup@xmupress.com
印　　刷	厦门金凯龙包装科技有限公司

开本	720 mm×1 000 mm　1/16
印张	18.25
插页	2
字数	358 千字
版次	2022 年 8 月第 1 版
印次	2022 年 8 月第 1 次印刷
定价	80.00 元

本书如有印装质量问题请直接寄承印厂调换

厦门大学出版社
微信二维码

厦门大学出版社
微博二维码

自序

　　自二○○三年硕士毕业后，我即投入高校任教，并于二○一○年一月取得文学博士学位。任职六校，迄今已十八个年头。随着科研教学经验的丰富，我已清楚自己在高校工作的目标：一是研究古代文学，二是教授改进过的"井字格取名法"。上述两者都已有基础，也已发表多篇相关论文，将来皆可延伸及于文学社科其他方面。例如，古代文学的研究可与旅游文学或贬谪文学结合，井字格取名法则可与汉字教学、华语教学或写作理论相互关联。

　　目前的生命经历几乎与山水结缘，现在的我与山水最近！研究中唐诗人与山水诗创作，似乎是在反思我个人生命的写照。中唐诗人与山水结缘的因素大约有几种：或因贬谪接近山水，但心境怨愤；或因短暂游宦玩乐山水，而心境闲适；或因无官诗僧禅悟山水，而心境空静。我来这里不明何因，但可以透过创作来感受山水辽阔的胸襟，完成自己的文学创作！

　　本书代表我在古代文学上的科研成果，其特点在结论已说明，在此略述一二：其一，就史学论，呈现中唐山水诗之特点，相异魏晋，开启宋代。其二，就艺术与文学论，以诗人生平深入解读山水诗。其三，就文献看，运用多种文献材料，如史书、诗话、诗人文集，揭明贬谪或游宦或诗僧等诗人经历与山水诗之关系。全书有六专题，架构清晰，论理有条，举证妥切，篇幅二十三万多字。

希望未来能从事更多相关研究。

目 录

绪　论

对于中唐的山水诗，无论内容上的创新或形式上的变化，学界都尚未有人进行过合理合据的全面考察，这不能不说是个遗憾。安史之乱后，山水诗发生了重要的嬗变，以此一阶段的山水诗为对象展开考察，界定山水诗的内涵，了解山水诗的发展与中唐诗人仕履的关系，探究其艺术创作技巧和精神风貌，对于古代文学中诗歌评析以及文学批评中接受史评价或情景关系的研究而言，很有意义。

第一节　选题缘由及研究现况说明

中唐诗人与山水诗创作研究的选题，极少人从宏观的视角探究中唐时期诗人仕履和山水诗创作的关系，尤其是这些诗人中还包含江南诗僧这样特殊的群体。这个选题对历代山水诗的研究者都有启发，亦对中唐时期文学理论批评的考察有现实意义。

一、选题缘由

谢灵运是中国山水诗的开创者，他总共创作有五十六首山水诗。[①] 谢灵运《游名山志序》中说"夫衣食，生之所资；山水，性之所适"，说明他有热爱自然山水的天性。谢朓承其余绪，继写清丽的山水诗。东晋的陶渊明则是田园诗的创始人，其田园诗与山水诗题材相近，以歌咏农村田园生活为主要内容。无论是山水诗或田园诗，都描绘自然山水景物。二谢和陶渊明大量创作山水诗和田园诗，流风蔓延到唐代，山水田园诗派逐渐成形。初唐的王绩对山水田园诗派的合流起到承上启下的作用，接着是以王维、孟浩然为代表的山水田园诗派的成熟期的出场，中唐更涌现

---

① 林文月：《山水与古典》，纯文学出版社 1981 年版，第 61 页。林文月统计南朝诗人谢灵运、鲍照、谢朓等山水诗所占全集比例。兹罗列如下：谢灵运现存诗 87 首（据黄节《谢康乐诗注》），山水诗 33 首，寓玄理之山水诗 23 首。鲍照现存诗 150 首（据黄节《鲍参军诗注》），山水诗 24 首，寓玄理之山水诗 10 首。谢朓现存诗 142 首（据郝立权《谢宣城诗注》），山水诗 34 首，寓玄理之山水诗 11 首。林氏的统计企图说明一项事实：在二谢相距的这一百年间，山水诗写作的热情已逐渐冷却，山水诗之含有庄老哲理者的创作更呈每况愈下之势。这反映文学史上山水诗的盛极而衰，揭明"庄老"逐渐自"山水"告退的情形。

出刘长卿、白居易、韦应物、韩愈和柳宗元等山水诗创作甚丰的诗人，其山水诗风戛戛独造，更影响晚唐张祜及李群玉山水诗的审美意趣。本书欲打破山水田园诗派的界限，再次聚焦以描绘山水自然景象为内容的山水诗，考察包括涉及山水景物的佛寺、行旅及贬谪等内容在内的其他诗歌，进行更深入的探究。

学界探讨山水诗之专著，仍以历史的角度来看山水诗，讨论历代山水诗时，排列几位著名诗人，援引几首山水诗，并对其内容和艺术技巧进行逐一分析，这稍显简陋。为了超越这些研究成果，本书除追溯山水诗来源外，主体部分采用议题探究的形式，分析诗人仕宦经历与山水诗产生的关系，研析山水诗创作之体式和技巧的部分则另辟空间。

笔者曾研究中唐时期的社会写实诗人王建，其时视野限定于诗人，今则将研讨范围扩大至整个中唐时期的诗人①。相较盛唐或晚唐，中唐的政治、经济、社会文化等实有特殊之处，这可能是导致此一时期山水诗求变或大量出现的重要因素②，题目遂订为"中唐诗人与山水诗创作研究"。此研究的重心在分析中唐诗人群体及其仕宦经历与山水诗之间的关系，探究其在山水诗史上的特殊地位。

二、相关研究现况说明

近几年学界对山水诗的相关研究仍把焦点放在魏晋南北朝这一时期。③

首先，董志广认为东晋山水诗的兴起与当时的名士漫游风气有关，其文论及永嘉之乱和玄谈之风的时代背景，结论有一定的道理。然而，中唐时期的时空背景已较之所论复杂许多，有待深入探究。

其次，唐代山水诗研究者都关注初唐、盛唐或晚唐这三个时期，中唐时期则较

---

① 李文初等著：《中国山水诗史》，广东高等教育出版社1991年版，第74页。李文初对中唐时期的叙述为："中唐（763—824），从代宗大历年初到穆宗长庆末年，从韦应物、刘长卿开端，十才子相继，元和八诗人为骨干，组成了一支相当有规模的诗人队伍……从德宗登位到穆宗被弑（780—824），中唐社会一度有复兴的趋势。诗坛上出现了两支风格不同的诗人队伍：一支以白居易元稹李绅王建张籍为代表，另一支包括韩愈孟郊贾岛等人。"本书同意李文初的看法，将中晚唐之交的贾岛和姚合亦归入中唐时期诗人群体来讨论。

② 关于中唐相较于盛唐或晚唐的特殊性，在于盛唐发生安史之乱后，国家的政经发展中心南移到江南一带，此可能催生大量山水诗，中唐诗人游宦一章会论述这一问题。晚唐时国家振兴已后继无力，山水诗风格与中唐不同，中唐时期山水诗的独特内涵就值得研究。不过，本书较强调诗人仕宦经历及心境与山水诗创作的关联。

③ 董志广：《名士漫游与东晋山水诗的兴起》，《中国文学研究》2020年第2期。吕新峰：《东晋中期会稽文人与玄言山水诗》，《齐齐哈尔大学学报》（哲学社会科学版）2019年第10期。汪春泓：《论山水诗与陈郡谢氏之关系》，《文学遗产》2015年第6期。胡武生：《玄言诗与山水诗之关系探析》，《中南民族大学学报》2016年第6期。

少引起学者注意①，宋代以后山水诗的研究则更少②。除上述论文外，从专著及学位论文等研究成果都不难看出学界对中唐时期山水诗的产生和发展的关注不足。

（一）从一般专著看

详研山水诗史的专著虽然可以略见中唐山水诗的概貌，但论者是从历代山水诗史的视角纵向考察其上承下启的流变关系，这样就很难集中火力深入分析中唐时期诗人和山水诗的内涵和形式。

1. 从山水诗史观察，对中唐山水诗的注意不够

山水诗研究多从历史发展之宏观角度切入，大都以历史为经，诗人为纬，系统论述山水诗之起源发展演变总结。兹举三部山水诗史为例，考察其所论中唐山水诗部分并制表分析。

先举陶文鹏、韦凤娟主编《灵境诗心——中国古代山水诗史》，如表1-1所示：

表1-1　陶文鹏、韦凤娟所列中唐山水诗人一览表

诗人	诗作总数	诗题及句数	备注
刘长卿 未列生卒年	17首	《入百丈涧见桃花晚开》4句 《奉陪萧使君入鲍达洞寻灵山寺》20句 《陪元侍御游支石硐山寺》16句 《集梁耿开元寺所居院》8句 《寻南溪常山道人隐居》8句 《花石潭》8句 《横龙波》8句 《偶然作》2句 《雨中过员稷巴陵山居赠别》2句 《陪王明府泛舟》2句 《晚次苦竹馆却忆千越旧游》2句 《赠西邻卢少府》2句 《游休禅师双峰寺》2句 《秋夜雨中诸公过灵光寺所居》2句 《登松江驿楼北望故园》2句 《宿北山禅寺兰若》2句 《逢雪宿芙蓉山主人》4句	荒凉贫困阴冷

① 宋瑞芳：《吴越山水诗与六朝山水诗比较研究》，《内蒙古师范大学学报》（哲学社会科学版）2017年第5期。季小乔：《论杜甫山水诗的创新特点》，《海南大学学报》（人文社会科学版）2017年第4期。周寅宾：《论方干的浙江山水诗》，《文学遗产》1996年第2期。

② 杨万里：《论朱熹别具一格的题画诗创作——兼与其山水诗进行比较》，《西南交通大学学报》（社会科学版）2018年第4期。

续表

诗人	诗作总数	诗题及句数	备注
钱起 未列生卒年	4首	《题玉山村叟屋壁》2句 《题苏公林亭》2句 〈裴迪南门秋夜对月》2句 《登胜果寺南楼雨中望严协律》2句	
司空曙 未列生卒年	1首	《云阳馆与韩绅宿别》2句	
李端 未列生卒年	1首	《送袁稠游江南》2句	
韩愈 （768—824）	4首	《合江亭》4句 《南山诗》22句 《游青龙寺赠崔大补阙》10句 《山石》20句	
孟郊 （751—814） 湖州武康 浙江德清县	16首	《登华岩寺楼望终南山赠林校书兄弟》12句 《游终南山》10句 《游终南龙池寺》10句 《游华山云台观》10句 《越中山水》20句 《寒溪》4句 《石淙》6句 《游石龙涡》14句 《济源春》20句 《与王二十一员外涯游枋口柳溪》12句 《旅次洛城东水亭》8句 《分水岭别夜示从弟寂》16句 《峥嵘岭》8句 《济源寒食》4句 《终南山下作》8句 《过栎阳山溪》4句	
李贺 未列生卒年	2首	《南园》8句 《南山田中行》9句	
元稹 （779—831） 西京万年县 陕西西安	6首	《遣春》之二2句 《遣春》之四2句 《表夏》之一2句 《解秋》之五2句 《遣春十首》之二2句 《湘南登临湘楼》2句	

续表

诗人	诗作总数	诗题及句数	备注
白居易 （772—846） 郑州新郑 河南新郑县	8首	《游悟真寺》0句 《登香炉峰顶》20句 《草堂前新开一池养鱼种荷日有幽趣》12句 《钱塘湖春行》8句 《杭州春望》8句 《江楼远眺景物鲜奇吟玩成篇寄水部张员外》8句 《江楼夕望招客》8句 《西湖晚归》4句	
韦应物 （约737—791） 京兆长安 陕西西安	26首	《对雨赠李主簿高秀才》2句 《任鄠令渼陂游眺》2句 《游开元精舍》2句 《春游南亭》2句 《晚出沣上赠崔都水》2句 《始除尚书郎》2句 《龙门游眺》16句 《月溪与幼遐君贶同游》4句 《登西南冈卜居遇雨寻竹浪至沣壖萦带数里清流茂树云物可赏》14句 《与幼遐君贶兄弟同游白家竹潭》12句 《游溪》8句 《秋夕西斋与僧神静游》14句 《秋夜寄丘二十二员外》4句 《滁州西涧》4句 《观田家》14句 《襄武馆游眺》16句 《西郊游瞩》2句 《再游西郊渡》2句 《送崔叔清游越》2句 《重送丘二十二还临平山居》2句 《西塞山》2句 《始夏西园思旧里》2句 《往云门郊居途经回流作》12句 《自蒲塘驿回驾经历山水》10句 《山行积雨归途始霁》14句 《怀琅玡深标二释子》4句	绿意山水， 清远 淡雅

续表

诗人	诗作总数	诗题及句数	备注
柳宗元 （773—819） 河东解 山西运城解州镇	14首	《法华寺石门精舍三十韵》30句 《界围岩水帘》12句 《再至界围岩水帘遂宿岩下》18句 《岭南江行》8句 《柳州峒氓》2句 《构法华寺西亭》2句 《登柳州城楼寄漳汀封连四州》8句 《游南亭夜还叙志七十韵》4句 《旦携谢山人至愚池》8句 《秋晓行南谷经荒村》8句 《雨晴至江渡》4句 《游石角过小岭至长乌村》6句 《江雪》4句 《渔翁》6句	谢灵运风格的 影响
张籍 （约767—约830） 苏州	16首	《岳州晚景》8句 《水》8句 《和李仆射雨中寄卢严二给事》8句 《宿临江驿》2句 《雪溪西亭晚望》2句 《舟行寄李湖州》2句 《和卢部令狐尚书喜裴司空见看雪》2句 《不食仙姑山房》2句 《宿江店》8句 《夜宿黑灶溪》8句 《送朱庆馀及第归越》4句 《蛮州》4句 《赠项斯》8句 《过贾岛野居》2句 《题李山人幽居》4句 《赠太常王建藤杖笋鞋》2句	
刘禹锡 （772—842） 洛阳	13首	《洛中早春赠乐天》14句 《客有为余话登天坛遇雨之状因以赋之》28句 《秋江早发》4句 《途中早发》8句 《途中早发》8句 《望洞庭》4句 《晚泊牛渚》8句 《终南秋雪》8句 《题招隐寺》8句 《自江陵沿流道中》8句 《竹枝词九首》之八 4句 《浪淘沙词九首》之一 4句 《浪淘沙词九首》之七 4句	明净气色， 仿民间歌调

续表

诗人	诗作总数	诗题及句数	备注
贾岛 （779—843） 河北范阳 北京市附近	14 首	《暮过山村》8 句 《雪晴晚望》8 句 《江亭晚望》2 句 《秋夜仰怀钱孟二公琴客会》2 句 《访李甘原居》2 句 《寄胡遇》2 句 《题刘华书斋》2 句 《送韩湘》2 句 《寄龙池寺贞空二上人》2 句 《寄朱锡珪》2 句 《晚晴见终南诸峰》8 句 《宿池上》2 句 《寄董武》2 句 《谢令狐相公赐衣九事》2 句	清瘦瘦硬 瘦峭苦寒
姚合 （777—843） 吴兴 浙江湖州	5 首	《夏夜宿江驿》8 句 《晚秋江次》8 句 《题金州西园九首·石庭》6 句 《和李舍人秋日卧疾言怀》2 句 《题山寺》4 句	清淡

分析表 1-1 得知，《灵境诗心——中国古代山水诗史》所列中唐诗人的山水诗中，至多仅讨论二十六首，如韦应物；少则一首，如李端，在数量上，仍失全面考察。

再举李文初等《中国山水诗史》为例，该书分四编探究山水诗的发展过程，其中第三编"山水诗的昌盛"主要谈唐代山水诗，共分十三章，第八至十一章讨论中唐时期的山水诗作，分析了刘长卿、韦应物等大历诗人以及韩愈、孟郊、贾岛、白居易、元稹、柳宗元、刘禹锡、寒山等诗人的作品，然而所举诗例太少，无法全面反映中唐时期山水诗的概貌。

表 1-2　李文初等所列中唐山水诗人一览表

诗人	诗作总数	诗题及句数	备注
刘长卿 （？—约 789） 河间 河北	6 首	《逢雪宿芙蓉山主人》4 句 《秋杪江亭有作》8 句 《岳阳馆中望洞庭湖》8 句 《饯别王十一南游》8 句 《却归睦州至七里滩下作》8 句 《自夏口至鹦鹉洲夕望岳阳寄元中丞》8 句	少用典故

续表

诗人	诗作总数	诗题及句数	备注
韦应物 （约 737—791） 京兆长安	4 首	《幽居》12 句 《淮上即事寄广陵亲故》8 句 《淮上喜会梁川故人》8 句 《滁州西涧》4 句	形式多用五古
钱起 （约 720—约 782） 吴兴 浙江吴兴县	4 首	《谷口书斋寄杨补阙》8 句 《江行无题》一百首选二 2 首 4 句 《宿洞口馆》4 句	大历诗人列 4 人，共 9 首 山水诗
张继 （生卒年不详） 襄州 湖北襄阳县	1 首	《枫桥夜泊》4 句	
戴叔伦 （732—789） 润州金坛 江苏金坛县	2 首	《题稚川山水》4 句 《苏溪亭》4 句	
卢纶 （未列） 河中 山西永济县	2 首	《雨中酬友人》4 句 《晚次鄂州》8 句	
韩愈 （768—824） 河阳 河南孟县	3 首	《山石》20 句 《谒衡岳庙遂宿岳寺题门楼》32 句 《湘中》4 句	
孟郊 （751—814） 湖州武康 浙江武康县	47 首	《峡哀》十首 0 句 《游终南山》10 句 《洛桥晚望》4 句 《石淙》十首 10 句 《寒溪》八首 0 句 《济源寒食》七首 0 句 《立德新居》十首 0 句	五种组诗
贾岛 （779—843） 河北范阳 北京市附近	5 首	《暮过山村》8 句 《雪晴晚望》8 句 《易州登龙兴寺楼望郡北高峰》8 句 《雨后宿刘司马池上》8 句 《江亭晚望》8 句	几乎五律

续表

诗人	诗作总数	诗题及句数	备注
白居易 （772—846） 河南新郑	20首	《晚望》4句 《南湖早春》0句 《大林寺桃花》0句 《题庐山下汤泉》0句 《题岳阳楼》8句 《入峡次巴东》8句 《夜入瞿塘峡》8句 《阴雨》8句 《钱塘湖春行》8句 《西湖晚归回望孤山寺赠诸客》8句 《春题湖上》8句 《宿东亭晓兴》0句 《吴中好风景》0句 《河亭晴望》0句 《香山寺二绝》之二4句 《五凤楼晚望》8句 《题龙门堰西涧》6句 《早春题少室东岩》8句 《暮江吟》4句 《新小滩》4句	
元稹 （779—831）	4首	《嘉陵水》4句 《江花落》4句 《早归》8句 《岳阳楼》4句	
柳宗元 （773—819） 河东 山西永济县	6首	《岭南江行》8句 《登柳州峨山》4句 《江雪》4句 《登柳州城楼寄漳汀封连四州》0句 《南涧中题》16句 《渔翁》4句	
刘禹锡 （772—842） 苏州嘉兴县	11首	《望洞庭》4句 《秋词》之二4句 《望衡山》8句 《九华山歌》 《松滋渡望峡中》8句 《望夫山》0句 《麻姑山》0句 《竹枝词九首》之八4句 《堤上行三首》之二4句 《竹枝词九首》之六4句 《浪淘沙词九首》之一4句	结合民歌

续表

诗人	诗作总数	诗题及句数	备注
寒山 生卒年难考	4首	《粤自居寒山》10句 《千年石上古人踪》4句 《登陟寒山道》8句 《云山迭迭连天碧》8句	未列诗题，故以首句标示

表1-2中，孟郊山水诗共有四十七首，白居易二十首，数量上竟超过所谓田园山水诗派的韦柳，韦应物仅四首，柳宗元仅六首，比例似有商榷之处。

再举丁成泉《中国山水诗史》为例：全诗共分九章探讨中国历代山水诗之发展演变情形，其中第三、四两章分析唐代山水诗，第四章"山水诗艺术的高峰"主要论述中晚唐之山水诗。

表1-3　丁成泉所列中唐山水诗人一览表

诗人	诗作总数	诗题及句数	备注
刘长卿 河间 河北河间县	26首	《步登夏口古城作》8句 《秋杪江亭有作》8句 《余干旅舍》8句 《逢雪宿芙蓉山主人》4句 《送灵澈上人》4句 《过横山顾山人草堂》8句 《十首湘中纪行》0句 《龙门八咏》0句 《碧涧别墅喜皇甫侍御相访》0句 《岳阳馆中望洞庭湖》0句	景物蒙上感伤色彩
韦应物 京兆长安	7首	《夕次盱眙县》8句 《烟际钟》6句 《滁州西涧》4句 《春游南亭》0句 《游灵岩寺》0句 《游溪》0句 《西塞山》0句	闲适淡泊

续表

诗人	诗作总数	诗题及句数	备注
钱起 吴兴	24首	《裴迪南门秋夜对月》8句 《早发东阳》8句 《蓝田杂咏二十二首》0句	大历时期7人，仅举诗题而未加分析
卢纶	2首	《春游东潭》0句 《晚次鄂州》0句	
耿湋	1首	《秋中雨田园即事》0句	
郎士元	3首	《夜泊湘江》0句 《山中即事》0句 《柏林寺南望》0句	
皇甫冉	6首	《归渡洛水》0句 《山中五咏》0句	
张继	3首	《枫桥夜泊》0句 《郢城西楼吟》0句 《晚次淮阳》0句	
戴叔伦	4首	《春江独钓》0句 《晚望》0句 《北山游亭》0句 《苏溪亭》0句	
元稹	3首	《过襄阳楼呈上府主严司空楼在江陵节度使宅北隅》0句 《岳阳楼》0句 《宿石矶》0句	
白居易	5首	《钱塘湖春行》8句 《江楼夕望招客》8句 《西湖晚归回望孤山寺赠诸客》8句 《江夜舟行》8句 《暮江吟》4句	写实的笔调
张籍	2首	《却入泗口》0句 《宿杨州》0句	
李绅	2首	《宿江店》0句 《夜到渔家》8句	

续表

诗人	诗作总数	诗题及句数	备注
孟郊 湖州武康	14 首	《游终南山》10 句 《游终南龙池寺》10 句 《游华山》10 句 《石淙十首》之六 14 句 《洛桥晚望》4 句	奇险风貌
韩愈	3 首	《南山诗》0 句 《月蚀诗效玉川子作》0 句 《陆浑山火和皇甫湜用其韵》0 句	
贾岛	7 首	《题李凝幽居》8 句 《雪晴晚望》8 句 《晚晴见终南诸峰》8 句 《暮过山村》8 句 《宿村家亭子》0 句 《行次汉上》0 句 《宿悬泉驿》0 句	枯寂荒寒
李贺	2 首	《溪晚凉》8 句 《塘上行》4 句	虚荒诞幻
刘禹锡 洛阳	14 首	《洞庭秋月行》20 句 《海阳十咏》0 句 《晚泊牛渚》0 句 《望洞庭》0 句 《堤上行三首》之一 0 句	
柳宗元 河东 山西永济	7 首	《秋晓行南谷经荒村》8 句 《中夜起望西园值月上》8 句 《雨晴至江渡》4 句 《江雪》4 句 《岭南江行》0 句 《零陵春望》0 句 《渔翁》6 句	
张祜 清河 一说南阳	7 首	《题杭州孤山寺》8 句 《禅智寺》8 句 《东山寺》4 句 《峰顶寺》4 句 《夜宿滏浦逢崔升》4 句 《题金陵渡》4 句 《枫桥》4 句	

续表

诗人	诗作总数	诗题及句数	备注
姚合 陕州	21首	《夏夜宿江驿》8句 《秋晚江次》8句 《题金州西园九首·石庭》6句 《杏溪十首·石潭》6句	
施肩吾	2首	《钱塘渡口》0句 《云中道上作》0句	
殷尧藩	3首	《夜过洞庭》0句 《游山南寺二首》0句	
顾非熊	2首	《经河中》0句 《天津桥晚望》0句	

表1-3显示，丁成泉讨论涉及刘长卿、钱起和姚合等人山水诗均超过二十首，韦应物和柳宗元仅各七首，不被文学史注意的姚合，其山水诗数量超越"韦柳"，宜有深探之必要。考察以上三本山水诗史对中唐诗人之山水诗的讨论，我们发现研究所举中唐山水诗数量不足，论述方法似不够深入，如论韦应物，可从其京洛和滁江苏三州之任官经历分析，其次，诗僧皎然和无可并未论及，体式之分析亦付阙如，本书相关内容可补其空白。

2. 从山水诗之各角度切入，未能针对中唐山水诗进行细部分析

上述三本专著从先秦至清代这一大范围的宏观角度考察，微观分析难免有阙，所以再关注先秦至晚唐山水诗之流变和山水诗艺术特点两方面论述者。

（1）王国璎《中国山水诗研究》。该书第一部分探讨山水诗的发展，举中唐韦应物《月溪与幼遐君觊同游》、白居易《遗爱寺》为例，说明其继承宫廷游宴传统，纯写山水之美与赏景之趣。[①] 举刘长卿《送灵澈上人》、钱起《题玉山柯叟壁》，韦应物《游西山》《登西南冈卜居遇雨寻竹浪至澧壖萦带数里清流茂树云物可赏》《游溪》，柳宗元《雨后晓行独至愚溪北池》《渔翁》，白居易《溪中早春》，孟郊《游终南山龙池寺》，韩愈《独钓》，贾岛《雪晴晚望》以证明山水与田园情趣合流之现象。[②]

第二部分探讨山水诗的特色：从形象模拟及物我关系两大方向论述。"形象模拟"中部分主要从诗例中摘句说明，如刘长卿《秋云岭》"孤峰夕阳后，翠岭秋天

---

① 王国璎：《中国山水诗研究》，联经出版社1986年版，第245～247页。
② 王国璎：《中国山水诗研究》，联经出版社1986年版，第273～284页。

外"及韦应物《赋得暮雨送李胄》"楚江微雨里，建业暮钟时"，得出"有些语法正常的句型，也可使名词或名词词组孤立，而产生单纯意象"的结论①。余者约举中唐诗人二十一例，其间可能有重复举例之情况，如刘长卿《浮石濑》。②"物我关系"部分，物我相即相融者，举柳宗元《江雪》、韦应物《西塞山》；物我若即若离者，举白居易《遗爱寺》、刘长卿《秋云岭》；物我或即或离者，举柳宗元《渔翁》、韦应物《赋得暮雨送李胄》、柳宗元《秋晓行南谷经荒村》等诗。

（2）还有人从心灵境界来探究山水诗。胡晓明《万川之月：中国山水诗的心灵境界》一书认为："从中国哲学的学术立场看中国山水诗歌，从中国山水诗歌的特殊角度看中国哲学，这就是本书的宗旨。"书中说道："庄子所谓'中国→四海→天地'跟孔子所谓'鲁→东山→泰山'一样，精神的世界是开放的，空间的体验是伸展的。从这种意义上说，应该是中国思想传统文化心理结构之中的儒道互证。但是，这两种精神又存在着微妙的差异：儒家思想传统以刚健为中心，借空间的张势以提升人的精神的向上性；道家思想则以自由为中心，借空间的拓阔，以抒发人个体的自由感。从这一意义上说，又应当是深刻的儒道互补。"③以下是从该书中爬梳出的关于中唐山水诗的诗例，兹罗列如后：

> 刘长卿《逢雪宿芙蓉山主人》，向往安宁。④
>
> 刘长卿《送陆沣还吴中》，雨中的迷蒙，表示着生命的某种缺憾，某种怅惘。
>
> 韦应物"春潮带雨晚来急，野渡无人舟自横"，与其说是描绘了涧边野景，不如说呈露了诗人的心中逸态。
>
> 刘禹锡《晚泊牛渚》，山水诗有了怀古，便犹如空间意识中增添了时间的维度，诗人的心灵可以由此伸展出去，与往昔的世界接通，与过去的先贤晤谈。
>
> 刘禹锡《西塞山怀古》，天地自然之不变，而人世社会却变。
>
> 李贺算是最能传承屈子的山鬼情调的诗人。《苏小小墓》营造出一种荒寒孤寂与凄冷的意境。《感讽五首》之三，那一片惨白的世界中，一帧树影，一座坟茔，一盏萤火，都是黑色暗色的，这与其说是经验世界中的月境，不如说

---

① 王国璎：《中国山水诗研究》，联经出版社1986年版，第309页。
② 王国璎：《中国山水诗研究》，联经出版社1986年版，第349，363页。
③ 胡晓明：《万川之月：中国山水诗的心灵境界》，三联书店1992年版，第70～71页。
④ 胡晓明：《万川之月：中国山水诗的心灵境界》，三联书店1992年版，第5页。以下依序引自该书第23，32，86～87，97，123，127，198，204页。

是心灵体验中的幻景。《长平箭头歌》中的黑云，写出了古战场的凄寒。《溪晚凉》也写到同一种云，这首诗中的景象，也以黑白色对比为基调。

倘若以一帧小诗，象征屈子所开示的沅湘山水荒寒境界，则可举出柳宗元《寒江雪》为代表，所表现的心态与《永州八记》相通。

钱起《晚钟》，有了声音，这山水的空间就变得无限寥廓。

刘长卿《送灵澈》，音乐具有的弥漫性、穿透力，使有限的山水，有了无限远的意韵。

元稹《欸乃曲》写出了渔歌野唱的深刻意义。

上述从《万川之月：中国山水诗的心灵境界》中摘录出的关于中唐山水诗的解读，无非证明山水诗可用心灵或文化等角度考察，然其对中唐这一时期的微观分析有所不足。

王国璎和胡晓明两人从宏观讨论山水诗之文化内容或艺术特色，但所及中唐山水诗实在太少，其研究视角仅供参考。

（二）从学位论文看

学位论文以山水诗人为研究对象的则以探讨二谢、韦柳和杨万里诸人居多，以汉、魏晋南北朝、盛唐和清初为范围。研究中唐时期则以乐舞诗、佛理诗和乐府诗等题材为主。

1. 探讨诗人山水诗

所及山水诗大致分魏晋南北朝和唐宋两部分，论魏晋南北朝的有邢宇皓《谢灵运山水诗研究》、陶玉璞《谢灵运山水诗与其三教安顿思考研究》、刘明昌《谢灵运山水诗艺美探微》、陈美足《谢灵运山水诗之研究》、吴若梅《谢灵运的政治生涯与其山水诗的关系》、李海元《谢灵运与鲍照山水诗研究》、郑义雨《谢朓山水诗研究》。

论唐宋的有陈敏祥《李白山水诗研究》、林雅韵《杜甫山水纪游诗研究》、黄伟正《王维山水诗之研究》、苏心一《王维山水诗画美学研究》、李及文《王维山水诗句的美学鉴赏及研究》、李慧玟《刘长卿山水诗研究》、许缃莹《韦应物的山水诗研究》、何映涵《柳宗元山水诗之研究》、谢乃西《苏轼山水诗》、林天祥《范成大山水田园诗研究》、汪美月《杨万里山水诗研究》、林珍莹《杨万里山水诗研究》。

上列诸人诸作，仅有李慧玟《刘长卿山水诗研究》、许缃莹《韦应物的山水诗研究》、何映涵《柳宗元山水诗之研究》等三本学位论文与中唐山水诗相关，都从一人山水诗角度进行微观分析，较难反映山水诗的继承、开扬和流变等方面探析。

2. 探讨某一时代山水诗

除专家山水诗的研究外，亦有探讨时代之山水诗者，如何国平《山水诗前史——以〈古诗十九首〉到玄言诗的审美经验变迁为中心》、郭本厚《六朝游文化视野中的山水诗研究》、张满足《晋宋山水诗研究》、萧淑贞《魏晋山水纪游诗文之研究》、宫菊芳《南北朝山水诗研究》、李远志《盛唐山水诗研究》、黄雅歆《清初山水诗研究》。

上列七著，仅李远志《盛唐山水诗研究》与本书稍为类似，然研究方法及内容相当不同。①

3. 探讨中唐时歌某一题材

若不专从山水诗主题看，而从中唐这一时期观察，则未见《中唐诗人与山水诗创作之研究》这一研究题目者，如周晓莲《中唐乐舞诗研究》，杨晓玫《中唐佛理诗研究》，庄蕙绮《中唐诗歌"由雅入俗"的美学意涵研究》《中唐诗歌中之梦研究》，张修蓉《中唐乐府诗研究》。

透过以上的归纳整理，我们发现，与山水诗研究相关的学位论文中，就某一专家山水诗研究看，以南朝时期谢灵运山水诗为探讨对象的内容，计六本；唐代诗人则以王维最夥，计三本。再从某一时代山水诗研究来看，魏晋六朝有三本，盛唐有

---

① 李远志：《盛唐山水诗研究》，高雄师范大学博士论文2001年。李远志《盛唐山水诗研究》论文摘要为："第一章《绪论》：对研究主题及论文写作背景、研究范围及方法提出具体说明。第二章《六朝山水向盛唐的嬗递》：探讨六朝至盛唐间士人思想中自然主义的勃兴、个人意识的抬头与生命价值观的改变，因安顿人生的取向与经常的山水接触等客观条件，成为盛唐山水诗普遍创作的主要因素。第三章《诗学流变》：厘清南朝至盛唐之间，诗歌形式艺术的发展、诗歌与绘画相互的影响、诗学理论等建树，造就盛唐山水诗情景合一、境界浑融的独特艺术风格。第四章《诗坛重心的移转》：分析初唐百年诗坛的演变。因诗人族群的更新，引发的江湖山林体验；配合富庶繁荣的时代和辽阔的疆域提供诗人阔游的天地，因为江山之助，山水诗的创作继晋宋之后重开新境。第五章至第八章，依序从诗人生平事迹、思想内容、连结其山水诗创作的实际内涵，分别探讨因独特的思想境界及诗歌风格而拥有诗佛、诗仙、诗圣（史）之称的王维、李白、杜甫，以及在盛唐最具隐逸特质的孟浩然等代表性诗人，根据其各阶段山水诗创作的风貌及兴会主题的变化，从山水诗中辨析诗人的思想倾向与相对于历史人文功利色彩的人生价值取向，并研究个别山水诗的艺术风格和诗歌所反映的诗人思想及时代特色。第九章《结论》：根据研究结果，归纳盛唐山水诗为盛唐诗人主要创作题材；其渊源流变、审美趣味与兴会寄托，具有反映盛唐文化思想及士人生命价值祈向，不但存在着深厚的自然审美情趣，并如实的呈现历来士人卷怀之、安顿身心的共同归向。"李远志讨论盛唐山水诗人时，半部论文选取王孟李杜等四位代表诗人加以论述。而本书的方法与他不同，一章讨论山水诗起源，三个章节讨论诗人仕宦经历与山水诗之关系，或游宦，或贬谪，或无官之诗僧，两个章节讨论体式和艺术技巧，均针对山水诗文本立论。

一本，清初有一本。单就中唐时期的诗歌分类看，有乐舞的，佛理的，梦的，乐府诗的，由雅入俗的，不一而足。因此以中唐山水诗为研究对象应为可行方向，故笔者将本书题目订为《中唐诗人与山水诗创作研究》。

第二节 研究价值

学者已对历代山水诗作基础研究，但对中唐时山水诗的深化探究仍不足，本书旁证可补充及深化中唐山水诗史的内涵。本书对体式和艺术技巧的考察较为深入，可作为现代人创作古典山水诗及现代诗的参考。或以中唐为基础，开展晚唐以降各地域的山水诗探究，或为揭示山水诗和旅游文学关系提供借鉴。

就篇幅而言，诗歌可说是文学类型中最为经济的文字载体。它能较为含蓄地传达作者内心丰富的思想感情。在诗歌发展的长河里，《诗经》先以四言一句的形式记录了先秦时代老祖宗的各种生活面貌，中经汉代四百多年的酝酿成长，魏晋六朝的格律摸索，到了唐代，无论在形式或内容方面皆臻于成熟。于诗歌题材，我们粗略划分两大类，诗人关怀自然现象而歌咏入诗，称为山水自然诗；诗人关怀人文现象而记录于诗，则称为社会写实诗。就人类心理来说，长期处于人与人的伦理关系中，内心必然会产生厌倦疲怠，所以投入山水自然即成为人类抒解烦闷的最佳方式，古今中外的人们皆不能脱离山水环境而存在，假使不能亲往，亦能从他人的山水诗中获得沉淀与洗涤。因此无论是自己创作或鉴赏他人山水诗皆可有如身历其境般快意。

一、补充及深化中唐山水诗史的内涵

目前研究山水诗史的著作主要有四部：陶文鹏、韦凤娟主编《灵境诗心——中国古代山水诗史》，李文初等《中国山水诗史》，丁成泉《中国山水诗史》，王国璎《中国山水诗研究》。上节列表论明此四部山水诗专著呈现的中唐山水诗的内涵仍未尽完善，究其因乃山水诗史之立足点是以宏观角度检视整个中国历代山水诗的源流发展，其不足之处在于浅尝辄止，未能细部分析，鉴此，本书聚焦于中唐一代，深入挖掘，结合中唐一代之文化思想、社会生活之特性，深入体式、艺术技巧等议题，进行有机细密的分析，期能更深入揭明韦应物及柳宗元等山水诗人之外其他诗人山水诗创作的整体成就。

二、创作古典山水诗及现代诗的参考

白居易《余思未尽，加为六韵，重寄微之》诗"制从长庆辞高古，诗到元和体变新"揭示中唐元和时期诗风之创新意义。山水诗从盛唐进入中唐之后，显现异采纷呈而众声喧哗之局面，其多元化的山水诗艺术成就值得现代人模仿学习。本书试图从教学切入，希冀得出创作山水诗的方法指南，以古诗方式（具体以诗描绘自然现象）表达对大自然之赞叹感受，中唐山水诗之构思方式或可供现代新诗写作参考。不只向中唐某位成功的诗人学习，而从山水诗人群体的构思方式中借镜，此亦是本书之价值所在。

三、拓展晚唐以降的山水诗研究

上述所引山水诗史，论述的终点至古典山水诗的集大成——清代。① 笔者尝试研究特定时期的山水诗发展，若有所成，所以本书为研究基础，继续研究其他时期的古典山水诗，或从贬谪议题衍发（本书中唐诗人贬谪与山水诗创作之章），或从禅学议题引申（中唐诗僧之山水诗之章），据此研究经验，渐渐形成一研究体系，上推初盛唐山水诗，下开晚唐两宋各时期。清代诗论家曾揭注的三元现象，如陈衍《石遗室诗话》卷一谓："盖余谓诗莫盛于三元：上元开元，中元元和，下元元佑。"② 其中的元和时期正值中唐，笔者以此为研究起点，借由古典山水诗的研究经验来探讨现代山水诗，在这个意义上，中唐山水诗之研究价值自然就显现出来。

四、延伸山水诗与旅游文学的跨领域视野

"以古鉴今"是笔者追求知识的一贯理念，同理，山水诗研究亦希望向中唐山水诗借镜以作为现代山水诗创作参考，亦借鉴山水诗的艺术成就为旅游山水诗之创

---

① 陶文鹏、韦凤娟等编：《灵境诗心——中国古代山水诗史》，凤凰出版社2004年版，目录。其目录中山水诗史的终点为"第六编 古典山水诗的集大成"，分四章讨论：第一章《易代贰臣山水诗的社会政治性》、第二章《清初遗民山水诗的民族意识》、第三章《顺康山水诗审美性的强化》、第四章《乾嘉山水诗审美性的成熟》。

② （清）陈衍著，郑朝宗、石文英校注：《石遗室诗话》，人民文学出版社2004年版，第6页。

作提供养分。① 可举办山水诗创作比赛，征集山水诗作品，出版山水诗集。这些以中唐山水诗为媒介创作出的山水诗，又可成为后代人研究山水诗的文本。

古人面对山水之优美环境，往往会赋诗歌咏以表达感情：

《陈书·卷二·高祖本纪》：乙卯，高祖幸后堂听讼，还于桥上观山水，赋诗示臣。②

《魏书·卷九十·逸士·李谧列传》：谧不饮酒，好音律，爱乐山水，高尚之情，长而弥固，一遇其赏，悠尔忘归。乃作神士赋，歌曰："周孔重儒教，庄老贵无为。二途虽如异，一是买声儿。生乎意不惬，死名用何施。可心聊自乐，终不为人移。脱寻余志者，陶然正若斯。"延昌四年卒，年三十二，邈迩悼惜之。③

《北齐书·卷三十一·王昕·弟晞列传》：登临山水，以谈燕为事，人士谓之物外司马。常诣晋祠，赋诗曰："日落应归去，鱼鸟见留连。"④

《南史·卷十九·谢灵运列传》：出为永嘉太守。郡有名山水，灵运素所爱好。出守既不得志，遂肆意游遨，遍历诸县，动逾旬朔。理人听讼，不复关怀，所至辄为诗咏以致其意。⑤

《南史·卷五十三·梁武帝诸子·昭明太子统·长子欢列传》：性爱山水，于玄圃穿筑，更立亭馆，与朝士名素者游其中。尝泛舟后池，番禺侯轨盛称此中宜奏女乐。太子不答，咏左思招隐诗云："何必丝与竹，山水有清音。"⑥

《旧唐书·卷一六六·元稹列传》：会稽山水奇秀，稹所辟幕职，皆当时文士，而镜湖、秦望之游，月三四焉。而讽咏诗什，动盈卷帙。副使窦巩，海内诗名，与稹酬唱最多，至今称兰亭绝唱。稹既放意娱游，稍不修边幅，以渎

---

①　袁行霈：《中国诗歌艺术研究》，五南图书出版公司1999年版，第390页。该书这方面的想法与笔者一致。他在《中国诗歌艺术研究》指出："诗人们描绘山水也有多种多样的手法，在物象的捕捉和意境的创造上，在画面的组织和色彩的表现上，在语言的锤炼和典故的运用上，都有其他题材的诗歌所不及的技巧。总结和学习这些艺术经验，对于今天的诗歌创作，无疑是有帮助的。"

②　（唐）姚思廉等著：《陈书·卷二》，中华书局1997年版，第36页。

③　（北齐）魏收：《魏书·卷九十》，中华书局1997年版，第1937页。

④　（唐）李百药撰：《北齐书·卷三十一》，中华书局1997年版，第417页。

⑤　（唐）李延寿：《南史·卷十九》，中华书局1975年版，第538页。

⑥　（唐）李延寿：《南史·卷五十三》，中华书局1975年版，第1310页。

货闻于时。凡在越八年。①

由以上例子可得知魏晋至唐等有文才之诗人或无文才之逸士、贵族，其置身山水之时，自然地将所见所闻讴咏入诗，现代人若能向古人学习并培养审美意识，则文学因子不难激发！

第三节　山水诗界定

开展中唐山水诗研究前，首先面临的棘手难题是"何谓山水诗"？从历史的角度看，"山水诗"一词最早出现在盛唐王昌龄所著《诗格》中，其云：

> 欲为山水诗，则张泉石云峰之境极丽艳秀者，神之于心，然后用思，了然境象，故得形似。

此段话主要说明山水诗的创作手法，山水美景须用心领会，而后得其精髓，所谓"泉石云峰之境，神之于心，了然境象"。中唐诗人白居易《读谢灵运诗》也谈到"山水诗"：

> 吾闻达士道，穷通顺冥数。通乃朝廷来，穷即江湖去。
> 谢公才廓落，与世不相遇。壮志郁不用，须有所泄处。
> 泄为山水诗，逸韵谐奇趣。大必笼天海，细不遗草树。
> 岂惟玩景物，亦欲摅心素。往往即事中，未能忘兴谕。
> 因知康乐作，不独在章句。②

白居易对谢灵运诗的感动主要来自谢氏写的山水诗，"壮志郁不用，须有所泄处"及"岂惟玩景物，亦欲摅心素"四句说明谢灵运创作山水诗是由于郁郁不得志，不受朝廷所重用。"大必笼天海，细不遗草树"则界定山水诗的内容大至远景天海，小至近景草树。若不拘泥于"山水诗"一词，而着眼其山水概念，那又可推

---

① （后晋）刘昫等著：《旧唐书·卷一百六十六》，中华书局1997年版，第4336页。

② （清）彭定求等纂：《全唐诗·卷四三〇》，中华书局1996年版，第4742页。本书所据全唐诗为此版本。

源至魏晋六朝时期。刘勰说"宋初文咏，体有因革，庄老告退，而山水方滋"①，指到刘宋时山水诗取代玄言诗而成主流。从理论上说，山水诗兴起于刘宋，但未见当时评论家提起。梁昭明太子萧统所编《文选》竟未将山水诗划分一类，而将诗分成补亡、述德、游览、行旅等二十三类②。历代诗话所及中唐诗人时也未见"山水诗"一词③：

《冷斋夜话》卷五：柳子厚诗曰："渔翁夜傍西岩宿，晓汲清湘然楚竹。烟消日出不见人，欸乃一声山水绿。回看天际下中流，岩上无心云相逐。"东坡云："诗以奇趣为宗，反常合道为趣，熟味此诗，有奇趣。然其尾两句虽不必亦可。"④

《彦周诗话》：柳柳州诗，东坡云在陶彭泽下，韦苏州上，若《晨诣超师院读佛经》诗，即此语是公论也。

《竹庄诗话》卷八：东坡尝题此诗（指《南涧中题》）后云："子厚南迁后，诗清劲纤徐，大率类此。"又云："《南涧》诗忧中有乐，乐中有忧，盖绝妙古今。"

《竹庄诗话》卷二十：《容斋随笔》云："韦应物在滁州，以酒寄全椒山中道士，作诗云：'今朝郡斋冷，忽念山中客。涧底束荆薪，归来煮白石。欲持一樽酒，远慰风雨夕。落叶满空山，何处寻行迹。'其为高妙超诣，固不容夸说，而结尾两句，非复言语思索可到。"

《诗境总论》：盈盈秋水，淡淡春山，将韦诗陈对其间，自觉形神无间。

《韵语阳秋》卷十三：白乐天《九江春望》诗云："炉烟岂异终南色，盆草宁殊渭北春"盖不忘蔡渡旧居也。

---

① （南朝·梁）刘勰著，陆侃如、牟世金译注：《文心雕龙译注》，齐鲁书社1995年版，第144页。

② （南朝·梁）萧统编：《昭明文选》，华夏出版社2000年版，目录。其二十三类，详目如下："补亡""述德""劝励""献诗""公宴""祖饯""咏史""百一""游仙""招隐""反招隐""游览""咏怀""哀伤""赠答""行旅""军戎""郊庙""乐府""挽歌""杂歌""杂诗""杂拟"。

③ 常振国、降云等编：《历代诗话论作家》，黎明文化有限公司1993年版，目录。

④ 常振国、降云等编：《历代诗话论作家·二册》，黎明文化有限公司1993年版，第47页。以下依序引自该书二册，第47页，二册第53页，一册第428页，三册第382页，二册第25页，三册第360页，三册第362页。

《南濠诗话》：刘长卿《余干旅舍》云："摇落暮天迥，丹枫霜叶稀。孤城向水闭，独鸟背人飞。渡口月初上，邻家渔未归。乡心正欲绝，何处捣征衣。"张籍《宿江上馆》云："楚驿南渡口，夜深来客稀。月明见潮上，江静觉鸥飞。旅宿今已远，此行殊未归。离家久无信，又听捣征衣。"二诗皆奇，而偶似次韵，尤可喜也。

《四溟诗话》卷四：刘长卿《送道标上人归南岳》诗曰："悠然倚孤棹，却忆卧中林。江草将归远，湘山独往深。白云留不住，绿水去无心。衡岳千峰乱，禅房何处寻？"此作雅淡有味，但虚字太多，体格稍弱。

以上所举《冷斋夜话》《彦周诗话》等诗话中，所评的柳宗元、韦应物、白居易和刘长卿等中唐诗人的山水诗作中，诗评家所评的山水诗相关诗句，虽在概念上为山水诗，但落实到实际批评时，其只字词组中却未指明"山水诗"之名称。《冷斋夜话》引柳宗元《渔翁》一诗，并引东坡"熟味此诗，有奇趣"之语，而未见称此诗为"山水诗"。《彦周诗话》和《竹庄诗话》亦分别引柳宗元《晨诣超师院读佛经》和《南涧》之诗例，而未见以"山水诗"称之。其他例中，所举韦应物《寄全椒山中道士》，白乐天《九江春望》，刘长卿《余干旅舍》《送道标上人归南岳》，张籍《宿江上馆》诸诗，亦未见诗论家呼其为"山水诗"，仅见"其为高妙超诣""自觉形神无间""此作雅淡有味"诸评语耳。由此可见所谓山水诗在古代文评中尚未成为一类。因此"山水诗"可能是后人在写文学史时为了方便说明而提出的概念。

清代有类似山水诗的概念，但称之"游览诗"，如清代叶燮《原诗》卷四所云：

> 游览诗切不可作应酬山水语。如一幅画图，名手各各自有笔法，不可错杂。又名山五岳，又各各自有性情气象，不可移换。作诗者以此二种心法，默契神会；又须步步不可忘我是游山人，然后山水之性情气象、种种状貌、变态影响，皆从我目所见、耳所听、足所履而出，是之谓游览。且天地之生是山水也，其幽远奇险，天地亦不能自剖其妙，自有此人之耳目手足一历之，而山水之妙始泄。如此，方无愧于游览，方无愧于游览之诗。[①]

此段话所论述的诗人与所见所闻的自然现象的关系，文中所说"山水之性情气象、种种状貌、变态影响，皆从我目所见、耳所听、足所履而出，是谓之游览"将

---

① （清）王夫之等著：《清诗话》，上海古籍出版社1999年版，第606～607页。

诗人在面对山水时，主观抒情和客观描写交融在一起，"山水之妙始泄"，故而"方无愧于游览，方无愧于游览之诗"。由此可明确看出叶燮将山水诗和游览诗等同起来。

从选本的角度观察，编选者或许可能在分类中立"山水诗"名目。今人孙琴安从目前可知的六百多种古代唐诗选本中归纳出几种体例的编排，或从音韵的角度，或从内容题材，或从艺术风格，或从诗体，或从诗人先后，或从时代先后或艺术风格结合，或初盛中晚内又分诗体，或从诗体内又分初盛中晚等。① 笔者考察其内容题材，试看是否有山水诗一类，结论如下。

> 宋赵孟奎撰《分门纂类唐歌诗》：此书依"天地山川""草木虫鱼""朝会官阙""经史诗集""城郭园庐""仙释观寺""服食器用""兵师边塞"等类编次。②

> 明敖英《类编唐诗七言绝句》：此书依"吊古""送别""寄赠""怀思""游览""纪行""征戍""写怀""悲感""隐逸""宫词""闺情""时序""杂咏""道释"等十五类内容题材编排。

> 明张之象撰《唐诗类苑》：本书卷一至卷八之天部则分"日""月""星""云""风""云""雷""雨""雪""阴""霁""虹""雾""露""霜""水""火""烟"等，卷二四至卷二七地部则分"郊""原""村""野""林""园""苑""关""峡""石""尘""道路""陌""径""岸""田""陵墓"。

> 清蒋伊《唐诗类苑纂》：本书共分"仁""义""礼""智""信"五集，集下又分部，如"仁"集下再分"天""地""山""水"各部。

> 清胡以梅《唐诗贯珠》：此书在编排上有意模仿《文选》，全用分类，如"倡酬""寄怀""旅怀"等。

《分门纂类唐歌诗》之选本中，将唐诗分成"天地山川""草木虫鱼"等八类，其中"天地山川"一类与山水诗较为接近。《类编唐诗七言绝句》中，将七绝分成"吊古""送别"等十五类，其中"游览""纪行"较接近山水诗。《唐诗类苑》选本中，分天地两大类，山水诗概念尚未突显出来。《唐诗类苑纂》中，共

---

① 孙琴安：《唐诗选本提要》，上海书店 2005 年版，第 2～3 页。

② 孙琴安：《唐诗选本提要》，上海书店 2005 年版，第 52 页。以下依顺序皆引自该书，第 92，117，273，292 页。

分"仁""义""礼""智""信"五集，集下再分"天""地""山""水"各部，如此则较难看出其中的山水诗。《唐诗贯珠》有意模仿《文选》，而《昭明文选》将诗分成"补亡""述德""劝励""献诗""公宴""祖饯""咏史""百一""游仙""招隐""反招隐""游览""咏怀""哀伤""赠答""行旅""军戎""郊庙""乐府""挽歌""杂歌""杂诗""杂拟"等二十三类，其中"游览"和"行旅"两类较接近山水诗。以上所举从宋至清之唐诗选本，就内容题材编排看，无法找到山水一类，仅能找到类似概念——游览诗。

笔者认为，清代以前，除了盛中唐的王昌龄或白居易曾提及山水诗之名外，史书或诗话或唐诗选本等文献材料均不睹其踪①，只能找到以行旅诗或游览诗等面目出现的山水诗。②故以山水诗为一类别来进行系统性论述出现在民国后的文学史、分类辞典或山水诗史里。

经以上的讨论可得知山水诗是民国后的研究者所整理而归纳统一的方便名称。而本书亦以同样方法定义山水诗，力求完备，毕竟正如朱光潜所言"艺术是变化无穷的，不容易纳到几个很简赅固定的公式里去"③。以下则梳理几位研究者的定义。林文月《山水与古典》云：

> 顾名思义，所谓"山水诗"，应是指"模山范水"（《文心雕龙·物色篇》）类的诗而言，为取材于大自然的山山水水，乃至草木花卉鸟兽者。换言之，它的内容宜包括大自然的一切现象……在我们的观念上，"山水诗"是指南朝宋齐那一段时期的风景诗而言……至于唐代歌咏自然的诗，实际上是六朝的田园诗和山水诗汇合以后发扬扩张的结果，虽则无法尽去六朝山水诗人的影响，却也有不同于所谓"山水诗"。④

这段话中，广义的山水诗，内容包括大自然的一切现象，即大自然的山山水水，乃至草木花卉鸟兽者。狭义的山水诗，指南朝宋齐那一段时期的风景诗。这样定义似乎已抓住其精要，然落实到实际作品之判断，仍有商榷之处。山水诗并不纯

---

① 以汉籍电子文献中的"二十五史"数据库为检索对象，输入关键词山水诗，结果未显示任何条例。

② 李亮：《诗画同源与山水文化》，中华书局 2004 年版，第 218 页。山水诗人谢灵运的作品被《昭明文选》编入"游览"和"行旅"两类。

③ 朱光潜：《朱光潜美学文集》，上海文艺出版社 1989 年版，第 136 页。

④ 林文月：《山水与古典》，纯文学出版社 1981 年版，第 23 页。

写自然景象，刘长卿《登扬州栖灵寺塔》云：

> 北塔凌空虚，雄观压川泽。亭亭楚云外，千里看不隔。
> 遥对黄金台，浮辉乱相射。盘梯接元气，半壁栖夜魄。
> 稍登诸劫尽，若骋排霄翮。向是沧洲人，已为青云客。
> 雨飞千栱霁，日在万家夕。鸟处高却低，天涯远如迫。
> 江流入空翠，海峤现微碧。向暮期下来，谁堪复行役。[1]

就内容而言，诗人详细描述登寺塔时所见之风景，使用空虚、川泽、楚云、浮辉、元气、夜魄、雨飞、日在、鸟处、江流、空翠、海峤等一切关于自然现象的字词，然其间亦描写与自然现象相关之人文景观，如北塔、雄观、黄金台、盘梯、半壁等。可见林文月的定义稍有不足。类此不周的定义尚可举出数例：

> 第一，山水描写的分量在全诗中还只占少数，即在题材上尚未成为一首诗的主要表现对象。第二，这类诗作有关山水的描写，或当作艺术调上的陪衬、烘托、渲染，或出自诗人的想象，或囿于园林（人造山水）的有限天地，诗人们尚未将笔墨直接诉诸自然山水本身；这与东晋以来人们考盘山林，直接面对山水，着意追求山水之美的情趣是不一样的。一句话，只有到了东晋，自然山水才真正成为诗人的主要审美对象。以上两条，可当作我们判断一首诗是否山水诗的基本标准。[2]

李文初等所著《中国山水诗史》提出判定为山水诗的两条标准：山水必须是一首诗的主要表现对象，诗人将笔墨直接诉诸自然山水本身。

> 山水诗，顾名思义，是歌咏山川景物的诗，是以山河湖海，风露花草，鸟兽虫鱼等大自然的事物为题材，描绘出它们的生动形象，艺术再现大自然之的美，表现作者审美情趣的诗歌。而那些仅仅以自然景物为比兴的材料，作为言志抒情的媒介的，不能列入山水诗的范围。[3]

---

[1]　（清）彭定求等纂：《全唐诗·卷一百四十九》，中华书局1996年版，第1544页。
[2]　李文初等著：《中国山水诗史》，广东高等教育出版1991年版，第1页。
[3]　丁成泉：《中国山水诗史》，文津出版社1995年版，第7页。另外可参看丁成泉：《中国山水田园诗集成》，湖北教育出版社2003年版。

丁成泉的《中国山水诗史》认为山水诗主要显现山河湖海、风露花草、鸟兽虫鱼等大自然的事物之美。

> 分析到此，可以给广义的山水诗下一个定义：即诗人在亲临山水的过程中，将自然山水景物作为主要的表现对象，体现诗人思想情感的山水景物描写应占诗的篇幅一半以上的抒情诗。[①]

方芳认为广义山水诗有两个特点：一是以自然山水景物作为主要的表现对象，二是采比例原则，即山水景物描写应占一半以上的篇幅。

以上所举四种说法皆忽略了自然现象中的人文景观，鉴此，林文月的山水诗定义中所说"大自然的一切现象"应修正为"一切自然现象，其中亦包含人文景观的点缀，尤其是道佛文化的人文建筑，如寺庙塔观，诗中所描述的是以自然风景为主而以人文景观为辅，当落实到作品判断时，则应把人文景观列入考虑，体会诗人在面对景观的情感"，如此似较完满。

陶文鹏、张秉戍等人与笔者看法一致，可举为例。

> 山水诗，就是以自然山水为主要审美对象与表现对象的诗歌。山水诗并不仅限于描山画水，它还描绘与山水密切相关的其他自然景物和人文景观。[②]

> 以自然山水为其审美对象，以自然山水为其题材，它是写山写水，写出一个比较广阔的天地，不是只写一花一草，一木一石的；同时它既要描写出自然景观，又要表现与自然山水有关的人文景观，即表现出来的不是单纯的自然山水，而是"诗人化"了的自然风光。[③]

陶氏和张氏之言已明显指出山水诗不只描山摹水，亦融摄自然相关的花草木石，甚至与山水有关的人文景观。

至此，笔者可为山水诗下一较为周延的定义。狭义来说，山水诗专指南朝时期新颖题材的诗歌，前此并未有大量山水诗创作，所谓"庄老告退，山水方滋"。先驱者谢灵运冲淡了魏晋玄言诗的枯燥说理，透过大量创作以自然景物为审美对象的

---

① 方芳：《山水诗的界定》，《乐山师范学院学报》2002年第2期。

② 陶文鹏、韦凤娟等编：《灵境诗心——中国古代山水诗史》，凤凰出版社2004年版，第1页。

③ 张秉戍主编：《山水诗歌鉴赏辞典》，中国旅游出版社1989年版，第2页。

山水诗，奠定其"山水诗祭酒"的开创性地位，从而使后人注意到山水诗这一类的题材内容。广义来说，山水诗至少应把握两个原则：第一，以自然山水为主要描写对象，第二，自然山水中的审美对象除了生物的鸟兽虫鱼、花木草竹和非生物的日月风雪、山川石沙外，亦包含点缀其间的亭台楼阁、寺庙道观等人文景观。

下好定义后，必须就定义范围内的山水诗作一整理，凡有争议或界限模糊者尽量舍弃不谈，以免节外生枝之劳。笔者将重心放在分析山水诗群体诗人的诗作，企图依各种角度切入，得出较为完满的文学解读。

第一章　中唐山水诗探源

唐代，山水诗出现第一个艺术高峰①。以安史之乱为界，唐代划分为前后，前为初唐、盛唐，后为中唐、晚唐。安史之乱后，诗史上出现元白及韩孟两大诗派。中唐的山水诗，深受诗人个性、心境以及外围政治、经济、社会等因素影响，呈现不同风貌。中唐诗人擅写山水者，要属韦应物、柳宗元、刘禹锡，这是大家较为熟知的，此外还有许多与山水有关的歌咏。

深入探讨中唐山水诗的内涵和艺术特色，应先梳理中唐之前各时期作品的流变情况，以了解中唐山水诗的主要面貌。山水诗发展有内在的继承关系，从"先秦两汉之山水诗萌芽""魏晋南朝之山水诗产生"到"唐前期之山水诗继开"三个阶段分析山水诗嬗变之内在理路，有助于彰显中唐的山水诗别于其他历史阶段之特点。

第一节　先秦两汉之山水诗萌芽

先秦两汉是山水诗的萌芽阶段，北方文学的代表是《诗经》，南方文学的代表是《楚辞》，汉代大一统的新兴文学代表为汉赋，这些作品中都有山水诗句，可以窥见时人的山水意识。此时的山水不是独立的审美观照物，也作为生活或政治目的的修辞凭借。

一、《诗经》中的山水呈现

《诗经》记录西周时期至春秋中叶五六百年间的生活，其间有不少关涉山水的诗句。山水景物，对于诗经作者来说不是抒发情感的主角，而是媒介——在生活不安时用来祭祀，与天地对话；或作为赖以生存的经济手段；或求亲友顺遂而抒发个体生命情感。诗经中的山水景物是创作的手段而非以描绘刻画的对象。

---

① 陶文鹏、韦凤娟主编的《灵境诗心——中国古代山水诗史》认为唐代山水诗是中国山水诗的第一个艺术高峰。

（一）透过山水与天对话

周人观察山水自然现象，遭遇不可预知的自然现象——山崩、豪雨、闪电、洪水、饥荒——往往恐惧而不知所措，认为有神秘力量在操控，称为"天"。天与人时而对立，时而和谐。人与自然对立时，诗人则发出"天降丧乱，饥馑荐臻"和"瞻卬昊天，则不我惠。孔填不宁，降此大厉"这样的哀痛呼号；人与自然和谐时，则欢欣鼓舞，畅呼"崧高维岳，骏极于天""自天降康，丰年穰穰"①。

自我生命无法安顿时，周人对天充满敬畏，用祭祀传达崇拜之意。《周颂·我将》云："我将我享，维羊维牛，维天其右之。"除了烹牛宰羊，祈求上天庇佑，山定水宁本身的和谐亦能宽慰人心，周人创作时往往透过山水的比喻以消除内心之惶恐。如《小雅·天保》所云：

> 天保定尔，亦孔之固；俾尔单厚，何福不除？俾尔多益，以莫不庶。天保定尔，俾尔戬谷；罄无不宜，受天百禄。降尔遐福，维日不足。天保定尔，以莫不兴；如山如阜，如冈如陵，如川之方至，以莫不增。吉蠲为饎，是用孝享；禴祠烝尝，于公先王。君曰："卜尔，万寿无疆。"神之吊矣，诒尔多福；民之质矣，日用饮食。群黎百姓，遍为尔德。如月之恒，如日之升；如南山之寿，不骞不崩；如松柏之茂，无不尔或承。

生活中有很多情况，人无法掌控，为求内心安定的依靠而向上天呼号，诗中使用"如山如阜，如冈如陵，如川之方至……如南山之寿，不骞不崩"之比喻，强调人类获得上天保佑就如同山水的安定平静可以抚慰人心，故而山水成为人和上天的中介。山水安定代表上天保佑，即所谓"天保定尔"。山水变化，人亦随之害怕。如《小雅·十月之交》说："烨烨震电，不宁不令。百川沸腾，山冢崒崩。高岸为谷，深谷为陵。哀今之人，胡憯莫惩！"川沸山崩，是由于"四国无政，不用其良"，山水附庸政治，成为天人感应的中介，不安定时需要上天的降福，诗曰"受天百禄，降尔遐福"。

---

① 李学勤主编：《十三经注疏·毛诗正义》，北京大学出版社1999年版，第1193页。以下所引诗经版本，皆依据此注本。上文四处引用依次出自《大雅·云汉》《大雅·瞻卬》《大雅·崧高》《商颂·烈祖》。

（二）山水是人们经济生活之主要来源

山水如常与否除了反映社会安定或惶恐，山水本身就是人类赖以生存的重要经济物资。

> 山有嘉卉，侯栗侯梅。（《小雅·四月》）
>
> 山有榛，隰有苓。（《邶风·简兮》）
>
> 终南何有？有条有梅。（《秦风·终南》）
>
> 丘中有麻……丘中有麦……丘中有李……（《王风·丘中有麻》）

山中有卉、栗、梅、榛、苓、条、麻、麦、李等植物，可供人们采食，深山里蕴含的丰富资源，伴随着人们的劳动生活：

> 陟彼南山，言采其蕨。（《召南·草虫》）
>
> 陟彼阿丘，言采其蝱。（《鄘风·载驰》）
>
> 陟彼北山，言采其杞。（《小雅·北山》）
>
> 采苓采苓，首阳之巅。（《唐风·采苓》）

为了生存，周人冒着生命危险"陟彼南山"，攀登高山采收蕨、蝱、杞、苓等植物。水边生长的植物亦可采食，最常见的莫非苹藻：

> 遵彼汝坟，伐其条枚。（《周南·汝坟》）
>
> 于以采苹，南涧之滨。于以采藻？于彼行潦。（《召南·采苹》）
>
> 彼泽之陂，有蒲有荷。（《陈风·泽陂》）
>
> 彼汾沮洳，言采其莫。（《魏风·汾沮洳》）
>
> 于以采蘩？于沼于沚。（《召南·采蘩》）
>
> 觱沸槛泉，言采其芹。（《小雅·采菽》）

"汝坟""南涧之滨""泽之陂""汾沮洳""于沼于沚""槛泉"即河岸堤防，可采食枚、藻、苹、蒲、荷、莫、蘩、芹等，这些药草、果菜可以裹腹，水中之鱼亦是美味：

敝笱在梁，其鱼鲂鳏。(《齐风·敝笱》)

猗与漆沮，潜有多鱼。有鳣有鲔，鲦鲿鰋鲤。

以享以祀，以介景福。(《周颂·潜》)

用"敝笱"抓鱼，食用之前先祭祀，希冀上天赐福。

(三) 山水之大可抒发人类情感

周人亲近山水有功利目的，他们透过山水向天祈求不要降临灾难，山水又能提供维持生命成长的自然资源。先秦人们最重要的生活问题是填饱肚子，追求生存发展，不得不向神秘力量祈求协助，故常有"神之吊矣，诒尔多福""降尔遐福，维日不足""神之听之，介尔景福"等语句，呼唤上天保佑。

山水的浩渺情状入诗，藉以抒发情感，《小雅·沔水》说：

沔彼流水，朝宗于海。鴥彼飞隼，载飞载止。

嗟我兄弟，邦人诸友。莫肯念乱，谁无父母！

沔彼流水，其流汤汤。鴥彼飞隼，载飞载扬。

念彼不迹，载起载行。心之忧矣，不可弭忘。

鴥彼飞隼，率彼中陵。民之讹言，宁莫之惩。

我友敬矣，谗言其兴。

诗主旨为"我友敬矣，谗言其兴"，劝戒友朋，忧乱畏谗。诗人忧虑伦理混乱，谗言四起将造成猜忌，社会争乱已发生，"嗟我兄弟，邦人诸友。莫肯念乱，谁无父母"，所以"心之忧矣，不可弭忘"。诗开篇用"沔彼流水，朝宗于海"二句状写广大无涯的流水汇入大海的景象，使人心胸为之开阔放达，其后用"沔彼流水，其流汤汤"再次强调水流盛大满溢之气势，消减忧伤心绪，自然之大与小人谗言之狭小心胸两种情境形成鲜明对照，"民之讹言，宁莫之惩"，如此可降低内心之郁闷。

观山观水还可以调剂精神生活，《卫风·竹竿》说：

籊籊竹竿，以钓于淇。岂不尔思？远莫致之。

泉源在左，淇水在右。女子有行，远兄弟父母。

淇水在右，泉源在左。巧笑之瑳，佩玉之傩。

淇水浟浟，桧楫松舟。驾言出游，以写我忧。

诗描写痴心男子思念出嫁女子的忧伤心情。"籊籊竹竿，以钓于淇"，男子握着细长的竹竿在淇水边垂钓，可心思不在垂钓上——心爱的女子因出嫁而远离，"岂不尔思？远莫致之"。忧心之中，还担心女子远离父母，"女子有行，远兄弟父母"，他决定驾舟出游以抒解烦闷。"淇水在右"等七句皆强调淇水的方位与状态，以广袤之淇水舒展心胸，消除忧愁，"以写我忧"。

观广大之水可藉以泄忧，察高广之山亦有同样效果。《魏风·陟岵》曰：

> 陟彼岵兮，瞻望父兮。父曰："嗟！予子行役，
> 夙夜无已。上慎旃哉！犹来无止。"
> 陟彼屺兮，瞻望母兮。母曰："嗟！予季行役，
> 夙夜无寐。上慎旃哉！犹来无弃。"
> 陟彼冈兮，瞻望兄兮。兄曰："嗟！予弟行役，
> 夙夜必偕。上慎旃哉！犹来无死。"

行役在外的男子因思念家人而登上高山远眺，抒解内心之郁烦。父曰、母曰、兄曰等三句，是远眺引发的怀想，怀想离家时家人的殷殷叮念，"犹来无止"，出差在外，赶快回来。高山提供无限的想象空间，抚慰了思念家人的不安心灵。

《召南·草虫》云：

> 喓喓草虫，趯趯阜螽。未见君子，忧心忡忡。
> 亦既见止，亦既觏止，我心则降！
> 陟彼南山，言采其蕨。未见君子，忧心惙惙。
> 亦既见止，亦既觏止，我心则说！
> 陟彼南山，言采其薇。未见君子，我心伤悲。
> 亦既见止，亦既觏止，我心则夷！

诗叙写女子登上南山采食蕨薇，但心不在这，而在心爱的男子，她说"未见君子，忧心惙惙"，接着呈述"亦既觏止，我心则说"，说终于见到他，所以内心喜悦。南山不仅提供物质生活，也满足爱情生活。

《诗经》中有些诗篇提到山水自然现象，但关注的焦点不在山水景物本身，而在抒发情感，《小雅·沔水》等诗皆是。山水只是陪衬、配角，记录质朴的现实生活，描绘思想感情才是主旨。这类诗很多，如：

南山烈烈，飘风发发。(《小雅·蓼莪》)

南山崔崔，雄狐绥绥。(《齐风·南山》)

秩秩斯干，幽幽南山。(《小雅·斯干》)

扬之水，白石凿凿。(《唐风·扬之水》)

我徂东山，慆慆不归。(《豳风·东山》)

如山如阜，如冈如陵，如川之方至，以莫不增。(《小雅·天保》)

王旅啴啴，如飞如翰，如江如汉，如山之苞，

如川之流，绵绵翼翼。(《大雅·常武》)

凤皇鸣矣，于彼高冈。(《大雅·卷阿》)

这些诗句虽提及山水景物，然意不在审美观赏，而在抒发个人情感。《小雅蓼莪》写报答父母之情，《齐风·南山》反映政治故事，《小雅·斯干》歌颂宫室落成有如南山高耸，《唐风·扬之水》表达与爱人相见的渴望，《豳风·东山》写久征将归的军人的怀乡之情，《小雅·天保》为君王祈福，《大雅·常武》记述君王讨伐叛军的过程，《大雅·卷阿》写周王率群臣出游卷阿，凤鸣高冈为国家安定的隐语。

因此《诗经》大部分篇什并不特意歌颂山林之美，而是反映人文现实生活。

二、《楚辞》中的山水呈现

《楚辞》是继《诗经》之后于南方兴起的新诗体，《诗经》反映黄河流域中原文化的现实生活，以屈原作品为代表的楚辞则充满江淮流域的地方色彩。[1] 班固《汉书·地理志》云：

> 楚有江汉川泽山林之饶；江南地广，或火耕水耨。民食鱼稻，以渔猎山伐为业，果蓏蠃蛤，食物常足。故呰窳偷生，而亡积聚，饮食还给，不忧冻饿，亦亡千金之家。信巫鬼，重淫祀。而汉中淫失枝柱，与巴蜀同俗。汝南之别，

---

① (清)纪昀总纂：《四库全书总目提要·第四册》，河北人民出版社1989年版，第3813页。其书在《楚辞章句十七卷》项下云："初，刘向裒集屈原《离骚》《九歌》《天问》《九章》《远游》《卜居》《渔父》，宋玉《九辨》《招魂》，景差《大招》，而以贾谊《惜誓》、淮南小山《招隐士》、东方朔《七谏》、严忌《哀时命》、王褒《九怀》及向所作《九叹》，共为《楚辞》十六篇，是为总集之祖。"其书谓刘向将自己与屈原、宋玉、景差、贾谊、淮南小山、东方朔、严忌、王褒等人之作品合集为楚辞，其中屈原作品最多且时代最早，故称其为楚辞之代表。

皆急疾有气势。江陵，故郢都，西通巫、巴，东有云梦之饶，亦一都会也。[①]

相对于中原北方地区，南方楚国偏远，风俗迥异。楚人"信巫鬼，重淫祀"，信仰神秘力量，自然环境遽变时，感到人力微薄，于是寄托外界各种物体，山有山神，水有河神，土有土神，楚人藉由祭祀与祂们对话，《九歌》就是一套祭祀鬼神的舞曲[②]，《东皇太一》描绘娱神的仪式：

> 吉日兮辰良，穆将愉兮上皇。抚长剑兮玉珥，璆锵鸣兮琳琅。
> 瑶席兮玉瑱，盍将把兮琼芳。蕙肴蒸兮兰藉，奠桂酒兮椒浆。
> 扬枹兮拊鼓，疏缓节兮安歌，陈竽瑟兮浩倡。灵偃蹇兮姣服，
> 芳菲菲兮满堂。五音纷兮繁会，君欣欣兮乐康。[③]

整首诗细致描写巫师手握长剑，琳琅起舞，道服玉佩铿锵作响，供桌上摆满佳肴椒浆桂酒，加以歌唱击鼓，用隆重的迎神祭礼，期待神明欢欣降临。

相较之下，《诗经》的作者是靠自然维生的平民百姓，非一时一地一人，反映的是质朴天真的现实生活，《楚辞》作者则是屈原、宋玉一类的贵族士大夫，教育程度不同，接触的事物不同，加上所处山水环境奇特多变，即所谓"楚有江汉川泽山林之饶，江南地广"，因此容易幻想，富有高度浪漫精神，内容具有超现实的天人关系，如写人神之恋的《湘夫人》《湘君》，借湘水神表达"望夫君兮未来，吹参差兮谁思"候人不来的怅惘之情。地理环境南北迥异，《楚辞》展示的人文与自然的关系亦自相异。

（一）山水植物象征品德

《诗经》提及的草木植物，大都用于满足口腹之欲，以维持生命成长，《楚辞》中的植物则多有象征意义，品格多高尚。《离骚》"纷吾既有此内美兮，又重之以修

---

① （东汉）班固：《汉书·地理志·第八下》，中华书局1997年版，第1666页。

② （宋）洪兴祖撰：《楚辞补注》，汉京文化事业有限公司1983年版，第54页。王逸《楚辞章句》："《九歌》者，屈原之所作也。昔楚国南郢之邑，沅、湘之间，其俗信鬼而好祠。其祠，必作歌乐鼓舞以乐诸神。屈原放逐，窜伏其域，怀忧苦毒，愁思沸郁。出见俗人祭祀之礼，歌舞之乐，其词鄙陋。因为作《九歌》之曲，上陈事神之敬，下见己之冤结，托之以风谏。故其文意不同，章句杂错，而广异义焉。"

③ （宋）洪兴祖撰：《楚辞补注》，汉京文化事业有限公司1983年版，第55～56页。

能。扈江离与辟芷兮，纫秋兰以为佩"①，将"内美""修能"与"江离""辟芷""秋兰"等香草并举，暗示自己具有美好的品德，诗中所述的江边香草并非供采食以养生，而是内在精神的发扬。采摘秋兰后，将它佩戴在身上，以显格调。《九章》中的《思美人》亦用芳草暗示品格高尚：

> 揽大薄之芳茝兮，搴长洲之宿莽。惜吾不及古人兮，吾谁与玩此芳草。
> 解萹薄与杂菜兮，备以为交佩。佩缤纷以缭转兮，遂萎绝而离异。②

屈原把古人的品德与芳草联想在一起，谦称自己不如古人高尚之情操，用芳草比喻自己。诗中列举芳茝、宿莽、萹薄、杂菜等植物，前两种为香草，象征忠臣，后两种则杂草，隐喻小人。忠臣佩戴香草，奸臣则佩戴恶草，自然山水中的植物象征品德的高贵或卑劣。其他如：

> 制芰荷以为衣兮，集芙蓉以为裳。（《离骚》）
> 薋菉葹以盈室兮，判独离而不服。（《离骚》）
> 山中人兮芳杜若，饮石泉兮荫松柏。（《山鬼》）

第一句描写以芰荷芙蓉等植物为衣裳，第二句写以薋菉葹等植物为房屋装饰，第三句直接强调山中人犹如杜若一样芬芳，处处可见文学技巧，将人的品性与山水自然植物联结，含蓄委婉赞扬自己的高风亮节。王逸《楚辞章句》言："《离骚》之文，依《诗》取兴，引类譬谕，故善鸟香草，以配忠贞，恶禽臭物，以比谗佞。"③

（二）山水与避世隐遁意识

中国的知识分子，人生选择有"仕"和"隐"二条道路，官场得意时，选择出仕发挥才能，不得意时退隐山林。屈原屡遭小人陷害，选择"仕"来展现对楚王的忠心，对国家的关怀，但仍敌不过黑暗势力的侵袭，《离骚》和《九章》等作品透

---

① （宋）洪兴祖撰：《楚辞补注》，汉京文化事业有限公司1983年版，第4页。
② （宋）洪兴祖撰：《楚辞补注》，汉京文化事业有限公司1983年版，第148页。
③ （宋）洪兴祖撰：《楚辞补注》，汉京文化事业有限公司1983年版，第2页。

露出被放逐后的忧心烦乱，从而有隐遁山林之想。①《离骚》云：

> 世溷浊而不分兮，好蔽美而嫉妒；朝吾将济于白水兮，登阆风而绁马……
> 何离心之可同兮，吾将远逝以自疏；遭吾道夫昆仑兮，路修远以周流……
> 国无人莫我知兮，又何怀乎故都？既莫足与为美政兮，吾将从彭咸之所
> 居②

屈原受小人嫉妒，情操高尚却不见容于世，于是有"吾将远逝以自疏"的想法，想要逃离痛苦环境，投入山水自然之怀抱——"朝吾将济于白水兮""遭吾道夫昆仑兮""吾将从彭咸之所居"。《九章·涉江》亦表达同样的逸隐之志：

> 哀吾生之无乐兮，幽独处乎山中，吾不能变心而从俗兮，固将愁苦而终
> 穷③

屈原对楚王一片赤心忠胆，可是周围尽是"竞进以贪婪"的奸佞小人，所以"哀吾生之无乐兮，幽独处乎山中"。唯有忘世于山中，暂时避隐山中带着愁苦，不能真正忘怀庙堂，因此无奈地说"固将愁苦而终穷"。又如：

> 心絓结而不解兮，思蹇产而不释；将运舟而下浮兮，上洞庭而下江。（《九章·哀郢》）
>
> 愁悄悄之常悲兮，翩冥冥之不可娱；凌大波而流风兮，托彭咸之所居。上高岩之峭岸兮，处雌蜺之标颠。据青冥而摅虹兮，遂儵忽而扪天。（《九章·悲回风》）
>
> 长濑湍流溯江潭兮，狂顾南行聊以娱心兮：轸石崴嵬塞吾愿兮，超回志度行隐进兮；低徊夷犹宿北姑兮，烦冤瞀容实沛徂兮。愁叹苦神灵遥思兮。路远处幽又无行媒兮。道思作颂聊以自救兮。忧心不遂，斯言谁告兮。（《九章·抽思》）

---

① （宋）洪兴祖撰：《楚辞补注》，汉京文化事业有限公司1983年版，第2页。王逸《楚辞章句·楚辞·卷第一》云："屈原执履忠贞而被谗衰，忧心烦乱，不知所愬，乃作《离骚经》……其子襄王，复用谗言，迁屈原于江南。屈原放在草野，复作《九章》，援天引圣，以自证明，终不见省。"

② （宋）洪兴祖撰：《楚辞补注》，汉京文化事业有限公司1983年版，第30页。

③ （宋）洪兴祖撰：《楚辞补注》，汉京文化事业有限公司1983年版，第130～131页。

在顺境中，人通常会受环境制约而顺应融入，但处于逆境且异己力量大于自己时，往往有逃脱的念头，屈原在如此不安的官场中求生存，进谏言未受采纳，反遭小人陷害，"忠湛湛而愿进兮，妒被离而鄣之"，遭受巨大身心煎磨后的作品呈现内心悲愤，面对山水自然景物才有短暂的安宁。他在<u>写作布局安排上，常并列"己悲而返山水"</u>的紧松结构。如《九章·哀郢》云"心絓结而不解兮，思蹇产而不释"，两句表己悲，心情是紧缩的，接着是松放，"将运舟而下浮兮，上洞庭而下江"显示返归山水，获得暂时的解脱。《九章》中的《悲回风》和《抽思》用"愁悄悄之常悲兮，翩冥冥之不可娱"及"狂顾南行聊以娱心兮"示悲愤、紧绷之情，然后以"凌大波而流风兮，托彭咸之所居"及"长濑湍流溯江潭兮"写返照山水，追求放脱之情。情绪上的收放，用并列结构呈现出来，让人加倍体会其内心之痛，隐山水之暂适。

（三）山水与贬谪怀乡情结

任官，官务繁忙，人事纷扰，同事接触多了之后，意见常有不合，于是大半精力皆花在人际关系上，而无暇亲临山水，体悟山水之趣。除非调职或流放偏远地区，才能真正接近自然山水。屈原、宋玉皆有放逐的经历[①]，在流放途中接触山水，所以有描写山水的作品。

东汉王逸《楚辞章句·九章序》中说："屈原放于江南之野，思君念国，忧心罔极，故复作《九章》。"《天问》序中说："屈原放逐，忧心愁悴，彷徨山泽，经历陵陆，嗟号旻昊，仰天叹息……以渫愤懑，舒泻愁思。"[②]屈原放逐于江南之野，远离郢都，称不上成功的政治家，但迁谪后有机会面对广辽的山泽陵陆，却意外成为至情至性的文学家。刘勰评其作品曰："屈平之所以洞监'风'、'骚'之情者，抑亦江山之助乎！"[③]在山水的陶冶下，作品增添了许多内涵。

流放生涯中，屈原无时无刻不想念故乡，他的《哀郢》写"鸟飞反故乡兮，狐死必首丘。信非吾罪而弃逐兮，何日夜而忘之"，借山水景物抒发乡愁。《涉江》写贬谪途中所感：

---

① （西汉）司马迁：《史记·屈原贾生列传第二十四》，中华书局 1997 年版，第 2485 页。云："令尹子兰闻之大怒，卒使上官大夫短屈原于顷襄王，顷襄王怒而迁之。"

② （宋）洪兴祖撰：《楚辞补注》，汉京文化事业有限公司 1983 年版，第 120，85 页。

③ （南朝·梁）刘勰著，陆侃如、牟世金译注：《文心雕龙译注·物色篇》，齐鲁书社 1996 年版，第 553 页。

哀南夷之莫吾知兮，旦余济乎江湘。乘鄂渚而反顾兮，欸秋冬之绪风。步余马兮山皋，邸余车兮方林。乘舲船余上沅兮，齐吴榜以击汰。船容与而不进兮，淹回水而疑滞。朝发枉陼兮，夕宿辰阳。苟余心其端直兮，虽僻远之何伤。入溆浦余儃佪兮，迷不知吾所如。深林杳以冥冥兮，猿狖之所居。山峻高以蔽日兮，下幽晦以多雨。霰雪纷其无垠兮，云霏霏而承宇。哀吾生之无乐兮，幽独处乎山中。吾不能变心而从俗兮，固将愁苦而终穷……①

"哀南夷之莫吾知兮，旦余济乎江湘"，这两句说受谗言所害而无人明白忠心之志，于是带着委屈离开楚国，即将启程前往僻远之地。②乘船途中经过重山迭岭，茂密深林，层云幽晦、多雨霰雪，不见天日的景象让人惴栗不安，郢都才是漂泊心灵的避风港，由此怀乡。诗中多处藉山水抒发内心愁悴。"乘鄂渚而反顾兮，欸秋冬之绪风"写乘船离开时频频回望故都，衬以秋冬之寒风，场面十分凄凉。"船容与而不进兮，淹回水而疑滞"述乘舟顺水而下却遇回旋之水而难以前进，表面写河川湍险，实写不忍远离家乡。"入溆浦余儃佪兮，迷不知吾所如"，再次强调远离故乡内心焦虑不安。以隐喻手法道出"深林杳以冥冥兮，猿狖之所居"，猿狖以深林为居，人亦应以楚都为乡，不应离去。

上述诸句写贬途时之山水景象，峻险幽晦，寄寓内心恐惧愁苦之思乡情怀，融情入景，山水因之带有浓浓失意之惆怅意味。后世山水诗抒写流贬生活中的乡愁，皆能在屈原身上找到遗传基因。再看宋玉《九辩》：

悲哉秋之为气也！萧瑟兮，草木摇落而变衰。憭栗兮，若在远行。登山临水兮，送将归。泬寥兮，天高而气清；寂寥兮，收潦而水清。憯凄增欷兮，薄寒之中人；怆怳懭悢兮，去故而就新；坎廪兮，贫士失职而志不平；廓落兮，羁旅而无友生；惆怅兮，而私自怜。③

王逸《楚辞章句·九辩》序曰："宋玉者，屈原弟子也。闵惜其师，忠而放逐，故作《九辩》以述其志。"《九辩》感怀屈原而作，"憭栗兮""坎廪兮""廓落兮"

---

① （宋）洪兴祖撰：《楚辞补注》，汉京文化事业有限公司1983年版，第129～131页。
② （西汉）司马迁：《史记·屈原贾生列传第二十四》，中华书局1997年版，第2481页。载："上官大夫见而欲夺之，屈平不与，因谗之曰：'王使屈平为令，莫不知，每一令出，平伐其功，以为"非我莫能为"也。'王怒而疏屈平。"
③ （宋）洪兴祖撰：《楚辞补注》，汉京文化事业有限公司1983年版，第182～183页。

等词直述落拓感，此等失落感受悲秋的自然景色引发。登山临水之际，所见则为天高气清、潦收水清的大自然景象，秋天"草木摇落而变衰"的萧条景象更强化内心"沆瘵兮""寂寥兮"的孤独情调。孤独失志之灵魂与秋天摇落的万物衰景相应，虽被放逐远行，然有"送将归"的怀乡之情。

与《涉江》比较，《九辩》喜欢状写秋天的衰亡景象，突出视觉，《涉江》强调"秋冬之绪风"，突出触觉。宋玉的悲秋为后人激赏，成为典范，发扬了屈原"欸秋冬之绪风"之哀叹。悲秋意识通常融入山水景象之中，寄寓政治上遭遇挫败，受小人构陷，正义无法伸张，哀怜国家即将晦暗的普遍心理。文人遭贬而流亡他乡，内心仍眷恋乡国，这种情景深刻植入中国历代文学的书写传统中。

《楚辞》描写的山水景物诗句，主要在《天问》序所言"以渫愤懑，舒泻愁思"，无暇歌咏山水之美，与山水关涉的诗句占全诗比例甚小，焦点仍放在追溯《卜居》"竭知尽忠，而蔽鄣于谗"之旨。因此，《楚辞》不能称作山水诗，可视为山水诗之胚胎，具备生命，尚未成形。

三、汉赋中的山水呈现

《诗经》《楚辞》之后，汉代兴起新的文学样式——赋。班固说："赋也者，古诗之流也。"刘勰《文化雕龙·诠赋》又说："赋也者，受命于诗人，拓宇于《楚辞》者也。"[1] 两人皆指出汉赋与《诗经》《楚辞》的演变关系。关于山水景物的描写，《诗经》《楚辞》中只零星出现，技巧仍以比兴为主，山水景物作为陪衬，在《诗经》中，它们是人类的衣食父母；而在《楚辞》中，它们又成抒发情绪的特效药。对这些作家来说，山水景物并无太大的审美价值，而在之后的汉赋中，它们又有新的化身。

刘勰《文化雕龙·诠赋》说"赋者，铺也，铺采摛文，体物写志也"，揭示汉赋极力摹写万物细部的特点，《诗经》《楚辞》描写山水景物时运用比兴手法，以景衬情，汉赋则极力刻画山水景物。

（一）山水与歌颂帝王——讽刺手法

秦末楚汉相争，刘邦打败项羽，开创四百年国祚。西汉开国，先前战乱导致元气大伤，汉高祖实施与民休养生息的政策。到了汉武帝，好大喜功，开疆拓土，北

---

① （南朝·梁）刘勰著，陆侃如、牟世金译注：《文心雕龙译注》，齐鲁书社1996年版，第160页。

伐匈奴，吞灭南越国，国土疆域大幅扩展。生活在政治较为安定，国力强盛的时代里，文学作品中较少看到悲凉的哀叹，描写山川景色时大都歌颂广大壮丽，这是歌功颂德的具体表现。辞赋家伴随皇帝打猎娱乐，描绘真实接触山林的细部面貌，艺术技巧高超。司马相如《上林赋》摹写山水景象[①]：

> 君未睹夫巨丽也，独不闻天子之上林乎？左苍梧，右西极。丹水更其南，紫渊径其北。终始灞浐，出入泾渭。酆镐潦潏，纡余委蛇，经营乎其内。荡荡乎八川分流，相背而异态。东西南北，驰骛往来。出乎椒丘之阙，行乎洲淤之浦。经乎桂林之中，过乎泱漭之野。汩乎混流，顺阿而下，赴隘陕之口。触穿石，激堆埼，沸乎暴怒，汹涌彭湃。滭弗宓汩，偪侧泌瀄。横流逆折，转腾潎洌。滂濞沆溉，穹隆云桡，宛潬胶盭。踰波趋浥，莅莅下濑。批岩冲拥，奔扬滞沛。临坻注壑，瀺灂霣坠。沉沉隐隐，砰磅訇磕。潏潏淈淈，湁潗鼎沸。驰波跳沫，汩濦漂疾，悠远长怀。寂漻无声，肆乎永归。然后灝溔潢漾，安翔徐回。翯乎滈滈，东注太湖，衍溢陂池。

这一段描写水川景象可谓细腻，尤其是"触穿石，激堆埼"以下数句，描绘水流蜿蜒曲折，时而盛大，水声彭湃，时而缓和，水声滂濞，沉沉隐隐，千姿百态，最后水川流入太湖。写高山崇岭也很高明：

> 于是乎崇山矗矗，龙嵷崔巍。深林巨木，崭岩嵾嵯。九嵏巉岩，南山峨峨。岩陁甗锜，摧崣崛崎。振溪通谷，蹇产沟渎。谽呀豁閜，阜陵别隝。崴磈嵔廆，丘虚堀礨。隐辚郁壨，登降施靡，陂池貏豸。沇溶淫鬻，散涣夷陆。亭皋千里，靡不被筑。揜以绿蕙，被以江蓠。糅以蘪芜，杂以留夷。布结缕，攒戾莎，揭车衡兰，槀本射干。茈姜襄荷，葴持若荪。鲜支黄砾，蒋芧青薠。布濩闳泽，延曼太原。离靡广衍，应风披靡。吐芳扬烈，郁郁菲菲。众香发越，肸蠁布写，晻薆咇茀。

描写高山的矗矗崔巍峨峨等高耸状态，亦写溪流山谷和山中植物芬芳。"揜以绿蕙"以下至"蒋芧青薠"诸句，罗列绿蕙、江蓠、蘪芜、留夷、戾莎、揭车、衡兰、射干等香草。极写祖国山河壮丽伟大的背后，亦状写富丽堂皇的宫殿建筑。如：

---

① （南朝·梁）萧统主编：《昭明文选》，华夏出版社2000年版，第210～215页。

于是乎离宫别馆，弥山跨谷。高廊四注，重坐曲阁。华榱璧珰，辇道纚属。步櫩周流，长途中宿。夷嵕筑堂，累台增成。

又如：

卢橘夏熟，黄甘橙楱。枇杷橪柿，樗柰厚朴。樗枣杨梅，樱桃蒲陶。隐夫薁棣，答沓离支。罗乎后宫，列乎北园。

在风景秀丽的山川中建筑后宫，后宫有食用不尽之美果，极尽豪侈之享乐生活。虽歌颂帝国壮大，也隐含讽刺意味。[①]

全诗两千多字，歌咏山水自然景物占比不高，司马相如详细描绘山水，主旨仍放在讽刺帝王——"若夫终日驰骋，劳神苦形。罢车马之用，抏士卒之精。费府库之财，而无德厚之恩。务在独乐，不顾众庶。忘国家之政，贪雉兔之获"。然其摹写山水之技巧可为后代山水诗人借鉴模仿。再看班固《西都赋》对山水自然环境的描绘：

封畿之内，厥土千里。逴跞诸夏，兼其所有。其阳则崇山隐天，幽林穹谷。陆海珍藏，蓝田美玉。商洛缘其隈，鄠杜滨其足。源泉灌注，陂池交属。竹林果园，芳草甘木。郊野之富，号为近蜀。其阴则冠以九嵕，陪以甘泉，乃有灵宫起乎其中。秦汉之所极观，渊云之所颂叹，于是乎存焉。下有郑白之沃，衣食之源。提封五万，疆场绮分。沟塍刻镂，原隰龙鳞。决渠降雨，荷插成云。五谷垂颖，桑麻铺棻。东郊则有通沟大漕，溃渭洞河。泛舟山东，控引淮湖，与海通波。西郊则有上囿禁苑，林麓薮泽，陂池连乎蜀汉。缭以周墙，四百余里。离宫别馆，三十六所。神池灵沼，往往而在。其中乃有九真之麟，大宛之马。黄支之犀，条支之鸟。逾昆仑，越巨海。殊方异类，至于三万里。[②]

开头先歌颂国土广大，"封畿之内，厥土千里"。接着铺陈山水景物，井然有序地依立体空间来排列，"其阳……其阴……下有……东郊则有……西郊则有……其中乃

①　（南朝·宋）范晔：《后汉书·文苑列传·杜笃传》，中华书局1997年版，第2595～2596页。载："臣不敢有所据。窃见司马相如、杨子云作辞赋以讽主上。"

②　（南朝·梁）萧统主编：《昭明文选》，华夏出版社2000年版，第7页。

有……"这样的空间铺陈手法有效地涵盖国土的四方八宇。班固借美丽的山河暗示汉朝的富庶强盛,物产丰隆,"竹林果园,芳草甘木。郊野之富,号为近蜀",山水间隐藏富美的人文景观,"乃有灵宫起乎其中""离宫别馆,三十六所"。

再看张衡《南都赋》:

> 于显乐都,既丽且康……其山则崆岘嵯嵰,嵼 嶻刺,岸 峰嵬,嶔巇屹 喆,幽谷嶜岑,夏含霜雪。或崒嶙而纚连,或谹尔而中绝。鞠巍巍其隐天,俯 而观乎云霓……尔其川渎,则湦澧蓝浕,发源岩穴。潜俜洞出,没滑瀎濙布濩 漫汗,潗浕洋溢。总括趋欿,箭驰风疾。流湍投濿,砏汃轔轧长输远逝,漻泪 减汩其水虫则有蝾龟鸣蛇,潜龙伏螭。婥鳣鲔荨,鼋鼍鲛鱬巨蚌函珠,驳瑕委 蛇。①

此赋一开头就写"于显乐都,既丽且康",点明主旨——歌颂南都的富丽堂皇。其后为"于其宫室,则有园庐旧宅,隆崇崔嵬。御房穆以华丽,连阁焕其相徽。圣皇之所逍遥,灵祇之所保绥。章陵郁以青葱,清庙肃以微微。皇祖歆而降福,弥万祀而无衰"——歌颂华丽宫室才是重点,然中间数段极力描写其间自然山水之形貌。"其山则崆岘嵯嵰"以下数句述山貌;"尔其川渎"以下数句则叙水态,兼写水虫,细说水中生物种类。

再看班固《东都赋》:

> 登灵台,考休征。俯仰乎乾坤,参象乎圣躬。目中夏而布德,瞰四裔而抗 棱。西荡河源,东澹海漘。北动幽崖,南耀朱垠。殊方别区,界绝而不邻。②

灵台建筑在群山万峦之间,登高望远,国土疆域,一览无遗。然其主旨仍不在于歌颂山河壮丽,而是惊叹"于是圣上睹万方之欢娱,又沐浴于膏泽,惧其侈心之将萌,而怠于东作也",藉山川景物以惕警圣皇。

(二)山水与赞美隐居生活

对先秦楚辞诗人来说,美丽山水是非自愿的暂居寓所,屈原仍以国家社会为

---

① (南朝·梁)萧统主编:《昭明文选》,华夏出版社2000年版,第96页。
② (南朝·梁)萧统主编:《昭明文选》,华夏出版社2000年版,第24页。

念，现实政治迫使他暂离郢都，其内心还是向往政治生活，对楚王一片忠贞。汉赋作家则不同，山水风物不仅能保全生命，还能感受隐居之乐。如冯衍《显志赋》：

> 处清静以养志兮，实吾心之所乐。山峨峨而造天兮，林冥冥而畅茂；鸾回翔索其群兮，鹿哀鸣而求其友。诵古今以散思兮，览圣贤以自镇；嘉孔丘之知命兮，大老聃之贵玄；德与道其孰宝兮？名与身其孰亲？陟山谷而闲处兮，守寂寞而存神。夫庄周之钓鱼兮，辞卿相之显位①；于陵子之灌园兮，似至人之髣佛。盖隐约而得道兮，羌穷悟而入术；离尘垢之窈冥兮，配乔、松之妙节。惟吾志之所庶兮，固与俗其不同……

冯衍举钓鱼的庄子拒绝楚王以卿相相托之事为例，说明在自然山水间才能放达自我。引文中的"嘉孔丘之知命兮，大老聃之贵玄"暗含自然和名教截然二分的儒道思想。他巧妙地结合儒家"邦有道则仕，邦无道则可卷而怀之"（《论语·卫灵公》）的避居和道家"山林与，皋壤与，使我欣欣然而乐与"（《庄子·知北游》）的隐居，而更强调道家的思想，引老子"名与身其孰亲"及庄子钓于濮水之事，在在说明"山峨峨而造天兮，林冥冥而畅茂"是冯衍向往的内心休养之地。他以发乎内在的个人兴趣融入山水境界，这与屈原身在山林却心存楚阙不同。张衡《归田赋》表达同样的山水之乐：

> 于是仲春令月，时和气清；原隰郁茂，百草滋荣。王雎鼓翼，鸧鹒哀鸣；交颈颉颃，关关嘤嘤。于焉逍遥，聊以娱情。
>
> 尔乃龙吟方泽，虎啸山丘。仰飞纤缴，俯钓长流。触矢而毙，贪饵吞钩。落云间之逸禽，悬渊沉之鲂鳢。
>
> 于时曜灵俄景，继以望舒。极盘游之至乐，虽日夕而忘劬。感老氏之遗诫，将回驾乎蓬庐。弹五弦之妙指，咏周、孔之图书。挥翰墨以奋藻，陈三皇之轨模。苟纵心于域外，安知荣辱之所如。②

---

① 庄子曰："庄子钓于濮水，楚王使大夫二人往见焉。曰：'愿以境内累也。'庄子持竿不顾。曰：'吾闻楚有神龟，死已三千岁矣，王以巾笥而藏之庙堂之上。为此龟者，宁死留骨而贵乎？宁其生而曳尾涂中乎？'使者曰：'宁生曳尾涂中。'庄子曰：'往矣，吾将曳尾于涂中。'"

② （南朝·梁）萧统主编：《昭明文选》，华夏出版社2000版，第476页。

此段文字将仲春时节大自然万物生机勃勃之千姿百态细绘得令人向往。写山野植物则"百草滋荣",写飞禽美音则"关关嘤嘤",既述云间逸禽,又羡沈渊之鯈鰡。沐浴在优美的山水景物下,"于焉逍遥,聊以娱情",显示出对山水田园生活的热切,这种"极盘游之至乐",让人心甘情愿地隐居。

(三)铺陈文辞来体物写志——山水仍是配角

汉赋描写山水景物的文学技巧与《诗经》或《楚辞》的迥异,《诗经》《楚辞》主要用比兴手法,汉赋则以赋为主,细部描绘山水及相关景物。举司马相如《子虚赋》、枚乘《七发》,先看司马相如《子虚赋》:

> 云梦者,方九百里,其中有山焉。其山则盘纡岪郁,隆崇嵂崒。岑崟参差,日月蔽亏。交错纠纷,上干青云。罢池陂陀,下属江河。其土则丹青赭垩,雌黄白坿,锡碧金银。众色炫耀,照烂龙鳞。其石则赤玉玫瑰,琳珉昆吾。瑊玏玄厉,礝石碔砆。其东则有蕙圃,衡兰芷若,□穹菖蒲。茳蓠蘪芜,诸柘巴苴。其南则有平原广泽,登降陁靡,案衍坛曼。缘以大江,限以巫山。其高燥则生葴菥苞荔,薛莎青薠。其埤湿则生藏莨蒹葭,东蘠雕胡。莲藕觚卢,菴闾轩于。众物居之,不可胜图。其西则有涌泉清池,激水推移。外发芙蓉菱华,内隐巨石白沙。其中则有神龟蛟鼍,玳瑁鳖鼋。其北则有阴林,其树楩柟豫章。桂椒木兰,蘗离朱杨。樝梨梬栗,橘柚芬芳。其上则有鹓鶵孔鸾,腾远射干。其下则有白虎玄豹,蟃蜒貙犴。[①]

司马相如对云梦湖周围自然环境的描写可谓巨细靡遗。云梦湖广约九百里,描写依空间方位和内容物展开。云梦湖东边有香草植物园,南边有平原广泽,西边有涌泉清池,北边则有茂密森林,其中又有高山,有土,有石,其上有飞禽,其下有走兽。依空间方位状写之后,再细数物类,"其东则有蕙圃""其北则有阴林",罗列衡兰芷若、□穹菖蒲、茳蓠蘪芜、诸柘巴苴等草本植物,再有楩柟豫章、桂椒木兰、蘗离朱杨、樝梨梬栗、橘柚芬芳等木本植物。赋中所写云梦湖不纯粹只有山水,还有各种动植物。《子虚赋》描写山水景物技巧高超,只不过此赋主旨却在讽刺帝王奢侈。然其山水景物铺张扬厉堪为后世山水诗创作参考。再看枚乘《七发》描写波涛:

---

① (南朝·梁)萧统主编:《昭明文选》,华夏出版社 2000 年版,第 202 页。

太子曰："善，然则涛何气哉？"……疾雷闻百里；江水逆流，海水上潮；山出内云，日夜不止。衍溢漂疾，波涌而涛起。<u>其始起也</u>，洪淋淋焉，<u>若白鹭之下翔</u>。<u>其少进也</u>，浩浩澄澄，<u>如素车白马帷盖之张</u>。其波涌而云乱，扰扰焉<u>如三军之腾装</u>。<u>其旁作而奔起也</u>，飘飘焉<u>如轻车之勒兵</u>。六驾蛟龙，附从太白。纯驰浩蜺，前后骆驿。颙颙卬卬，椐椐强强，莘莘将将。壁垒重坚，<u>杳杂似军行</u>。訇隐匈磕，轧盘涌裔，原不可当。<u>观其两傍</u>，则滂渤怫郁，闇漠感突，上击下律。<u>有似勇壮之卒</u>，突怒而无畏。蹈壁冲津，穷曲随隈，踰岸出追。遇者死，当者坏。初发乎或围之津涯，荄轸谷分。回翔青篾，衔枚檀桓。弭节伍子之山，通厉骨母之场。凌赤岸，篲扶桑，<u>横奔似雷行</u>。诚奋厥武，<u>如振如怒</u>。沌沌浑浑，<u>状如奔马</u>。混混庉庉，<u>声如雷鼓</u>。发怒庢沓，清升踰跇，侯波奋振，合战于藉藉之口。鸟不及飞，鱼不及回，兽不及走。纷纷翼翼，波涌云乱。荡取南山，背击北岸。覆亏丘陵，平夷西畔。险险戏戏，崩坏陂池，决胜乃罢。澒汩潺湲，披扬流洒。横暴之极，鱼鳖失势，颠倒偃侧，沈沈湲湲，蒲伏连延。神物怪疑，不可胜言。直使人踣焉，洄闇凄怆焉。此天下怪异诡观也，太子能强起观之乎？①

这段文字描写"波涌而涛起"的情形，枚乘熟悉波涛之变化，"其始起也""其少进也"说明时间之推移，"其旁作而奔起也""观其两傍"二句强调空间之壮阔。形容浪涛之各种面态时，多处使用比喻法，如白鹭向下飞翔，之后又像丧葬车马上所悬挂的白布盖，又像秩序凌乱的三军在整理行装，用勒兵、行军、勇壮之卒、雷行、奔马、雷鼓等词语形容，极具视听之享受，俨然如将军视察部队之演习，似乎两军对战，激荡出"鸟不及飞，鱼不及回，兽不及走"的动魄场景，波澜壮阔，展现无限辽广的想象力。<u>此段引文，实已具备对山水自然景物之审美意识，然整篇用对话说明"今太子之病，可无药石针刺灸疗而已，可以要言妙道说而去也。不欲闻之乎"</u>，吴客治太子病以其说理自可治愈之道理。《七发》主旨为讽刺太子的病因是过于享乐，通过吴客为太子讲述七件事理来为其治病，其中一事理为观涛的景象叙写，<u>此段涛景描写仅是吴客为太子治病过程中所举的例子。</u>

（四）山水与审美意识渐萌

以上汉赋中写山水，或歌颂壮丽国土，或述隐居之志，或言哲理，然其对山

---

① （南朝·梁）萧统主编：《昭明文选》，华夏出版社2000年版，第1375～1376页。

水之美的欣赏把玩则阙如，仅少数几篇汉赋对山水的观察有所体悟①，如蔡邕《汉津赋》：

> 夫何大川之浩浩，披厚土以载形，纳阳谷之所吐，兼汉沔之殊名，总旴浍之群液，演西土之阴精，过曼山以左回，游襄阳而南萦，<u>于是游目骋观</u>，南援三州，北集京都，上控陇坻，下接江湖，导财运货，懋迁有无，既乃风焱萧瑟，勃焉并兴，阳侯沛以奔骛，洪涛涌以沸腾，愿乘流以上下，穷沧浪乎三澨，<u>观固宗之形兆</u>，<u>看洞庭之交会</u>。

由"<u>于是游目骋观</u>""<u>观固宗之形兆</u>""<u>看洞庭之交会</u>"三句可以判断作者有意识进行审美活动，通篇皆述山水，浩浩大川，包纳万象，流经河谷、西土、曼山，曲折百回，洪涛沸腾，风吹萧瑟。作者观赏河浪之美，进而"愿乘流以上下"。再看后汉张衡《温泉赋》：

> 阳春之月，百草萋萋，余在远行，愿望有怀。遂适骊山，观温泉，浴神井，风中峦，<u>壮厥类之独美</u>，<u>思在化之所原</u>，<u>览中域之珍</u>。无斯水之神灵，控汤谷于瀛洲，濯日月乎中营，荫高山之北延，处幽屏以闲清，于是殊方交涉，骏奔来臻，士女晔其鳞萃，纷杂沓其如絪。

张衡描写骊山温泉，观察敏锐，体悟出"壮厥类之独美"，把自己融入大自然之中，沐浴神井，听闻山峦里的风声，思索大地变化之妙，游览四周之珍宝。极写温泉环境之清闲，游客如织，高山绵延，日月倒影，景色十分静美。此赋若改以诗体抒写，已有山水诗的影子。毕竟在中国文学史的发展上，汉代仍以赋为文学主要书写体裁，《温泉赋》虽具山水之美，然其非诗，仍属赋体。

---

① 王国璎：《中国山水诗研究》，中华书局2007年版，第58～59页。王国璎举班固《终南山赋》为例说明："虽然这并不是一首山水诗，并且很可能只是一篇冗长作品中的极小部分，读者也无法确定作者创作的目的到底是规劝、讽谏或颂扬，但是就这一段对终南山水的描写，已足以证明，远在东汉时期的文人，已经具有相当成熟的模山范水的艺术技巧，同时具有赏爱与了解自然山水美的能力。"王国璎：《中国山水诗研究》，中华书局2007年版，第57～58页。他也举朱穆《郁金赋》和杨修《节游赋》为例，分别指出"作者对郁金香的体认，不仅是感性的，而且也是美学的"，"在庭园风景的描述中，表现出对生生不息的自然生命力的赞叹，以及对花卉、树木的姿态和色彩美的赏爱"。笔者认为两例所咏之物与山水景物之审美意识无关。因此，笔者想在此例之外，加以补充几例以证明汉赋已渐对山水产生审美意识。

还有一种赋，手法更是奇特，题目看似与山景有关，然内容反以记述故事为主，从作者所描写的山景看，的确具有山水审美意识。如东汉杜笃《首阳山赋》：

> 嗟首阳之孤岭，形势窟其盘曲，面河源而抗岩陇，堨隈而相属，长松落落，卉木蒙蒙，青罗落漠而上覆。穴溜滴沥而下通，高岫带乎岩侧，洞房隐于云中。忽吾睹兮二老，时采薇以从容。于是乎，乃讯其所求，问其所修：州域乡党，亲戚疋俦，何务何乐？而并兹游矣。其二老乃答余曰："吾殷之遗民也，厥胤孤竹，作蕃北湄，少名叔齐，长曰伯夷，闻西伯昌之善养老，育年艾于胡耇，遂相携而随之。冀寄命乎余寿，而天命之不常，伊事变而无方，昌伏事而毕命，子忽遘其不祥，乃兴师于牧野，遂干戈以伐商，乃弃之而来游，担不步于其乡，余闲口而不食，并卒命于山傍。"

此赋前半段写山水景物，后半部记叔齐伯夷之故事，篇幅较大。"嗟首阳之孤岭"以下数句至"洞房隐于云中"为止，皆在表达对首阳山之审美感受。孤岭形势高险盘曲，古松参天，林木茂密，山洞云绕，洞穴水滴，人烟罕至，宛如世外桃源。平淡的自然景物描写里，为后段伯夷、叔齐饿死首阳山作伏笔，此山因之而增添浪漫色彩。就内容判断，这是作者凭恃其才智而想象出来的，不过，就描写之景物看，曲山岩洞云中人渲染神秘氛围，可看出其写景应具备审美意识。

总之，在《诗经》《楚辞》和汉赋里，山水景物通常居于次要地位，这是他们的共同点，相异之处在表现手法，《诗经》和《楚辞》用比兴，前者状写现实生活，后者抒发个人情志，汉赋则模山范水，对自然景物渐有整体审美意识。从比兴到体物写志，是长足进步。

第二节　魏晋南朝之山水诗产生

山水诗的真正崛起，是在南朝。[①] 不过，山水诗的昌盛，经过魏晋长期的酝酿。山水诗的产生，最大因素是摆脱政治黑暗的魏晋士人比汉代士人更喜欢接触拥抱自

---

①　南朝的谢灵运创作了大量山水诗，其他南朝诗人继踵，南朝带动山水诗写作的风气，成为受人瞩目的文学现象。中国第一首山水诗的产生，至今仍有争议。有人认为是曹操《步出夏门行·观沧海》。丁成泉：《中国山水诗史》，文津出版社1995年版，第45页。丁成泉云："《观沧海》是山水诗孕育的历史进程中的早产儿，是现存第一首完整的山水诗。"

然山水，他们玄对山水、超越世俗而隐居山林探索玄理的生活方式促使山水诗的发展出现契机。本节即对魏晋南北朝与山水诗发展的关系进行系统性的爬梳。

一、魏晋时期之山水观（220—266—420）

魏晋承大一统汉帝国而来。在儒家思想的熏陶下，汉帝国形成政治稳定、社会安乐的局面。但到东汉末年，三个主要的政治团体——士大夫、外戚、宦官，在国家政策上有利益冲突，于是发生二次党锢之祸。知识分子人人自危，若谈论政治话题，随时性命不保，转而投身个人的专业领域，当时主要讨论的经典是《老子》《庄子》《周易》，合称"三玄"。在动荡不安的黑暗社会里，知识分子为了活命，纷纷避居山林。政治兴趣缺缺，文学的唯美意识反而兴起。文学反映生活的种种面相，在避居山林的同时，思考人与自然的关系，因为政治上的人与人关系已不可靠，儒家名教随之崩溃瓦解，人心皆思自由开放，老庄思想恰好发挥作用，于是取代儒家思想成为主流。过惯安逸生活的士大夫面临政治上的挫折，思考生命意义。一则生命短暂，宜求仙来忘怀现实的苦痛，因而将山水自然当成神仙世界。二则山林是安身之所，因而萌生隐逸思想，把山水当成精神乐园。三则，南渡文人发乎内心沉迷游历自然山水而获得逍遥自适，山水成了游乐天堂。探究魏晋诗人文学作品中的山水将有助于了解他们为何喜欢山水自然的怀抱，亦能理解为何南朝的谢灵运成为山水诗的代表诗人。

（一）山水是神仙世界

魏晋人于山水中建构出永久欢愉的神仙世界。而对动乱不安的时局和巨大的生活压力，个人生命在壶天幻境中长久的存在是内心所向往。人们常思索跳脱困境，其中一个方法就是想象与仙人交朋友或与仙人神游，在幻想的神仙世界里，没有苦痛，只有欢愉。如曹操《秋胡行》二首之二：

> 愿登泰华山，神人共远游。愿登泰华山，神人共远游。
> 经历昆仑山，到蓬莱。飘遥八极，与神人俱。
> 思得神药，万岁为期。歌以言志，愿登泰华山。
> 天地何长久！人道居之短。天地何长久！
> 人道居之短。世言伯阳，殊不知老；赤松王乔，亦云得道。

曹操建立魏国，忧虑国家的长久生存，于是他幻想与神人共远游，欲求得神药以长生不老，永久当帝王，其意识与秦始皇、汉武帝派人求取长生不老之药如出一辙。不同者，曹操是想象亲自去求神药，秦汉两皇则派人求药。又如曹植《飞龙篇》：

> 晨游泰山，云雾窈窕。忽逢二童，颜色鲜好。
> 乘彼白鹿，手翳芝草。我知真人，长跪问道。
> 西登玉堂，金楼复道。授我仙药，神皇所造。
> 教我服食，还精补脑。寿同金石，永世难老。

曹植的忧惧与其父不同，七步成诗的相残故事说明才高八斗的曹植受到其兄曹丕之妒嫉[①]，险遭不测，多亏才思敏捷才保全性命。此诗透过求仙食药，还精补脑，让才智维持长久。再如嵇康《游仙诗》：

> 遥望山上松，隆谷郁青葱。自遇一何高，独立迥无双。
> 愿想游其下，蹊路绝不通。王乔弃我去，乘云驾六龙。
> 飘飘戏玄圃，黄老路相逢。授我自然道，旷若发童蒙。
> 采药钟山隅，服食改姿容。蝉蜕弃秽累，结友家板桐。
> 临觞奏九韶，雅歌何邕邕？长与俗人别，谁能睹其踪？

嵇康思想放荡，言论颇受争议，因此见诛。[②] 他与儒家名教格格不入，既与世俗不合，因而转与仙人交友，免于沦为俗人。与嵇康同为竹林七贤的阮籍，是反抗礼教的代表人物[③]，亦藉由神游天际云汉、昆岳旸谷之幻想，抒发内心的愤懑。其《咏怀诗八十二首之三十五》说：

---

① （唐）李延寿《南史·谢灵运传》："谢灵运曰：'天下才共一石，曹子建独得八斗，我得一斗，自古及今共享一斗。'"

② （唐）房玄龄等撰：《晋书·卷四十九·嵇康传》，中华书局 1997 年版，第 1373 页。房玄龄谓："诚以害时乱教，故圣贤去之。康、安等言论放荡，非毁典谟，帝王者所不宜容。宜因衅除之，以淳风俗。帝既昵听信会，遂并害之。"

③ （唐）房玄龄等撰：《晋书·卷四十九·阮籍列传》，中华书局 1997 年版，第 1361 页。载曰："楷曰：'阮籍既方外之士，故不崇礼典。我俗中之士，故以轨仪自居。'时人叹为两得。籍又能为青白眼，见礼俗之士，以白眼对之。及嵇喜来吊，籍作白眼，喜不怿而退。喜弟康闻之，乃赍酒挟琴造焉，籍大悦，乃见青眼。由是礼法之士疾之若仇，而帝每保护之。"

世务何缤纷。人道苦不遑。壮年以时逝。朝露待太阳。

愿揽羲和辔。白日不移光。天阶路殊绝。云汉邈无梁。

濯发旸谷滨。远游昆岳傍。登彼列仙岨。采此秋兰芳。

时路乌足争。太极可翱翔。

起始二句表明对纷扰人事之厌烦，于是有徜徉山水自然翱翔之念头，"濯发旸谷滨。远游昆岳傍"二句说逃离现世之心愿。到达高山后，求取仙药，故接以"登彼列仙岨，采此秋兰芳"二句。

远离人世，幻想与神仙交友，或采药服食，状写山水景物来陪衬求仙目的亦是自然之事，于是在歌咏仙人之趣时，山林之美随之入诗。如郭璞《游仙诗十四首之十》说：

璇台冠昆岭。西海滨招摇。琼林笼藻映。碧树疏英翘。

丹泉漂朱沫。黑水鼓玄涛。寻仙万余日。今乃见子乔。

振发睎翠霞。解褐礼绛霄。总辔临少广。盘虬舞云轺。

永偕帝乡侣。千龄共逍遥。

"璇台冠昆岭"以下六句描写寻仙万余日的过程，所见碧树、琼林、丹泉、玄涛皆为山水美景。诗的后半段则写见到仙人子乔后的逍遥自适。其《游仙诗十四首之八》亦云：

旸谷吐灵曜。扶桑森千丈。朱霞升东山。朝日何晃朗。

回风流曲棂。幽室发逸响。悠然心永怀。眇尔自遐想。

仰思举云翼。延首矫玉掌。啸傲遗世罗。纵情在独往。

明道虽若昧。其中有妙象。希贤宜励德。羡鱼当结网。

诗的前六句精心描绘山水妙丽仙境，旭日东升，神木千丈，东山朱霞，玄远壮丽，幻想如同神仙遗世而独立。又如庾阐《采药诗》：

采药灵山嶅。结驾登九嶷。悬岩溜石髓。芳谷挺丹芝。

泠泠云珠落。漼漼石蜜滋。鲜景染冰颜。妙气翼冥期。

霞光焕藿靡。虹景照参差。椿寿自有极。槿花何用疑。

又支遁《八关斋诗三首之三》云：

> 靖一潜蓬庐。怃怃泳初九。<u>广漠排林筱。流飚洒隙牖。</u>
> 从容遐想逸。采药登崇阜。<u>崎岖升千寻。萧条临万亩。</u>
> <u>望山乐荣松。瞻泽哀素柳。解带长陵陂。婆娑清川右。</u>
> <u>泠风解烦怀。寒泉濯温手。</u>寥寥神气畅。钦若盘春薮。
> 达度冥三才。恍惚丧神偶。 游观同隐丘。愧无连化肘。

两诗中皆状山水美景，诗人登山采药，与自然长期接触而生关怀，多一分真实自然景物，就少一分虚幻。

对魏晋诗人来说，山水是神仙世界，可在其中追求长生不老，采药求仙，避开凡俗之事。叙写求仙，兼及渲染山水景物，开始关注山水本身之美，这也是南朝山水诗兴盛的原因。

（二）山水是精神家园

在人生的抉择上，知识分子深受孔子主张的"用之则行，舍之则藏"的影响，得志时，则在朝廷贡献才能，走上"仕"的道路，不得志时，则退隐山林，远离政治。东汉末年政局不稳，经历二次党锢之祸的摧残之后，知识分子的用世之志已消磨殆尽，在朝不谈政治敏感话题，以免落人把柄。山林成为仕宦者的精神家园，他们成为心境上的逸士，毕志丘园[①]。我们可从魏晋文人的作品发现他们对隐逸生活的向往，如左思《招隐诗》：

> 杖策招隐士，荒涂横古今。岩穴无结构，丘中有鸣琴。
> 白雪停阴冈，丹葩曜阳林。石泉漱琼瑶，纤鳞亦浮沈。
> 非必丝与竹，山水有清音。何事待啸歌，灌木自悲吟。
> 秋菊兼糇粮，幽兰间重襟。踌躇足刀烦，聊欲投吾簪。

除前后四句外，中间十二句都在描写山林优美景色。岩穴、白雪、丹葩、石泉、纤

---

① （北齐）魏收撰：《魏书·卷九十·逸士列传》中华书局1997年版，第1939页。史臣曰："古之所谓隐者，非伏其身而不见也，非闭其言而不出也，非藏其智而不发也。盖以恬淡为心，不矫不昧，安时处顺，与物无私者也。眭夸辈忘怀缨冕，毕志丘园。或隐不违亲，贞不绝俗；或不教而劝，虚往实归。非有自然纯德，其孰能至于此哉？"

鳞、灌木、秋菊、幽兰等物象构成闲远环境，适合隐士居住。左思述说"聊欲投吾簪"弃官之志，也招唤志同道合的友人，"杖策招隐士"投入山林，成为隐士。再看陆机《招隐诗》：

> 明发心不夷，振衣聊踯躅。踯躅欲安之，幽人在浚谷。
> 朝采南涧藻，夕息西山足。轻条象云构，密叶成翠幄。
> 激楚伫兰林，回芳薄秀木。山溜何泠泠，飞泉漱鸣玉。
> 哀音附灵波，颓响赴曾曲。至乐非有假，安事浇醇朴？
> 富贵苟难图，税驾从所欲。

陆机描述的隐士生活满足幸福，"朝采南涧藻，夕息西山足"，接着用八句勾勒山林之美景，最后两句表达舍弃官位，选择与世无争的隐士生活。再看张协《杂诗十首之九》：

> 结宇穷冈曲。耦耕幽薮阴。荒庭寂以闲。幽岫峭且深。
> 凄风起东谷。有渰兴南岑。虽无箕毕期。肤寸自成霖。
> 泽雉登垄雊。寒猿抚条吟。溪壑无人迹。荒楚郁萧森。
> 投耒循岸垂。时闻樵采音。重基可拟志。回渊可比心。
> 养真尚无为。道胜贵陆沉。游思竹素园。寄辞翰墨林。

前两句明显看出居住山林已有一段时间，"结宇"说明在山中建筑屋舍，"耦耕"说农耕生活，"荒庭寂以闲"以下数句描写山林生活环境。孙绰的《秋日》也描写山居生活：

> 萧瑟仲秋月，飙戾风云高。山居感时变，远客兴长谣。
> 疏林积凉风，虚岫结凝霄。湛露洒庭林，密叶辞荣条。
> 抚叶悲先落，攀松羡后凋。

孙绰描述山居生活的季节变化，描写各种山水景物，抚叶攀松，以触觉感受写大自然变化，若非认定山居生活是好的人生选择，很难写出如此细致的诗句来。

魏晋部分士人已开始居住在自然环境里，与山水为伍，渐渐体察出自然山水本身之美，在作品中呈现其感受，这些诗人将山水当作精神家园①，其关注山水生活环境的书写过程是南朝山水诗大量出现的原因之一。

（三）园林山水是游乐天堂

山水自然在人类有文明以前就已存在。随着人类长期生活实践，对自然的认识逐渐从物质实用性目的升华为审美性鉴赏。有时为了满足游山玩水之趣，须长途跋涉，翻越崇山峻岭，到达山明水秀之世外桃源，居宅附近就能享受山林之乐，内心享受片刻安宁的需求就能得到满足，于是财贵之士便想在居处周围依山水形貌造建园林。晋朝石崇在近郊打造黄金园林，极尽奢华之能事，园林山水可供自己或宾客游览行乐，显示地位崇高。《晋书·石崇传》载云："崇有别馆在河阳之金谷，一名梓泽，送者倾都，帐饮于此焉。"②《晋书·刘琨传》云："时征虏将军石崇河南金谷涧中有别庐，冠绝时辈，引致宾客，日以赋诗。"③石崇建有富丽的园林别墅，对他来说，园林山水是游乐天堂。

石崇《金谷诗叙》亦曰："余以元康六年，从太仆卿出为使，持节监青、徐诸军事、征虏将军。有别庐在河南县界金谷涧中，或高或下，有清泉茂林，众果竹柏、药草之属，莫不毕备。又有水碓、鱼池、土窟，其为娱目欢心之物备矣。"石崇友人潘岳《金谷集作诗》诗云：

> 王生和鼎实，石子镇海沂。亲友各言迈，中心怅有违。
> 何以叙离思？携手游郊畿。朝发晋京阳，夕次金谷湄。
> <u>回溪萦曲阻，峻阪路威夷。绿池泛淡淡，青柳何依依。</u>
> <u>滥泉龙鳞澜，激波连珠挥。前庭树沙棠，后园植乌椑。</u>
> <u>灵囿繁若榴，茂林列芳梨。</u>饮至临华沼，迁坐登隆坻。
> 玄醴染朱颜，但愬杯行迟。扬桴抚灵鼓，箫管清且悲。
> 春荣谁不慕？岁寒良独希！投分寄石友，白首同所归。④

① 王国璎：《中国山水诗研究》，联经出版社1986年版，第101页。王国璎指出："隐士遁入山水的基本动机是由于不能或不愿和现实社会认同，因而隐身于山谷林野，以便远离当政者的权势，或避开混乱不安的世局。可是经过儒道哲学的理论化，隐逸已不再是单纯的逃避行为，却可以解释成一种具有道德批判性的政治姿态，也可以代表一种人生理想的索求。"

② （唐）房玄龄等撰：《晋书·卷三十三·石苞子乔·子崇传》，中华书局1997年版，第1006页。

③ （唐）房玄龄等撰：《晋书·卷六十二·刘琨列传》，中华书局1997年版，第1679页。

④ （南朝·梁）萧统主编：《昭明文选》，华夏出版社2000年版，第713页。

"何以叙离思"说出欲到金谷园一游的动机。"回溪萦曲阻"以下十句则细绘金谷园美丽的自然风貌，滥泉、激波是池上周围特殊的景象，沙棠和乌椑是栽种的特殊植物。回溪、峻阪强调山水景物，变换莫测。对石崇及其他达官显宦来说，金谷园宛如游乐天堂。又如，曹丕有《芙蓉池作》：

> 乘辇夜行游，逍遥步西园。双渠相溉灌，嘉木绕通川。
> 卑枝拂羽盖，修条摩苍天。惊风扶轮毂，飞鸟翔我前。
> 丹霞夹明月，华星出云间。上天垂光采，五色一何鲜！
> 寿命非松乔，谁能得神仙。①

曹丕深夜乘坐贵族之车至西园游览，西园应是皇宫近郊园林。"双渠相溉灌"以下数句描写夜色中的山水景象，朦朦之美景令人产生遐想。皇宫贵族兴建的园林通常仍在求"娱目欢心"。再如曹植《公宴诗》：

> 公子敬爱客，终宴不知疲。清夜游西园，飞盖相追随。
> 明月澄清景，列宿正参差。秋兰被长阪，朱华冒绿池。
> 潜鱼跃清波，好鸟鸣高枝。神飚接丹毂，轻辇随风移。
> 飘飘放志意，千秋长若斯。②

摆宴设酒食后，好客的曹植清夜游览西园。"明月澄清景"以下数句描绘优美明月映照下的秋兰、朱华、潜鱼、好鸟、神风等，景色清幽怡人，娱了曹目欢了曹心。魏晋时期的达官贵人已有诗作描写园林山水景象，这也是促成南朝山水诗大量出现的原因。

魏晋时，山水诗之幼苗已渐萌生，主要植根在神仙山水、精神山水、天堂山水的肥沃土壤中。对魏晋人来说，山水是神仙世界，亦是精神家园，是游览天堂，诗中描写山水景物，但只零星，尚未大量出现，真正开花结果是在谢灵运、谢朓、陶渊明等有意识地将山水独立当作审美对象之后，山水诗才真正成为文学的类型。

---

① （南朝·梁）萧统主编：《昭明文选》，华夏出版社 2000 年版，第 767 页。
② （南朝·梁）萧统主编：《昭明文选》，华夏出版社 2000 年版，第 676 页。

二、南朝山水诗的四种类型（420—589）

魏晋山水诗出现的因素有三，如上述。山水诗的胚胎在其间汲取养分，经过长期酝酿之后，在南朝蔚为大观。[①] 山水诗在南朝大量出现，谢灵运是山水诗的祖师爷，开宗立派，成为后世山水诗的典范。南朝一百多年的时间里，诗人们或因个人遭遇，或因时代风气，或因个性喜好，写出的山水诗风貌各异。

南朝的山水诗远多于魏晋的，分类不是贴标签，将谢灵运归为玄理山水诗人并不意味着他不作其他类型山水诗，也不是说宦游山水诗人谢朓不写玄理山水诗。以下将山水诗分田园山水诗、玄理山水诗、宦游山水诗、宫廷游宴山水诗四类。

（一）田园山水诗——陶渊明（晋宋）

田园山水诗指诗作内容兼及田园风光和山水景物。王国璎认为唐代的王维、孟浩然将陶诗中恬淡的情趣融汇在山水诗篇里。[②] 关于唐代诗人对陶诗之学习与接受的说法是成立的，所以山水田园诗派可溯至陶渊明。在南朝山水诗大量出现后，陶渊明出场，其山水诗通常融入田园风光，这在南朝宋时是新题材，也是新类型，其余绪影响中唐的韦应物和柳宗元等，沈德潜《说诗晬语》云："陶诗胸次浩然，其中有一段渊深朴茂不可到处。唐人祖述者，王右丞（王维）有其清腴，孟山人（孟浩然）有其闲远，储太祝（储光羲）有其朴实，韦左司（韦应物）有其冲和，柳仪曹（柳宗元）有其峻洁。"[③] 在此必须留意。

从史书或陶渊明本身的著作皆可看出他同时喜爱田园和青山。《晋书·隐逸传·陶潜》云："既绝州郡觐谒，其乡亲张野及周旋人羊松龄、宠遵等或有酒要之，或要之共至酒坐，虽不识主人，亦欣然无忤，酣醉便反。未尝有所造诣，所之唯至田舍及庐山游观而已。"陶喜饮酒，只要有人相邀饮酒，哪怕是陌生人，他也能喝得酣醉，然后到田舍和庐山游赏。其《归园田居五首之一》说"少无适俗韵，性本爱丘山"，他有写五首山水诗，数量为东晋亚军。[④]

陶渊明的山水诗融合山水和田园，山水景色之中往往有他在田园里辛苦劳动的

---

① 王刚：《唐前山水诗的量化统计分析》，《宝鸡文理学院学报》（社会科学版）2008 年第 2 期。该文对魏晋南北朝山水诗进行统计：两晋 60 首，南朝 352 首，北朝 32 首。

② 王国璎：《中国山水诗研究》，中华书局 2007 年版，第 204 页。

③ 王夫之等撰：《清诗话》，上海古籍出版社 1999 年版，第 535 页。

④ 王刚：《唐前山水诗的量化统计分析》，《宝鸡文理学院学报》（社会科学版）2008 年第 2 期。该文指出，东晋 42 首山水诗中，除兰亭诗 11 首最多外，第二则是陶渊明。

影子，《归园田居五首之一》说：

> 少无适俗韵，性本爱丘山。误落尘网中，一去三十年。
> 羁鸟恋旧林，池鱼思故渊。<u>开荒南野际，守拙归园田。</u>
> 方宅十余亩，草屋八九间，榆柳荫后檐，桃李罗堂前。
> 暧暧远人村，依依墟里烟。狗吠深巷中，鸡鸣桑树颠。
> 户庭无尘杂，虚室有余闲。久在樊笼里，复得返自然。

开头"少无适俗韵，性本爱丘山"和结尾"久在樊笼里，复得返自然"等句对照，陶渊明的志向是隐居在山林，在自然山林中，他"开荒南野际，守拙归园田"，躬耕自资，活出自我，不为五斗米而折腰。"方宅十余亩"以下十句皆描写田园周围的自然风光和纯朴的农村景象。虽未着墨，山林融入田园。又如《归园田居五首之三》：

> 种豆南山下，草盛豆苗稀。<u>晨兴理荒秽，带月荷锄归。</u>
> 道狭草木长，夕露沾我衣；衣沾不足惜，但使愿无违。

首句先述南山下的田园，之后几句应写山景，但反转写农村劳动景象，"晨兴理荒秽，带月荷锄归"即日出而作，日落而息。农耕生活虽辛苦，但契合其内心愿望。山景融入劳动生活之中。再如《饮酒二十首之五》：

> 结庐在人境，而无车马喧。问君何能尔？心远地自偏。
> <u>采菊东篱下，悠然见南山。山气日夕佳，飞鸟相与还。</u>
> 此中有真意，欲辩已忘言。

中间四句很明显看出，山气飞鸟陪伴劳动生活。末句写其归返自然的心志。

李泽厚《美的历程》中说陶潜："自然景色在他笔下，不再是作为哲理思辨或徒供观赏的对峙物，而成为诗人生活、兴趣的一部分。"[1]马自力《论陶诗对后代山水诗的影响》一文指出："如果说谢灵运以他大量的山水之作开辟了诗歌的'性情渐隐，声色大开'的时代；那么，陶诗的浑融境界及其高度写意的景物刻画，则昭

---

① 李泽厚：《美的历程》，谷风出版社1984年版，第135页。

示了唐以后诗歌创作情景交融的必然趋势。这一点，正是陶渊明虽无多山水之作而学陶者多以山水诗名家的奥秘所在。"①盛唐王孟山水田园诗派皆把源头溯及陶渊明，而就其内容观察，可称其诗为"田园山水诗"，这是南朝山水诗的其中一种类型，其在山水诗史发展上的关键作用在于将盛唐的王孟和中唐的韦柳等山水田园诗联系起来。

（二）玄理山水诗——谢灵运（晋宋）

清人王士禛《带经堂诗话》卷五《序论》论及山水诗的形成过程说："诗三百五篇，于兴观群怨之旨，下逮鸟兽草木之名，无弗备矣，独无刻画山水者；间亦有之，亦不过数篇，篇不过数语。如'汉之广矣''终南何有'之类而止。汉魏间诗人之作，亦与山水了不相及。迨元嘉间，谢康乐出，始创为刻画山水之词，务穷幽极渺，抉山谷水泉之情状。昔人云'庄老告退，而山水方滋'者也。宋齐以下，率以康乐为宗。"清人沈德潜《说诗晬语》亦有同样说法："游山水诗，应以康乐为开先也。"②两者皆说明谢灵运在山水诗的成就极高，开一代风气之先。

为何是谢灵运出来引领诗坛而非其他诗人呢？主观方面，谢灵运本身喜爱山水，他创作有大量山水诗。谢灵运《游名山志》："夫衣食人生之所资，山水性分之所适，今滞所资之累，拥其所适之性耳。"沈约《宋书·谢灵运传》称："郡有名山水，灵运素所爱好，出守既不得志，遂肆意游遨，遍历诸县，动逾旬朔，民间听讼，不复关怀。所至辄为诗咏，以致其意焉。"这也说明谢灵运山水诗创作的原因之一是仕途不得志。谢灵运除了喜好游山玩水，在会稽这山水优美之地建设别墅，创作了许多的山水诗，一时声名大噪。《宋书·谢灵运传》说："灵运父祖并葬始宁县，并有故宅及墅，遂移籍会稽，修营别业，傍山带江，尽幽居之美。与隐士王弘之、孔淳之等纵放为娱，有终焉之志。每有一诗至都邑，贵贱莫不竞写，宿昔之间，士庶皆遍，远近钦慕，名动京师。"

客观上，魏晋时期山水诗出现有三个原因：社会政治动乱之后，知识分子或因避乱，或因志向而投入山林怀抱，视山水为神仙世界、精神家园、游乐天堂，寄托其上，山水诗应运而生，受人注意，长期酝酿过程中，谢灵运有意识地大量创作，

所以"远近钦慕，名动京师"，获得山水诗开创者的美名。①

谢灵运身处的时代，后人形容为"有晋中兴，玄风独振，为学穷于柱下，博物止乎七篇，驰骋文辞，义单乎此。自建武暨乎义熙，历载将百，虽缀响联辞，波属云委，莫不寄言上德，托意玄珠，遒丽之辞，无闻焉尔"②，亦即玄风盛行，山水诗作中难免带上玄言的尾巴，如《登石门最高顶》：

> 晨策寻绝壁，夕息在山栖。疏峰抗高馆，对岭临回溪。
> 长林罗户穴，积石拥基阶。连岩觉路塞，密竹使径迷。
> 来人忘新术，去子惑故蹊。活活夕流驶，噭噭夜猿啼。
> 沈冥岂别理，守道自不携。心契九秋干，目玩三春荑。
> 居常以待终，处顺故安排。惜无同怀客，共登青云梯。③

全诗依叙事、写景、说理（抒情）三段式结构。前二句叙登山之时间，中间八句刻画攻顶途中之各种山林奇险景象，最后八句说解玄理。"处顺故安排"句则运用庄子典故。④再如《从斤竹涧越岭溪行》：

> 猿鸣诚知曙，谷幽光未显。岩下云方合，花上露犹泫。
> 逶迤傍隈隩，苕递陟陉岘。过涧既厉急，登栈亦陵缅。
> 川渚屡径复，乘流玩回转。苹萍泛沈深，菰蒲冒清浅。
> 企石挹飞泉，攀林摘叶卷。想见山阿人，薜萝若在眼。
> 握兰勤徒结，折麻心莫展。情用赏为美，事昧竟谁辨？
> 观此遗物虑，一悟得所遣。

此诗可分写景、抒情（说理）两部分。前十四句写行旅沿途跋山涉水之奇景，后八

---

① 林文月统计说谢灵运共创作有56首山水诗，其中寓玄理之山水诗23首，总数已超过现存87首的一半。鲍照34首，谢朓45首。

② （南朝·梁）沈约：《宋书·卷六十七·谢灵运传》，中华书局1974年版，第1753～1754页。

③ （南朝·梁）萧统主编：《昭明文选》，华夏出版社2000年版，第779～780页。

④ 庄子曰："老聃死，秦失吊之。适来，夫子顺也；适去，夫子时也。安时而处顺，哀乐不能入也。"

句则加入感受并说理，末句"一悟得所遣"用庄子典故。[1]谢灵运诗有"说山水则苞名理"的特点[2]，因之称其诗为"玄理山水诗"。

（三）宦游山水诗——谢朓（宋齐）

谢朓是南朝齐永明体的重要诗人，"竟陵八友"之一。[3]仕途上不甚得志，最后遭谗言下狱而死，死时三十六岁。[4]其诗用"常恐鹰隼击，时菊委严霜"表达对官场的恐惧，"虽无玄豹姿，终隐南山雾"才是心灵归宿。谢朓山水诗有四十二首[5]，其特点像王国璎所说——"谢朓所写之景固然是实景，却往往浸染着一些宦游生涯的感慨，令我们既见山水之貌，又得诗人之情"[6]。如其《晚登三山还望京邑》：

> 灞涘望长安，河阳视京县。白日丽飞甍，参差皆可见。
> 余霞散成绮，澄江静如练。喧鸟覆春洲，杂英满芳甸。
> 去矣方滞淫，怀哉罢欢宴。佳期怅何许，泪下如流霰。
> 有情知望乡，谁能鬒不变。

此诗写于谢朓赴任宣城（今安徽宣城）太守途中，借秀丽之景抒发去国怀乡之情。"白日丽飞甍"以下六句描绘出落日余晖映照下的澄澈江岸美景。最后六句写望乡之情。从中可感受到诗人的惆怅，感受其宦海漂泊的心境。又如《之宣城郡出新林浦向板桥》：

---

① 郭象《庄子注》曰："将大不类，莫若无心，既遣是非，又遣其所遣，遣之以至于无遣。然后无所不遣，而是非去也。"

② 黄节注：《谢康乐诗注》，艺文印书馆1987年版，第2页。黄节在序言称："夫康乐之诗合诗、易、聃、周、骚辩、倦、释以成之，其所寄怀，每寓本事，说山水则苞名理，康乐诗不易识也。"

③ （唐）姚思廉：《梁书·卷一·武帝本纪》，中华书局1997年版，第2页。云："竟陵王子良开西邸，招文学，高祖与沈约、谢朓、王融、萧琛、范云、任昉、陆倕等并游焉，号曰八友。"

④ （南朝·梁）萧子显：《南齐书·卷四十七·谢朓列传》，中华书局1997年版，第827页。《南齐书》："遥光大怒，乃称敕朓，仍回车付廷尉，与徐孝嗣、祏、暄等连名启诛朓曰：'谢朓资性险薄，大彰远近。王敬则往构凶逆，微有诚，自尔升擢，超越伦伍。而溪壑无厌，着于触事……下狱死。时年三十六。'"

⑤ 林文月统计有45首（山水诗：34首，寓玄理之山水诗：11首），王刚在《唐前山水诗的量化统计分析》则统计为42首。

⑥ 王国璎：《中国山水诗研究》，中华书局2007年版，第147页。

> 江路西南永，归流东北骛。天际识归舟，云中辩江树。
> 旅思倦摇摇，孤游昔已屡。既欢怀禄情，复协沧洲趣。
> 嚣尘自兹隔，赏心于此遇。虽无玄豹姿，终隐南山雾。

此诗也写其赴任宣城太守途中之感受。前四句写途中江景，其余八句写内心想法。由归舟一词暗示仕宦生涯之离乡漂泊，"旅思倦摇摇，孤游昔已屡"两句强调对宦游生涯之倦怠孤独，末句则道出归隐南山之志。再如《暂使下都夜发新林至京邑赠西府同僚》：

> 大江流日夜，客心悲未央。徒念关山近，终知反路长。
> 秋河曙耿耿，寒渚夜苍苍。引顾见京室，宫雉正相望。
> 金波丽鳷鹊，玉绳低建章。驱车鼎门外，思见昭丘阳。
> 驰晖不可接，何况隔两乡。风云有鸟路，江汉限无梁。
> 常恐鹰隼击，时菊委严霜。寄言蔚罗者，寥廓已高翔。

此诗写于谢朓宦游回都途中。[1] 首句写江流不息之景，暗喻仕宦生涯之流动不定，内心悲慨万千，如今将被调回京城，"寥廓已高翔"之自由心境油然而生。"常恐鹰隼击，时菊委严霜"之官场黑暗，恰合"秋河曙耿耿，寒渚夜苍苍"之孤凄夜景。"寄言蔚罗者"句道出官场同事间谗言斗争的一面。

　　谢朓的山水诗已不似谢灵运那样寓玄理于山水景物，取而代之的是宦游生涯之悲慨，这是谢朓山水诗的特点，笔者将其诗称为"宦游山水诗"。侯发迅亦指出，"谢朓山水诗融情于景，将都邑风物和自然山水完美融合，在这里山水已经成了他情感生活的一部分，成为他的情感载体，融宦游之情于山水之中净化了前期山水诗的玄理，使山水诗达到了主客体的完美结合"[2]。

（四）宫廷游宴山水诗——帝王（梁陈）

　　魏晋时士族普遍建造庄园，贵族及富豪之士起而效尤，这一风气到了南北朝更

---

[1]　（南朝·梁）萧子显：《南齐书·卷四十七·王融谢朓列传》，中华书局1997年版，第825页。"子隆在荆州，好辞赋，数集僚友，朓以文才，尤被赏爱，流连晤对，不舍日夕。长史王秀之以朓年少相动，密以启闻。世祖敕曰：'侍读虞云自宜恒应侍接。朓可还都。'朓道中为诗寄西府曰：'常恐鹰隼击，秋菊委严霜。寄言蔚罗者，寥廓已高翔。'"

[2]　侯发迅：《清丽山水中见宦游之情——论谢朓的山水诗》，《中州大学学报》2002年第3期。

加兴盛。①《洛阳伽蓝记》卷四载云："于是帝族王侯、外戚公主，擅山海之富，居川林之饶，争修园宅，互相夸竞。"《南齐书·文惠太子传》记云："太子与竟陵王子良俱好释氏……开拓玄圃园，与台城北堑等，其中楼观塔宇，多聚奇石，妙极山水。"②《梁书·昭明太子传》："性爱山水，于玄圃穿筑，更立亭馆，与朝士名素者游其中。"③

宫廷内或近郊都是园林，"楼观塔宇，多聚奇石，妙极山水"，文士聚集游宴赋诗，园林里所见的山水万物，包括人文景观或自然景观，成为歌咏对象。南朝各朝有些帝王本身就颇具文才，如梁武帝、昭明太子、简文帝④，帝王们歌咏山水景物的诗姑称为宫廷游宴山水诗，这也是山水诗的一种类型。中唐时也有这一类关于园林的山水诗，这是探究山水诗演变时的关键。以下则举两首诗说明即可，如梁武帝《首夏泛天池》所云：

> 薄游朱明节，泛漾天渊池。舟楫互容与，藻苹相推移。
> 碧沚红菡萏，白沙青涟漪。新枝拂旧石，残花落故池。
> 叶软风易出，草密路难披。

前二句点明梁武帝萧衍游览之时间地点外，其余诸句皆写天池周围美景，八句皆对偶工整，其中"碧沚红菡萏，白沙青涟漪"使用色彩词相对，艺术手法高明。又如简文帝《玩汉水》：

> 杂色昆仑水，泓澄龙首渠。岂若兹川丽，清流疾且徐。
> 离离细碛净，蔼蔼树阴疏。石衣随溜卷，水芝扶浪舒。
> 连翩写去楫，镜澈倒遥墟。聊持点缨上，于是察川鱼。

---

① 朱大渭等：《魏晋南北朝社会生活史》，中国社会科学出版社1998年版，第167～174页。关于魏晋南北朝园林发展情况可见此处。

② （南朝·梁）萧子显：《南齐书·卷二十一·文惠太子传》，中华书局1997年版，第401页。

③ （唐）姚思廉：《梁书·卷八·昭明太子传》，中华书局1997年版，第168页。

④ （唐）李延寿：《南史·卷七十二·文学列传》，中华书局1975年版，第1761页。"降及梁朝，其流弥盛。盖由时主儒雅，笃好文章，故才秀之士，焕乎俱集。于时武帝每所临幸，辄命群臣赋诗，其文之善者赐以金帛。"（唐）姚思廉：《梁书·卷八·昭明太子传》，中华书局1997年版，第166页。云："太子美姿貌，善举止。读书数行并下，过目皆忆。每游宴祖道，赋诗至十数韵。"（唐）姚思廉：《梁书·卷四·简文帝本纪》，中华书局1997年版，第109页。云："太宗幼而敏睿，识悟过人，六岁便属文，高祖惊其早就，弗之信也，乃于御前面试，辞采甚美。"

全诗共十二句，前十句写景，刻画细致，精绘工巧。汉水附近自然风貌在简文帝精练之文笔下，显得明净舒放。"离离细碛净"以下四句，对仗平稳，"净""疏""卷""舒"四字将景物栩栩如生之样态展现出来，堪称佳诗。

南朝帝王盛行宫廷游宴，他们建造的园林极具山水之美，又"每所临幸，辄命群臣赋诗"，作品则应运而生，称为"游宴山水诗"。

南朝山水诗可分成"田园山水诗""玄理山水诗""宦游山水诗""宫廷游宴山水诗"四种类型，这是对山水诗初步的认识，可由此为基础，进一步了解盛唐或中唐的山水诗。

第三节　唐前期之山水诗继开

唐朝整个历史（618—907）可以天宝十四载（755）安史之乱为分界点，在唐诗史的进程上，安史之乱前则属初盛唐时期或唐前期，安史之乱后则称中晚唐时期或唐后期。就山水田园诗派而言，盛唐时期的王维、孟浩然与中唐时期的韦应物、柳宗元，因其艺术风格相近而跨代并称"王孟韦柳"。其实唐前期的山水诗人尚可举初唐的王绩、初唐四杰、陈子昂和盛唐的李白、杜甫等人。然而，为免讨论重心偏离而涉及许多山水诗人，故唐前期之山水诗仅探讨较为著名的王绩、王维、孟浩然、李白和杜甫等人，并从中注意剔明其山水诗与南朝或中唐山水诗作品之间传承的关联[①]，唐前期山水诗继承南北朝山水诗之路径并开扩出中唐山水诗丰富多彩的局面，从诗史角度且微观之分析则可进一步阐释中唐山水诗的价值。

一、王绩（约589—644）之山水诗——仿陶

陶渊明之后，第一位与其相仿佛者当推初唐时期的王绩。在山水田园自然诗派的诗史进程中，王绩是连接陶渊明和盛唐王、孟、韦、柳等人的重要枢纽，有承上启下的作用。若要探讨中唐韦柳等人的山水诗，须对王绩进行探究以求一整体的山水诗史观。唯有先探讨陶王之间之关系，对以下各章讨论中唐山水诗才有

---

① 如王维和韦应物的关系，司空图和王士禛则已论及。王士禛在《唐人万首绝句选》的凡例中说："韦应物本出右丞，加以古澹。"又《池北偶谈》卷十二："又尝论五言诗，感兴宜阮、陈，山水闲适宜王、韦，乱离行役、铺张叙述宜老杜，未可限以一格。"又唐末司空图《与李生书》："王右丞、韦苏州，澄澹精致，格在其中，岂妨于道举哉？"《与王驾书》："右丞、苏州澄澹，如清沈之贯达。"

帮助，以下从诗史角度来说明他们的关系。首先，王绩对陶之喜爱可从其诗作观察。如：

> 尝爱陶渊明，酌醴焚枯鱼。（《薛记室收过庄见寻率题古意以赠》）
> 庚桑逢处跪，陶潜见人羞。（《晚年叙志示翟处士》）
> 阮籍醒时少，陶潜醉日多。（《醉后》）
> 野觞浮郑酌，山酒漉陶巾。（《尝春酒》）

这证明他们有类似的地方。两人相同点如下：一是同具有隐逸性格。钟嵘《诗品》说陶渊明是"古今隐逸诗人之宗"，《晋书》将陶列入隐逸传，新旧《唐书》也将王绩列入隐逸传。二是同具有农耕经验。《晋书·隐逸传》："州召主簿，不就，躬耕自资，遂抱羸疾。复为镇军、建威参军。"[1]《旧唐书·隐逸传》："绩尝躬耕于东皋，故时人号东皋子。"[2] 三是耽溺饮酒。《晋书·隐逸传》："性嗜酒，而家贫不能恒得。亲旧知其如此，或置酒招之，造饮必尽，期在必醉，既醉而退，曾不吝情。"[3]《旧唐书·隐逸传》："绩或经过酒肆，动经数日，往往题壁作诗，多为好事者讽咏。"[4]

其次，再从实际作品考察。王绩写过一些田园诗，如《田家三首》，也写山水诗，如《策杖寻隐士》《黄颊山》《咏巫山》。两人亦有类似的诗作，如王绩《九月九日赠崔使君善为》和陶渊明《和郭主簿二首》的主题同是借九月九日重阳节怀念故人饮酒，手法同是中间写景，末段写情。前为王绩后为陶令。

> 野人迷节候，端坐隔尘埃。忽见黄花吐，方知素节回。
> 映岩千段发，临浦万株开。香气徒盈把，无人送酒来。
>
> 和泽同三春，清凉华秋节。露凝无游氛，天高风景澈。
> 陵岑耸逸峰，遥瞻皆奇绝。芳菊开林耀，青松冠岩列。
> 怀此真秀姿，卓为霜下杰。衔觞念幽人，千载抚尔诀。
> 检素不获展，厌厌竟良月。

---

① （唐）房玄龄等撰：《晋书·卷九十四·隐逸列传》，中华书局1997年版，第2461页。
② （后晋）刘昫等：《旧唐书·卷一百九十二·隐逸列传》，中华书局1997年版，第5116页。
③ （唐）房玄龄等撰：《晋书·卷九十四·隐逸列传》，中华书局1997年版，第2460页。
④ （后晋）刘昫等：《旧唐书·卷一百九十二·隐逸列传》，中华书局1997年版，第5116页。

王绩诗中描写佳节山中水边之菊花盛开，香气逼人，由此衬出思念友人同来饮酒的主题，此诗主角有山中菊花、香气、酒、友人。陶渊明诗中亦提及芳菊、逸峰、衔觞、幽人。两诗中间几句皆在歌咏菊花之秀姿霜杰，末句回归至两人嗜酒之僻好。

从诗史的角度看，王绩固然是继承陶渊明自然质朴的诗风，但他也有开拓的一面，正如曹丽芳《王绩与山水田园诗派》一文所指出："因此王绩诗与陶诗相比体现出同中有异的特色，最有意义的一个变化是王绩把隐者的林泉高致与田家的生活意趣结合在一起写，标志着山水诗与田园诗的初步合流。"[①]王绩有两首诗说明山景带有人物劳动的情况，《野望》诗云：

> 东皋薄暮望，徙倚欲何依。树树皆秋色，山山唯落晖。
> 牧人驱犊返，猎马带禽归。相顾无相识，长歌怀采薇。

此诗前半描写黄昏时的山中景物，后半则点染牧人在山中田野劳动的情形。全诗的景很美，群山在落日的映照下，树林显得很有活力，而山林中的劳动人民工作后，伴随着美丽的歌声返家，相当有意境。又如《秋夜喜遇王处士》：

> 北场芸藿罢，东皋刈黍归。相逢秋月满，更值夜萤飞。

前诗观察人家的田园劳动，而此诗前半则写自己在山园刈黍，后半为山景，写夜晚返家时喜遇王处士的情形，景中含情，艺术技巧高明。《载酒园诗话又编》也比较了两人之同异，"诗之乱头粗服而好者，千载一渊明耳。乐天效之，便伤俚浅，唯王无功差得其仿佛"，这是论两人之同。"彭泽、东皋皆素心之士。陶为饥寒所驱，时有凉音；王黍秫果药粗足，故饶逸趣"[②]，这是就农耕生活的经济状况判断两人田园诗作中所显现出的悲凉或逸趣之不同，陶饥寒而悲，王足食而逸。

总之，当山水诗中包含田园劳动时，我们宜将其归为一类来讨论，毕竟山水田园诗派在盛唐已成为主要自然诗风，而王绩正好处在过渡阶段。

---

① 曹丽芳：《王绩与山水田园诗派》，《山西大学学学报》（哲学社会科学版）1997 年第 3 期。

② 陈伯海主编：《唐诗汇评·上册》，浙江教育出版社 1995 年版，第 29 页。

二、孟浩然之山水诗——沿陶

在唐诗史进程中，孟浩然和王维在山水田园题材写作上最引人注意。许总在《唐诗史》提及："在开天时期足以与以高适、岑参为代表的以风骨高搴为主要审美祈向的边塞诗形成并峙关系的另一核心，显然是以王维、孟浩然为代表的以自然天真为主要审美祈向的山水田园诗。"[①]因此，在山水诗史进程中，当我们进行溯源工作时，一定要谈到盛唐时期的王孟，因为"王孟韦柳"四字几乎已成为山水田园诗派的代表了。

孟浩然，是唐诗人中极少数一生未能谋得一官半职的。他的不出仕出于无奈，非自愿的归隐山林。他多次在诗中表达强烈的出仕愿望，如《田园作》："粤余任推迁，三十犹未遇……谁能为扬雄，一荐甘泉赋。"[②]又《自浔阳泛舟经明海》："观涛壮枚发，吊屈痛沈湘。魏阙心恒在，金门诏不忘。遥怜上林雁，冰泮也回翔。"[③]

然而天总不从人愿，孟浩然得罪玄宗，失去当官的机会。《新唐书·孟浩然传》："维私邀入内署，俄而玄宗至，浩然匿床下，维以实对，帝喜曰：'朕闻其人而未见也，何惧而匿？'诏浩然出。帝问其诗，浩然再拜，自诵所为，至'不才明主弃'之句，帝曰：'卿不求仕，而朕未尝弃卿，奈何诬我？'因放还。"[④]由于出仕之志一再遭受打击，《送丁大凤进士赴举呈张九龄》诗云"弃置乡园老，翻飞羽翼摧"，因此他归隐终南山或鹿门山时的心情与陶渊明历经官场险恶后的心甘情愿式的归园田居不同。[⑤]

不过，从隐逸之外衣看，孟浩然的确尊崇陶渊明，对其志趣和作风极为认同。如《李氏园林卧疾》表示："我爱陶家趣，园林无俗情。"《仲夏归汉南园寄京邑耆旧》称："尝读高士传，最嘉陶征君。"《秋登张明府海亭》谓："歌逢彭泽令，归赏故园间。"两人在隐逸外衣下的内心想法确实有差异，但两人仍有传承上的关系。马莉英《论孟浩然对陶渊明田园诗的继承与创新》一文指出："他继承了陶诗把田园'作为返璞归真的乐土、逃避污浊现实的桃源，以清新优美的风光、淳朴真挚的

---

① 许总：《唐诗史》，江苏教育出版社1995年版，第508页。
② （清）彭定求等纂：《全唐诗·卷一百五十九》，中华书局1996年版，第1627页。
③ （清）彭定求等纂：《全唐诗·卷一百五十九》，中华书局1996年版，第1628页。
④ （宋）欧阳修、宋祁撰：《新唐书·卷二百三十·文艺下·孟浩然列传》，中华书局1997年版，第5779页。
⑤ 孟浩然《留别王侍御维》中说："只应守索寞，还掩故园扉。"可看出隐居中带有一点哀愁。

田家、悠闲宁静的生活为基本内容，构成理想模式，与世俗对立'的文化内涵。"①
孟的山水诗结合了陶的恬淡闲适的生活情调，孕育出山水田园诗不同题材合流的混血儿。②《采樵作》和《过故人庄》两诗说明此点，先看《采樵作》：

> 采樵入深山，山深树重迭。桥崩卧槎拥，路险垂藤接。
> 日落伴将稀，山风拂萝衣。长歌负轻策，平野望烟归。

采樵是一种劳动生活，"桥崩卧槎拥，路险垂藤接"与陶诗所写"道狭草木长，夕露沾我衣"的艰困工作类似，"长歌负轻策，平野望烟归"，以歌唱结束采樵一天的辛苦，表达恬淡愉快的心情。这契合陶渊明的"衣沾不足惜，但使愿无违"的理想。整体来看，大都写山景，但末句的平野则是山下的田园，山水与田园合流之迹明显。

再看《过故人庄》：

> 故人具鸡黍，邀我至田家。绿树村边合，青山郭外斜。
> 开轩面场圃，把酒话桑麻。待到重阳日，还来就菊花。

此诗除写田家风貌，兼写山景。如第三句写田园景象为近景，再写远景青山斜立，颈联则写孟与友人闲话家常的真情流露。结句表现"一片真率款曲之意溢于言外"③，我们可以感受孟浩然悠闲的生活情趣。

孟浩然有许多清新明丽的山水诗之作，如《寻天台山》《武陵泛舟》《晚泊寻阳望庐山》《舟中晓望》等诗。这些诗作读后，恰如《唐诗镜》所评："孟浩然诗材虽浅窘，然语气清亮，诵之有泉流石上、风来松下之音。"又《唐诗选脉会通评林》谓："周珽曰：凡读孟诗，真若水石潺湲，风竹相吞，炉烟方袅，草木自馨，自有一种天然清旷之致。"山水自然有"江清月近人"的亲切感。

因此，孟浩然以其清淡疏简的整体风格，为盛唐山水诗的清纯境界呈示出其个性化的成功范型。④

---

① 马莉英：《论孟浩然对陶渊明田园诗的继承与创新》，《韶关学院学报》（社会科学）2008年第5期。

② 孟浩然《九日怀襄阳》诗中的"谁采篱下菊？应闲池上楼"已将陶谢诗句绾合在一起。

③ 陈伯海主编：《唐诗汇评》，浙江教育出版社1995年版，第539页。

④ 陶文鹏、韦凤娟主编：《灵境诗心——中国古代山水诗史》，凤凰出版社2004年版，第217页。

三、李白之山水诗——对二谢之接受

盛唐创作山水诗者较为人注意的是王维、孟浩然，这是因其文学成就集中在山水田园的创作上。李白的个性豪迈不拘，题材不限于一种，但其山水诗其实成就很高，他与南朝山水诗人谢灵运和谢朓有传承关系而又有所创新①。在盛唐山水诗史的进程上，王孟主要沿着陶的系统而来，是所谓山水田园诗派。李白则是从二谢的系统下来，从山水诗发展的角度看，我们必须稍作这样的区分以了解山水诗这一类别的发展概况。

李白喜爱山水是不争的事实，多次在诗里表达，《秋下荆门》说"此行不为鲈鱼鲙，自爱名山入剡中"，《庐山谣寄卢侍御虚舟》也说"五岳寻仙不辞远，一生好入名山游"。李白一生漫游大江南北，南下扬州、越中，并至淮阴，又北游邯郸、蓟门、幽州等地，造访许多名胜古迹，所以写下为数不少的山水诗，如《东鲁门泛舟》《登太白峰》《望庐山瀑布水》。

李白在山水诗上的成就不得不归功于南朝山水诗人谢灵运和谢朓。李白的诗常提及这两人：

> 脚着谢公屐，身登青云梯。(《梦游天姥吟留别》)
> 曾标横浮云，下抚谢朓肩。(《赠宣城宇文太守兼呈崔侍御》)
> 吟谢朓诗上语，朔风飒飒吹飞雨。(《酬殷明佐见赠五云裘歌》)
> 顿惊谢康乐，诗兴生我衣。(《酬殷明佐见赠五云裘歌》)
> 路创李北海，岩开谢康乐。(《送王屋山人魏万还王屋》)
> 且从康乐寻山水，何必东游入会稽。(《与谢良辅游泾川陵岩寺》)
> 我乘素舸同康乐，朗咏清川飞夜霜。(《劳劳亭歌》)
> 三山怀谢朓，水澹望长安。(《三山望金陵寄殷淑》)
> 闻道金陵龙虎盘，还同谢朓望长安。(《答杜秀才五松见赠》)

这些诗句显示李白对二谢人格或诗风的景仰及称颂，二谢对李白的影响非常深远，李白对谢灵运诗句的模仿之迹相当明显②：

---

①　陈建华：《试论谢灵运和李白山水诗的文化性格——兼谈李对谢诗的借鉴与超越》，《辽宁师范大学学报》(社科版)1998年第1期。

②　刘青海：《试论李白大谢体的五古纪游诗的字法》，《文学遗产》2005年第2期。关于李白在字法上或结构布局上对谢灵运的效法可参考该文。

　　大谢——《登石门最高顶》：惜无同怀客，共登青云梯。

　　李——《梦游天姥吟留别》：脚着谢公屐，身登青云梯。

　　大谢——《石壁精舍还湖中作》：林壑敛暝色，云霞收夕霏。

　　李——《酬殷明佐见赠五云裘歌》：襟前林壑敛暝色，袖上云霞收夕霏。

　　大谢——《登池上楼》：池塘生春草，园柳变鸣禽

　　李——《书情寄从弟邠州长史昭》：东风引碧草，不觉生华池。

　　李——《送舍弟》：他日相思一梦君，应得池塘生春草。

　　李——《游谢氏山亭》：谢公池塘上，春草飒已生。

　　李——《赠从弟南平太守之遥二首》其一：梦得池塘生春草，使我长价登楼诗。

　　由以上诗句并列观察，第一例中，大谢的"共登青云梯"与李白的"身登青云梯"仅一字之差。第二例中，大谢的"林壑敛暝色，云霞收夕霏"是物我分离，李白将自然之景召唤到身上，物我浑为一体，于是在大谢诗句的基础上加上"襟前""袖上"等词。第三例中，大谢的佳句"池塘生春草"被李白巧妙应用，或直接袭用，如"应得池塘生春草""梦得池塘生春草"；或浑然合一，如"东风引碧草，不觉生华池""谢公池塘上，春草飒已生"。清宋长白《柳亭诗话》卷一"成句相袭"条列二诗："谢康乐'扬帆采石华，挂席拾海月'，李白'扬帆采石华，乘船镜中入'。"直接指出李白对大谢诗句之套用。

　　永明时期谢朓对山水诗史的功绩在于扫剔了元嘉时期谢灵运诗的玄言尾巴，摆脱了玄言诗的影响。其在声律技巧上多所创新，《南史》载其"好诗圆美流转如弹丸"[①]。李白对其更是推崇有加，如《宣州谢朓楼饯别校书叔云》诗云"蓬莱文章建安骨，中间小谢又清发"，肯定其在南朝诗坛上的地位。又如《三山望金陵寄殷淑》谓"三山怀谢朓，水澹望长安"，《送储邕之武昌》称"诺为楚人重，诗传谢朓清"，这足以显示李白对谢朓的接受意义。在其诗句我们也可看出李白向谢朓仿效之迹。

　　小谢——《晚登三山还望京邑诗》：余霞散成绮，澄江静如练。喧鸟覆春洲，杂英满芳甸。

　　李——《金陵城西楼月下吟》：解道澄江净如练，令人长忆谢玄晖。

---

　　① （唐）李延寿：《南史·卷二十二·王昙首列传》，中华书局1975年版，第609～610页。云："又于御筵谓王志曰：'贤弟子文章之美，可谓后来独步。'朓常见语云：'好诗圆美流转如弹丸。'近见其数首，方知此言为实。"

李——《秋夜板桥浦泛月独酌怀谢脁》：汉水旧如练，霜江夜清澄。

李——《雨后望月》：万里舒霜合，一条江练横。

小谢——《观朝雨诗》：朔风吹飞雨，萧条江上来。既洒百常观，复集九成台。

李——《酬殷明佐见赠五云裘歌》：我吟谢脁诗上语，朔风飒飒吹飞雨。

李——《玉真公主别馆苦雨赠卫尉张卿二首》：空烟迷雨色，萧飒望中来。

李——《早秋单父南楼酬窦公衡》：泰山嵯峨夏云在，疑是白波涨东海。散为飞雨川上来，遥帷却卷清浮埃。

对比谢脁和李白的诗句，第一例中，谢脁的名句"澄江静如练"影响李白创作出"汉水旧如练""一条江练横"，谢脁的另一名句"朔风吹飞雨"，直接被李白袭用为"朔风飒飒吹飞雨"。"空烟迷雨色""散为飞雨川上来"句则变换谢脁诗句之意而来。种种事实具足，难怪清人王士祯《论诗绝句》一语道破——李白"一生低首谢宣城"。

李白的山水诗身上也可看出谢脁式的清澄之风，类似谢脁"澄江净如练"之优美画面。如《秋登宣城谢脁北楼》：

> 江城如画里，山晓望晴空。两水夹明镜，双桥落彩虹。
> 人烟寒橘柚，秋色老梧桐。谁念北楼上，临风怀谢公。

李白描写秋登谢脁楼的景色，前六句写清澈之风景，"望晴空"写天气清朗，两水夹明镜，写湖面平静清澄，此清景使其怀想起谢公。再如《荆门浮舟望蜀江》：

> 春水月峡来，浮舟望安极。正是桃花流，依然锦江色。
> 江色绿且明，茫茫与天平。逶迤巴山尽，摇曳楚云行。
> 雪照聚沙雁，花飞出谷莺。芳洲却已转，碧树森森迎。
> 流目浦烟夕，扬帆海月生。江陵识遥火，应到渚宫城。

"正是桃花流"以下数句着力写蜀江景物，用沙雁谷莺碧树烟云等意象衬托"江色绿且明"之主景。再如《秋登巴陵望洞庭》：

> 清晨登巴陵，周览无不极。明湖映天光，彻底见秋色。
> 秋色何苍然，际海俱澄鲜。山青灭远树，水绿无寒烟。

　　　来帆出江中，去鸟向日边。风清长沙浦，山空云梦田。

　　　瞻光惜颓发，阅水悲徂年。北渚既荡漾，东流自潺湲。

　　　郢人唱白雪，越女歌采莲。听此更肠断，凭崖泪如泉。

洞庭湖之清景在李白的笔下一一呈现，"明湖映天光""际海俱澄鲜""山青""无寒烟""风青"这些句子，使读者感受湖景的清新风貌。

　　以上三诗已具体表明江湖在李白的笔下显现为澄鲜透澈的清景，与谢朓的"澄江净如练"恰好连成一气。当然李白山水诗的特色非常多样，若在此处论述恐偏离主题，故仅简述李白与二谢之间的传承关系，这于山水诗史是有意义的。

四、王维之山水诗——开中唐五绝体式

　　大量以绝句形式创作山水诗者，王维可谓第一人。[①] 前此谢灵运所写山水诗，大都为五言古体，没有绝句。王维《辋川集》二十首开绝句体山水诗之创作风气，也影响中唐山水诗的发展，所以在此先稍作讨论。

　　《旧唐书·王维传》说："维弟兄俱奉佛，居常蔬食，不茹荤血，晚年长斋，不衣文彩。得宋之问蓝田别墅，在辋口，辋水周于舍下，别涨竹洲花坞，与道友裴迪浮舟往来，弹琴赋诗，啸咏终日。尝聚其田园所为诗，号辋川集。"[②] 这段话指出王维信奉佛教，且晚年在风景秀丽的蓝田别墅生活并创作出二十首诗。蓝田别业是怎样的地方呢？据《蓝田县志》所云："辋川在县正南，川口即峣山之口，去县八里。两山夹峙，川水从此北流入灞，其路则随山麓石为之，计五里许，甚险狭，即所谓匾路也。过此则豁然开朗，四顾山峦掩映，若无路然，此第一区也。团转而南，凡十三区，其景愈奇，计地二十里而至鹿苑寺，即王维别业。"王维得江山之助，创作出流传千古的山水诗篇。因为王维信笃佛教，他的山水诗中寓含禅理。

　　王维在《辋川集》的序中提及：

　　　余别业在辋川山谷，其游止有孟城坳、华子冈、文杏馆、斤竹岭、鹿柴、

　　木兰柴、茱萸沜、宫槐陌、临湖亭、南垞、欹湖、柳浪、栾家濑、金屑泉、白

---

　　① 　周啸天：《唐绝句史》，安徽大学出版社1999年版，第51页。周啸天在《唐绝句史》中说："王维和道友裴迪……各得绝句20首共40篇，描绘辋川一带幽美景，摅写诗人澄淡超脱的心境，风格清空自然，编为一集，以辋川为题。从内容、手法到编集，实已前无古人。"

　　② 　（后晋）刘昫等：《旧唐书·卷一百九十·文苑下·王维列传》，中华书局1997年版，第5052页。

石滩、北垞、竹里馆、辛夷坞、漆园、椒园等。与裴迪闲暇各赋绝句云。①

辋川山谷自然资源丰富，动静对照中，充满生命力。有山——孟城坳、华子冈、斤竹岭、南垞、北垞、辛夷坞；有水——茱萸沜、欹湖、柳浪、栾家濑、金屑泉、白石滩；有动物——飞鸟、白鹭；有植物——茱萸、文杏、辛夷；有人文建筑——临湖亭、竹里馆等。王维与裴迪以绝句歌咏辋川山谷之自然美景，这是个心灵寄托的好地方。北宋郭熙《林泉高致·山水训》："山以水为血脉，以草木为毛发，以烟云为神彩，故山得水而活，得草木而华，得烟云而秀媚。水以山为面，以亭榭为眉目，以渔钓为精神，故水得山而媚，得亭榭而明快，得渔钓而旷落，此山水之布置也。"由此可知，相对于官场的虚伪，这里犹如人间净土，无人干扰。

王维的《请施庄为寺表》云："臣亡母博陵县君崔氏，师事大照禅师，三十余载。褐衣蔬食，持戒安禅。乐住山林，志求寂静。臣遂于蓝田县筑山居一所。草堂精舍，竹林果园，并是亡亲宴坐之余，经行之所。臣往丈凶畔，当即发心：愿为伽蓝，永劫追福。"王维在辋川建造别业的真正动机是"乐住山林，志求寂静"，所以诗中多处不写人来，只写自然，暗示此地之"静"。

> 北垞湖水北，杂树映朱阑。逶迤南川水，明灭青林端。（《北垞》）
> 独坐幽篁里，弹琴复长啸。深林人不知，明月来相照。（《竹里馆》）
> 木末芙蓉花，山中发红萼。涧户寂无人，纷纷开且落。（《辛夷坞》）
> 飒飒秋雨中，浅浅石溜泻。跳波自相溅，白鹭惊复下。（《栾家濑》）

上列四诗，末句皆是动态，光影明灭，明月映照，花开花落，白鹭上下，以动衬静，呈现出辋川的寂静，意境高远。《诗境浅说续编》评曰："此诗（竹里馆）言月下鸣琴，凤篁成韵，虽一片静景，而以浑成出之。"又《唐人绝句精华》亦评云："栾家濑、竹里馆……皆一时清景与诗人兴致相会合，故虽写景色，而诗人幽静恬淡之胸怀，亦缘而见，此文家所谓融景入情之作。"②两段前人评论皆说王维诗中寂静之特色。另外，他的诗中多用佛教术语"空"字，静中含蕴禅理。如：

> 新家孟城口，古木余衰柳。来者复为谁，空悲昔人有。（《孟城坳》）

---

① （唐）王维著，（清）赵殿成笺注：《王右丞集笺注》，上海古籍出版社1998年版，第241页。

② 陈伯海主编：《唐诗汇评》，浙江教育出版社1995年版，第342页。

檀栾映空曲，青翠漾涟漪。暗入商山路，樵人不可知。(《斤竹岭》)

空山不见人，但闻人语响。返景入深林，复照青苔上。(《鹿柴》)

禅学主张的人生之路是内在超越，认为一切外在现象只是暂时存有，唯有求得内心平静才是正道。《六祖坛经》说："汝观自本心，莫着外法相。"① 又说："菩提只向心觅，何劳向外求玄。"② 王维诗中多禅趣主要因为晚年看破红尘幻相而反映在《辋川集》中。对王维而言，功名利禄是一生追求的伟大理想，这也是一般士人建功立业的自然表现，但壮年经历仕途失意、宦海浮沉的现实之后，晚年隐居在辋川别业，对于功名富贵已能看淡，先前的躁动，如今归于平静。壮年时的参佛只是理论，晚年的实际体验才是真正超脱。

《孟城坳》诗中前两句对比人之新家和木柳之衰，说明万物只是幻相，没有永远的兴盛，终究会随时间而衰老，引出"空悲昔人有"的禅理，追求功名利禄只是一时，晚年仍归空无。《斤竹岭》前二句写竹子好态，山水美景。"空曲"表面写竹子生长在山岭弯曲的地方，实际暗喻官路曲折，水面起涟漪不平静。末两句则转入禅理，山路幽静，樵人似乎不知此地，俨然将这里形容为世外桃源，樵人代表机心，而不入此山，则显示此地之清静。《鹿柴》首句以视觉强调一切事物的幻象，虽是幻象，但却真实存有，所以接着以听觉暗示山里的确有人，末两句则以光影往返投射在深林和青苔上，说明此地之空寂。王维的山水诗中有禅机，前人指出，如王士禛《带经堂诗话》卷三："唐人五言绝句，往往入禅，有得意忘言之妙，与净名默然，达摩得髓，同一关捩，观王裴《辋川集》及祖咏《终南残雪》诗，虽钝根初机，亦能妙悟。"

综上可知，王维《辋川集》诗的审美特点在于"静"和"空"两字。正如张海沙在《初盛唐佛教禅学与诗歌研究》一书指出："王维诗歌中的'空'与'静'以佛教的宗教意蕴作为理念内涵，结合王维自身'空'与'静'的人生体验，并通过具象的事物表现，这样，'空'与'静'便不仅只是一种宗教的概念，而是具有丰富的审美内涵。"③ 王维被称作"诗佛"，在思想上，与道教"诗仙"李白、儒家"诗圣"杜甫，各擅胜场，而在山水诗史的进程上，王维于绝句形式有开创之功。

王维山水诗具有静和空之审美特点，除了落实在绝句创作外，其五律体山水诗亦淋漓尽致。空是佛教用语，静在山林中较能具体呈现，这两个元素常交融在他的

① 圣印法师：《六祖坛经今译》，天华出版社1987年版，第156页。

② 圣印法师：《六祖坛经今译》，天华出版社1987年版，第99页。

③ 张海沙：《初盛唐佛教禅学与诗歌研究》，中国社会科学出版社2001年版，第217页。

五律山水诗中。《山居秋暝》曰：

> 空山新雨后，天气晚来秋。明月松间照，清泉石上流。
> 竹喧归浣女，莲动下渔舟。随意春芳歇，王孙自可留。

王维将秋暮雨霁的山景淡笔描绘出来，首句"空山新雨后"，着一"空"字，禅意已现，以"明月松间照，清泉石上流。竹喧归浣女，莲动下渔舟"四句状写自然界万物互动和谐的画面，水流月照，舟动女归，每个主体皆自性具足，以竹喧和水流之声响暗示山居生活之宁静。之所以呈现物我交融的禅意境界，应与山居坐禅习惯有关。其诗常提及：

> 夜坐空林寂，松风直似秋。(《过感化寺昙兴上人山院》)
> 软草承趺坐，长松响梵声。(《登辨觉寺》)
> 薄暮空潭曲，安禅制毒龙。(《过香积寺》)
> 行到水穷处，坐看云起时。(《终南别业》)
> 北窗桃李下，闲坐但焚香。(《春日上方即事》)

王维以山居坐禅为修行，观物时竭力摒除虚幻而短暂的外相，所以王维诗中的山水景物则有变幻虚无的过程，如《汉江临泛》：

> 楚塞三湘接，荆门九派通。江流天地外，山色有无中。
> 郡邑浮前浦，波澜动远空。襄阳好风日，留醉与山翁。

中间四句可看出观物由实而虚而空的过程，江流和山色本是实有之存在，透过王维的禅心观照，形成"天地外"和"有无中"的假相，直到最后的"动远空"，体悟一切真相皆空相之禅理。其他如《辋川闲居赠裴秀才迪》"寒山转苍翠，秋水日潺湲"，《终南山》"白云回望合，青霭入看无"诸句，俱状写同样之空境。静境则多用反衬手法表现，如《送梓州李使君》"万木树参天，千山响杜鹃"，《过香积寺》"泉声咽危石，日色冷青松"，《秋夜独坐》"雨中山果落，灯下草虫鸣"。其他各体山水诗亦有空寂之境，如五古，《青溪》"声喧乱石中，色静深松里"以及《蓝田山石门精舍》"朝梵林未曙，夜禅山更寂"。或是七绝，如《积雨辋川庄作》"山中习静观朝槿，松下清斋折露葵"……

综上诸多诗例显示，王维五绝体式之开创意义及山水诗之特点在空和静。这些特点在他中晚年隐居终南山时体现得较为具体，正如他在《酬张少府》所说"晚年惟好静，万事不关心。自顾无长策，空知返旧林"，《终南别业》也说"中岁颇好道，晚家南山陲"。有了实际的隐居经验及山居生活，加以本身具备画家、诗人和居士等多重身份，故而创作出成熟而圆融之山水诗。

五、杜甫的山水诗——联系中唐韩孟

孟棨《本事诗》曾谓："杜逢禄山之难，流离陇蜀，毕陈于诗，推见至隐，殆无遗事，故当时号为'诗史'。"[1]此虽强调杜甫诗中反映社会现况的写实精神，却少人注意其描绘自然风物的山水诗。杜甫创作山水诗大致可分"漫游""长安""辗转兵燹""奔逃陇蜀""卜居草堂""漂流蜀中""羁留夔州""落魄荆湘"等八个时期，每个时期皆有相当数量。[2]其中又以"奔逃陇蜀"和"羁留夔州"两个时期的山水体会最具代表性。"奔逃陇蜀"期代表杜甫行旅过程中的山水感受，从甘肃秦州、同谷再到四川，旅程之艰险，使内心极度不安定，属动态观赏山水，居留地域时间不长，这部分的可怖山水描写可以联系起韩孟的山水书写。"羁留夔州"期的作品则是杜甫晚年最成熟亦安定的类型，居留时间约两年，属静态式观赏山水。从旅行角度来看杜甫的心境，一动一静，包含旅行家游山玩水的全部内涵。杜甫自秦州南行至四川夔州过程中，就其前后相关的山川风物，称为州内山水，即秦州和夔州两地的山水，另一山水书写则为州外山水，即行旅山水。这部分则涵盖秦州到成都的旅程书写。

杜甫山水诗的特点乃在于描绘山水景色中，寄寓忧国忧民的悲悯情怀，如他在秦州所写的五律体组诗《秦州杂诗二十首》其一：

> 满目悲生事，因人作远游。迟回度陇怯，浩荡及关愁。
> 水落鱼龙夜，山空鸟鼠秋。西征问烽火，心折此淹留。

杜甫描写鱼龙河和鸟鼠山的荒凉山水景物，寄寓对国家社会的"西征问烽火，心折此淹留"之关怀。再看他所描写的秦州山川景象：

---

① 陈伯海主编：《唐诗汇评》，浙江教育出版社1995年版，第900页。
② 唐晓玲：《仪态万千 不拘一格——试论杜甫对传统山水诗艺术风格的开拓》，《中国韵文学刊》2000年第1期。

苔藓山门古，丹青野殿空。月明垂叶露，云逐渡溪风。

秋听殿地发，风散入云悲。抱叶寒蝉静，归来独鸟迟

浮云连阵没，秋草遍山长。莽莽万重山，孤城山谷间。

无风云出塞，不夜月临关。今日明人眼，临池好驿亭。

丛篁低地碧，高柳半天青。云气接昆仑，涔涔塞雨繁。

羌童看渭水，使客向河源。萧萧古塞冷，漠漠秋云低。

黄鹄翅垂雨，苍鹰饥啄泥。老树空庭得，清渠一邑传。

秋花危石底，晚景卧钟边。东柯好崖谷，不与众峰群。

落日邀双鸟，晴天养片云。边秋阴易久，不复辨晨光。

檐雨乱淋幔，山云低度墙。地僻秋将尽，山高客未归。

塞云多断续，边日少光辉。

　　杜甫四十多岁时遇到唐朝国力由盛转衰的安史之乱，全国各地分崩离析，战火四起，他在秦州写的景物都出现于昏暗雨冷的环境中，呈现沉郁悲凉的心境，景物描写中加入对战事的关心，如"西征问烽火，心折此淹留""哀鸣思战斗，迥立向苍苍""属国归何晚，楼兰斩未还""东征健儿尽，羌笛暮吹哀""烟火军中幕，牛羊岭上村""蓟门谁自北，汉将独征西""警急烽常报，传闻檄屡飞"等句。亦加入个人的身世之悲及前途茫茫之概叹，如"清渭无情极，愁时独向东""万方声一概，吾道竟何之""老夫如有此，不异在郊坰""俯仰悲身世，溪风为飒然""采药吾将老，儿童未遣闻"，这使之有别于谢灵运和王维、孟浩然的山水诗，呈现出鲜明的人文色彩。

　　杜甫离开秦州后，南行经历了一段困顿艰险的旅程，大致可分秦州到同谷县及同谷到成都两段行程。自秦州到四川成都是条长远的旅程，《发秦州》中写"大哉乾坤内，吾道长悠悠"。在这未知的旅程中，他的内心忧虑且恐惧——"应接非本性，登临未销忧"（《发秦州》）、"常恐死道路，永为高人嗤"（《赤谷》）、"水寒长冰横，我马骨正折"（《铁堂峡》）、"塞外苦厌山，南行道弥恶"（《青阳峡》）、"旅泊吾道穷，衰年岁时倦"（《积草岭》）、"终身历艰险，恐惧从此数"（《龙门阁》）、"入舟已千忧，陟巘仍万盘"（《水会渡》），诸句已明言之。自秦州至同谷，他写了《发秦州》《赤谷》《铁堂峡》《盐井》《寒峡》《法镜寺》《青阳峡》《龙门镇》《石龛》《积草岭》、《泥功山》《凤凰台》《万丈潭》等诗；自同谷到成都，他写了《发同谷县》《木皮岭》《五盘》《龙门阁》《石柜阁》《桔柏渡》《飞仙阁》《剑门》《白沙渡》《水

会渡》《鹿头山》《成都府》等诗。① 他细腻地描绘沿途的山川景物：

> 日色隐孤戍，乌啼满城头……磊落星月高，苍茫云雾浮。(《发秦州》)
>
> 峡形藏堂隍，壁色立积铁。(《铁堂峡》)
>
> 细泉兼轻冰，沮洳栈道湿。不辞辛苦行，迫此短景急。
>
> 石门雪云隘，古镇峰峦集。旌竿暮惨淡，风水白刃涩。(《龙门镇》)
>
> 山峻路绝踪，石林气高浮。(《凤凰台》)
>
> 天寒昏无日，山远道路迷。驱车石龛下，仲冬见虹霓。(《石龛》)
>
> 连峰积长阴，白日递隐见。飕飕林响交，惨惨石状变。
>
> 山分积草岭，路异明水县。(《积草岭》)
>
> 山色一径尽，崖绝两壁对。削成根虚无，倒影垂澹瀩。
>
> 黑如湾澴底，清见光炯碎。孤云倒来深，飞鸟不在外。
>
> 高萝成帷幄，寒木累旌旆。远川曲通流，嵌窦潜泄濑。(《万丈潭》)
>
> 西崖特秀发，焕若灵芝繁。润聚金碧气，清无沙土痕。
>
> 五盘虽云险，山色佳有余。仰凌栈道细，俯映江木疏。
>
> 地僻无网罟，水清反多鱼。好鸟不妄飞，野人半巢居。(《五盘》)
>
> 危途中萦盘，仰望垂线缕。滑石欹谁凿，浮梁袅相拄。
>
> 目眩陨杂花，头风吹过雨。百年不敢料，一坠那得取。(《龙门阁》)
>
> 惟天有设险，剑门天下壮。连山抱西南，石角皆北向。
>
> 两崖崇墉倚，刻画城郭状。(《剑门》)
>
> 季冬日已长，山晚半天赤。蜀道多早花，江间饶奇石。
>
> 石柜曾波上，临虚荡高壁。清晖回群鸥，瞑色带远客。(《石柜阁》)

---

① 诗题后有注，今呈现如下：发秦州（原注：乾元二年，自秦州赴同谷县纪行）、铁堂峡（铁堂山在天水县东五里，峡有铁堂庄）、盐井（盐井在成州长道县，有盐官故城）、龙门镇（龙门镇在成县东，后改府城镇）、积草岭（原注：同谷县界）、凤凰台（原注：山峻不至高顶。方舆胜览：凤凰台在同谷县东南十里，二石如阙。汉有凤皇来栖，故名）、万丈潭（原注：同谷县作，潭在县东南七里。一本此诗编入七歌后，发同谷县前）、发同谷县（原注：干元二年十二月一日，自陇右赴剑南纪行）、木皮岭（岭在同谷、河池两县间。黄巢乱，王铎置关于此，路极险阻）、五盘（七盘岭在广元县北，一名五盘，栈道盘曲有五重）、石柜阁（石闸桥在绵谷县北一里，自城北至大安军界，营闸桥阁，共一万五千三百一十六间，最著者石柜、龙门）、桔柏渡（在昭化县）、飞仙阁（飞仙阁在略阳东南，徐佐卿化鹤于此，故名。上有阁道百间，总名连云栈）、剑门（大剑、小剑二山，在剑州北二十里。全蜀外户，两崖陡辟如门，有阁道三十里）、白沙渡（属剑州）、鹿头山（山上有关，在德阳县治北）。

青冥寒江渡，驾竹为长桥。竿湿烟漠漠，江永风萧萧。

连筇动袅娜，征衣飒飘飘。急流鸬鹚散，绝岸鼋鼍骄。（《桔柏渡》）

土门山行窄，微径缘秋毫。栈云阑干峻，梯石结构牢。

万壑欹疏林，积阴带奔涛。寒日外澹泊，长风中怒号。（《飞仙阁》）

天寒荒野外，日暮中流半。我马向北嘶，山猿饮相唤。

水清石礧礧，沙白滩漫漫。（《白沙渡》）

大江动我前，汹若溟渤宽。篙师暗理楫，歌笑轻波澜。

霜浓木石滑，风急手足寒。（《水会渡》）

翳翳桑榆日，照我征衣裳。我行山川异，忽在天一方。（《成都府》）

以上十七例山水景物描写中，第一首以乌啼和日色渲染昏黄而凄凉之行路气氛；第二首以峡形和壁色，刻画铁堂峡之特殊景观；第三首写出龙门镇是古朴而群峰环集且雪云缭绕之景象，第四首道出凤凰台云气高浮之茫茫视域。第五首写车驱石龛下捕捉到虹霓之镜头，增添行旅中之惊喜。第六首借由"飕飕林响交，惨惨石状变"之描述反映内心之不安。其他如"山峻路绝踪，石林气高浮""危途中萦盘，仰望垂线缕""崖绝两壁对""仰凌栈道细""临虚荡高壁"的写实山景，可知山路险绝，令人望之生畏，随时可能一命呜呼，即第十首所谓"百年不敢料，一坠那得取"。《青阳峡》"礴西五里石，奋怒向我落"则是行旅中的惊险画面。旅途中或受到《石龛》"熊罴哮我东，虎豹号我西。我后鬼长啸，我前狨又啼"的怪物袭击，或透过声音回荡渲染可怖气氛，如"飕飕林响交，惨惨石状变""寒日外澹泊，长风中怒号"等句，<u>恰好可联系起韩孟山水诗之可怖心境（详后）</u>。行至成都后，安慰自己说："自古有羁旅，我何苦哀伤。"（《成都府》）

杜甫在成都兴建草堂，居住几年后，即沿长江东下，经忠州，而至夔州（今四川奉节）。在此地创作四百多首诗，著名的有《秋兴》和《登高》。杜甫以七绝形式组诗描写夔州的山水美景，在诗史上，是有意义的。以组诗形式描绘生活居住之地，王维的《辋川集》已首开其源，经杜甫的开展后，中唐时则蓬勃发展。夔州风物在杜甫笔下是什么样的呢？《夔州歌十绝句》介绍当地主要景点，如：

白帝高为三峡镇，夔州险过百牢关。（其一）

赤甲白盐俱刺天，间阎缭绕接山巅。（其四）

武侯祠堂不可忘，中有松柏参天长。（其九）

白帝城相传由西汉末年公孙述所建都，蜀汉刘备病逝于此。赤甲、白盐两座山是夔州境内著名的山岭，武侯祠堂则祭祀三国时期的诸葛孔明。此组诗写山川景色寄寓对家国的关怀之情，其二云：

> 白帝夔州各异城，蜀江楚峡混殊名。
> 英雄割据非天意，霸主并吞在物情。

三句的英雄割据，显然是对藩镇之祸感到忧心忡忡，各自为政，毫无向心力。又如其三：

> 群雄竞起问前朝，王者无外见今朝。
> 比讶渔阳结怨恨，元听舜日旧箫韶。

唐自安史之乱后，添设节度使管理藩镇。各地将领拥兵自重，不听中央指挥，对唐帝国的统治造成巨大威胁，杜甫漂泊中国西南地带，以诗表达对国家安定的衷心祈愿。再如其九：

> 武侯祠堂不可忘，中有松柏参天长。
> 干戈满地客愁破，云日如火炎天凉。

杜甫对诸葛孔明的爱国情操相当尊崇，首句"武侯祠堂不可忘"强调国家社稷的大我精神不可忘怀。除了写惆怅的心情，他的写景功力也很独特，如"枫林橘树丹青合，复道重楼锦绣悬""背飞鹤子遗琼蕊，相趁凫雏入蒋牙""晴沿狎鸥分处处，雨随神女下朝朝""长年三老长歌里，白昼摊钱高浪中""巫峡曾经宝屏见，楚宫犹对碧峰疑"等句。

笔者于初盛唐选了五个诗人来讨论，试图论述唐前期山水诗人与南朝山水诗的传承意义及开启中唐山水诗创作的序幕。检选五大诗人，主要理由是因为在唐代前期出现的所谓山水田园诗派，代表诗人即为王绩、王维、孟浩然，这是沿陶渊明的路线；之所以选李白，乃因其与南朝诗人谢灵运和谢朓二人有传承关系；选杜甫，则因其行旅和夔州两个时期的山水诗，一动一静，一属旅程似的，一属长居久住的，俱在山水景物中加入爱国精神。这两种类型山水诗正是本书要深入研究中唐山水诗的视角之一（即游宦和贬谪两章所论述）。

　　因此唯有采用史学的观点，才能深刻理解中唐山水诗之前的发展脉络。正如王国璎在《中国山水诗研究》所言："及至唐代（618—907），在因袭南朝文学遗产并且另辟新径的诗歌发展过程中，王维、孟浩然、韦应物、柳宗元等诗人，融汇了南朝的山水游览与田园情趣，更赋予山水诗以新的生命。"①简言之，南朝山水诗出现陶、谢二大自然诗人，到了盛唐分为二条主线，一条是沿着陶的路线下来的王绩及孟浩然山水诗，一条则是沿着二谢的路线下来的李白山水诗。开展中唐山水诗则是王维和杜甫，王维《辋川集》五绝体式开启中唐钱起等诗人的山水诗创作，杜甫行旅时的可怖山水描写恰好与中唐韩愈、孟郊山水诗有了联系。

　　综上所述，先秦诗经、楚辞及两汉的汉赋作品中，山水诗的出现主要为诗人言志缘情陪衬点缀，至魏晋时期，山水有三个意境内容，一是神仙世界，即游仙思想，二是精神家园，即隐居思想，三是游乐天堂，即游览思想。南朝时期，谢灵运大量创作以歌咏山水自然为审美对象的诗歌，被后世奉为山水诗鼻祖，代表作家分成四类，即谢灵运的玄理山水诗、谢朓的宦游山水诗、帝王的宫廷游宴山水诗、陶渊明的田园山水诗。初盛唐时期，不同诗人的山水诗有不同之侧重点，王绩和孟浩然走沿陶路线，具有田园清淡之风。王维五绝体开中唐五绝体之先，颇有禅意。李白走沿二谢路线，有些诗呈现澄鲜之山水景象。杜甫山水诗则寄寓忧国忧民的悲悯情怀，其行旅时之可怖描写影响韩愈孟郊之山水书写。

---

① 　王国璎：《中国山水诗研究》，联经出版社1986版，第149页。

第二章　中唐诗人游宦与山水诗创作

　　如果人生是一场旅程，那么中唐诗人的人生便随官职升降变化而相异，当他们被贬官时，远赴旅程中创作的是贬地山水诗；当他们平调或升官时，以游览为目的，所创作的则是宦地山水诗。所以中唐诗人的仕履生涯可分为贬谪或游宦两种，其山水诗创作自然处于不同的心境。贬谪山水诗通常追忆贬谪事件，孤寂、舒闷、悲凉、思乡等因素融入自然山水之中。

　　诗人因平调或升官游宦各地，常常作有山水诗，尤其是江南地区在中唐时期已成京洛之外的文化政治经济中心的背景下，诗人游宦至江南，受胜美环境的影响，创作出大量山水诗。大历时期颜真卿等人的江南聚会中，诗人们分工，以联句形式描绘风物，创作出山水诗联句，元白等人亦在江南以次韵形式创作山水诗。诗人在公忙之余寻找精神家园以放松压力，若是私人所盖则有别业，若是公共圣地则有佛寺，居住或游览在别业或寺观之中，自然也写山水诗。无贬谪经历的韦应物，在仕宦生涯中抱持吏隐心态，这造就出山水诗的独特风格。

第一节　大历时期浙东和湖州文人集团之山水诗联句

　　大历时期文人集团的山水诗联句值得注意。中唐诗人鲍防和颜真卿游宦到江南的浙东和湖州，受山水美景催化，他们结社创作山水诗联句，为后世留下珍贵的文化遗产。

一、鲍防和颜真卿先后任职于浙东和湖州

　　大历时期有两位爱好文学的士人先后来到浙东和湖州担任地方官员，带动了联句创作，先是鲍防，后是颜真卿。两人聚集当地文人雅士，以诗会友、联句唱和，形成浙东和湖州两大文人集团。浙东文人集团的诗歌作品收录在《大历浙东联唱集》，湖州文人集团的作品则集结在《吴兴集》。

其作品零散纷乱，大致残存在《全唐诗》《颜鲁公文集》或皎然《杼山集》中①。

浙东文人集团的两大核心人物是鲍防和严维。鲍防在宝应元年至大历五年（762—770）担任浙东观察使薛兼训的从事官，严维则在大历中担任秘书郎。《旧唐书·鲍防传》："鲍防，襄州人。幼孤贫，笃志好学，善属文。天宝末举进士，为浙东观察使薛兼训从事。"《旧唐书·代宗李豫本纪·大历五年》："秋七月丁卯，以浙东观察使、越州刺史、御史大夫薛兼训为检校工部尚书、太原尹、北都留守，充河东节度使。"鲍防大历前期在越州任职。虽未任地方首长，然其号召力不可小觑，穆员《工部尚书鲍防碑》称："自中原多故，贤大夫以三江五湖为家，登会稽者如鳞介之集渊薮，以公故也。"因鲍防在会稽，所以来会稽的文人多如过江之鲫。严维是越州人（越州、会稽、山阴均指一地），《嘉泰会稽志·人物·文章》谓："（严维）为秘书郎。大历中与郑概、裴冕、徐嶷、王纲等宴其园宅，联句赋诗，世传浙东唱和。"可知鲍防之后，严维成为浙东文人集团的第二领袖人物。

湖州文人集团有两大代表人物，第一是颜真卿，第二是诗僧皎然。颜真卿自大历七年（772）九月至大历十二年（777）四月近五年间担任湖州刺史一职，之后奉

①　（清）纪昀总纂：《四库全书总目提要·集部卷一四九·集部二·别集类二·颜鲁公集十五卷补遗一卷年谱一卷附录一卷》，河北人民出版社1989年版。载曰："唐颜真卿撰。真卿事迹，具《唐书》本传。其集见于《艺文志》者，有《吴兴集》十卷，又《庐州集》十卷、《临川集》十卷，至北宋皆亡。有吴兴沈氏者，采撷遗佚，编为十五卷。刘敞为之序，但称沈侯而不著名字。嘉佑中，又有宋敏求编本，亦十五卷，见《馆阁书目》，江休复《嘉佑杂志》极称其采录之博。至南宋时，又多漫漶不完。嘉定间，留元刚守永嘉，得敏求残本十二卷，失其三卷，乃以所见真卿文别为《补遗》，并撰次年谱附之，自为后序。后人复即元刚之本，分为十五卷，以符沈、宋二本之原数。沿及明代，留本亦不甚传。今世所行，乃万历中真卿裔孙允祚所刊，脱漏舛错，尽失其旧。独此本为锡山安国所刻，虽已分十五卷，然犹元刚本也。真卿大节炳著史册，而文章典博庄重，亦称其为人。集中《庙享议》等篇，说礼尤为精审。特收拾于散佚之余，即元刚所编亦不免阙略。今考其遗文之见于石刻者，往往为元刚所未收，谨详加搜辑，得《殷府君夫人颜氏碑铭》一首，《尉迟迥庙碑铭》一首，《太尉宋文贞公神道碑侧记》一首，《赠秘书少监颜君庙碑》《碑侧记》《碑额阴记》各一首，《竹山连句诗》一首，《奉使蔡州诗》一首，皆有碑帖现存。又《政和公主碑》残文、《颜元孙墓志》残文二篇，见《江氏笔录》；《陶公粟里诗》见《困学纪闻》。今俱采出，增入《补遗》卷内。至留元刚所录《禘祫议》，其文既与《庙享议》复见，而篇末"时议者举然"云云，乃《新唐书·陈京传》叙事之辞，亦非真卿本文。又《干禄字书序》乃颜元孙作，真卿特书之刻石，元刚遂以为真卿文，亦为舛误。今并从刊削焉。后附《年谱》一卷，旧亦题元刚作，而谱中所列诗文诸目，多集中所无，疑亦元刚因旧本增辑也。元刚字茂潜，丞相留正之字子，官终起居舍人。"可知湖州文人集团的作品在历代流传中，散佚严重，整理不易。

诏回京任刑部尚书，在湖州完成《韵海镜源》的编纂工作。颜真卿《湖州乌程县杼山妙善寺碑铭》谓曰："时大德僧皎然工于文什，惠达灵昧，昧于禅诵。相与言曰：'昔庐山东林，谢客有遗民之会；襄阳南岘，羊公流润甫之词。况乎兹山深邃，群士响集，若无记述，何以示将来？'乃左顾以求蒙，俾记词而藏事。"《旧唐书·代宗李豫本纪·大历十二年》所述"刑部尚书颜真卿献所著《韵海镜源》三百六十卷"可证。至于编书一事，皎然有《春日陪颜使君真卿皇甫曾西亭会韵海诸生》《奉和颜使君真卿修韵海毕州中重宴》《奉和颜使君真卿修韵海毕会诸文士东堂重校》等多首诗记之。其中《春日陪颜使君真卿皇甫曾西亭会韵海诸生》描绘当年聚宴时之自然景象："喧风众木变，清景片云无。峰翠飘檐下，溪光照座隅。"

集团第二号人物是皎然，他生于湖州，亦卒于湖州，是山水诗派开创者谢灵运之后裔，其《诗式》卷一论"文章宗旨"，极为推崇其祖谢灵运，曰："康乐公早岁能文，性颖神澈。及通内典，心地更精，故所作诗，发皆造极……至如《述祖德》一章，《拟邺中》八首，《经庐陵王墓》《临池上楼》，识度高明，盖诗中之日月也，安可攀援哉！"就游宦环境来看，越州山水秀丽，举世皆知。其著名景点有镜湖、剡溪、若耶溪之水，又有秦望、射的、石帆和石匮之山，以及禹庙、云门、法华之寺。刘禹锡曾有诗句歌颂越州山水，《酬浙东李侍郎越州春晚即事长句》诗曰："越中蔼蔼繁华地，秦望峰前禹穴西。湖草初生边雁去，山花半谢杜鹃啼。青油昼卷临高阁，红旆晴翻绕古堤。明日汉庭征旧德，老人争出若耶溪。"再者，越州有许多古事遗迹和历史传说，大禹、勾践、秦始皇、王羲之、谢安、谢灵运等著名人物至今仍为人所乐道，王羲之兰亭宴集，谢安东山高卧，尤是代表性之事件。

湖州在太湖西南端，苏州在其东北端，两州位于太湖沿岸，多是名山胜水，譬如湖州的杼山、岘山和雪溪。颜真卿《谢陆处士杼山折青桂花见寄之什》："群子游杼山，山寒桂花白。绿萼含素萼，采折自逋客。忽枉岩中诗，芳香润金石。全高南越蠹，岂谢东堂策。会惬名山期，从君恣幽觌。"又《杼山妙善寺碑铭》："其山胜绝，游者忘归，前代亦名稽留山。"此诗状杼山之殊胜景观相当深入。岘山在中国境内有二处，一是襄阳的岘山，一是湖州的岘山。李白《岘山怀古》曾歌咏襄阳岘山"访古登岘首，凭高眺襄中。天清远峰出，水落寒沙空"，形谷岘山之高伟。至于颜真卿与诸文士所登岘山则是湖州岘山。他们集体写下《登岘山观李左相石尊联句》，形式上是山水诗联句。雪溪之美景，张籍曾歌咏之，《雪溪西亭晚望》诗云："雪水碧悠悠，西亭柳岸头。夕阴生远岫，斜照逐回流。"

鲍防和颜真卿于大历中到美丽山水的浙东和湖州地方任职，这就有可能促进山水诗的创作。

二、文士宴集与山水诗联句的创作

一般而言，每首诗的创作者理当仅有一位，由二位（含）以上的作者集体写成一首诗，称为联句诗。能诗能文的官员或文士在盛大的场所，基于游戏、竞才、消遣、雅兴等因素，与会者则会赋诗吟咏，你一句我一句（或以上），集体创作，从而达到士人宴集的实际功用，如颜真卿之湖州文人集团的联句体诗作即为显例。文人宴集时，免不了歌颂自然山水，如太宗朝杨师道的安德山池聚会。《旧唐书·杨恭仁列传第十二》载曰："恭仁少弟师道……封安德郡公……师道退朝后，必引当时英俊，宴集园池，而文会之盛，当时莫比。"全唐诗中有七首《安德山池宴集》，分别由岑文本、刘洎、褚遂良、杨续、上官仪、李百药、许敬宗等七人，以五言十二句体式描写山水景色，可惜未创作联句诗。此七人所写的诗作中属山水诗者，如下所示：

> 甲第多清赏，芳辰命羽卮。书帷通竹径，琴台枕槿篱。
> 池疑夜壑徙，山似郁洲移。雕楹网萝薜，激濑合埙篪。
> 鸟戏翻新叶，鱼跃动清漪。自得淹留趣，宁劳攀桂枝。（岑文本）
>
> 戚里欢娱地，园林瞩望新。山庭带芳社，歌吹叶阳春。
> 台榭疑巫峡，荷蕖似洛滨。风花萦少女，虹梁聚美人。
> 宴游穷至乐，谈笑毕良辰。独叹高阳晚，归路不知津。（许敬宗）
>
> 伏枥丹霞外，遮园焕景舒。行云泛层阜，蔽月下清渠。
> 亭中奏赵瑟，席上无燕裾。花落春莺晚，风光夏叶初。
> 良朋比兰蕙，雕藻迈琼琚。独有狂歌客，来承欢宴余。（褚遂良）
>
> 狭斜通凤阙，上路抵青楼。簪绂启宾馆，轩盖临御沟。
> 西城多妙舞，主第出名讴。列峰疑宿雾，疏壑拟藏舟。
> 花蝶辞风影，苹藻舍春流。酒阑高宴毕，自反山之幽。（杨续）

安德山池是初唐重臣杨师道退朝时所建。山池景观仿实际大自然而造，即诗中所谓"池疑夜壑徙，山似郁洲移""台榭疑巫峡，荷蕖似洛滨"，山池内有"花落春莺晚，风光夏叶初""鸟戏翻新叶，鱼跃动清漪"，活活泼泼的动植物生态，文人宴集之时，它们自然成为诗人的歌咏对象，这也说明文人聚会中会创作山水诗或山水诗联句。

联句滥觞于汉武帝筑柏梁台，与群臣赋诗，七言一句，句句用韵，集体写成一首诗，此谓柏梁台联句。《文心雕龙·明诗》："联句共韵，则柏梁余制。"魏晋六朝期间，刘骏《华林都亭曲水联句效佰梁体诗》，萧纲有《曲水联句诗》颜测有《七夕连句诗》《九日坐北湖联句诗》等联句。至唐代，若粗以初盛中唐来分有，初唐则有中宗皇帝《十月诞辰内殿宴群臣效柏梁体联句》、中宗皇帝《景龙四年正月五日移仗蓬莱宫御大明殿会吐蕃骑马之戏因重为柏梁体联句》。盛唐则有肃宗皇帝《赐梨李泌与诸王联句》、李白《改九子山为九华山联句》、杜甫《夏夜李尚书筵送宇文石首赴县联句》。中唐最盛，有颜真卿、皎然、陆羽等的《七言重联句》，也有韩愈、孟郊的《城南联句》，还有刘禹锡、白居易、裴度、张籍的《宴兴化池亭送白二十二东归联句》。晚唐则有文宗皇帝《夏日联句》、宣宗皇帝《瀑布联句》、皮日休和陆龟蒙《独在开元寺避署颇怀鲁望因飞笔联句》。[①] 王胜明《论唐代联句诗的特征》一文曾有所统计：

> 联句诗数量与参与人员的激增无疑是其发展最具说服力的指标。回顾其发展历程，自武帝等作柏梁诗，到唐建国的 370 余年间，共 137 人参与创作 39 首联句诗。而仅从全唐诗统计，唐代 286 年间，便创作联句 141 首，参加者达 185 人。换算成便于比较的数字，则知，唐代联句创作的时间仅为先唐 2/5，数量却为其 3.6 倍，联句人数为 1.4 倍。其中，大历前仅 6 首，大历后达 135 首，后者为前者 22.5 倍，占总数的 90%；参加联句者，大历前仅 50 人，而大历后达 135 人，后者为前者 2.7 倍，占总数的 73%。再从微观分析，先唐时期，人均创作 0.31 首，而在唐代，人均达 0.76 首，为先唐 2.5 倍，其中，大历前人均 0.12 首，大历后则达到人均 1 首，后者又为前者 8.3 倍。

王胜明的研究数据显示，汉魏六朝共 137 人参与联句诗创作，数量仅 37 首。唐代则有 187 人创作联句诗，有 141 首。换言之，自汉代柏梁诗联句创作开始，直到唐末，联句诗只有 178 首，不到二百。再微观分析唐代，以大历为分界点，大历前仅 6 首，大历后则有 135 首。可见唐代自大历后，联句数量和创作者皆增多了，大历时期的联句之风则由浙东和湖州集团文人奠基。

---

① 王胜明：《论唐代联句诗的特征》，《内蒙古大学学报》（人文社会科学版）2005 年第4 期。

就起源看，联句最初的机缘是汉武帝宴集柏梁台而命群臣各赋一句诗，句句用韵，每句七言，谓之柏梁体，这是一场以政治为主角而文学为陪衬的聚会。之后的魏朝则多以文学为主而政治为辅的聚会。三曹父子兼有政治家和文学家两种身份，由于帝王热爱文学，故而形成由曹操领导的邺下文人集团。这文人集团多有游宴诗作，然未有联句。谢灵运《拟魏太子邺中集诗序》："建安末，时余在邺宫，朝游夕宴，究欢愉之极。天下良辰、美景、赏心、乐事，四者难并，今昆弟友朋，二三诸彦，共尽之矣。"《文心雕龙·时序》："自献帝播迁，文学篷转。建安之末，区宇方辑。魏武以相王之尊，雅爱诗章；文帝以副君之重，妙善辞赋；陈思以公子之豪，下笔琳琅，并体貌英逸，故俊才云蒸。"《钟嵘·诗品序》："降及建安，曹公父子，笃好斯文；平原兄弟，郁为文栋；刘桢王粲，为其羽翼。次有攀龙托凤，自致于属车者，盖将百计。彬彬之盛，大备于时矣。"诸说可见当时文人聚会时赋诗吟咏之盛况。晋朝则有兰亭集会，据《晋书·王羲之列传第五十》所载："羲之雅好服食养性，不乐在京师，初渡浙江，便有终焉之志。会稽有佳山水，名士多居之，谢安未仕时亦居焉。孙绰、李充、许询、支遁等皆以文义冠世，并筑室东土，与羲之同好。尝与同志宴集于会稽山阴之兰亭，羲之自为之序以申其志。"（刘宋）孝武帝刘骏仿汉武帝柏梁体，与群臣集体创作，而有《华林都亭曲水联句效佰梁体诗》传世。这些联句数量甚少（37 首，如前所引），较少有学者注意。

至唐朝时，联句创作以中晚唐为伙，主要有八大联句集团，以鲍防、颜真卿、皎然、李益、韩孟、刘白、段成式、皮陆为首。① 从地点区分来看，景遐东的研究可为参考：

> 全唐诗中的联句诗，以盛唐后期李白在池州九华山与宣州高霁、韦权舆的联唱为发端，永泰初宣州刘太真与袁傪等东峰亭联唱继之，到浙东鲍防、严维和稍后的浙西颜真卿、皎然等大规模诗会进入高潮；然后是贞元间皎然、顾况、韦应物、孟郊等继续推进，再到长庆间元白苏杭诗会，元和初韩愈、孟

---

① 王胜明：《论唐代联句诗的特征》，《内蒙古大学学报》（人文社会科学版）2005 年第 4 期。该文列出七大集团，其成员名单如下：皮陆集团有皮日休、陆龟蒙；段成式集团有段成式、张希复、郑符；李益集团有李益、广宣；刘白集团有刘禹锡、裴度、白居易、张籍行式；颜真卿集团有颜真卿、刘全白、皎然、李益、张荐、陆羽、耿湋；韩孟集团有韩愈、孟郊；皎然集团有皎然、汤衡、潘述、崔逵。我认为应再加上浙东鲍防集团，其成员有鲍防、严维、吕渭、谢良辅、丘丹、陈允初、谢良弼、裴晃、周颂、沈仲昌、袁邕。

郊、张籍的长安联句,大和间白居易、刘禹锡、李绅等的洛阳诗会联句,再一次兴起联句高潮,之后稍沈寂了一段时间,唐末皮日休、陆龟蒙苏州唱和联句,则可是唐代文人诗会联唱的收结。①

中晚唐联句创作在长安有韩孟,在洛阳有刘白,在浙东(越州)有鲍防,在浙西有(湖州)颜真卿,在苏杭有元白,在苏州有皮陆。联句未必在文人宴集时作,像韩孟《城南联句》,篇幅之冗,就很难在宴会现场创作。清人赵瓯北则认为:"至《城南》一首,则一千五六百字,自古联句,未有如此之冗者。"②

以上略述联句诗的发展概况,以下分析大历时期以鲍防和颜真卿为核心的两大联句集团的山水诗联句,文本从《全唐诗》中辑出。鲍防集团主要的山水诗联句是《状江南十二咏》,颜真卿集团所创作山水诗联句有《与耿湋水亭咏风联句》《登岘山观李左相石尊联句》《又溪馆听蝉联句》《秋日卢郎中使君幼平泛舟联句一首》《五言夜宴咏灯联句》《五言玩初月重游联句》《五言夜集联句》《五言重送横飞联句》等。《状江南十二咏》以五言四句体式歌咏江南美景,其诗如下:

> 江南季春天,莼叶细如弦。池边草作径,湖上叶如船。
>
> 江南季冬月,红蟹大如瓜扁。湖水龙为镜,炉峰气作烟。

---

① 景遐东:《论中唐时期江南地区的诗酒文会》,《湖北师范学院学报》(哲学社会科学版)2005年第4期。

② 清人赵翼《瓯北诗话·韩昌黎诗》谓:"联句诗,王伯大以为古无此体,实创自昌黎。沈括则谓"虞廷《赓歌》,汉武《柏梁》,已肇其端。晋贾充与妻李氏遂有连句。六朝以前谓之连句,见《梁书》及《南史》。其后陶、谢诸公,亦偶一为之。何逊集中最多,然皆寥寥短篇,且文义不相连属,仍是各人之制而已。"是古来原有此体,特长篇则始自昌黎耳。今观韩集中《会合联句》,则昌黎及孟郊、张籍、张彻四人所作;《石鼎联句》,则轩辕弥明、侯喜、刘师命所作,独无昌黎名,或谓弥明即昌黎托名也;《郾城夜会联句》,则昌黎与李正封所作;其他如《同宿》一首,《纳凉》一首,《秋雨》一首,《雨中寄孟几道》一首,《征蜀》一首,《城南》一首,《远游》一首,《斗鸡》一首,皆韩、孟二人所作。大概韩、孟俱好奇,故两人如出一手;其他则险易不同。然即二人联句中,亦自有利钝。惟《斗鸡》一首,通篇警策。《远游》一首,亦尚不至散漫。《征蜀》一首,至一千余字,已觉太冗,而段落尚觉分明。至《城南》一首,则一千五六百字,自古联句,未有如此之冗者。以《城南》为题,景物繁富,本易填写,则必逐段勾勒清楚,方醒眉目。乃游览郊墟,凭吊园宅,侈都会之壮丽,写人物之殷阜,入林麓而思游猎之娱,过郊坛而述禋祀之肃。层迭铺叙,段落不分,则虽更增千百字,亦非难事,何必以多为贵哉!近时朱竹垞、查初白有《水碓》及《观造竹纸》联句,层次清澈,而体物之工,抒词之雅,丝丝入扣,几无一字虚设。恐韩、孟复生,亦叹以为不及也。"

江南孟夏天，慈竹笋如编。蜃气为楼阁，蛙声作管弦。

江南仲秋天，鲟鼻大如船。雷是樟亭浪，苔为界石钱。

江南仲春天，细雨色如烟。丝为武昌柳，布作石门泉。

江南孟冬天，荻穗软如绵。绿绢芭蕉裂，黄金橘柚悬。

江南孟春天，苟叶大如钱。白雪装梅树，青袍似苇田。

江南孟秋天，稻花白如毡。素腕渐新藕，残妆炉晚莲。

江南仲冬天，紫蔗节如鞭。海将盐作雪，山用火耕田。

江南季夏天，身热汗如泉。蚊蚋成雷泽，袈裟作水田。

江南仲夏天，时雨下如川。卢橘垂金弹，甘蕉吐白莲。

江南季秋天，栗熟大如拳。枫叶红霞举，苍芦白浪川。

　　《状江南》由严维、丘丹、贾弇、沈仲昌、谢良辅、鲍防、郑概、吕渭、范灯、樊珣、刘蕃等人共同创作，主要描写江南四季不同的景象，其中严维、谢良辅和鲍防等三人写春天之景，贾弇、范灯和樊珣写夏天之景，沈仲昌、郑概、刘蕃写秋天之景，丘丹、谢良辅、吕渭写冬天之景。他们所使用的句法相似，开头皆以"江南○○天"之句式，其中○○可替换季节，点明季节特点，如"江南季春天""江南仲夏天""江南仲冬天"。再用譬喻法形容植物或雨势，如"荻穗软如绵""栗熟大如拳""时雨下如川""细雨色如烟"，结尾二句则描写动植物生态，如"池边草作径，湖上叶如船""湖水龙为镜，炉峰气作烟""枫叶红霞举，苍芦白浪川""绿绢芭蕉裂，黄金橘柚悬""蜃气为楼阁，蛙声作管弦"，将江南优美风光及丰富物产活泼地呈现出来，全诗俱押下平一仙韵，音韵和谐，令人向往！

　　再看颜真卿、裴幼清、杨凭、杨凝、左辅元、陆士修、权器、陆羽、皎然、耿湋、乔、陆涓等人所作《与耿湋水亭咏风联句》：

清风何处起，拂槛复萦洲。

回入飘华幕，轻来送晚流。

桃竹今已展，羽翣且从收。

经竹吹弥切，过松韵更幽。

直散青苹末，偏随白浪头。

山山催雨过，浦浦发行舟。

动树蝉争噪，开帘客罢愁。

度弦方解愠，临水已迎秋。

凉为开襟至，清因作颂留。

周回随远梦，骚屑满离忧。

岂独销繁暑，偏能入迥楼。

王风今若此，谁不荷明休。

    这首山水诗联句由颜真卿、皎然、耿湋等人共同创作，每人两句，押同韵，共二十四句。由诗题《与耿湋水亭咏风联句》可知以咏风为题材，诗之前十六句正是写风景。

    再看颜真卿、刘全白（评事。后为膳部员外郎。守池州）、裴循（长城县尉）、张荐、吴筠、强蒙（处士。善医）、范缙、王纯、魏理（评事）、王修甫、颜岘（真卿兄子）、左辅元（抚州人）、刘茂（魏县尉）、颜浑（真卿族弟。官太子通事舍人）、杨德元、韦介、皎然（名昼）、崔弘、史仲宣、陆羽、权器（校书郎）、陆士修（嘉兴县尉）、裴幼清、柳淡、释尘外（自号北山子）、颜颛（颜真卿族侄）、颜须（颜真卿族侄）、颜顼（颜真卿族侄）、李崿（字伯高。赵人。擢制科。历官庐州刺史）等人所作《登岘山观李左相石尊联句》：

李公登饮处，因石为洼尊。（颜真卿）

人事岁年改，岘山今古存。（刘全白）

榛芜掩前迹，苔藓余旧痕。（裴循）

叔子尚遗德，山公此回轩。（张荐）

维舟陪高兴，感昔情弥敦。（吴筠）

蔼蔼贤哲事，依依离别言。（强蒙）

岖嵚横道周，迢递连山根。（范缙）

余烈暧林野，众芳揖兰荪。（王纯）

德晖映岩足，胜赏延高原。（魏理）

远水明匹练，因晴见吴门。（王修甫）

陪游追盛美，揆德欣讨论。（颜岘）

器有成形用，功资造化元。（左辅元）

流霞方泔淡，别鹤遽翩翻。（刘茂）

旧规倾逸赏，新兴丽初暾。（颜浑）

醉后接离倒，归时驺骑喧。（杨德元）

迟回向遗迹，离别益伤魂。（韦介）

览事古兴属，送人归思繁。（皎然）

怀贤久徂谢，赠远空攀援。（崔弘）

八座钦懿躅，高名播乾坤。（史仲宣）

松深引闲步，葛弱供险扪。（陆羽）

花气酒中馥，云华衣上屯。（权器）

森沈列湖树，牢落望郊园。（陆士修）

白日半岩岫，清风满丘樊。（裴幼清）

旌麾间翠幄，箫鼓来朱轓。（柳淡）

闲路蹑云影，清心澄水源。（释尘外）

萍连浦中屿，竹绕山下村。（颜颙）

景落全溪暗，烟凝半岭昏。（颜须）

去日往如复，换年凉代温。（颜顼）

登临继风骚，义激旧府恩。（李崿）

诗题中的"李左相"指唐太宗曾孙李适之。据说他在任湖州别驾时，曾与同僚登岘山欢饮，后人在其登山巅处建有洼尊亭以纪念。前四句交待李左相石尊之人事已非，然岘山仍屹立不摇。全诗结构乃由每人两句书写，一韵到底，诗人群庞大，有颜真卿、陆羽、皎然等著名文士，写岘山相关之历史人物，也写登岘山之自然景色。"岖嵚横道周"以下数句则多写岘山景物，如"余烈暖林野""远水明匹练""新兴丽初暾""松深引闲步""白日半岩岫""烟凝半岭昏"诸句，如实显现岘山之美景。再看颜真卿、昼等人所作《五言夜集联句》：

> 寒花护月色，坠叶占风音。（昼）
>
> 兹夕无尘虑，高云共片心。（颜真卿）

这是颜真卿和昼（皎然）所合写的山水诗联句，篇幅极短，然意境幽远。再看颜真卿、李萼、昼等人所作《五言重送横飞联句》：

> 春田草未齐，春水满长溪。（萼上十二兄）
>
> 出饯风初暖，攀光日渐西。（颜真卿）
>
> 归期江上远，别思月中迷。（昼）

此诗共六句，三人合写，属送别式的山水诗联句，情景交融。再看颜真卿、杨凭、杨凝、权器、陆羽、耿湋、乔（失姓）、裴幼清、伯成（失姓）、皎然等人所作《又溪馆听蝉联句》：

> 高树多凉吹，疏蝉足断声。（杨凭）
>
> 已催居客感，更使别人惊。（杨凝）
>
> 晚夏犹知急，新秋别有情。（权器）
>
> 危湍和不似，细管学难成。（陆羽）
>
> 当毂附金重，无贪曜火明。（颜真卿）
>
> 青松四面落，白发一重生。（耿湋）
>
> 向夕音弥厉，迎风翼更轻。（乔）
>
> 单嘶出迥树，余响思空城。（裴幼清）
>
> 嘈唼松间坐，萧寥竹里行。（伯成）
>
> 如何长饮露，高洁未能名。（皎然）

此诗在描写蝉声中带出又溪馆所处的自然环境，如"高树多凉吹，疏蝉足断声"、"嘒唳松间坐，萧寥竹里行"等句。再看清昼、卢藻、卢幼平（郎中。吴兴守）、陆羽、潘述、李恂、郑述诚等人所作《秋日卢郎中使君幼平泛舟联句一首》：

> 共载清秋客船，同瞻皂盖朝天。（卢藻）
>
> 悔使比来相得，如今欲别潸然。（幼平）
>
> 渐惊徒驭分散，愁望云山接连。（清昼）
>
> 魏阙驰心日日，吴城挥手年年。（羽）
>
> 送远已伤飞雁，裁诗更切嘶蝉。（述）
>
> 空怀鄠杜心醉，永望门栏胆捐。（恂）
>
> 别思无穷无限，还如秋水秋烟。（述诚）

这首山水诗联句是六言句式，全诗共十四句。虽写泛舟之景，然其中可体会出送别之情。再看真卿、陆士修、张荐、昼、袁高等人所作《五言夜宴咏灯联句》：

> 桂酒牵诗兴，兰釭照客情。（士修）
>
> 诅惭珠乘朗，不让月轮明。（张荐）
>
> 破暗光初白，浮云色转清。（真卿）
>
> 带花疑在树，比燎欲分庭。（昼）
>
> 顾已惭微照，开帘识近汀。（高）

这一山水诗联句，在咏灯景之时，状写"破暗光初白，浮云色转清"之景。再看真卿、张荐、李崿、昼等人的《五言玩初月重游联句》：

> 春溪与岸平，初月出溪明。（张荐）
>
> 璧彩寒仍洁，金波夜转清。（李崿）
>
> 孤光远近满，练色往来轻。（真卿）
>
> 望望随兰棹，依依出柳城。（昼）

此诗八句俱写泛舟之水景，景色清丽。中唐山水诗联句的品胜，除了上述鲍防和颜真卿集团所作之外，尚有刘白集团的《春池泛舟联句》《西池落泉联句》《首夏犹清和联句》《晴喜联句》等，此不再论述。

第二节　江浙地方官之山水诗创作

中唐时期有许多诗人至江浙地区任职，在苏州任职的有三人——刘长卿、韦应物和白居易，在杭州任职的有白居易，在越州任职的有元稹。以下分苏州、杭州、越州等三地分别讨论。

刘长卿在至德二载（757）约三十二岁时，释褐任苏州长州县尉，三十三岁时，摄海盐令，两地皆为苏州属县也。其间作有《过横山顾山人草堂》《明月湾寻贺九不遇》《饯别王十一南游》《陪元侍御游支硎山寺》等山水诗。

先看《过横山顾山人草堂》：

> 只见山相掩，谁言路尚通。人来千嶂外，犬吠百花中。
>
> 细草香飘雨，垂杨闲卧风。却寻樵径去，惆怅绿溪东。

横山在苏州西南处。据清人黄之隽等撰《江南通志·苏州府·山川》："横山，在府西南十一里，姑苏山东。"中间两联所带出的山景充满生机，百花、细草香、垂杨风，加上犬吠其间，构成一幅千嶂人访图，写景细致。再看《明月湾寻贺九不遇》：

> 楚水日夜绿，傍江春草滋。
>
> 青青遥满目，万里伤心归。
>
> 故人川上复何之，明月湾南空所思。
>
> 故人不在明月在，谁见孤舟来去时。

明月湾在太湖中洞庭山附近。皮日休《太湖诗·明月湾》前有序曰："……于是太湖之中，所谓洞庭山者，得以恣讨，凡所历皆图籍般为灵异者，遂为诗二十章，以志其事。"诗中谓："晓景澹无际，孤舟恣回环。试问最幽处，号为明月湾。"刘长卿突出明月湾绿意盎然的特点，即诗中所说"楚水日夜绿，傍江春草滋。青青遥满目，万里伤心归"。将明月湾的风景写得极为活泼生动的，应属白居易《夜泛阳坞入明月湾即事寄崔湖州》中的佳句"掩映橘林千点火，泓澄潭水一盆油。龙头画舸衔明月，鹊脚红旗蘸碧流"。再看《饯别王十一南游》：

> 望君烟水阔，挥手泪沾巾。飞鸟没何处，青山空向人。
> 长江一帆远，落日五湖春。谁见汀洲上，相思愁白苹。

五湖指太湖。宋人乐史《太平寰宇记·苏州吴县》谓："太湖中有贡湖、游湖、胥湖等名，是谓五湖。一云周五百里，曰五湖。"刘长卿落笔于太湖的落日及烟水迷蒙之景，景中点缀着飞鸟和青山和孤帆，表达对送行友人之浓情。再看《陪元侍御游支硎山寺》：

> 支公去已久，寂寞龙华会。古木闭空山，苍然暮相对。
> 林峦非一状，水石有余态。密竹藏晦明，群峰争向背。
> 峰峰带落日，步步入青霭。香气空翠中，猿声暮云外。
> 留连南台客，想象西方内。因逐溪水还，观心两无碍。

支硎山在苏州吴县。《太平寰宇记·苏州吴县》谓："支硎，晋高士支道林遁迹憩游其上，故有此名。""林峦非一状"表明刘长卿观景之细微，与元侍御游山之际，所见之古木、水石、密竹、群峰、落日、青霭、香气、猿声等山景意象一一写入诗中，末句出以"观心两无碍"之禅理，可见游山之心惬。

刘长卿之后，韦应物也来到苏州当地方官。他除了在洛阳和长安担任中央官职外，也做过滁州、江州和苏州等地的刺史。今先讨论其苏州山水诗。他在贞元五年（789）至七年（791）期间在苏州作有《秋夜寄丘二十二员外》《登重玄寺阁》《与卢陟同游永定寺北池僧斋》《游灵岩寺》《游开元精舍》等山水诗，大多数可见韦应物游佛寺的山水诗，以下逐一探析，先看《登重玄寺阁》：

> 时暇陟云构，晨霁澄景光。始见吴都大，十里郁苍苍。
> 山川表明丽，湖海吞大荒。合沓臻水陆，骈阗会四方。
> 俗繁节又暄，雨顺物亦康。禽鱼各翔泳，草木遍芬芳。
> 于兹省庶俗，一用劝农桑。诚知虎符忝，但恨归路长。

韦应物登苏州重玄寺阁所见之景乃气势宏阔，寰宇之内，物产丰隆，颇见其视察辖区之意也。"十里郁苍苍"和"湖海吞大荒"二句，可见此寺之高，足以饱览四周空阔之美景，"禽鱼各翔泳，草木遍芬芳"则道出万物生态之和谐共处，此诗无禅意亦无禅理，一脱佛寺诗之俗套。再看《与卢陟同游永定寺北池僧斋》：

> 密竹行已远，子规啼更深。绿池芳草气，闲斋春树阴。
> 晴蝶飘兰径，游蜂绕花心。不遇君携手，谁复此幽寻。

韦应物与其甥卢陟同游永定寺，密竹、子规、绿池、芳草、春树、晴蝶、游蜂、兰花等山林之物象一一入镜，显示生机篷勃。再看《游灵岩寺》：

> 始入松路永，独忻山寺幽。不知临绝槛，乃见西江流。
> 吴岫分烟景，楚甸散林丘。方悟关塞眇，重轸故园愁。
> 闻钟戒归骑，憩涧惜良游。地疏泉谷狭，春深草木稠。
> 兹焉赏未极，清景期杪秋。

"吴岫分烟景，楚甸散林丘"，两句乃刻画山景，而"地疏泉谷狭，春深草木稠"乃写山林中的景象，末两句可见韦应物游兴未减。再看《游开元精舍》：

> 夏衣始轻体，游步爱僧居。果园新雨后，香台照日初。
> 绿阴生昼静，孤花表春余。符竹方为累，形迹一来疏。

韦应物描写开元寺的生态欣欣向荣，中间四句显示雨后日初的山寺情景，未落禅语禅意，末句颇见哲理。以上韦应物的佛寺山水诗，可见其刻画细微，全诗无一禅语，以浓笔状显山景样貌，他也用淡笔呈现山景，如《秋夜寄丘二十二员外》：

> 怀君属秋夜，散步咏凉天。空山松子落，幽人应未眠。

一句"空山松子落"渲染出幽静的山林氛围，由居住环境看出丘员外之人生格调。

苏州之地的诗人官员，除了刘长卿和韦应物外，再来就是白居易。白居易先任杭州刺史，再任苏州刺史。白居易在忠州约二年，后则改任司马员外郎，调回长安。长庆二年（822），五十一岁时，请求外任，授杭州刺史。[①]此次行走路线与

---

① （后晋）刘昫等：《旧唐书·卷一百六十六·白居易列传》，中华书局 1997 年版，第 4353 页。云："时天子荒纵不法，执政非其人，制御乖方，河朔复乱。居易累上疏论其事，天子不能用，乃求外任。七月，除杭州刺史。"。

上次贬至江州相同，再东行至杭州。在杭州刺史任内，与当时在会稽镇守的元稹以竹筒贮诗传递，相互酬唱，传为美谈。① 又在此地"筑堤捍江"，政绩匪浅。② 长庆四年（824），五十三岁时，回到洛阳任左庶子。敬宗宝历元年（825），五十四岁时，再到苏州任刺史，任期约一年。《除苏州刺史别洛城东花》："老除吴郡守，春别洛阳城。"所以杭苏两地之山水诗是白居易五十几岁时的作品，历时约五年。他在《喜罢郡》中说："五年两郡亦堪嗟，偷出游山与看花。"其间留下许多优美的山水诗，以下则逐一分析：如《钱塘湖春行》诗云：

> 孤山寺北贾亭西，水面初平云脚低。
> 几处早莺争暖树，谁家新燕啄春泥。
> 乱花渐欲迷人眼，浅草才能没马蹄。
> 最爱湖东行不足，绿杨阴里白沙堤。③

钱塘湖之美景是由孤山寺、贾亭、白沙堤等人文景观和湖水、云脚、早莺、新燕、乱花、浅草、绿杨等自然景观所构成，再加上迷人眼、没马蹄和行不足之游览活动，恰如一幅诗人春游赏景图。其间的白沙堤是白居易最魂萦梦牵之所，据说是他任杭州刺史时所筑建，但清人毛奇龄则持否定看法。④ 不管真相如何，白沙堤为历代游人提供了闲步赏景的便利。再如《春题湖上》：

---

① （宋）王谠撰，周勋初校证：《唐语林校证·文学》，中华书局1997年版，第144页。载曰："白居易，长庆二年以中书舍人为杭州刺史，替严员外休复……后元稹镇会稽，参其酬唱，每以筒竹盛诗往来。"又据白居易所言："为向两州邮吏道，莫辞来去递诗筒。"（《醉封诗筒寄微之》），又言："拣得琅玕截作筒，缄题章句写心胸。"（《与微之唱和来去常以竹筒贮诗陈协律美而成篇因以此答》）又曰："比在杭州，两浙唱和诗赠答，于筒中递来往。"（《秋寄微之十二韵》）。

② 陈友琴：《白居易资料汇编》，中华书局2005年版，第7页。李商隐《唐刑部尚书致仕赠尚书右仆射太原白公墓碑铭》综述白居易一生时，谓："又贬杭州。既至，筑堤捍江，分杀水孔道，用肥见田。发故邺侯泌五井，渟储甘清，以变饮食。循钱塘上下民，迎祷祠神，伴侣歌舞。"

③ （清）彭定求等纂：《全唐诗》，中华书局1996年版，第4957页。以下诗作依序均引自该书第5003、4962、4960、4959、4961、4961、5024页。

④ 清人毛奇龄《西河合集》辩云："杭州钱塘湖中有一堤，穿于湖心。作志者初称白堤，后称白公堤，谓白乐天为刺史时所筑。及读乐天《杭州春望》诗有云'谁开湖寺西南路，草绿裙腰一道斜'，则并非白筑，未有己所开堤而反曰谁开者。"详见陈友琴编：《白居易资料汇编》，中华书局2005年版，第241页。

> 湖上春来似画图，乱峰围绕水平铺。
>
> 松排山面千重翠，月点波心一颗珠。
>
> 碧毯线头抽早稻，青罗裙带展新蒲。
>
> 未能抛得杭州去，一半勾留是此湖。

白居易使用比喻之修辞技巧，将西湖美景形容得美妙至极，以千重翠比喻松树，一颗珠比喻明月，碧毯线头比喻早稻，青罗裙带比喻新蒲，所譬之物，平易近人，具体而明白，艺术技巧高妙。再如《江楼晚眺景物鲜奇吟玩成篇寄水部张员外》：

> 淡烟疏雨间斜阳，江色鲜明海气凉。
>
> 蜃散云收破楼阁，虹残水照断桥梁。
>
> 风翻白浪花千片，雁点青天字一行。
>
> 好着丹青图画取，题诗寄与水曹郎。

江楼所见之景是立体的画面，三句写海市蜃楼之虚幻景象，四句写虹霓倒映江面之变化，五句写江面起风，吹起千片浪花，六句写一行归雁飞翔，白居易从江面和青天之空间中，选取若干景物加以构词，栩栩如生，宛如一幅美丽的图画。再如《孤山寺遇雨》：

> 拂波云色重，洒叶雨声繁。水鹭双飞起，风荷一向翻。
>
> 空蒙连北岸，萧飒入东轩。或拟湖中宿，留船在寺门。

水鹭风荷，一飞一翻，点缀在空蒙的雨景中，格外生动悦目。再如《西湖晚归回望孤山寺赠诸客》：

> 柳湖松岛莲花寺，晚动归桡出道场。
>
> 卢橘子低山雨重，棕榈叶战水风凉。
>
> 烟波澹荡摇空碧，楼殿参差倚夕阳。
>
> 到岸请君回首望，蓬莱宫在海中央。

四句的"棕榈叶战"生动展现风吹叶子有如战争景象，六句的楼殿倚夕阳，将楼殿拟人化，赋予人类娇妮姿态。末句"蓬莱宫在海中央"更暗示此地宛如人间仙境。再如《江楼夕望招客》：

> 海天东望夕茫茫，山势川形阔复长。
> 灯火万家城四畔，星河一道水中央。
> 风吹古木晴天雨，月照平沙夏夜霜。
> 能就江楼销暑否，比君茅舍较清凉。

此诗写江楼销暑之特点，五六两句从触觉效果上表现此地清凉可驻，"灯火万家城四畔，星河一道水中央"则写入夜后之繁华炫丽，星河倒影之景象。再如《杭州春望》：

> 望海楼明照曙霞，护江堤白蹋晴沙。
> 涛声夜入伍员庙，柳色春藏苏小家。
> 红袖织绫夸柿蒂，青旗沽酒趁梨花。
> 谁开湖寺西南路，草绿裙腰一道斜。

伍员庙和苏小家是历史古迹，柿蒂和梨花酒是名产。末句的裙腰一词更生动状写孤山寺路斜之特色，相当传神。再如《余杭形胜》：

> 余杭形胜四方无，州傍青山县枕湖。
> 遶郭荷花三十里，拂城松树一千株。
> 梦儿亭古传名谢，教妓楼新道姓苏。
> 独有使君年太老，风光不称白髭须。

荷花三十里，松树一千株，已妆点出杭州之绿意环境。梦儿亭和教妓楼则是很有历史味道的人文景观。再如《宿湖中》：

> 水天向晚碧沉沉，树影霞光重迭深。
> 浸月冷波千顷练，苞霜新橘万株金。
> 幸无案牍何妨醉，纵有笙歌不废吟。
> 十只画船何处宿，洞庭山脚太湖心。

前四句可见诗人炼句之工，千顷练和万株金，景象壮观，光彩夺目。待了一年后，从苏州返回洛阳途中，也有一些山水描写，如《早发赴洞庭舟中作》：

> 阊门曙色欲苍苍，星月高低宿水光。
> 棹举影摇灯烛动，舟移声拽管弦长。
> 渐看海树红生日，遥见包山白带霜。
> 出郭已行十五里，唯消一曲慢霓裳。

五六句写景句红生日，白带霜，令人回味，末句则显露白居易离别之依依。上列诗篇中，杭苏一带之胜景确实十分吸引人，尤其写景对仗句，如：

> 松排山面千重翠，月点波心一颗珠。
> 蜃散云收破楼阁，虹残水照断桥梁。
> 风翻白浪花千片，雁点青天字一行。
> 水鹭双飞起，风荷一向翻。
> 卢橘子低山雨重，棕榈叶战水风凉。
> 烟波澹荡摇空碧，楼殿参差倚夕阳。
> 灯火万家城四畔，星河一道水中央。
> 风吹古木晴天雨，月照平沙夏夜霜。
> 望海楼明照曙霞，护江堤白蹋晴沙。
> 涛声夜入伍员庙，柳色春藏苏小家。
> 遶郭荷花三十里，拂城松树一千株。
> 渐看海树红生日，遥见包山白带霜。
> 浸月冷波千顷练，苞霜新橘万株金。

以上引句，精巧简达，可见其山水诗之高超艺术。这些写景佳句皆可作为后人作诗之参考。

与白居易并称元白的元稹也曾到过江浙一带任官，两人关系密切。元稹（779-831）自小家贫，八岁丧父，由母亲教育。①二十五岁娶妻韦丛，其后有妾安氏，继室裴淑，共育有四女，一子。三十一岁受宰相裴垍提拔为监察御史。同年七月，妻

---

① （后晋）刘昫等：《旧唐书·卷一百六十六·元稹列传》，中华书局1997年版，第4327页。曰："稹八岁丧父。其母郑夫人，贤明妇人也，家贫，为稹自授书，教之书学。"

子韦丛卒，年仅二十七。同时已生白发。①三十二岁时曾遭宦官刘士元以鞭击伤颜面。三十三岁纳安氏为妾。三十五岁患疟疾日久不愈，白居易寄药关切。三十六岁时，白居易丁母忧以来，既贫且病，元稹分俸济之。三十七岁至通州，染瘴，白居易寄縠衫、纱袴关怀。三十八岁任通州司马，白居易寄蕲州竹簟。元稹回寄绿丝布、白轻容，同年请假在涪州与裴淑结婚，同归通州。三十九岁时，在阆州开元寺壁上题写白居易诗，而居易在江州，题写元稹诗于屏风上。同年（元和十二年，817），随唐节度使李愬擒吴元济，淮西平。②四十六岁时，元白唱和频繁，常以竹筒贮诗递送。四十九岁，《元白唱酬集》结集。五十一岁九月，为尚书左丞。五十二岁时，检校户部尚书，兼鄂州刺史御史大夫武昌军节使。五十三岁，大和五年七月，暴卒。其间元稹在江陵府五年，通州四年，浙东七年。③

诗史上，元稹对乐府诗的贡献较为诗论家所注意。如宋人张邦基《墨庄漫录》："白乐天作《长恨歌》，元微之作《连昌宫词》，皆纪明皇时事也。予以谓微之之作过乐天。"又明人何良俊《四友斋丛说》："至如白太傅《长恨歌》《琵琶行》，元相《连昌宫词》，皆是直陈时事，而铺写详密，宛如画出，使今世人读之，犹可想见当时之事，余以为当为古今长歌第一。"元稹的山水诗几乎不被人论及。若就《旧唐书·元稹传》所谓："在郡二年，改授越州刺史，兼御史大夫、浙东观察使。会稽山水奇秀，稹所辟幕职，皆当时文士，而镜湖、秦望之游，月三四焉。而讽咏诗什，动盈卷帙。副使窦巩，海内诗名，与稹酬唱最多，至今称兰亭绝唱。稹既放意娱游，稍不修边幅，以渎货闻于时。凡在越八年。"④似乎其晚年对会稽山水景物的描写诗作应有一定的数量，元白两人以竹筒传诗及互为酬唱得到特别的次韵山水诗，以下则探讨两人在江浙一带的次韵唱和。

首先，先说明何谓"次韵"？所谓"次韵"指两人以上（含）以诗词形式来往唱和，原唱与和唱之间须依序押相同韵脚，如元稹《别后西陵晚眺》和白居易《答微之泊西陵驿见寄》中所使用的"台"和"回"二韵。原诗如下：

晚日未抛诗笔砚，夕阳空望郡楼台。
与君后会知何日，不似潮头暮却回。

---

① 元稹《酬代书》自注：予今年始三十二，去岁已生白发。
② 傅璇琮主编：《唐五代文学编年史·中唐卷》，辽海出版社1998年版，第772页。
③ 卞孝萱：《元稹年谱》，齐鲁书社1980年版。
④ （后晋）刘昫等：《旧唐书·卷一百六十六·元稹列传》，中华书局1997年版，第4336页。

> 烟波尽处一点白，应是西陵古驿台。
>
> 知在台边望不见，暮潮空送渡船回。

诗中写西陵台晚眺，对友思念之情融入潮水暮景中。这种一来一往的和韵诗，在唐人作起来有三个方法：或次韵，或依韵，或用韵。宋人刘攽《中山诗话》解释说："唐诗赓和，有次韵（先后无易），有依韵（同在一韵），有用韵（用彼韵，不必次）。"[①] 次韵这一形式首创者为元白二人。宋人程大昌《考古编》卷七《古诗分韵》谓："唐世次韵，起元微之、白乐天，二公自号元和体，曰古未之有也。"又宋人严羽《沧浪诗话·诗评》言："和韵最害人诗。古人酬唱不次韵，此风始盛于元、白、皮、陆。本朝诸贤，乃以此而斗工，遂至往复有八九和者。"[②] 用次韵的方式来创作，意在逞异夸能、"争能斗巧"。清人赵翼《瓯北诗话·白香山诗》说："古来但有和诗，无和韵。唐人有和韵，尚无次韵；次韵实自元、白始。依次押韵，前后不差，此古所未有也。而且长篇累幅，多至百韵，少亦数十韵，争能斗巧，层出不穷，此又古所未有也。以此另成一格，推倒一世，自不能不传。"[③]

上述所论的次韵只是唱和诗的一环而已，就发展历史看，唱和诗主要有和意及和韵两种。唱和诗从东晋末年陶渊明开始，在中唐之前，古人作诗与友朋交往唱和主要和意不和韵，直到元白两人才和韵。[④] 这些和答诗中的山水景色描写就成为元白山水诗区别于其他诗人的特点。以下则分析两人间的酬唱山水诗。元稹《酬乐天早春闲游西湖颇多野趣恨不得与微之同赏因思在越宫重事殷镜湖之游或恐未暇因成十八韵见寄乐天前篇到时适会予亦宴镜湖南亭因述目前所睹以成酬答末章亦示暇诚则势使之然亦欲粗为恬养之赠耳（浙东时作）》诗云：

> 雁思欲回宾，风声乍变新。各携红粉伎，俱伴紫垣人。
>
> 水面波疑縠，山腰虹似巾。柳条黄大带，荇菜绿文茵。
>
> 雪尽纔通屐，汀寒未有苹。向阳偏晒羽，依岸小游鳞。
>
> 浦屿崎岖到，林园次第巡。墨池怜嗜学，丹井羡登真。
>
> 雅叹游方盛，聊非意所亲。白头辞北阙，沧海是东邻。

---

① （清）何文焕辑：《历代诗话》上册，中华书局 2001 年版，第 289 页。

② （清）何文焕辑：《历代诗话》下册，中华书局 2001 年版，第 699 页。

③ 郭绍虞编选，富寿荪校点：《清诗话续编》，上海古籍出版社 1999 年版，第 1175 页。

④ 赵以武：《和意不和韵试论中唐以前唱和诗的特点与体制》，《甘肃社会科学》1997 年第 3 期。

问俗烦江界，搜畋想渭津。故交音讯少，归梦往来频。

独喜同门旧，皆为列郡臣。三刀连地轴，一苇碍车轮。

尚阻青天雾，空瞻白玉尘。龙因雕字识，犬为送书驯。

胜事无穷境，流年有限身。懒将闲气力，争斗野塘春。①

此诗依叙事、写景、抒情之结构展开。前四句可见其好女色之本性。其登山伴是"各携红粉伎"。元稹一生中有二妻一妾，育有四女一子，八岁后因父丧而由母亲抚育长大，他的上下代的家庭成员中以女性居多，可能这是他对女性有特别喜好之因。我们再比较原唱者白居易的《早春西湖闲游怅然兴怀忆与微之同赏因思在越官重事殷镜湖之游或恐未暇偶成十八韵寄微之》：

上马复呼宾，湖边景气新。管弦三数事，骑从十余人。

立换登山屐，行携漉酒巾。逢花看当妓，遇草坐为茵。

西日笼黄柳，东风荡白苹。小桥装雁齿，轻浪鬌鱼鳞。

画舫牵徐转，银船酌慢巡。野情遗世累，醉态任天真。

彼此年将老，平生分最亲。高天从所愿，远地得为邻。

云树分三驿，烟波限一津。翻嗟寸步隔，却厌尺书频。

浙右称雄镇，山阴委重臣。贵垂长紫绶，荣驾大朱轮。

出动刀枪队，归生道路尘。雁惊弓易散，鸥怕鼓难驯。

百吏瞻相面，千夫捧拥身。自然闲兴少，应负镜湖春。

南朝山水诗人谢灵运"寻山陟岭，必造幽峻，岩嶂千重，莫不备尽"，率僮仆数百人着木屐，所谓"谢公屐"，登山队伍盛大，被临海太守王琇误为山贼，所以随行者应为男性。白居易效法谢灵运，登山队伍规模小了些，"骑从十余人"，这些随行者也应为男性，"逢花看当妓"说明将途中所见之野花当作美丽歌妓陪伴，所以登山之行应没有女性。由于红粉伎之陪伴，所以元稹描述的山水景物也较柔性小巧，疑縠、似巾、大带、文茵、晒羽、小游鳞、丹井等词皆是。诗的最后加入感慨，"胜事无穷境，流年有限身"。对于生命有限，自然无穷有深层之体悟，这可能与其患疟疾和染瘴有关。若从次韵角度看，两诗偶数句之韵脚皆为同韵部，元诗韵

---

① （清）彭定求等纂：《全唐诗》，中华书局1996年版，第4536页。以下依序引自该书第5002，4601，5002页。

脚为"宾、新、人、巾、茵……"，白诗韵脚亦为"宾、新、人、巾、茵……"，两人藉以同韵的方式描写西湖之景，一方面连系彼此情感，另一方面切磋诗艺，增进文学功力，以次韵形式写景于山水诗史是独特现象，所以宋人程大昌才说"唐世次韵，起元微之、白乐天"。再如元稹《寄乐天》：

> 莫嗟虚老海壖西，天下风光数会稽。
> 灵汜桥前百里镜，石帆山淹五云溪。
> 冰销田地芦锥短，春入枝条柳眼低。
> 安得故人生羽翼，飞来相伴醉如泥。

白居易《答微之见寄（时在郡楼对雪）》：

> 可怜风景浙东西，先数余杭次会稽。
> 禹庙未胜天竺寺，钱湖不羡若耶溪。
> 摆尘野鹤春毛暖，拍水沙鸥湿翅低。
> 更对雪楼君爱否，红栏碧甃点银泥。

就次韵角度看，两诗首句入韵，押"西、稽、溪、低、泥"诸韵。内容均描写会稽山水奇秀之景，与上引《旧唐书》本传所言"会稽山水奇秀，稹所辟幕职，皆当时文士，而镜湖、秦望之游，月三四焉。而讽咏诗什，动盈卷帙"互为印证。

第三节　别业和寺观山水诗——文士游宦时的暂时精神家园

山水诗之书写与诗人居处的环境有关，诗人身处山林环境愈久，山水诗创作多亦属自然之事矣。中唐时的士人大都有山居或寄寓寺观之风尚，韩愈《复上宰相书》说"士之行道者，不得于朝，则山林而已矣。山林者，士之所独善自养而不忧天下者之所能安也"，强调文士隐于山林之风气。又《新唐书·五行志》载曰"天宝后诗人多……寄兴于江湖僧寺"，常衮《天下寺观停客制》言"如闻天下寺观多被军士及官吏诸客居止"，白居易《宿清源寺》写"衮往谪浔阳去，夜憩辋溪曲。今为钱塘行，重经兹寺宿"，可见文人暂居寺观之盛况。文人或因官务繁忙，或因个性使然，或因寻幽访胜等，他们亲近山林有两种方式，一是建筑别业（别墅或草堂），一是借宿寺观，受山林美景鼓动，大量创作山水诗，笔者称之为别业和寺观山水诗，主要着眼于其居住山林环境，刘勰《文心雕龙·物色篇》不也说"若乃山林皋壤，实文思之奥府"。

一、别业山水诗

盛唐时王维居于辋川别业，故多写山水诗。《旧唐书·文苑下·王维列传》载王维的辋川别业乃得之初唐宋之问的蓝田别墅，宋之问在洛阳之风景秀丽处亦置有陆浑山庄，其《寒食还陆浑别业》曰："洛阳城里花如雪，陆浑山中今始发。旦别河桥杨柳风，夕卧伊川桃李月。"除了他们两人之外，唐代许多文士有别业当作官务之外的精神家园，如唐高宗时的王方翼有凤泉别业①，韦嗣立有骊山别业②，杜甫在成都浣花溪畔有成都草堂，岑参有南溪别业③，刘长卿在常州义兴有碧涧别墅及长安的灞陵别业，裴度有午桥别业④，李德裕有平泉别墅，白居易有庐山草堂，等等。

无论是避乱、隐居、贬谪、性情等原因，他们只要长期生活在别业之中，在静幽自然环境的耳濡目染下，必然会写山水诗。

> 远雁临空翻夕照，残云带雨过春城。
>
> 花枝入户犹含润，泉水侵阶乍有声。
>
> （武元衡《南徐别业早春有怀》全首共八句）
>
> 十里惟闻松桂风，江山忽转见龙宫。

---

① （后晋）刘昫等：《旧唐书·卷一百八十五·良吏列传·王方翼》，中华书局1997年版，第4802页。载："王方翼，并州祁人也，高宗王庶人从祖兄也。祖裕，武德初隋州刺史，裕妻即高祖妹同安大长公主也。太宗时，以公主属尊年老，特加敬异，数幸其第，赏赐累万。方翼父仁表，贞观中为岐州刺史。仁表卒，妻李氏为主所斥，居于凤泉别业。"

② 韦嗣立《偶游龙门北溪忽怀骊山别业因以言志示弟淑奉呈诸大僚》曰："幽谷杜陵边，风烟别几年。偶来伊水曲，溪嶂觉依然。傍浦怜芳树，寻崖爱绿泉。"

③ 岑参《南溪别业》诗谓："结宇依青嶂，开轩对翠畴。树交花两色，溪合水重流。竹径春来扫，兰樽夜不收。逍遥自得意，鼓腹醉中游。"

④ （后晋）刘昫等：《旧唐书·卷一百七十·裴度列传》，中华书局1997年版，第4432页。载："东都立第于集贤里，筑山穿池，竹木丛萃，有风亭水榭，梯桥架阁，岛屿回环，极都城之胜概。又于午桥创别墅，花木万株，中起凉台暑馆，名曰绿野堂。引甘水贯其中，酾引脉分，映带左右。度视事之隙，与诗人白居易、刘禹锡酣宴终日，高歌放言，以诗酒琴书自乐，当时名士，皆从之游。"白居易《奉和裴令公新成午桥庄绿野堂即事》谓："旧径开桃李，新池凿凤皇。只添丞相阁，不改午桥庄。远处尘埃少，闲中日月长。青山为外屏，绿野是前堂。"

正与休师方话旧，风烟几度入楼中。

（段文昌《还别业寻龙华山寺广宣上人》）

人依红桂静，鸟傍碧潭闲。松盖低春雪，藤轮倚暮山。

（李德裕《早春至言禅公法堂忆平泉别业》）

幽居近谷西，乔木与山齐。野竹连池合，岩松映雪低。

（李德裕《山居遇雪喜道者相访》全八句）

逶迤过竹坞，浩淼走兰塘。夜静闻鱼跃，风微见雁翔。

（李德裕《重忆山居》六首之一《平泉源》，全首共八句）

树老野泉清，幽人好独行。去闲知路静，归晚喜山明。

（卢纶《秋晚山中别业》，全首共八句）

以上列举武元衡、段文昌、李德裕、卢纶等中唐诗人对于别业自然山水的描绘，尤以李德裕回忆式别业山水诗较为特殊，与王维辋川别业的即兴式别业山水诗稍有不同。李德裕曾与元稹在翰林共事，才名相埒。《旧唐书·李德裕列传》载："时德裕与李绅、元稹俱在翰林，以学识才名相类，情颇款密。"又言："东都于伊阙南置平泉别墅，清流翠筿，树石幽奇。初未仕时，讲学其中。及从官藩服，出将入相，三十年不复重游，而题寄歌诗，皆铭之于石。"可知李德裕在洛阳置有平泉别墅，出仕后则不再重游，所以他几套组诗中俱有回忆平泉别墅之附近的山水风光的篇什。分别《思平泉树石杂咏，十首之一：钓台》《春暮思平泉杂咏，二十首之一：望伊川》《忆平泉杂咏，十首之一：忆初暖》《重忆山居，六首》等共有三十六首回忆式的山水组诗。以下以《重忆山居》为例：

出谷缠浮筋，中园已滥觞。逶迤过竹坞，浩淼走兰塘。
夜静闻鱼跃，风微见雁翔。从兹东向海，可泛济川航。（平泉源）

鸡鸣日观望，远与扶桑对。沧海似镕金，众山如点黛。
遥知碧峰首，独立烟岚内。此石依五松，苍苍几千载。（泰山石）

十二峰前月，三声猿夜愁。此中多怪石，日夕漱寒流。
必是归星渚，先求历斗牛。还疑烟雨霁，髣佛是嵩丘。（巫山石）

龙伯钓鳌时，蓬莱一峰坼。飞来碧海畔，遂与三山隔。

其下多长溪，潺湲淙乱石。知君分如此，赠逾荆山璧。（罗浮山）

常疑六合外，未信漆园书。及此闻溪漏，方欣验尾闾。
大哉天地气，呼吸有盈虚。美石劳相赠，琼瑰自不如。（漏潭石）

严光隐富春，山色溪又碧。所钓不在鱼，挥纶以自适。
余怀慕君子，且欲坐潭石。持此返伊川，悠然慰衰疾。（钓石）

综合来看，"夜静闻鱼跃，风微见雁翔""沧海似镕金，众山如点黛""还疑烟雨霁，髣佛是嵩丘""飞来碧海畔，遂与三山隔""大哉天地气，呼吸有盈虚""严光隐富春，山色溪又碧"等诗句美丽得像幅山水画，"此石依五松，苍苍几千载"及"此中多怪石，日夕漱寒流"之句所咏山石意象清新活脱。他于诗中加入列子和庄子之典故，即"龙伯钓鳌时"和"未信漆园书"，增添山水组诗之浪漫色彩。《列子·汤问》卷五载："帝恐流于西极，失群仙圣之居，乃命禺强使巨鳌十五举首而戴之。迭为三番，六万岁一交焉。五山始峙而不动。而龙伯之国有大人，举足不盈数步而暨五山之所，一钓而连六鳌，合负而趣归其国，灼其骨以数焉。"神话传说中，鳌负载神山，但被龙伯国的巨人钓去，灼骨以为占卜之用。其中两座神山因无神鳌固定一地而漂浮到北极，最后沉没海底。总之，从这些诗句自可想象李德裕在平泉别墅的生活情景。

即使不长居在别业，与友人交往中的题、赠、送、过之类的别业诗作也会描写山水风光。

世业嵩山隐，云深无四邻……晚日华阴雾，秋风函谷尘。
（刘禹锡《送卢处士归嵩山别业》全八句）

危石缠通鸟道，空山更有人家。桃源定在深处，涧水浮来落花。
（刘长卿《寻张逸人山居》全首四句）

返照寒川满，平田暮雪空。
（皇甫曾《过刘员外长卿别墅》）

霁云明孤岭，秋水澄寒天。物象自清旷，野情何绵联。
萧萧丘中赏，明宰非徒然。（刘慎《浔阳陶氏别业》）

草通石淙脉，砚带海潮痕。岳色何曾远，蝉声尚未繁。
（贾岛《送乌行中石淙别业》）

秋园雨中绿，幽居尘事违。阴井夕虫乱，高林霜果稀。

（韦应物《题郑拾遗草堂》）

澧水桥西小路斜，日高犹未到君家。
村园门巷多相似，处处春风枳壳花。

（雍陶《城西访友人别墅》全首四句）

以上列举刘禹锡、刘长卿、皇甫曾、刘慎、贾岛、韦应物、雍陶等人描写友人别业山水景物之诗作，这些别业的环境幽隐——"晚日华阴雾，秋风函谷尘""桃源定在深处，涧水浮来落花""返照寒川满，平田暮雪空""霁云明孤岭，秋水澄寒天""岳色何曾远，蝉声尚未繁""阴井夕虫乱，高林霜果稀""澧水桥西小路斜，日高犹未到君家"。另外，在游览友人别业而写之诗多及山水，孟郊游访友人韦七的洞庭别业：

洞庭如潇湘，迭翠荡浮碧。松桂无赤日，风物饶清激。
逍遥展幽韵，参差逗良觌。道胜不知疲，冥搜自无斁。
旷然青霞抱，永矣白云适。崆峒非凡乡，蓬瀛在仙籍。
无言从远尚，还思君子识。波涛漱古岸，铿锵辨奇石。
灵响非外求，殊音自中积。人皆走烦浊，君能致虚寂。
何以祛扰扰，叩调清淅淅。既惧豪华损，誓从诗书益。
一举独往姿，再摇飞遁迹。山深有变异，意惬无惊惕。
采翠夺日月，照耀迷昼夕。松斋何用扫，萝院自然涤。
业峻谢烦芜，文高追古昔。暂遥朱门恋，终立青史绩。
物表易淹留，人间重离析。难随洞庭酌，且醉横塘席。

孟郊以"旷然青霞抱，永矣白云适"形容韦七的洞庭别业，活像人间仙境，使人"且醉横塘席"。人在官场失志时，心灵深处找寻休憩之地，洞庭别业宛如韦七的精神家园。

生活在别业之中，不仅可享有山林美景，最基本的物质生活亦须兼顾，所以诗人也会写到别业的经济活动：

东皋占薄田，耕种过余年。护药栽山刺，浇蔬引竹泉。（耿湋《东郊别业》）

晚笋难成竹，秋花不满丛。生涯祗粗粝，吾岂讳言穷。（李端《题山中别业》）

地僻生涯薄，山深俗事稀。养花分宿雨，剪叶补秋衣。（戴叔伦《山居即事》）

闭门留野鹿，分食养山鸡。桂熟长收子，兰生不作畦。（王建《山居》）

对别业草堂的生活方式、周围环境的描述，白居易在庐山草堂的诗作具有代表性。他的《香炉峰下新置草堂即事咏怀题于石上》诗一开头先介绍庐山草堂之地理位置："香炉峰北面，遗爱寺西偏。白石何凿凿，清流亦潺潺。有松数十株，有竹千余竿。松张翠伞盖，竹倚青琅玕。其下无人居，悠哉多岁年。有时聚猿鸟，终日空风烟。"其建筑功能为："架岩结茅宇，斸壑开茶园。何以洗我耳，屋头飞落泉。何以净我眼，砌下生白莲。"诗中强调可饮茶、洗耳、净眼等安居功能。《香炉峰下新卜山居草堂初成偶题东壁》："五架三间新草堂，石阶桂柱竹编墙。南檐纳日冬天暖，北户迎风夏月凉。洒砌飞泉才有点，拂窗斜竹不成行。"可知其草堂不仅一间，建筑材质乃桂树和竹条，方位座北朝南，以收冬暖夏凉之效。他在草堂前开筑白家池，种荷养鱼，极有雅趣，其《草堂前新开一池养鱼种荷日有幽趣》诗曰："淙淙三峡水，浩浩万顷陂。未如新塘上，微风动涟漪。小萍加泛泛，初蒲正离离。红鲤二三寸，白莲八九枝。绕水欲成径，护堤方插篱。已被山中客，呼作白家池。"后来他离开草堂，写下《别草堂三绝句，三首之三》："三间茅舍向山开，一带山泉绕舍回。山色泉声莫惆怅，三年官满却归来。"

二、寺观山水诗

山林中除有私人建筑，还有公有建筑，例如寺观。文人或读书[①]，或游览，或游宦，皆可能寄宿寺观，于是歌咏山水之作生焉。

徘徊双峰下，惆怅双峰月。杳杳暮猿深，苍苍古松列。

玩奇不可尽，渐远更幽绝。林暗僧独归，石寒泉且咽。

竹房响轻吹，萝径阴余雪。卧涧晓何迟，背岩春未发。

（刘长卿《宿双峰寺寄卢七李十六》）

---

① 严耕望：《严耕望史学论文选集·唐人习业山林寺院之风尚》，中华书局 2006 年版，第 232～271 页。严耕望例举众多文献资料，证明"唐代学子多习业山林寺院，学成然后出而应试以取仕宦"之论点。

灵飙动闾阖，微雨洒瑶林。复此新秋夜，高阁正沉沉。
旷岁恨殊迹，兹夕一披襟。洞户含凉气，网轩构层阴。
（韦应物《雨夜宿清都观》）

西日横山含碧空，东方吐月满禅宫。朝瞻双顶青冥上，
夜宿诸天色界中。石潭倒献莲花水，塔院空闻松柏风。
（钱起《夜宿灵台寺寄郎士元》）

孤烟灵洞远，积雪满山寒。松柏凌高殿，莓苔封古坛。
客来清夜久，仙去白云残。（皇甫冉《宿洞灵观》）

一夕雨沉沉，哀猿万木阴。天龙来护法，长老密看心。
鱼梵空山静，纱灯古殿深。（严维《宿法华寺》）

群峰过雨洞淙淙，松下扉扃白鹤双。
香透经窗笼桧柏，云生梵宇湿旛幢。
蒲团僧定风过席，苇岸渔歌月堕江。（顾况《宿湖边山寺》）

共访青山寺，曾隐南朝人。问古松桂老，开襟言笑新。
步移月亦出，水映石磷磷。予洗肠中酒，君濯缨上尘。
皓彩入幽抱，清气逼苍旻。
（窦群《同王晦伯朱遐景宿慧山寺》）

马疲盘道峻，投宿入招提。雨急山溪涨，云迷岭树低。
凉风来殿角，赤日下天西。偃腹虚檐外，林空鸟恣啼。
（戴叔伦《宿灵岩寺》）

殿有寒灯草有萤，千林万壑寂无声。
烟凝积水龙蛇蛰，露湿空山星汉明。
昏霭雾中悲世界，曙霞光里见王城。（卢纶《宿石瓮寺》）

僧房秋雨歇，愁卧夜更深。欹枕闻鸿雁，回灯见竹林。
归萤入草尽，落月映窗沉。（李端《宿山寺思归》）

独爱僧房竹，春来长到池。云遮皆晃朗，雪压半低垂。
不见侵山叶，空闻拂地枝。（李端《宿山寺雪夜寄吉中孚》）

钟梵送沈景，星多露渐光。风中兰靡靡，月下树苍苍。
夜殿若山横，深松如涧凉。羸然虎溪子，迟我一虚床。

杳杳空寂舍，蒙蒙莲桂香。拥褐依西壁，纱灯霭中央。（畅当《宿报恩寺精舍》）

幽寺在岩中，行唯一径通。客吟孤峤月，蝉噪数枝风。
秋色生苔砌，泉声入梵宫。（冷朝阳《宿柏岩寺》）

夜向灵溪息此身，风泉竹露净衣尘。
月明石上堪同宿，那作山南山北人。（张籍《宿天竺寺寄灵隐寺僧》）

满山残雪满山风，野寺无门院院空。
烟火渐稀孤店静，月明深夜古楼中。（元稹《雪后宿同轨店上法护寺钟楼望月》）

刘长卿、韦应物、钱起、皇甫冉、严维、顾况、窦群、戴叔伦、卢纶、李端、畅当、冷朝阳、张籍、元稹等中唐诗人多有诗及此，刘长卿宿双峰寺时有"林暗僧独归，石寒泉且咽"，韦应物宿清都观时有"洞户含凉气，网轩构层阴"，严维宿法华寺时有"鱼梵空山静，纱灯古殿深"，顾况宿湖边山寺时有"香透经窗笼桧柏，云生梵宇湿旛幢"，张籍宿天竺寺时有"月明石上堪同宿，那作山南山北人"，元稹宿法护寺时有"烟火渐稀孤店静，月明深夜古楼中"，他们或以浓笔，或以淡笔，静心刻划或素描山水优美景色，透过借宿寺观的生活经历，将山林里可见可闻可嗅可触等各种动植物生态一一写入诗中，中唐山水诗数量大增。

还有一类诗写于寻仙访僧的路途中，诗人被清新静谧的自然山水所吸引，写诗来表现山林美景：

溪头一径入青崖，处处仙居隔杏花。
更见峰西幽客说，云中犹有两三家。（张籍《寻仙》）

秋日西山明，胜趣引孤策。桃源数曲尽，洞口两岸坼。
还从冈象来，忽得仙灵宅。霓裳谁之子，霞酌能止客。
残阳在翠微，携手更登历。林行拂烟雨，溪望乱金碧。
飞鸟下天窗，袅松际云壁。稍寻玄踪远，宛入寥天寂。
愿言葛仙翁，终年炼玉液。（钱起《寻华山云台观道士》）

柿叶翻红霜景秋，碧天如水倚红楼。
隔窗爱竹无人问，遣向邻房觅户钩。（李益《诣红楼院寻广宣不遇留题》）

张籍寻仙，幽客指点仙人在云中，溪头、青崖、杏花皆是山中自然之景也，全诗未讲明仙人是否寻着，唯诗中山水意境之幽妙不言可喻。第二首诗开头将山景明丽之特点直述出来，接着写寻访道士路途中奇特之景："林行拂烟雨，溪望乱金碧。飞鸟下天窗，裹松际云壁。"第三首中，李益欲寻广宣上人却不遇，但得佳句"柿叶翻红霜景秋，碧天如水倚红楼"，清亮景象使诗人为之流连忘返。

长安是唐代的首都，亦是政治经济文化中心，行政官务必定多于其他各州，诗人任官之余，也会游历长安附近的名胜古迹，诗人们也描写含寺观的自然景观，如悟真寺、仙游寺、玄都观，寺观山水诗描绘文人另一精神家园。《全唐诗》中有五首诗关于悟真寺，剔除王维（一作王缙），其余四首皆为中唐诗人所作。卢纶和张籍以七言绝句体描写悟真寺之高，卢纶《题悟真寺》："万峰交掩一峰开，晓色常从天上来。似到西方诸佛国，莲花影里数楼台。"张籍《使行望悟真寺》："采玉峰连佛寺幽，高高斜对驿门楼。无端来去骑官马，寸步教身不得游。"诗句写悟真寺在高峰之间，极其清幽，写意成分居多。钱起则着意刻画其自然景色，其《登玉山诸峰偶至悟真寺》谓："稍入石门幽，始知灵境绝。冥搜未寸暑，仙径俄九折。蟠木盖石梁，崩岸露云穴。数峰拔昆仑，秀色与空澈。玉气交晴虹，桂花留曙月。""崩岸露云穴……玉气交晴虹"，写景句极其精妙。白居易的《游悟真寺诗》长达千字之多，体制宏巨。

仙游寺是白居易最喜爱的佛寺之一，《全唐诗》有九首诗关于仙游寺，白居易有四首，其余五首分别由李华、岑参、卢纶、朱庆馀、薛能所作。仙游寺在西安西南一带，在周至县城南约十七公里。白居易曾独宿于此，《仙游寺独宿》说："沙鹤上阶立，潭月当户开。此中留我宿，两夜不能回。"《期李二十文略王十八质夫不至独宿仙游寺》云："始知解爱山中宿，千万人中无一人。"在宫中当值时，他曾梦游至此，《禁中寓直梦游仙游寺》："西轩草诏暇，松竹深寂寂。月出清风来，忽似山中夕。因成西南梦，梦作游仙客。觉闻宫漏声，犹谓山泉滴。"由"西南梦"一词得知仙游寺应在长安西南。此地的实际风光，白居易《送王十八归山寄题仙游寺》一诗描述说："曾于太白峰前住，数到仙游寺里来。黑水澄时潭底出，白云破处洞门开。林间暖酒烧红叶，石上题诗扫绿苔。惆怅旧游那复到，菊花时节羡君回。"

全唐诗中关于玄都观的诗不多，仅有六首，蜀太后徐氏有两首，刘禹锡、姚合、章孝标、喻凫各一首。刘禹锡的《再游玄都观》一诗曰："百亩庭中半是苔，桃花净尽菜花开。种桃道士归何处，前度刘郎今又来。"首二句虽描绘玄都观之自然风物，实际上却含有政治意味，由诗前之引可知，其谓："余贞元二十一年为屯田员外郎时，此观未有花。是岁出牧连州。寻贬朗州司马。居十年，召至京师，人人皆言，有道士手植仙桃，满观如红霞，遂有前篇以志一时之事。旋又出牧，今十有四年，复为主客郎中，重游玄都观。荡然无复一树，为兔葵燕麦动摇于春风耳，因再题二十八字，以俟后游，时大和二年三月。"蜀太后徐氏《玄都观》描写说："千寻绿嶂夹流溪，登眺因知海岳低。瀑布迸春青石碎，轮囷横翥翠峰齐。步黏苔藓龙桥滑，日闭烟罗鸟径迷。莫道穿天无路到，此山便是碧云梯。"姚合《游昊天玄都观》叙写："性同相见易，紫府共闲行。阴径红桃落，秋坛白石生。藓文连竹色，鹤语应松声。风定药香细，树声泉气清。垂檐灵草影，绕壁古山名。围外坊无禁，归时踏月明。"

第四节　韦应物仕宦经历及其山水诗

　　韦应物担任过中央京、洛二地和地方滁州、江州和苏州的官职，其吏隐心态是"大隐隐朝市"，为官即隐居，郡斋即隐所，这样的处世方式使其山水诗呈现与其他诗人不同风貌。

一、诗话中的韦应物

　　以韦应物的游宦经历来对照历代诗话对他的评价，可全面理解韦应物的山水诗。于中唐时期特别举韦应物为例则因为论者研究中唐时期的山水诗人时常韦柳并称[①]，而韦应物一生中没有贬谪经历[②]，其诗恰好可与贬谪过的诗人的山水诗作对比。

---

　　① 葛晓音:《山水田园诗派研究》，辽宁大学出版社 1993 年版，第 349 页。她说:"所谓山水田园诗派，实际上包括三层内涵，就盛唐而言，指以王、孟为代表，包括祖咏、常建、储光羲等在内的一批风格相近的专长于山水田园的诗人;就唐代而言，则指王、孟、韦、柳;而就中国诗歌史而言，则应以陶、谢、王、孟、韦、柳为一个完整的体系。在中国古代文学批评史上，并不存在山水田园诗派的称谓，这是当代文学史论著中习用的概念。但是从晚唐开始，人们已经注意到陶、谢、王、孟、韦、柳不但成为公认的山水田园最高成就的代表，而且形成了经常被并提的作家系列，在诗歌史上的地位也愈益提高，甚至一度超越山水田园这一题材的范围，被奉为代表中国文人审美理想的典范。"

　　② 陶敏:《韦应物生平再考》，《文学遗产》2010 年第 1 期。该文引用《韦应物墓志》关于韦应物仕历:"卯角之年，已有不易之操……洛阳丞、河南兵曹、京兆功曹……领滁州刺史……寻迁江州刺史……寻领苏州刺史……历官一十三政，三领大藩。"所历十三个官职，从次序看无明显贬谪状态。

历代诗话对韦应物的评价，大致可从诗源陶谢、韦柳比较两方面看。

> 李杜之后，诗人继出，虽间有远韵，而才不逮意。独韦应物、柳宗元发纤秾于简古，寄至味于澹泊，非余子所及也。（苏轼《书黄子思诗集后》）

> 苏州气象清华，词端闲雅，其源出于靖节，而深沉顿郁，又曹、谢之变也。（《唐诗品》）

> 唐人中，五言古诗有陶、谢遗韵者，独左司一人。（《诗薮》）

> 唐人五言古气象宏远，惟韦应物、柳子厚。其源出于渊明，以萧散冲淡为主。（《诗源辩体》）

> 其诗七言不如五言，近体不如古体。五言古体源出于陶，而熔化于三谢。故真而不朴，华而不绮。（《四库全书总目》）

> 后人学陶，以韦公为最深，盖其襟怀澄澹，有以契之也。（《岘佣说诗》）

> 其诗闲淡简远，人比之陶潜，虽或过当，而其《拟古》之作，寝几于《十九首》；效陶一体，亦极冲淡之怀，但微嫌着迹耳，着迹则近于刻画矣。（《诗学渊源》）

上引七条诗话评论资料[①]，有三点可资讨论，第一，关于韦应物诗源问题，《唐诗品》认为"其源出于靖节"，《诗薮》认为"五言古诗有陶、谢遗韵者，独左司一人"，《诗源辩体》认为"唐人五言古气象宏远，惟韦应物、柳子厚。其源出于渊明"，《四库全书总目》认为"其诗七言不如五言，近体不如古体。五言古体源出于陶"，《岘佣说诗》认为"后人学陶，以韦公为最深"，《诗学渊源》认为"效陶一体，亦极冲淡之怀"，诸多诗话俱主张韦应物诗源自陶渊明，而两者"襟怀澄澹""词端闲雅""萧散冲淡""闲淡简远"之特质相似，而其与谢灵运之联系则无具体之词语形容。第二，始将韦应物和柳宗元并论者，为北宋苏轼之评价"独韦应物、柳宗元发纤秾于简古，寄至味于澹泊"，其后《诗源辩体》提出"唐人五言古气象宏远，惟韦应物、柳子厚"。第三，评价韦应物大都以五言古体立论，五古恰是山水诗较常用的体式，山水诗祖谢灵运的五古山水诗即为显例，中唐山水诗亦以五古体式居多。

就所谓诗源问题看，韦应物的诗作中仅《东郊》一诗提及："终罢斯结庐，慕

---

① 陈伯海主编：《唐诗汇评》，浙江教育出版社 1995 年版，第 738～740 页。

陶真可庶。"再者，笔者以"效陶"二字作为检索关键词进入《全唐诗》检索系统，发现唐代效陶之诗作仅 23 首，名单如下：

> 崔颢，1 首，《结定襄郡狱效陶体》5 言 22 句
> 韦应物，2 首，《效陶彭泽》5 言 8 句；《与友生野饮效陶体》5 言 10 句
> 白居易，16 首，《效陶潜体诗》，十六首 5 言 24 句，5 言 16 句，5 言 18 句，
> 5 言 26 句，5 言 18 句，5 言 26 句，5 言 22 句，18 句，26 句，26 句，26 句，
> 24 句，16 句，24 句，34 句，26 句。
> 刘驾，1 首《效陶》，16 句
> 曹邺，2 首，《山中效陶》，14 句；《田家效陶》，7 言 4 句
> 司马扎，1 首，《效陶彭泽》，12 句

　　唐诗人有崔颢、韦应物、白居易、刘驾、曹邺、司马扎六人作效陶诗，其中以白居易十六首居冠，韦应物以诗作效陶者仅有《效陶彭泽》和《与友生野饮效陶体》两首。《效陶彭泽》曰："霜露悴百草，时菊独妍华。物性有如此，寒暑其奈何。掇英泛浊醪，日入会田家。尽醉茅檐下，一生岂在多。"《与友生野饮效陶体》曰："携酒花林下，前有千载坟。于时不共酌，奈此泉下人。始自玩芳物，行当念徂春。聊舒远世踪，坐望还山云。且遂一欢笑，焉知贱与贫。"似乎所谓效陶乃指效仿其饮酒纵乐之行为。另外，白居易作效陶诗最伙，有十六首，占全部一半以上，其《效陶潜体诗》诗前有序明白道出效陶乃效其酣醉："余退居渭上，杜门不出，时属多雨，无以自娱，会家酝新熟，雨中独饮，往往酣醉，终日不醒。懒放之心，弥觉自得。故得于此，而有以忘于彼者。因咏陶渊明诗，适与意会，遂效其体，成十六篇。醉中狂言，醒辄自哂。然知我者亦无隐焉。"

　　由韦应物效陶诗作及白居易诗序可见，韦应物之效陶在饮酒及结庐山林。诗话所言"襟怀澄澹""词端闲雅""萧散冲淡""闲淡简远"乃针对两人本性，非指饮酒行为本身。从本性与诗风作一连结，则韦应物与陶渊明在诗史上有前后关系。其实闲淡之志，几乎文士在人生之某个阶段皆可能萌生，因此从本性角度来看，仅看出诗人之共相，表面现象，深究诗人之异，则游宦仕履是考察重点。

二、韦应物在京洛地区任职

　　西安碑林中有一块碑石，记载着以西安为中心的关中八景，由清人朱集义所刻，所谓华山仙掌、骊山晚照、灞柳风雪、曲江流饮、雁塔晨钟、咸阳古渡、草堂

烟雾、太白积雪。咏华山者，以刘长卿《关门望华山》、崔颢《行经华阴》和孟郊《游华山云台观》为代表，咏太白山者，以贾岛《送僧归太白山》为代表。从美学角度看这些山水诗，可体会长安山水之美，但不够深入，仅能看出山水的共性，若欲全面观察，则必须探究山水的异性，即不同人生经历带来不同山水观，故非得结合中唐诗人任官经历研析山水诗不可，以下以韦应物为例作考察。

韦应物于代宗大历八年（773）至十一年（776）在长安担任京兆府功曹时写下《游溪》《登宝意寺上方旧游》《蓝岭精舍》《慈恩精舍南池作》，任鄠县令时写下《任鄠令渼陂游眺》《西郊游瞩》《西郊燕集》《乘月过西郊渡》《再游西郊渡》《晦日处士叔园林燕集》《东郊》，辞疾居沣上善福精舍（在鄠县西郊）时写下《登西南冈卜居遇雨寻竹浪至沣壖萦带数里清流茂树云物可赏》《沣上与幼遐月登西冈玩花》《月溪与幼遐君贶同游》《与幼遐君贶兄弟同游白家竹潭》等宦地山水诗。期间，韦应物较常到佛寺探访或鄠县西郊东郊游玩，其心境是较为清静的：

> 玩舟清景晚，垂钓绿蒲中。（《游溪》）
> 诸僧近住不相识，坐听微钟记往年。（《登宝意寺上方旧游》）
> 佳游惬始愿，忘险得前赏。（《蓝岭精舍》）
> 积喧忻物旷，耽玩觉景驰。（《慈恩精舍南池作》）
> 屡往心独闲，恨无理人术。（《任鄠令渼陂游眺》）
> 一与诸君游，华筵忻见属。（《西郊游瞩》）
> 眷言同心友，兹游安可忘。（《西郊燕集》）
> 值此归时月，留连西涧渡。（《乘月过西郊渡》）
> 适自恋佳赏，复兹永日留。（《登西南冈卜居遇雨寻竹浪至沣壖萦带数里清流茂树云物可赏》）
> 花月方浩然，赏心何由歇。（《沣上与幼遐月登西冈玩花》）
> 杨柳散和风，青山澹吾虑。（《东郊》）

韦应物乃京兆万年县人，任职又在故乡，故其山水诗心境较为悠哉，其写景诗多处将山水安排在云雾之中：

> 翠岭香台出半天，万家烟树满晴川。（《登宝意寺上方旧游》）
> 清境岂云远，炎氛忽如遗。（《慈恩精舍南池作》）
> 氤氲绿树多，苍翠千山出。（《任鄠令渼陂游眺》）

　　烟芳何处寻，杳蔼春山曲。(《西郊游瞩》)

　　群山霭遐瞩，绿野布熙阳。(《西郊燕集》)

　　远山含紫氛，春野霭云暮。(《乘月过西郊渡》)

游览时写山林溪水中的各种声响：

　　野水烟鹤唳，楚天云雨空。(《游溪》)

　　诸僧近住不相识，坐听微钟记往年。(《登宝意寺上方旧游》)

　　日落群山阴，天秋百泉响。(《蓝岭精舍》)

　　新禽咔喧节，晴光泛嘉木。(《西郊游瞩》)

　　众鸟鸣茂林，绿草延高冈。(《西郊燕集》)

　　春鸟依谷暄，紫兰含幽色。(《与幼遐君觊兄弟同游白家竹潭》)

　　韦应物在长安时创作的山水诗，其景物上几乎无异于江南山水风貌。

　　韦应物自代宗广德二年（764）至大历七年（772）任洛阳县丞时，作有《龙门游眺》《游龙门香山泉》《往云门郊居涂经回流作》《同德寺阁集眺》《再游龙门怀旧侣》《李博士弟以余罢官居同德精舍，共有伊陆名山之期，久而未去，枉诗见问，中云宋生登览，末云那能顾蓬荜，直寄鄙怀，聊以为答》《同德寺雨后寄元侍御李博士》等宦地山水诗。这些山水诗中或多或少已能看出韦应物罢官而居同德寺的迹象，而且可联结至东晋时的陶渊明的罢官意识，显现平淡的山水诗风。如《龙门游眺》：

　　凿山导伊流，中断若天辟。都门遥相望，佳气生朝夕。

　　素怀出尘意，适有携手客。精舍绕层阿，千龛邻峭壁。

　　缘云路犹缅，憩涧钟已寂。花树发烟华，淙流散石脉。

　　长啸招远风，临潭漱金碧。日落望都城，人间何役役。

　　龙门在洛阳南方伊阙山。韦应物共写了三首与龙门有关的诗词，此诗之外尚有《游龙门香山泉》《再游龙门怀旧侣》。自"精舍绕层阿"以下数句，写出山路曲折高耸入云，临潭和憩涧的赏心动作，满足"素怀出尘意"，末联"日落望都城，人间何役役"。显现罢官意图。再如《游龙门香山泉》：

　　山水本自佳，游人已忘虑。碧泉更幽绝，赏爱未能去。

潺湲写幽磴，缭绕带嘉树。激转忽殊流，归泓又同注。
羽觞自成玩，永日亦延趣。灵草有时香，仙源不知处。
还当候圆月，携手重游寓。

"碧泉更幽绝，赏爱未能去"二句明示碧泉的魅力大于平日的官职，隐约透露罢官意识。再如《再游龙门怀旧侣》：

两山郁相对，晨策方上干。霭霭眺都城，悠悠俯清澜。
邈矣二三子，兹焉屡游盘。良时忽已周，独往念前欢。
好鸟始云至，众芳亦未阑。<u>遇物岂殊昔，慨伤自有端。</u>

前二首的龙门之游是众游，而此首则是独游，末联"遇物岂殊昔，慨伤自有端"感慨，可想见罢官之因。慨叹未有志同道合者，因而退居同德精舍，当然韦应物罢官尚有健康因素，正如《同德精舍养疾寄河南兵曹东厅掾》所说"杜门非养素，抱疾阻良燕"，再如《往云门郊居涂经回流作》：

兹晨乃休暇，适往田家庐。原谷径涂涩，春阳草木敷。
纔遵板桥曲，复此清涧纡。崩壑方见射，回流忽已舒。
明灭泛孤景，杳霭含夕虚。无将为邑志，一酌澄波余。

末联"无将为邑志，一酌澄波余"直接道出无心官场之志。全诗景物描绘细致，铺垫出对隐逸生活的向往。《李博士弟以余罢官居同德精舍共有伊陆名山之期久而未去枉诗见问中云宋生登览末云那能顾蓬荜直寄鄙怀聊以为答》则写罢官后居寓洛阳东城同德精舍的情景：

初夏息众缘，双林对禅客。枉兹芳兰藻，促我幽人策。
冥搜企前哲，逸句陈往迹。彷佛陆浑南，迢递千峰碧。
从来迟高驾，自顾无物役。山水心所娱，如何更朝夕。
晨兴涉清洛，访子高阳宅。莫言往来疏，驽马知阡陌。

所谓"伊陆名山"指伊阙山和陆浑山。宋生即指宋之问，在陆浑山建有别业，其《寒食还陆浑别业》谓："洛阳城里花如雪，陆浑山中今始发。"又《陆浑山庄》：

"归来物外情，负杖阅岩耕。"因此"冥搜企前哲，逸句陈往迹"中所谓前哲就是宋之问。"彷佛陆浑南，迢递千峰碧"则形容陆浑山势绵延盛大。再如《同德寺阁集眺》：

> 芳节欲云晏，游邀乐相从。高阁照丹霞，飔飔含远风。
> 寂寥氛氲廓，超忽神虑空。旭日霁皇州，岧峣见两宫。
> 嵩少多秀色，群山莫与崇。三川浩东注，瀍涧亦来同。
> 阴阳降大和，宇宙得其中。舟车满川陆，四国靡不通。
> 旧堵今即葺，庶甿亦已丰。周览思自奋，行当遇时邕。

首两句"芳节欲云晏，游邀乐相从"揭写惬意心情，山川风物清新自然，再如《同德寺雨后寄元侍御李博士》：

> 川上风雨来，须臾满城阙。岧峣青莲界，萧条孤兴发。
> 前山遽已净，阴霭夜来歇。乔木生夏凉，流云吐华月。
> 严城自有限，一水非难越。相望曙河远，高斋坐超忽。

末联"相望曙河远，高斋坐超忽"状写超然物外的心境，山景很清丽，可知韦应物养病在同德精舍时以平静之心观物，呈现出的景色亦较清晰。

三、韦应物在地方任职刺史——滁州、江州和苏州

建中三年（782），韦应物自尚书郎出为滁州刺史，其《自尚书郎出为滁州刺史留别朋友兼示诸弟》一诗谓："中岁守淮郡，奉命乃征行。"滁州属淮南道，在扬州附近，距长安东南二千五百六十四里，至东都有一千七百四十六里。[①]自长安远赴滁州途中，在盱眙县（唐属淮南道楚州）暂住时，他有感而发，写下《夕次盱眙县》："浩浩风波起，冥冥日沉多。人归山郭暗，雁下芦洲白。"诗中的心境较为昏暗。在滁州刺史任内，有《游西山》《怀琅琊深标二释子》《春游南亭》《南园陪王卿游瞩》《滁州西涧》《游琅琊山寺》《晓至园中忆诸弟崔都水》《郡中对雨赠元锡兼简杨凌》《发广陵留上家兄兼寄上长沙》《秋景诣琅琊精舍》《题石桥》《夜望》《闲

---

① （后晋）刘昫等：《旧唐书·卷四十·地理志·淮南道·滁州下》，中华书局1997年版，第1574页。

居寄端及重阳》等山水诗。《游西山》：

> 时事方扰扰，幽赏独悠悠。弄泉朝涉涧，采石夜归州。
> 挥翰题苍峭，下马历嵌丘。所爱唯山水，到此即淹留。

首句点出因时事困扰而独游西山，后六句则叙写游览：弄泉、采石、挥翰、下马等显示对西山的喜爱。《南园陪王卿游瞩》中的首二句也写任官的心情：

> 形迹虽拘检，世事澹无心。郡中多山水，日夕听幽禽。
> 几阁文墨暇，园林春景深。杂花芳意散，绿池暮色沈。
> 君子有高躅，相携在幽寻。一酌何为贵，可以写冲襟。

由"郡中多山水"句可看出此地的美丽风光。中间数句均细绘南园幽静之美。再如《游琅琊山寺》：

> 受命恤人隐，兹游久未遑。鸣驺响幽涧，前旌耀崇冈。
> 青冥台砌寒，绿缛草木香。填壑跻花界，迭石构云房。
> 经制随岩转，缭绕岂定方。新泉泄阴壁，高萝荫绿塘。
> 攀林一栖止，饮水得清凉。物累诚可遣，疲痾终未忘。
> 还归坐郡阁，但见山苍苍。

"物累诚可遣，疲痾终未忘"写自然和人事之间的矛盾冲突，开放五官深切融入大自然的怀抱，"鸣驺响幽涧"开放诗人听觉，"前旌耀崇冈"开放视觉，"青冥台砌寒"开放触觉，"绿缛草木香"开放嗅觉，"饮水得清凉"开放味觉，诗人与大自然融合为一之时，两者间则无形体拘牵，这时的感受最深刻。一些景句呈现细微观察力：

> 川明气已变，岩寒云尚拥。南亭草心绿，春塘泉脉动。
> 景煦听禽响，雨余看柳重。（《春游南亭》）

> 山郭恒悄悄，林月亦娟娟。景清神已澄，事简虑绝牵。
> 秋塘遍衰草，晓露洗红莲。（《晓至园中忆诸弟崔都水》）

> 宿雨冒空山，空城响秋叶。沉沉暮色至，凄凄凉气入。

　　　　萧条林表散，的砾荷上集。夜雾着衣重，新苔侵履湿。

（《郡中对雨赠元锡兼简杨凌》）

　　　　屡访尘外迹，未穷幽赏情。高秋天景远，始见山水清。
　　　　上陟岩殿憩，暮看云壑平。苍茫寒色起，迢递晚钟鸣。（《秋景诣琅琊精舍》）

　　　　远学临海峤，横此莓苔石。郡斋三四峰，如有灵仙迹。
　　　　方愁暮云滑，始照寒池碧。（《题石桥》）

　　引诗中的"气已变""泉脉动""神已澄""寒色起""横此莓苔石"等词揭示公事繁忙之余细心体察万物之变化。韦应物的五七言绝句都耐咀嚼，如《怀琅琊深标二释子》："白云埋大壑，阴崖滴夜泉。应居西石室，月照山苍然。"再如《滁州西涧》："独怜幽草涧边生，上有黄鹂深树鸣。春潮带雨晚来急，野渡无人舟自横。"再如《夜望》："南楼夜已寂，暗鸟动林间。不见城郭事，沉沉唯四山。"再如《闲居寄端及重阳》："山明野寺曙钟微，雪满幽林人迹稀。闲居寥落生高兴，无事风尘独不归。"这些诗句颇具禅意，余味无穷。

　　韦应物于贞元元年（785）任江州刺史。其《登郡楼寄京师诸季淮南子弟》曰："始罢永阳守，复卧浔阳楼。"永阳乃滁州旧名。[①]初来江州心绪忧愁，所以前诗末联说："徒有盈尊酒，镇此百端忧。"初时想象通常较为可怕，实际到江州任职，心境上已有变化，所以有《西塞山》《寻简寂观瀑布》《题郑弘宪侍御遗爱草堂》《因省风俗与从侄成绪游山水中道先归寄示》《简寂观西涧瀑布下作》《山行积雨归途始霁》《自蒲塘驿回驾经历山水》等山水诗。在来江州之前，他面对无知的恐惧，而"镇此百端忧"，在江州生活一段时间后，被此地的山水所吸引，淡忘了远放江南的忧愁。这些诗中反复使用"山水"一词：

　　　　我尚山水行，子归栖息地。（《因省风俗与从侄成绪游山水中道先归寄示》）
　　　　聊将横吹笛，一写山水音。（《简寂观西涧瀑布下作》）
　　　　始霁升阳景，山水阅清晨。（《山行积雨归途始霁》）
　　　　浔阳山水多，草木俱纷衍。（《自蒲塘驿回驾经历山水》）

---

　　①　（后晋）刘昫等：《旧唐书·卷四十·地理志·淮南道·滁州下》，中华书局1997年版，第1574页。言："武德三年，杜伏威归国，置滁州，又以扬州之全椒来属。天宝元年，改为永阳郡。乾元元年，复为滁州。"滁州领有清流、全椒、永阳三县。

江州山水风物，对韦应物来说，如京城山水一样迷人，《自蒲塘驿回驾经历山水》说："性惬形岂劳，境殊路遗缅。忆昔终南下，佳游亦屡展。"江州一带的风景，都如诗如画：

> 疏松映岚晚，春池含苔绿。繁华冒阳岭，新禽响幽谷。
> （《题郑弘宪侍御遗爱草堂》）
>
> 群峰绕盘郁，悬泉仰特异。阴壑云松埋，阳崖烟花媚。
> （《因省风俗与从侄成绪游山水中道先归寄示》）
>
> 淙流绝壁散，虚烟翠涧深。丛际松风起，飘来洒尘襟。
> 窥萝玩猿鸟，解组傲云林。（《简寂观西涧瀑布下作》）
>
> 崎岖缘碧涧，苍翠践苔藓。高树夹潺湲，崩石横阴巘。
> 野杏依寒折，余云冒岚浅。（《自蒲塘驿回驾经历山水》）

饱览山水后，有满足的感觉，《山行积雨归途始霁》说"鸣驺屡骧首，归路自忻忻"，《简寂观西涧瀑布下作》说"旷岁怀兹赏，行春始重寻"。他还有绝句《西塞山》描写西塞山之壮阔："势从千里奔，直入江中断。岚横秋塞雄，地束惊流满。"《全唐诗》中关于西塞山之作约八首，其他作者是陶岘、刘禹锡、皮日休、罗隐、韦庄、王周、齐己。刘禹锡《西塞山怀古》以怀古方式写西塞山："人世几回伤往事，山形依旧枕江流。"齐己写得较为空灵意远，《过西塞山》诗曰："空江平野流，风岛苇飕飕。残日衔西塞，孤帆向北洲。边鸿渡汉口，楚树出吴头。终入高云里，身依片石休。"总之，韦应物有滁州和江州的任官经历，所以有江南风物山水诗。

贞元五年（789）至七年（791），韦应物在苏州作有《秋夜寄丘二十二员外》《登重玄寺阁》《与卢陟同游永定寺北池僧斋》《游灵岩寺》《游开元精舍》等山水诗，这部分的内容已在《江浙地方官之山水诗创作》一节讨论过。

韦应物在首都和地方游宦经历，未因政事遭贬，且在长安任鄠县令时辞疾居沣上善福精舍，又在任洛阳县丞时罢官居同德寺，在苏州又多游佛寺。其人生经历如此，自可与柳宗元的永贞革新之贬怨区分开来，亦说明佛教对于韦应物稳定内心，对平淡之诗风的产生有积极作用。

安史之乱后，江南成为两京以外的文化经济政治中心，大历时期江南地区许多文士在浙东和湖州两地聚会，由鲍防和颜真卿等官员所领导，聚会自然少不了歌颂自然山水，他们以联句方式创作山水诗，这是较为特殊的现象。许多有名的政治家兼诗人游宦江浙一带，因江南山川优美，创作出山水诗。官员在公务繁忙之余，在郡斋之外，建筑别业或游宿佛寺，以寻求另一精神家园，也会创作山水诗。韦应物的游宦经历对山水诗创作做出重要贡献。

第三章　中唐诗人贬谪与山水诗创作

　　中唐的贬谪，指被流放到离首都极远的蛮荒地区任官，被降职的官员有遭弃置的失落感、无奈感、悲愤感，且受南方自然风物的习染，创作出颇具特色的山水诗篇。贬谪咏怀自战国屈原已开其端，继之汉代贾谊被贬长沙，屈贾二人被后人奉为贬谪原型，其故事常出现在文学作品中，藉以表达忠君爱国思想。楚国首都先是丹阳（湖北枝江县），后迁至郢（湖北江陵县北），屈原经历过两次流放，一次在汉北地区（今安康一带及汉水上游地区），二次在陵阳（安徽青阳县南）。西汉的首都是长安，贾谊被贬至湖南长沙。依贬谪距离言，屈原本在南方而贬至更南方，贾谊本在北方任官而贬至南方，故贾谊之贬途由北方到南方，较屈原远甚。

　　就时代言，汉唐士人的贬途较为相似，首都皆在北方黄河流域的长安或洛阳，大都不因触犯法令而遭贬，如初唐杜审言之贬吉州（今江西吉安市），乃因"时辈所嫉"①。盛唐王昌龄因"不护细行"，被贬龙标（今湖南省黔阳县西南）。②就贬谪数量说，唐代是贬谪诗人最多的历史阶段，初盛中晚四个时期中，又以中唐时期较多且放逐时间较久，如刘长卿、元稹、白居易、韩愈、柳宗元、刘禹锡、贾岛、姚合，其中刘禹锡和柳宗元最惨，刘禹锡流放二十三年，柳宗元在四十七岁时死于贬所，二人参加永贞革新，因治国理念不合及权力斗争而触怒宪宗，致下令《旧唐书·卷十四·宪宗本纪·元和元年》，"左降官韦执谊、韩泰、陈谏、柳宗元、刘禹锡、韩晔、凌准、程异等八人，纵逢恩赦，不在量移之限"，其人遭际实在凄凉。

　　无论哪个时代，士人的整个贬谪过程，若从山水诗创作角度看，基本上可分两个阶段，其一是远贬路途的行旅（空间），其二是长久谪居生活（时间）。贬谪与诗歌的关系密切，前贤早已述及，宋人严羽《沧浪诗话·诗评》曾说："唐人好诗，多是征戍、迁谪、行旅、离别之作，往往能感动激发人意。"宋人周辉《清波杂志》也说："放臣逐客一旦弃远外，其忧悲憔悴之叹，发于诗什，特为酸楚，几有不能

---

　　① 刘肃《大唐新语》卷五"孝行"门载："杜审言雅善五言，尤工书翰，恃才謇傲，为时辈所嫉。自洛阳县丞贬吉州司户。"

　　② （后晋）刘昫等：《旧唐书·卷一百九十下·文苑下·王昌龄列传》，中华书局1997年版，第5050页。载："不护细行，屡见贬斥"。

自遣者。"刘禹锡本身经历贬谪，体会得更是深刻，《旧唐书》卷一百六刘禹锡传云："禹锡积岁在湘、澧间，郁悒不怡，因读《张九龄文集》，乃叙其意曰："世称曲江为相，建言放臣不宜于善地，多徙五溪不毛之乡。今读其文章，自内职牧始安，有瘴疠之叹，自退相守荆州，有拘囚之思，托讽禽鸟，寄辞草树，郁然与骚人同风。嗟夫，身出于遐陬，一失意而不能堪，矧华人士族，而必致丑地，然后快意哉！'"又《旧唐书》卷一百六十六元稹传谓："稹自御史府谪官，于今十余年矣，闲诞无事，遂专力于诗章。日益月滋，有诗句千余首。"俱强调贬谪与诗歌创作之关系。

因此本章拟讨论山水诗与诗人贬谪地域的关系，刘长卿、元稹、白居易、韩愈、柳宗元、刘禹锡、贾岛、姚合等中唐诗人俱有遭贬之经历，他们在远赴贬所途中必会接触山水景物，其作可名为"行旅山水诗"，其到达贬所后亦必会接触自然景色，其作可名为"贬地山水诗"，贬期结束后返回京城或到下个贬地，有行旅山水诗，这些山水诗亦必受诗人心理、政治事件等因素影响而呈现不同的风貌。①

第一节　中唐诗人贬官之因分析

明人王世贞《艺苑卮言》卷八"流贬"条列出中国历代流贬文人的名单，他说："流徙则屈原、吕不韦、马融、蔡邕、虞翻、顾谭、薛莹、卞铄、诸葛玄、张温、王诞、谢灵运、谢超宗、刘祥、李义府、郑世翼、沈佺期、宋之问、元万顷、阎朝隐、郭元振、崔液、李善、李白、吴武陵。明则宋濂、瞿佑、唐肃、丰熙、王元、杨慎；贬窜则贾谊、杜审言、杜易简、韦元旦、杜甫、刘允济、李邕、张说、张九龄、李峤、王勃、苏味道、崔日用、武平一、王翰、郑虔、萧颖士、李华、王昌龄、刘长卿、钱起、韩愈、柳宗元、李绅、白居易、刘禹锡、吕温、陆贽、李德裕、牛僧孺、杨虞卿、李商隐、温庭筠、贾岛、韩偓、韩熙载、徐弦、王禹偁、尹洙、欧阳修、苏轼、苏辙、黄庭坚、秦观、王安中、陆游。明则解缙、王九思、王廷相、顾璘、常伦、臣王慎中辈，俱所不免。穷则穷矣，然山川之胜，与精神有相发者。"除了指出流贬遭际与山水之精神有相连结的地方外，亦列出自先秦屈原至明代王慎中等文人遭流贬命运之名单，本书以刘长卿、韩愈、刘禹锡、柳宗元、白居易和元稹六位中唐诗人为例，探讨其贬官之因。

----

① 姚合之贬金州，元稹之贬河南尉，不在本文讨论之列，因其贬途不够远也。

刘长卿约生于开元十四年（726），卒于贞元六年（790），享年约六十五岁。刘长卿一生有两次遭贬经历，第一次贬南巴，第二次贬睦州。①据代宗、德宗时高仲武《中兴间气集》所言："长卿有吏干，刚而犯上，两遭迁谪。"《新唐书·艺文志·别集类》所载："刘长卿集十卷……以检校祠部员外郎为转运使判官，知淮西、鄂岳转运留后。鄂岳观察使吴仲孺诬奏，贬潘州南巴尉，会有为辨之者，除睦州司马。"《新唐书》之记载稍误，据傅璇琮的考证，一次在肃宗时，由苏州长洲尉贬为潘州南巴尉，第二次在代宗大历时，由鄂岳转运留后贬为睦州司马。②

乾元二年（759），刘长卿约三十四岁时，议贬南巴县尉（今广东省电口县东），先在洪州待命。被贬之因，独孤及在《毗陵集·卷十四·送长洲刘少府贬南巴使牒留洪州序》一文述及："曩子之尉于是邦也，傲其迹而峻其政，能使纲不紊，吏不欺。夫迹傲则合不苟，政峻则物忤，故绩未书也，而谤及之，臧仓之徒得骋其媒孽，子于是竟谪为巴尉。而吾子直为己任，愠不见色，于是胸臆未尝蒂芥。会同遣有叩阍者，天子命宪府杂鞫，且廷辨其滥，故有后命，俾除馆豫章，俟条奏也。"可知刘长卿第一次被贬之因乃遭人毁谤所致。贬谪之前的官职为苏州长洲县尉，故须从苏州启程，往南经湖州、衢州、饶州，乃至洪州。

直至宝应元年（762），量移浙西某地，复归至苏州。其《初闻贬谪续喜量移登干越亭赠郑校书》谓："何事还邀迁客醉，春风日夜待归舟。"显示回苏州的雀跃心情。代宗《全唐文·卷四十九·即位赦文》云："其四月十五日已后诸色流贬者，与量移近处。"又《旧唐书·卷十一·代宗纪·宝应元年》："丁酉，御丹楼，大赦。"可知刘长卿在洪州待命期间，因代宗即位而量移，免去南巴之苦。故刘长卿始终未到潘州南巴一地，大都在江西一带活动。

第二次的贬谪是因吴仲孺诬奏。《旧唐书·卷一百三十七·赵涓传》云："大历中，鄂岳观察使吴仲孺与转运使判官刘长卿纷竞，仲孺奏长卿犯赃二十万贯，时止差监察御史苗伾就推。"③又《新唐书·陈少游传》："长卿尝任租庸使，为吴仲孺所因。"④吴仲孺诬奏长卿非法取财，所谓"犯赃二十万贯"，遂于大历十年（775）贬

---

① 刘长卿虽贬至岭南道的潘州南巴之地，实际上在江西洪州待命，故其山水诗描写此地风光，不及南巴之山水，故刘长卿的贬地山水诗多写长江下游风物。

② 傅璇琮：《唐才子传校笺·第一册》，中华书局2000年版，第316页。

③ （后晋）刘昫等：《旧唐书·卷一百三十七·赵涓列传·子博宣》，中华书局1997年版，第3761页。（后晋）刘昫等：《旧唐书·卷一百二十六·陈少游传》，中华书局1997年版，第3565页。

④ （宋）欧阳修、宋祁等：《新唐书·卷二百二十四上·叛臣列传上·陈少游》，中华书局1997年版，第6380页。

睦州（今浙江建德县）。刘长卿有《按覆后归睦州赠苗侍御》一诗表达此事之心情：

> 地远心难达，天高谤易成。
>
> 羊肠留覆辙，虎口脱余生。
>
> 直氏偷金枉，于家决狱明。
>
> 一言知己重，片议杀身轻。
>
> 日下人谁忆，天涯客独行。
>
> 年光销塞步，秋气入衰情。
>
> 建德知何在，长江问去程。
>
> 孤舟百口渡，万里一猿声。
>
> 落日开乡路，空山向郡城。
>
> 岂令冤气积，千古在长平。

刘长卿两次贬谪，高仲武认为他"刚而犯上"，咎由自取，以其性格刚烈而导致，元人辛文房进一步分析："性刚多忤权门，故两逢迁斥，人悉冤之。"①除强调其性格刚烈外，尚怜长卿深受冤枉。

韩愈一生亦如刘长卿，有二次贬谪：一贬阳山，一贬潮州。第一次于贞元十九年（803）自监察御史贬连州阳山令，于贞元二十一年（805）徙江陵法曹参军，贬期不到两年。连州属江南西道，在今广东省。

韩愈阳山之贬，说法大致有三：一是论宫市，以《旧唐书》为代表。二是专政者恶之（李实所谗），以皇甫湜《韩文公神道碑》为代表。三是忤文之力，而刘柳下石为多，以《韵语阳秋》为代表。《旧唐书》载曰："调授四门博士，转监察御史。德宗晚年，政出多门，宰相不专机务。宫市之弊，谏官论之不听。愈尝上章数千言极论，不听，怒贬为连州阳山令。"《新唐书》和《唐才子传》亦承其说。皇甫湜则持不同立场，其《韩文公神道碑》："专政者恶之，行为连州阳山令。"《韵语阳秋》卷五则批驳上述二说，引用韩愈《自阳山移江陵》《上京兆李实书》《江陵涂中》《岳阳别窦司直》《和张十一忆昨行》《永贞行》等材料，从而论断为"则知阳山之贬，忤文之力，而刘柳下石为多，非为李实所谗也"②。忤文指王叔文和王伾，加上刘禹锡和柳宗元等人，俱指王叔文为首的永贞革新集团，所以韩愈被贬，乃为王叔

① 傅璇琮：《唐才子传校笺·第一册》，中华书局2000年版，第323页。

② （清）何文焕辑：《历代诗话·下册》，中华书局2001年版，第524～525页。

文党所陷。由于贞元十九年（803）十二月，京师干旱，发生饥荒，韩愈时为监察御史，职责所在，上书禀报人民疾苦，奏请停征赋税。其《赴江陵途中寄赠王二十补阙李十一拾遗李二十六员外翰林三学士》述及：

> 是年京师旱，田亩少所收。上怜民无食，征赋半已休。
> 有司恤经费，未免烦征求……我时出衢路，饿者何其稠。
> 亲逢道边死，仵立久咿嚘。归舍不能食，有如鱼中钩。
> 适会除御史，诚当得言秋。拜疏移合门，为忠宁自谋。
> 上陈人疾苦，无令绝其喉。下陈畿甸内，根本理宜优。
> 积雪验丰熟，幸宽待蚕莽。天子恻然感，司空叹绸缪。
> 谓言即施设，乃反迁炎州。同官尽才俊，偏善柳与刘。
> 或虑语言泄，传之落冤雔。

这首诗除说明韩愈被贬之真相，还强调他对柳宗元、刘禹锡是有顾忌的。[①]

韩愈第二次被贬是在元和十四年（819）正月，自刑部侍朗贬潮州刺史，元和十四年十月量移袁州刺史。潮州属岭南道，在今广东。韩愈贬潮州，与迎佛骨事件有关。[②]《旧唐书·韩愈传》说：

> 上曰："愈言我奉佛太过，我犹为容之。至谓东汉奉佛之后，帝王咸致夭促，何言之乖剌也？愈为人臣，敢尔狂妄，固不可赦。"于是人情惊惋，乃至国戚诸贵亦以罪愈太重，因事言之，乃贬为潮州刺史。[③]

> 宪宗谓宰臣曰："昨得韩愈到潮州表，因思其所谏佛骨事，大是爱我，我

---

① 胡可先：《中唐政治与文学：以永贞革新为研究中心》，安徽大学出版社2000年版，第276页。关于韩愈和柳宗元、刘禹锡之关系，胡可先指出："一，韩愈出身于北方的破落士族，但他自视出身高门，门阀观念使得他与出身寒俊的东南文士不屑合作；二，韩愈的长兄韩会，因与元载结党，以致于身败名裂，韩愈颇吸取其教训，故在永贞革新中采取保守态度；三，韩愈与宦官的关系密切，尤其拥护宦官头领俱文珍，而俱文珍又是刘、柳最大的政敌之一。对待宦官的态度，促成了韩愈与刘禹锡、柳宗元极为明确的党派分野。"

② 卞孝萱：《韩愈贬潮原因探幽》，《江苏行政学院学报》2005年第2期。卞孝萱认为韩愈因论佛骨而贬潮只是表面现象，其深层之因乃在《平淮西碑》被废，李逢吉、令狐楚、皇甫镈一方和裴度、韩愈一方展开斗争。

③ （后晋）刘昫等：《旧唐书·卷一百六十·韩愈传》，中华书局1997年版，第4200～4201页。

岂不知？然愈为人臣，不当言人主事佛乃年促也。我以是恶其容易。"[1]

宪宗现身说法，韩愈被贬不是因为反佛之事本身，而是言论狂妄，不当言人主信佛则短命。事实上，此次排佛事件对韩愈的人生产生极大不良影响，平心而论，就宪宗的立场看，当然容不得臣子的忤逆、不顺从、不支持。但就韩愈立场看，他为了民生经济发言，希望人民过好日子，不再受苦，这也没错。客观来说，宪宗是个昏君，但遇到贤臣，应该珍惜，但宪宗顾及君是臣非的面子问题而贬韩愈于潮州。韩愈于往潮州途中，在《宿曾江口示侄孙湘二首之二》中曾慨叹："嗟我亦拙谋，致身落南蛮。"我认为他的拙谋可能出现在《论佛骨表》的段落安排上。是文前段部分都在论述信佛与皇帝年岁有关，东汉佛教传入前，皇帝长命，"此时天下太平，百姓安乐寿考"，佛法传入中国后，"事佛渐谨，年代尤促"。关心民生经济问题部分却放在后面：

> 以故焚顶烧指，百十为群；解衣散钱，自朝至暮，转相仿效，惟恐后时，老少奔波，弃其对次。若不即加禁遏，更历诸寺，必有断臂脔身，以为供养者，伤风败俗，传笑四方，非细事也。[2]

此段强调，信奉佛法将导致百姓舍弃本业，解衣散钱，伤风败俗之恶果，严重影响社会秩序以及民生经济。[3]据上引《旧唐书》所载宪宗谓群臣所言"愈为人臣，不当言人主事佛乃年促也"，似乎未点出韩愈关怀民生经济的重点，反而聚焦在人主奉佛则短命之一事上。这不禁让人怀疑，宪宗在阅读《论佛骨表》时，是否仅看前半段，抑或选择性记忆，以致恼羞成怒而将韩愈贬至潮州。这也许是韩愈感叹拙谋之主因吧！

比起韩愈二次贬期不到四年来说，刘禹锡和柳宗元可说是中唐贬谪诗人中最为悲惨的，其贬期最长，都超过十年以上，且不得量移。柳宗元和刘禹锡同为永贞革新集团的成员，史称"二王刘柳"[4]。在永贞革新此一政治事件上，柳宗元和刘禹锡

---

[1]　（后晋）刘昫等：《旧唐书·卷一百六十·韩愈传》，中华书局1997年版，第4202页。

[2]　（唐）韩愈著，严昌校点：《韩愈集》，岳麓书社2000年版，第408页。

[3]　其《送灵师》："佛法入中国，尔来六百年。齐民逃赋役，高士着幽禅。官吏不之制，纷纷听其然。耕桑日失隶，朝署时遗贤。"

[4]　（后晋）刘昫等：《旧唐书·卷一百六十·刘禹锡列传》，中华书局1997年版，第4210页。载："韩皋凭借贵门，不附叔文党，出为湖南观察使。既任喜怒凌人，京师人士不敢指名，道路以目，时号二王、刘、柳。"

的命运相似，柳被贬至永州，刘则贬至朗州。^①顺宗李诵中风，失去决策能力，二王刘柳革新集团受到俱文珍等宦官集团和保守派官员联合进攻，终由宦官拥立李纯即位，是为宪宗，改元元和。所以柳宗元和刘禹锡是政治上的盟友。永贞革新发生在永贞元年（贞元二十一年，805），刘禹锡时年三十四岁。他想在政治上有一番作为，追随王叔文进行改革，但遭到宦官藩镇及保守派士大夫等反对势力之阻扰，前后不到一年而终告失败，顺宗内禅给宪宗，为首的王叔文等八人革新集团遂被贬官，史称"二王八司马"。^②革新失败后，刘禹锡先贬连州刺史，再贬朗州（今湖南常德市）司马。自永贞元年到元和九年（814），刘禹锡三十四岁至四十三岁皆在朗州司马任内。柳宗元小刘禹锡一岁，所以柳宗元是三十三岁至四十二岁谪居永州。

刘禹锡和柳宗元第一次被贬，除了因中唐时期政党宦官藩镇间之斗争日益激烈之外，永贞革新集团成员皆为出身东南的文士，与北方政治集团相较，势力单薄。^③安史之乱后，中唐政治社会发生新的变化，南移人口增多，江南成了经济文化中心，地方藩镇势力逐渐加强，不听中央指挥，朝廷不仅内部宦官本身有派别，外部士大夫亦分党派，基于利益考虑，思想上可分保守和革新两派别，这是古今中外任何团体自然就会形成的对照。唐王朝自玄宗后，历经肃、代、德三宗，随着人性自然发展，权力使人腐化。德宗贞元末，弊政丛生，贪官污吏、五坊小儿横暴取财、宦官主持宫市，累积到极点，自然要有人出来改革，改革思想是受陆质新学之影响，结果在顺宗即位后，以棋艺高手王叔文为领袖人物的革新集团于焉形成。由于改革过程中触犯宦官、藩镇和保守派士大夫之利益，革新措施维持不到半年，因顺宗内禅而黯然下台。

刘禹锡和柳宗元是永贞革新失败的牺牲者，分别被贬朗州和永州。十年后，他们遇赦奉诏返京，随即又被分别被贬至连州和柳州。刘禹锡在朗州待了约十年，于元和十年（815）春，先被召回长安后，但却因作《玄都观看花君子》，遭小人陷害，

---

① （后晋）刘昫等：《旧唐书·卷十四·宪宗本纪》，中华书局1997年版，第412～413页。载："礼部员外郎柳宗元贬邵州刺史，屯田员外郎刘禹锡贬连州刺史，坐交王叔文也。"两人在贬途中，又被贬至远地。又载："邵州刺史柳宗元为永州司马，连州刺史刘禹锡朗州司马，池州刺史韩晔饶州司马，和州刺史凌准连州司马，岳州刺史程异郴州司马，皆坐交王叔文。初贬刺史，物议罪之，故再加贬窜。"

② 胡可先：《中唐政治与文学：以永贞革新为研究中心》，安徽大学出版社2000年版，第80～90页。关于永贞革新之过程，胡可先曾综合《顺宗实录》、新旧《唐书》、《资治通鉴》等史书进行叙述。

③ 胡可先：《中唐政治与文学：以永贞革新为研究中心》，安徽大学出版社2000年版，第3页。此点参考胡可先的说法："永贞革新的党派分野，从大的文化背景看，仍然是南人集团与北人之间的斗争。"

遂贬播州刺史，后改贬连州。关于刘禹锡贬谪连州之因有以下六条数据，包含史书、笔记小说和墓志铭论及：

《新唐书·刘禹锡列传》卷一六八载曰：

久之，召还。宰相欲任南省郎，而禹锡作《玄都观看花君子》诗，语讥忿，当路者不喜，出为播州刺史。诏下，御史中丞裴度为言：播极远，猿狄所宅，禹锡母八十余，不能往，当与其子死诀，恐伤陛下孝治，请稍内迁。帝曰：为人子者宜慎事，不贻亲忧。若禹锡望它人，尤不可赦。度不敢对，帝改容曰：朕所言责人子事，终不欲伤其亲。乃易连州。

《旧唐书·刘禹锡传》：

元和十年，自武陵召还，宰相复欲置之郎署。时禹锡作《游玄都观咏看花君子》诗，语涉讥刺，执政不悦，复出为播州刺史。台州司马陈谏为封州刺史。御史中丞裴度以禹锡母老，请移近处，乃改授连州刺史。"

《资治通鉴》卷二三九曰：

考异曰：旧禹锡传：元和十年，自武陆召还，宰相复欲置之郎置。时禹锡作游玄都观咏，看花、君子诗，语涉讥刺，执政不悦，复出为播州刺史。禹锡集载其诗曰：玄都观里桃千树，尽是刘郎去复栽。按当时叔文之党，一除远州刺史，不止禹锡一人，岂缘此诗！盖以此诗！盖以此得播州恶处耳。实录曰：中丞裴度奏：'其母老，必与此子为死别，臣恐伤陛下孝理之风。宪宗曰：为子尤须慎，恐贻亲之忧。禹锡更合重于他人，卿岂可以此论之！度无以对，良久，帝改容而言曰：'朕所言是责人子之事，然终不欲伤其所亲之心。明日，改授禹锡连州。赵元拱唐谏诤集：裴度曰：陛下方侍太后，以孝理天下，至如禹锡，诚合哀矜。宪宗乃从之。明日，制授禹锡连州。即而语左右：裴度终爱我切。赵璘因话录曰：宪宗初征柳宗元、刘禹锡至京城，俄而柳为柳州刺史，刘为播州刺史。柳以刘须侍亲，播州最为恶处，请以柳州换。上不许。宰相对曰：禹锡有老亲。上曰：但要与郡，岂系母在！裴晋公进曰：陛下方侍太后，不合发此言。上有愧色。刘遂改为连州。按柳宗元墓志，将拜疏而未上耳，非己上而不许也。禹锡除播州时，斐度未为相。今从实录及谏诤集。

唐人赵璘《因话录》卷一：

宪宗初征柳宗元刘禹锡至京，俄而以柳为柳州刺史，刘为播州刺史。柳以刘须待亲，播州最为恶处，请以柳州换。上不许。宰相对曰："禹锡有老亲。"上曰："但要与恶郡，岂系母在？"裴晋公进曰："陛下方待太后，不合发此言。"上有愧色。既而语左右曰："裴度终爱我切。"刘遂改授连州。"

唐人孟棨《本事诗·事感第二》：

刘尚书自屯田员外左迁朗州司马，凡十年始征还。方春，作《赠看花诸君子》诗曰："紫陌红尘拂面来，无人不道看花回。玄都观里桃千树，尽是刘郎去后栽。"其诗一出，传于都下。有素嫉其名者，白于执政，又诬其有怨愤。他日见时宰，与坐，慰问甚厚。既辞，即曰："近者新诗，未免为累，奈何？"不数日，出为连州刺史。

唐人韩愈《柳子厚墓志铭》：

其召至京师而复为刺史也，中山刘梦得禹锡亦在遣中，当诣播州。子厚泣曰："播州非人所居，而梦得亲在堂，吾不忍梦得之穷，无辞以白其大人。且万无母子俱往理！"请于朝，将拜疏，愿以柳易播，虽重得罪，死不恨。遇有以梦得事白上者，梦得于是改刺连州。[①]

上列六条文献数据有两个重点：一是刘禹锡因何事再贬播州，一是当他贬播州之同时，又因何事改贬连州。就时代而言，《本事诗》《因话录》和《柳子厚墓志铭》为中晚唐人所写，新旧《唐书》及《资治通鉴》则是后晋和北宋人所写。综合比对得知详细。首先，刘禹锡乃因一诗遭忌而先贬播州（今贵州遵义市）。此诗为《元和十年，自朗州承召至京，戏赠看花诸君子》，其曰："紫陌红尘拂面来，无人不道看花回。玄都观里桃千树，尽是刘郎去后栽。"诗题所谓"看花诸君子"乃指

---

① （唐）韩愈著，严昌校点：《韩愈集·卷三十二·碑志》，岳麓书社 2000 年版，第 360 页。

元和元年一起被贬而十年后又一起被召回京城的革新派成员，即二王八司马等人，他们应是遭保守派有心人士所忌。其次，改贬连州，主要与裴度和柳宗元两位关键人物的劝说有关，两人均以刘禹锡应尽母孝道为由，促使宪宗改变心意。此即《旧唐书》所谓："御史中丞裴度以禹锡母老，请移近处。"又《新唐书》所言："御史中丞裴度为言：'播极远，猿狄所宅，禹锡母八十余，不能往，当与其子死诀，恐伤陛下孝治，请稍内迁。'"又《资治通鉴》引实录曰："中丞裴度奏：'其母老，必与此子为死别，臣恐伤陛下孝理之风。'"又《因话录》所载："柳以刘须待亲，播州最为恶处，请以柳州换。"再据韩愈《柳子厚墓志铭》的说法，因柳宗元体恤刘禹锡有个年迈的老母须侍奉，不宜远放播州，因播州非人所居，愿以柳州与其播州调换，最终宪宗则将刘禹锡改贬连州。

元稹元和五年（810），三十二岁时，曾与宦官刘士元争厅而遭鞭击伤颜面，因而贬江陵府士曹参军。关于江陵贬谪一事，新旧《唐书》《资治通鉴》及白居易《论元稹第三状》载之甚详。兹将四条资料胪列如下：

> 河南尹房式为不法事，稹欲追摄，擅令停务。既飞表闻奏，罚式一月俸，仍召稹还京。宿敷水驿。内官刘士元后至，争厅，士元怒，排其户，稹袜而走厅后。士元追之，后以棰击稹，伤面。执政以稹少年后辈，务作威福，贬为江陵府士曹参军。（《旧唐书·卷一百六十二·元稹传第一一六》）

> 会河南尹房式坐罪，稹举劾，按故事追摄，移书停务。诏薄式罪，召稹还。次敷水驿。中人仇士良夜至，稹不让，中人怒，击稹贬面。宰相以稹年少轻树威，失宪臣体，贬江陵士曹参军。（《新唐书·卷一百七十四·元稹传第九九》）

> 河南尹房式有不法事，东台监察御史元稹奏摄之（唐制：御史分司东都，谓之东台。摄，收也），擅令停务；朝廷以为不，罚一季俸，召还西京。至敷水驿（华州华阴鲧西二十四里有敷水渠。九域志：华阴鲧有敷水镇），有入侍后至，破驿门呼骂而入，以马鞭击稹伤面；（考异曰：实录云"中使仇士良与稹争厅"。按稹及白居易传皆云"刘士元"，而实录云"仇士良"，恐误。今止云内侍）；上复引稹前过，贬江陵士曹。（《资治通鉴卷第二百三十八·唐纪五十四》）

> 况闻刘士元蹋破驿门，夺将鞍马，仍索弓箭，吓辱朝官，承前已来，未有此事。今中官有罪，未见处置，御史无过，却先贬官。远近闻知，实损圣德。（白居易《论元稹第三状》）

以上四条数据比对，可了解元稹贬谪江陵的原因。第一，元稹贬江陵有二因，一是弹劾河南尹房式有不法事，二是年少轻狂，不识抬举，触怒当时盛大的宦官势力，宪宗是宦官拥立的，当然站在宦官立场看击面事件。元稹贬至江陵五年，于元和十年（815）奉诏回朝。江陵，唐时属山南东道，即今湖北江陵。第二，元稹得罪哪个宦官，上引资料则有不同看法。《旧唐书》说："内官刘士元后至，争厅，士元怒，排其户，稹袜而走厅后。"《新唐书》却说："中人仇士良夜至，稹不让，中人怒，击稹贬面。"《资治通鉴》则保守地认为"按稹及白居易传皆云'刘士元'，而实录云'仇士良'，恐误。今止云内侍"。今依白居易所言"况闻刘士元蹋破驿门，夺将鞍马，仍索弓箭，吓辱朝官"，为是，亦即宦官刘士元以棰伤元稹面，而非仇士良也。此一事件若深层地看，其实是士大夫和宦官长期斗争的结果，与保守派和革新派人士之争权夺利有密切关系。

元和十年（815）六月，白居易四十四岁，因僭越谏官职权，通报宰相武元衡为盗所杀，故被贬至江州（唐属江南西道，今江西九江），授江州司马一职。据李商隐《白公墓志铭》载："七年，以左赞善大夫箸吉。武相遇盗殊绝，贼弃刃天街，日比午，长安中尽知。公以次纸为疏，言元衡死状，不得报，即贬江州。"又遭人中伤其所作《赏花》及《新井》诗有违名教，《旧唐书》卷一百七十列传第一百一十六记载："十年七月，盗杀宰相武元衡，居易首上疏论其冤，急请捕贼以雪国耻。宰相以宫官非谏职，不当先谏官言事。会有素恶居易者，掎摭居易，言浮华无行，其母因看花堕井而死，而居易作《赏花》及《新井》诗，甚伤名教，不宜置彼周行。执政方恶其言事，奏贬为江表刺史。诏出，中书舍人王涯上疏论之，言居易所犯状迹，不宜治郡，追诏授江州司马。"关于因母坠井作《赏花》《新井》诗一事，宋人曾有辨疑，张耒《张右史文集·卷四十八·题贾长卿读高彦休续白乐天事》云：

> 高彦休作《唐阙史》，辨白乐天无因母坠井作《赏花》《新井》诗，贾子又从而续辨之。张子曰："二子谓之爱白公则可矣，未可谓知白公也。古之圣贤，谁能无谤，何独乐天也哉！"

今查白居易诗集和全唐诗之文本，未见《赏花》《新井》二诗，故《旧唐书》关于"居易作《赏花》及《新井》诗，甚伤名教"之言宜存疑也。而其母坠井一事，高彦休《唐阙史》述之甚详，据陈振孙《白文公年谱》"元和十年乙未"所说："独高彦休

《阙史》言之甚详。公母有心疾，因悍妒得之，及釐，家苦贫。公与弟不获安居，常索米丐衣于邻郡邑，母昼夜念之，病益甚，公随计宣州。母因忧愤发狂，以苇刀自刭，人救之得免。后遍访医药，或发或瘳，常恃二壮婢厚给衣食，俾扶卫之，一旦稍息，毙于坎井。时裴公为三省，本厅对客，京兆府申堂状至，四座惊愕……"朱金城曾考证此说曰："考居易母殁于元和六年四月，是时裴度尚未为宰相，高氏所记不无可疑，且今本《阙史》未载此条，恐为后人所删去，盖亦为贤者讳之意也。"①

综合分析以上六位中唐诗人贬谪之因，发现他们并非十恶不赦之人，亦未从事非法活动，满怀忠君爱国之志，却在主观方面，因个性刚直，在客观方面，因政治环境之险恶，全都遭到迫害，刘长卿被诬告非法取财，韩愈关心人民饥荒以及谏迎佛骨，刘禹锡和柳宗元推行革新政策，元稹遭宦官击面，白居易谏告皇帝等为执着政治理想而付出满腔热血，换来的竟是遭皇帝驱逐，这种心酸犹如屈原在《哀郢》乱曰所说："信非吾罪而弃逐兮，何日夜而忘之！"②既然因无罪而遭贬，其心哀必流露于诗中，所以在踏上贬途后，其心境则与此有关！

第二节　中唐诗人赴贬地途中之心境及山水呈现

此节以刘长卿、韩愈、刘禹锡、柳宗元、元稹和白居易六位诗人为讨论中心，论述他们在赴贬地途中的心境及其山水描写。

刘长卿由苏州长洲尉贬为潘州南巴尉，于苏州启程前，其贬官心情见于《谪官后却归故村将过虎丘怅然有作》及《赴南巴书情寄故人》等诗。《谪官后却归故村将过虎丘怅然有作》诗曰："万事依然在，无如岁月何。邑人怜白发，庭树长新柯。故老相逢少，同官不见多。唯余旧山路，惆怅枉帆过。"遭弃之悲吟，可想而知。虎丘是山名，在苏州吴县附近。宋人乐史《太平寰宇记》卷九一"苏州吴县"载："虎丘山，在县西北九里。"又《赴南巴书情寄故人》诗曰："南过三湘去，巴人此路偏。谪居秋瘴里，归处夕阳边。直道天何在，愁容镜亦怜。裁书欲谁诉，无泪可潸然。"该二诗同样写谪居之痛苦，因为秋瘴侵袭，健康容易出现问题。二诗将其贬谪悲情融入山水景色，《重送裴郎中贬吉州》诗云：

---

① （唐）白居易著，朱金城笺校：《白居易集笺校》，上海古籍出版社1988年版，第66页。
② （宋）洪兴祖撰：《楚辞补注》，汉京文化事业有限公司1983年版，第136页。

猿啼客散暮江头，人自伤心水自流。

同作逐臣君更远，青山万里一孤舟。

刘长卿与其友人裴郎中同遭贬谪命运，送别时更能以同理心感受友人的心情，末句"青山万里一孤舟"七字将其悲凉孤寂之心表露无遗。"人自伤心水自流"则是情景交融。吉州在今江西吉安。又《听笛歌留别郑协律》云：

旧游怜我长沙谪，载酒沙头送迁客。

天涯望月自沾衣，江上何人复吹笛。

横笛能令孤客愁，渌波淡淡如不流。

商声寥亮羽声苦，江天寂历江枫秋。

静听关山闻一叫，三湘月色悲猿啸。

又吹杨柳激繁音，千里春色伤人心。

随风飘向何处落，唯见曲尽平湖深。

明发与君离别后，马上一声堪白首。

诗中笛声凄苦，山水景色染上悲孤情调，景中带情，堪称送别山水诗佳篇。

苏州在太湖东北方，往西南可至湖州。他在湖州写有《留题李明府雪溪水堂》一诗，描绘美丽的湖州风光，其中的景句是：

云峰向高枕，渔钓入前轩。晚竹疏帘影，春苔双履痕。

荷香随坐卧，湖色映晨昏。虚牖闲生白，鸣琴静对言。

暮禽飞上下，春水带清浑。远岸谁家柳，孤烟何处村。

雪溪在湖州东南一带。《太平寰宇记》卷九四"湖州乌程县"载："雪溪，在县东南一里，凡四水合为一溪。"云峰倒映湖上，颇能描绘湖州之幽趣。过湖州后再往西南至衢州，拜访南溪道人，其《寻常山南溪道人隐居》诗云：

一路经行处，莓苔见履痕。白云依静渚，春草闭闲门。

过雨看松色，随山到水源。溪花与禅意，相对亦忘言。

常山是县名，在衢州境内。《元和郡县图志》卷二十六"衢州"："常山县，上，东至州八十里。"在山水美景中，浑然忘我，禅意无限。唐汝询《唐诗解》评曰："观苔间履痕，而知经行者稀。观停云幽草，而知所居之僻。过雨看松，新而且洁。随山寻源，趣不外求。惟其深悟禅意，故对花而忘言也。"

再往西走，至饶州，其在鄱阳湖东面，有《负谪后登干越亭作》《赴南中题褚少府湖上亭子》《贬南巴至鄱阳题李嘉佑江亭》《至饶州寻陶十七不在寄赠》等山水诗。这些诗中，有美丽之景，也有贬谪之情，如：

> 杳杳钟陵暮，悠悠鄱水春。秦台悲白首，楚泽怨青苹。
> 草色迷征路，莺声伤逐臣。（《负谪后登干越亭作》）

> 不才甘谪去，流水亦何之。地远明君弃，天高酷吏欺……
> 柳色迎高坞，荷衣照下帷。水云初起重，暮鸟远来迟。
> 白首看长剑，沧洲寄钓丝。沙鸥惊小吏，湖月上高枝……
> （《贬南巴至鄱阳题李嘉佑江亭》）

> 谪宦投东道，逢君已北辕……梅枝横岭峤，竹路过湘源。
> 月下高秋雁，天南独夜猿。离心与流水，万里共朝昏。（《至饶州寻陶十七不在寄赠》）

干越亭在饶州余干县东南处。《太平寰宇记》卷一〇七"饶州余干县"载曰："干越亭，《越绝书》云：'余，大越故界。'即谓干越也。在县东南三十步，屹然孤挺，古之游者，多留题章句焉。"行旅中，虽有鄱水、草色、莺声、水云、暮鸟、沙鸥、湖月、梅枝、秋雁等自然美景相伴，然内心有"莺声伤逐臣""不才甘谪去""谪宦投东道"之不安心境。

刘长卿最后终于在宝应元年（762）夏，代宗即位大赦，量移浙西某地，归至苏州一带。这次取道长江，经池州回航。《初闻贬谪续喜量移登干越亭赠郑校书》曰："生涯已逐沧浪去，冤气初逢涣汗收。何事还邀迁客醉，春风日夜待归舟。"该诗表达出不须远赴蛮荒受苦之喜乐。由洪州量移浙西的回程中，有《晚次苦竹馆却忆干越旧游》《北归次秋浦界清溪馆》等二诗描述山水风光：

> 匹马风尘色，千峰旦暮时。遥看落日尽，独向远山迟。
> 故驿花临道，荒村竹映篱。

> 万里猿啼断，孤村客暂依。雁过彭蠡暮，人向宛陵稀。

苦竹馆在饶州，清溪馆在池州。清《一统志》卷三一一"饶州府"有："苦竹坑水，在浮梁县东北，源出祁门县褚公岭，西南流，五十里入县界，又十五里至凌村港口，入小北港。"又《太平寰宇记》卷一〇五"池州"："（隋开皇）十九年，于废石城置秋浦县，属宣城郡。"从这二诗中"日尽""远山""荒村""猿啼""孤村"诸词看来，刘长卿描绘的山水诗有荒寒意味。

刘长卿于大历十一年（776），因吴仲孺诬奏而贬至睦州（唐时属江南东道，在今浙江淳安），直至建中元年（780）秋冬之际，迁随州刺史后，才离开睦州，他在贬所待了约四年时间。[①]前官为鄂岳转运留后（大历五年），检校祠部员外郎。期间巡行湘南，历经岳、潭、衡、永、道、连、郴诸州，活动于长江中游和两湖、两广等地。大历九年（774），受吴仲孺诬奏而去职东归常州，于义兴兴建碧涧别墅。大历十一年（776），朝廷命监察御史苗丕就地按覆，长卿之冤得雪，复籍，然仍贬为睦州司马。于是由鄂州沿江而下，经江州、洪州，赴睦州任所。他从鄂岳转运留后之官贬为睦州司马，自长江中游鄂州顺江而至下游睦州，在行旅山水中，隐含孤寂而白首之情怀，如：

　　　　孤舟百口渡，万里一猿声。落日开乡路，空山向郡城。（《按覆后归睦州赠苗侍御》）

　　　　独行风袅袅，相去水茫茫。白首辞同舍，青山背故乡。（《江州留别薛六柳八二员外》）

　　　　江上月明胡雁过，淮南木落楚山多。寄身且喜沧州近，顾影无如白发何。（《江州重别薛六柳八二员外》）

　　　　江海无行迹，孤舟何处寻。青山空向泪，白月岂知心。（《赴新安别梁侍御》）

一人行旅途中，频换渡口，身态已疲，加以猿声、落日、空山等外在荒凉景象，强化内心之孤寂感，此时的刘长卿已届天命之年，五十出头，白发之悲，亦可想而知。

韩愈于贞元十九年（803）被贬岭南阳山，自长安往阳山途中，写下《湘中》

---

　　① （唐）刘长卿著，储仲君笺注：《刘长卿诗编年笺注》，中华书局1999年版，"刘长卿简表"，第586～587页。

《同冠峡》《次同冠峡》《贞女峡》等四首行旅山水诗。

猿愁鱼踊水翻波，自古流传是汨罗。
苹藻满盘无处奠，空闻渔父扣舷歌。

南方二月半，春物亦已少。维舟山水间，晨坐听百鸟。
宿云尚含姿，朝日忽升晓。羁旅感和鸣，囚拘念轻骄。
潺湲泪久进，诘曲思增绕。行矣且无然，盖棺事乃了。

今日是何朝，天晴物色饶。落英千尺堕，游丝百丈飘。
泄乳交岩脉，悬流揭浪标。无心思岭北，猿鸟莫相撩。

江盘峡束春湍豪，雷风战斗鱼龙逃。
悬流轰轰射水府，一泻百里翻云涛。
漂船摆石万瓦裂，咫尺性命轻鸿毛。

上列四诗，湘中、同冠峡和贞女峡位于岭南之地，在今湖南。赴阳山的心情是悲伤的，"潺湲泪久进""无心思岭北""咫尺性命轻鸿毛"句俱已明示。"自古流传是汨罗"句则将屈原遭贬之命运与己作一结合。"落英千尺堕，游丝百丈飘"和"悬流轰轰射水府，一泻百里翻云涛"写贬途中所见宏阔风景。一年后调任江陵法曹参军，赴江陵途中，写有行旅山水诗《宿龙宫滩》《题合江亭寄刺史邹君》《谒衡岳庙遂宿岳寺题门楼》《岣嵝山》《陪杜侍御游湘西两寺独宿有题一首因献杨常侍》《洞庭湖阻风赠张十一署》《岳阳楼别窦司直》《晚泊江口》等。

浩浩复汤汤，滩声抑更扬。奔流疑激电，惊浪似浮霜。
梦觉灯生晕，宵残雨送凉。如何连晓语，一半是思乡。（《宿龙宫滩》）

岣嵝山尖神禹碑，字青石赤形模奇。
科斗拳身薤倒披，鸾飘凤泊拿虎螭。
事严迹秘鬼莫窥，道人独上偶见之。
我来咨嗟涕涟洏，千搜万索何处有，
森森绿树猿猱悲。（《岣嵝山》）

郡城朝解缆，江岸暮依村。二女竹上泪，孤臣水底魂。
双双归蛰燕，一一叫群猿。回首那闻语，空看别袖翻。（《晚泊江口》）

韩愈描写龙宫滩之海景是奔流、惊浪，反映出内心之不安，故有思乡之慰安。而岣嵝山尖及江岸暮村之景，透过"神禹碑""二女竹上泪，孤臣水底魂"之历史故事，通过夏禹、舜之二女、屈原等悲事，刻画出哀悲之心境。

韩愈在第二次自长安贬往潮州之路途中，行经蓝田关、武关、邓州、曲河驿、襄州宜城、韶州乐昌县昌乐泷、韶州始兴郡、广州峡山、广州增城县。

韩愈《左迁至蓝关示侄孙湘》说"一封朝奏九重天，夕贬潮州路八千"及《武关西逢配流吐蕃》说"我今罪重无归望，直去长安路八千"，可见贬途遥迢。

> 云横秦岭家何在？雪拥蓝关马不前。(《左迁至蓝关示侄孙湘》)
>
> 丘坟满目衣冠尽，城阙连云草树荒。(《题楚昭王庙》)
>
> 恶溪瘴毒聚，雷电常汹汹。鳄鱼大于船，牙眼怖杀侬。(《泷吏》)
>
> 潮阳未到吾能说，海气昏昏水拍天。(《题临泷寺》)
>
> 韶州南去接宣溪，云水苍茫日向西。(《晚次宣溪辱韶州张端公使君惠书叙别酬以绝句二章》)
>
> 云昏水奔流，天水漭相围……海风吹寒晴，波扬众星辉。(《宿曾江口示侄孙湘二首》)

八千里坎坷路途，所见皆昏寒幽暗。对贬谪士人来说，身心受到双重折磨，予人相当大的生命压力。综合分析韩愈阳山和潮州两次贬谪，可见其山水诗确有贬谪情怀。

> 窜逐蛮荒幸不死，衣食纔足甘长终。(《谒衡岳庙遂宿岳寺题门楼》)
>
> 静思屈原沉，远忆贾谊贬。椒兰争妒忌，绛灌共谗谄。(《陪杜侍御游湘西两寺独宿有题一首因献杨常侍》)
>
> 羁旅感和鸣，囚拘念轻矫。(《同冠峡》)
>
> 前年遭谴谪，探历得邂逅。(《南山诗》)
>
> 无心思岭北，猿鸟莫相撩。(《次同冠峡》)
>
> 如何连晓语，一半是思乡。(《宿龙宫滩》)

　　潮阳未到人先说，海气昏昏水拍天。(《题临泷寺》)

　　嗟我亦拙谋，致身落南蛮。(《宿曾江口示侄孙湘二首之二》)

　　他是如何将贬谪之事融入山水诗景象的描写中的呢？"喷云泄雾藏半腹，虽有绝顶谁能穷。我来正逢秋雨节，阴气晦昧无清风"之景阴郁暗沉，所见之山是"仰见突兀撑青空"，最后"夜投佛寺上高阁，星月掩映云曈昽。猿鸣钟动不知曙，杲杲寒日生于东"，云是模糊，日是寒幽，加上猿鸣钟动声响，更增添内心之寂寥。"长沙千里平，胜地犹在险"说明险要的胜地位置。"山楼黑无月，渔火灿星点。夜风一何喧，杉桧屡磨戛。犹疑在波涛，怵惕梦成魇"，此景是阴森可惧，末联"辗转岭猿鸣，曙灯青睒睒"，加强内心之悲凄。"维舟山水间，晨坐听百鸟。宿云尚含姿，朝日忽升晓"之景较为清丽，但内心是"潺湲泪久迸，诘曲思增绕"。"晴明出棱角，缕脉碎分绣。蒸岚相澒洞，表里忽通透。无风自飘簸，融液煦柔茂。横云时平凝，点点露数岫。天空浮修眉，浓绿画新就。孤撑有巉绝，海浴褰鹏噣"描写南山奇险变幻百态，"春阳潜沮洳"以下诸句接写四时之景色。再接以"西南雄太白，突起莫间篸"，连以"昆明大池北，去觊偶晴昼"，几乎将南山周围绵延不绝之景描摹出来。"落英千尺堕，游丝百丈飘。泄乳交岩脉，悬流揭浪标"描写飘荡不安之景。"奔流疑激电，惊浪似浮霜。梦觉灯生晕，宵残雨送凉"勾摹惊悚悲凉之景；"海气昏昏水拍天"是昏暗浪高之景；"云昏水奔流，天水溔相围"及"海风吹寒晴，波扬众星辉"描摹波浪不定、海面昏暗之景。唐人司空图《题柳柳州集后序》云："愚尝览韩吏部歌诗累百首，其驱驾气势，若掀雷抶电，奔腾于天地之间，物状奇变，不得不鼓舞而徇其呼吸也。"[1] 该论可谓通透矣！

　　韩愈两次无故遭贬谪，幽恐情绪主导下，所描绘之山景奇险突兀，海景昏朦飘荡，这些山水惊惧可怖，而非壮丽。[2] 两次赴贬所途中，数度有死的感觉。

　　行矣且无然，盖棺事乃了。(《同冠峡》)

　　漂船摆石万瓦裂，咫尺性命轻鸿毛。(《贞女峡》)

　　知汝远来应有意，好收吾骨瘴江边。(《左迁至蓝关示侄孙湘》)

---

　　① 陈伯海主编：《唐诗汇评》，浙江教育出版社1995年版，第1594页。
　　② 上海古籍出版社编：《唐五代笔记小说大观》，上海古籍出版社2000年版，第180页。李肇《国史补》卷中："韩愈好奇，与客登华山绝峯，度不可返，乃作遗书，发狂恸哭。华阴令百计取之，乃下。"我们从韩愈山水诗中，已可判断他对山水之惧矣。

　　总的来说，韩愈两次遭贬，其贬地离京城极远，远至八千里，然贬期不到三年，故贬地生活感受并不如刘禹锡和柳宗元深刻。他在贬地并未留下山水诗，行旅过程中的山水诗也极少，仅有《湘中》《同冠峡》《次同冠峡》《贞女峡》等诗。

　　刘禹锡贬往朗州，经荆州时，有《荆门道怀古》："南国山川旧帝畿，宋台梁馆尚依稀。马嘶古树行人歇，麦秀空城泽雉飞。风吹落叶填宫井，火入荒陵化宝衣。徒使词臣庾开府，咸阳终日苦思归。"状写荒寒的南国山川景象，用北朝庾信的典故表达思归的心情。

　　元和十年（815），刘禹锡第二次贬谪赴连州，出长安时，不往东南翻越秦岭，取道商州，反而向东行，先经洛阳，再往南行。洛阳是刘禹锡的故乡，《汝州上后谢宰相表》曾说："家本荥上，籍占洛阳。病辞江岸，老见乡树。"[1]这次贬谪所去之地比十年前的朗州更远，在家乡亲友的饯行后，心情相当沉重，故《赴连州途经洛阳，诸公置酒相送，张员外贾以诗见赠，率尔酬之》有"如今暂寄尊前笑，明日辞君步步愁"之句。战友柳宗元则贬至柳州，两人在衡阳湘水分道扬镳，柳宗元往东南到柳州，刘禹锡则往南到连州，《再授连州至衡阳酬柳柳州赠别》云："去国十年同赴召，渡湘千里又分歧。"贬途中的最后一站是桂岭，桂岭在连州桂阳县，渺无人烟，其《度桂岭歌》曰："桂阳岭，下下复高高。人稀鸟兽骇，地远草木豪。寄言千金子，知余歌者劳。"贬途中，他共写下《赴连山途次德宗山陵寄张员外》《赴连州途经洛阳，诸公置酒相送，张员外贾以诗见赠，率尔酬之》《后梁宣明二帝碑堂下作》《望衡山》《再授连州至衡阳酬柳柳州赠别》《重答柳柳州》《答柳子厚》《度桂岭歌》等行旅诗，其中仅《望衡山》为山水诗。诗云：

> 东南倚盖卑，维岳资柱石。前当祝融居，上拂朱鸟翮。
>
> 青冥结精气，磅礴宣地脉。还闻肤寸阴，能致弥天泽。[2]

此诗作于元和十年（815）刘禹锡从长安赴连州途经衡山时。《元和郡县图志》卷二十九"江南道"五"衡州·衡山县"载："衡山，南岳也。一名岣嵝山，在县西三十里。《南岳记》曰：'衡山者，朱阳之灵台，太虚之宝洞。'又云：'赤帝馆其

---

① （唐）刘禹锡著，瞿蜕园笺证：《刘禹锡集笺证》，上海古籍出版社1989年版，第118页。

② （唐）刘禹锡著，蒋维崧等笺注：《刘禹锡诗集编年笺注》，山东大学出版社1997年版，第200页。

岭，祝融托其阳，以其宿当翼轸，度应机衡，故为名。'又曰：'上如车盖及衡轭之形，山高四千一十丈。'"①刘禹锡笔下的衡山高大壮阔，他以"东南倚盖卑，维岳资柱石"形容之。"前当祝融居"具有古代神话的色彩，衡山之精神则展现在精气的变化，比山高一层的天空与地脉连成一气，勾出山的壮观，故有"青冥结精气，滂礴宣地脉"之句。

柳宗元于元和十年（815）三月再贬柳州（今广西柳州）。《旧唐书·宪宗纪》载："（元和十年三月）乙酉……以永州司马柳宗元为柳州刺史……"而自永州司马徙为柳州刺史中间，柳宗元曾接到诏书返京，不久又自京城远赴柳州贬地。其《诏追赴都二月至灞亭上》诗云："十一年前南渡客，四千里外北归人。诏书许逐阳和至，驿路开花处处新。"可知柳宗元在元和十年（815）二月已由永州返至长安附近的灞亭。返京途中，作有《离觞不醉至驿却寄相送诸公》《诏追赴都回寄零陵亲故》《界围岩水帘》《过衡山见新花开却寄弟》《汨罗遇风》《北还登汉阳北原题临川驿》《善谑驿和刘梦得酹淳于先生》《清水驿丛竹天水赵云余手种一十二茎》《李西川荐琴石》等诗。召还京城后，停留约一个月，三月即接到贬为柳州刺史的命令，因此立刻启程至柳州。赴柳途中，他写下《长沙驿前南楼感旧》《衡阳与梦得分路赠别》《再上湘江》《再至界围岩水帘遂宿岩下》《桂州北望秦驿手开竹径至钓矶留待徐容州》《岭南江行》等诗，其中《再至界围岩水帘遂宿岩下》《岭南江行》则属行旅山水诗。《再至界围岩水帘遂宿岩下》诗云：

> 发春念长违，中夏欣再睹。是时植物秀，杳若临悬圃。
> 歊阳讶垂冰，白日惊雷雨。笙簧潭际起，鹳鹤云间舞。
> 古苔凝青枝，阴草湿翠羽。蔽空素彩列，激浪寒光聚。
> 的皪沉珠渊，锵鸣捐佩浦。幽岩画屏倚，新月玉钩吐。
> 夜凉星满川，忽疑眠洞府。

诗前有序谓"是年出刺柳州。五月复经此"，全诗几乎俱为景句，描写水帘特殊景观相当细腻，"歊阳讶垂冰，白日惊雷雨。笙簧潭际起，鹳鹤云间舞"，以垂冰和雷雨形容水帘外观，笙簧形容水声，鹳鹤则形容水自高而下。"的皪沉珠渊"状水花飞溅，"锵鸣捐佩浦"状水石相击之声。末四句则写其倚枕幽岩下，在星月相伴的夜景下，如眠神仙之洞天。全诗毫无赴贬途之身心疲累，取而代之的是投入大自然

---

① （唐）李吉甫撰，贺次君点校：《元和郡县图志》，中华书局 2005 年版，第 706 页。

的享受。另外，之前柳宗元自永州召还时，同样经过湘江的界围岩，曾写下《界围岩水帘》：

> 界围汇湘曲，青壁环澄流。悬泉粲成帘，罗注无时休。
> 韵磬叩凝碧，锵锵彻岩幽。丹霞冠其巅，想象凌虚游。
> 灵境不可状，鬼工谅难求。忽如朝玉皇，天冕垂前旒。
> 楚臣昔南逐，有意仍丹丘。今我始北旋，新诏释缧囚。
> 采真诚眷恋，许国无淹留。再来寄幽梦，遗贮催行舟。

前十二句俱写景，水帘即是悬泉之特殊景观，外形正如"天冕垂前旒"，皇帝冠冕前悬垂的珠串。首次到访，行舟匆匆，因其"新诏释缧囚"，摆脱十年囚徒生活，急欲回到京城。不久后，果然"再来寄幽梦"，而有《再至界围岩水帘遂宿岩下》一诗，此次竟宿眠岩下，真是悠哉！再如《岭南江行》：

> 瘴江南去入云烟，望尽黄茆是海边。
> 山腹雨晴添象迹，潭心日暖长蛟涎。
> 射工巧伺游人影，飓母偏惊旅客船。
> 从此忧来非一事，岂容华发待流年。①

元和十年（815）六月，柳宗元入桂赴柳途中作此诗。瘴江十分可怕。《元和郡县图志·岭南道·廉州》谓："瘴江，州界有瘴名，为合浦江……自瘴江至此，瘴疠尤甚，中之者多死，举体如墨。春秋两时弥甚，春谓青草瘴，秋谓黄茆瘴。""从此忧来非一事"指其内心不仅贬谪一事之忧，尚忧贬地生存之困境，瘴江、黄茆、象迹、蛟涎、射工、飓母等关乎到生命健康之危害，病况累积后，元和十四年（819），柳宗元竟以四十七岁之年寿，死于贬所。②

元稹赴江陵，寄十七首诗给白居易。白居易为《和答诗十首·和思归乐》，序云："及足下到江陵。寄在路所为诗十七章。凡五六千言。言有为。章有旨。迨于宫律体裁。皆得作者风。"这些行旅诗大都抒发个人困顿之情，涉及山水景色者甚少：

---

① （唐）柳宗元著，王国安笺释：《柳宗元笺释》，上海古籍出版社1998年版，第302页。
② （唐）韩愈著，严昌校点：《韩愈集·卷三十二·碑志》，岳麓书社2000年版，第360页。韩愈《柳子厚墓志铭》说："子厚以元和十四年十一月八日卒，年四十七。"

编浅无所用，奔波奚所营。团团井中水，不复东西征。(《分水岭》)

况我三十二，百年未半程。江陵道涂近，楚俗云水清。(《思归乐》)

遗落在人世，光华那复深。年年怨春意，不竟桃杏林。(《桐花》)

从西安到江陵的路途中，元稹从汉水南下，经襄阳，而至江陵，有《渡汉江》和《襄阳道》可为证。《渡汉江》(诗序：去年春，奉使东川，经嶓冢山下。) 诗曰："嶓冢去年寻漾水，襄阳今日渡江濆。山遥远树缠成点，浦静沉碑欲辨文。万里朝宗诚可羡，百川流入渺难分。鲵鲸归穴东溟溢，又作波涛随伍员。"

白居易本在长安担任太子赞善大夫，被贬江州，他必须从长安往东南而至江州，故而先到长安东南的蓝田县，然后越过秦岭，经商州，行至襄阳，改由水路（汉水）往南[1]，经郢州，再到鄂州，接长江往东走，则到江州。[2] 蓝田到江州约近四千里，"浔阳近四千，始行七十里"(《初出蓝田路作》)。这段遥远路途，想必颠沛流离。以下引诗可证：

绝顶忽上盘，众山皆下视。下视千万峰，峰头如浪起。(《初出蓝田路作》)

春雪君归日，秦岭秋风我去时。(《蓝桥驿见元九诗》)

望秦岭上回头立，无限秋风吹白须。(《初贬官过望秦岭》)

秋风截江起，寒浪连天白。(《襄阳舟夜》)

江云闇悠悠，江风冷修修。夜雨滴船背，风浪打船头。(《舟中雨夜》)

白雪楼中一望乡，青山蔟蔟水茫茫。(《登郢州白雪楼》)

其贬途所见的景象乃峰头如浪起、秋风、寒浪、云闇、风冷、夜雨、风浪、水茫茫，可知白居易《初出蓝田路作》中所言"人烦马蹄跙，劳苦已如此"不虚，舟车劳顿，身心俱疲。

白居易是在江州待了近四年后，即由江州司马升迁为忠州刺史。元和十四年

---

① 其《襄阳舟夜》诗曰："下马襄阳郭，移舟汉阴驿。"

② 谭其骧主编：《中国历史地图集·第五册：隋、唐、五代十国时期》，中国地图出版社 1996 年版，第 38～39 页。关于白居易贬谪路线，请一边阅读白居易诗，一边参阅《中国历史地图集》。

（819）三月白居易到达忠州，十五年（820）冬回长安，在忠州前后不满两年。[①]忠州在今四川忠县，唐时属山南东道，在长江上游地段，江洲属长江中下游段，因此白居易必须溯江西上，其间到过鄂州、江陵、夷陵，再行经三峡，先是西陵峡、巫峡，最后是瞿塘峡，然后到达忠州。白居易描述长江水路西上之沿途风光：

> 春岸绿时连梦泽，夕波红处近长安。
> 猿攀树立啼何苦，雁点湖飞渡亦难。（《题岳阳楼》）
>
> 上有万仞山，下有千丈水。苍苍两崖间，阔狭容一苇。
> 瞿唐呀直泻，滟滪屹中峙。未夜黑岩昏，无风白浪起。
> 大石如刀剑，小石如牙齿。一步不可行，况千三百里。（《初入峡有感》）
>
> 巫山暮足沾花雨，陇水春多逆浪风。
> 两片红旌数声鼓，使君艛艓上巴东。（《入峡次巴东》）
>
> 瞿唐天下险，夜上信难哉。岸似双屏合，天如匹帛开。
> 逆风惊浪起，拔稳暗船来。（《夜入瞿唐峡》）
>
> 今来转深僻，穷峡巅山下。五月断行舟，滟堆正如马。
> 巴人类猿狖，矍铄满山野。（《自江州至忠州》）
>
> 山束邑居窄，峡牵气候偏。林峦少平地，雾雨多阴天。
> 隐隐煮盐火，漠漠烧畬烟。赖此东楼夕，风月时脩然。（《初到忠州登东楼寄万州杨八使君》）
>
> 莺声诱引来花下，草色句留坐水边。
> 唯有春江看未厌，萦砂遶石渌潺湲。（《春江》）
>
> 白狗次黄牛，滩如竹节稠。路穿天地险，人续古今愁。
> 忽见千花塔，因停一叶舟。畏途常迫促，静境暂淹留。
> 巴曲春全尽，巫阳雨半收。（《发白狗峡次黄牛峡登高寺却望忠州》）

他经过岳阳楼，听闻猿之苦啼和雁之难渡，唤起内心之悲苦，紧接着进入三峡，"上有万仞山，下有千丈水"说此地山水之骇人，水深则行兵须注意安全，山高则视线不佳。他说"大石如刀剑，小石如牙齿"，这种比喻实令人惊恐万分。又"未夜

---

① 罗联添：《白乐天年谱》，台湾编译馆 1989 年版，第 175 页。

黑岩昏，无风白浪起"，强调虽白日行驶三峡，然因山高而光线很难照射进来，故觉气候阴暗而诡谲。"岸似双屏合，天如匹帛开""山束邑居窄，峡牵气候偏""路穿天地险，人续古今愁""巫山暮足沾花雨，陇水春多逆浪风""五月断行舟，滟堆正如马"诸句，反复强调三峡险峻，行舟此地，生死一线，令人畏恐，而有"常恐不才身，复作无名死"之慨叹。两年后，白居易离开忠州，途中写下《发白狗峡次黄牛峡登高寺却望忠州》一诗，其中有"巴曲春全尽，巫阳雨半收"之景句，说明虽远离忠州，而仍思念此地之丽景，故有"忽见千花塔，因停一叶舟"的回忆，全诗情景合一，艺术手段高妙。

总之，分析中唐六位诗人贬途中所写的山水诗，我们发现贬途风景大都是荒寒昏暗而尖山惊浪的，且伴随猿啼浪声，心境都悲苦惊恐。正如宋人周辉《清波杂志》卷四所谓："放臣逐客，一旦弃置于外，其忧悲憔悴之叹，发于诗什，特为酸楚。"

第三节 中唐诗人在贬地生活之山水风光

清人乔亿《剑溪说诗》称："永、柳山水孤峻，与永嘉、陇蜀各别，故子厚诗文，不必谢之深秀，杜之险壮，但寓目辄书，自然独造。"沈德潜《说诗晬语》卷下所谓："游山水诗，永嘉山水主灵秀，谢康乐称之，蜀中山水主险隘，杜工部称之，永州山水主幽峭，柳仪曹称之。略一转移，失却山川面目。"两则诗话都主张不同地域有相异的山水风貌，中唐诗人被贬之地遍及长江上中下游及岭南地区，从地域角度区分，应当能清楚反映南方贬地之各种景象。

一、长江上游之贬地——忠州、通州、遂州长江县（蜀，今四川省）

贬谪之地，长江上游有忠州、通州和长江，俱属四川省。从时间看，元稹于元和十年（815）先贬至通州，白居易于元和十四年（819）再至忠州，最后是贾岛于开成二年（837）贬至遂州长江县。

元和十年（815），元稹三十七岁，出为通州司马，由长安赴通州就任[①]，至元和十四年（819）离任，通州在唐时属山南西道。在通州（今达）四年期间，元稹与

---

① 卞孝萱：《元稹年谱》，齐鲁书社1980年版，第248页。元稹由江陵士曹参军改唐州从事，诏召入京，又出为通州司马。

江州的白居易互相唱和。《旧唐书·卷一百一十六·元稹列传》载曰："俄而白居易亦贬江州司马，稹量移通州司马。虽通、江悬邈，而二人来往赠答。凡所为诗，有自三十、五十韵，乃至百韵的。江南人士，传道讽诵，流闻阙下，里巷相传，为之纸贵。观其流离放逐之意，靡不凄惋。"从"观其流离放逐之意，靡不凄惋"之句判断，元稹在通州所作的山水诗将凄惋之意写入山水之景中：

> 古时应是山头水，自古流来江路深。
> 若使江流会人意，也应知我远来心。（《嘉陵水》）
>
> 知君暗泊西江岸，读我闲诗欲到明。
> 今夜通州还不睡，满山风雨杜鹃声。（《酬乐天舟泊夜读微之诗》）
>
> 月蒙蒙兮山掩掩，束束别魂眉敛敛。
> 蠹琖覆时天欲明，碧幌青灯风滟滟。
> 泪消语尽还暂眠，唯梦千山万山险。
>
> 水环环兮山簇簇，啼鸟声声妇人哭。
> 离床别脸睡还开，灯炧暗飘珠簌簌。
> 山深虎横馆无门，夜集巴儿扣空木。
>
> 雨潇潇兮鹃咽咽，倾冠倒枕灯临灭。
> 倦僮呼唤应复眠，啼鸡拍翅三声绝。
> 握手相看其奈何，奈何其奈天明别。（《通州丁溪馆夜别李景信三首》）

　　第一首在描述嘉陵水"自古流来江路深"广大之景时，融入"也应知我远来心"贬谪之情。余二首之"满山风雨杜鹃声""月蒙蒙兮山掩掩""水环环兮山簇簇""雨潇潇兮鹃咽咽"等写景句中亦加入个人凄惋之情。

　　元稹在通州四年，白居易调至忠州，由司马转为刺史，名为升任，仍在蛮荒之地。白居易到忠州，所见一片荒凉："林峦少平地，雾雨多阴天。隐隐煮盐火，漠漠烧畲烟。"在忠州生活，以春江为伴，其《春江》诗云："炎凉昏晓苦推迁，不觉忠州已二年。闭阁只听朝暮鼓，上楼空望往来船。莺声诱引来花下，草色句留坐水边。唯有春江看未厌，萦砂绕石渌潺湲。"可见其山水情怀。白居易栽桃种杏，以解寂愁，《种桃杏》诗曰："无论海角与天涯，大抵心安即是家。路远谁能念乡曲，年深兼欲忘京华。忠州且作三年计，种杏栽桃拟待花。"他以七绝形式创作《竹枝词》四首，富有民歌特色，反映四川民俗风情兼写景：

> 瞿唐峡口水烟低，白帝城头月向西。
> 唱到竹枝声咽处，寒猿暗鸟一时啼。
>
> 竹枝苦怨怨何人，夜静山空歇又闲。
> 蛮儿巴女齐声唱，愁杀江南病使君。
> 巴东船舫上巴西，波面风生雨脚齐。
> 水蓼冷花红簇簇，江蓠湿叶碧凄凄。
> 江畔谁人唱竹枝，前声断咽后声迟。
> 怪来调苦缘词苦，多是通州司马诗。

“瞿唐峡口水烟低，白帝城头月向西”“夜静山空歇又闲”之山水景色中融入地方竹枝特点，“水蓼冷花红簇簇，江蓠湿叶碧凄凄”则带有悲伤情调。

除了元稹、白居易先后入川，贾岛晚年亦贬至四川。他在五十九岁时，坐飞谤责授遂州长江县主簿，此地唐时属剑南道。六十二岁时，迁普州司仓参军。六十五岁时，卒于官舍，葬于普州，其所任二职皆在四川。贾岛晚年贬官至长江县三年期间，约有八首诗[①]，然山水诗甚少，仅《题长江厅》一首：

> 言心俱好静，癖署落晖空。归吏封宵钥，行蛇入古桐。
> 长江频雨后，明月众星中。若任迁人去，西溪与剡通。

“癖署落晖空”和“长江频雨后，明月众星中”句描写清新而深具禅意的景色，虽贬谪至此，诗中并无悲凄之情。

二、长江中游之贬地——朗州、江陵

刘禹锡和元稹曾生活朗州和江陵，都在长江中游。刘禹锡《刘氏集略说》中说：“及谪于沅、湘间，为江山风物之所荡，往往指事成歌诗，或读书有所感，辄

---

① （唐）贾岛著，李嘉言新校：《长江集新校》，河南大学出版社2008年版，第201～202页。分别有《赴长江道中寄令狐相公》《观冬设上东川杨尚书》《谢令狐相公赐衣九事》《寄令狐相公》《寄令狐相公》《题长江》《郑尚书新开涪江二首》《赠圆上人》等诗。

立评议。"① 贬谪使他有机会接触南方江山风物，创作出许多山水诗篇。刘禹锡从长安贬至朗州，在人们眼中这是个蛮荒之地，唐时属江南西道，今湖南常德市。其在朗州创作的众多篇什中，属山水诗者有《步出武陵东亭临江寓望》《洞庭秋月行》《游桃源一百韵》三首。②《步出武陵东亭临江寓望》诗云：

> 鹰至感风候，霜余变林麓。孤帆带日来，寒江转沙曲。
> 戍摇旗影动，津晚橹声促。月上彩霞收，渔歌远相续。

全诗写临江所见闻景物，首联敏锐观察出物候天气之速变，正如其永贞革新之速败，颔联写孤帆航行于曲折之寒江中，似乎抒写孤独之心境，颈联的旗影动和橹声促，增贬谪之悲凉，末联的彩霞收，景虽暗淡，然渔歌此起彼落，则又带乐观心情。八句虽写黄昏江景，然景情交融，手法高明。再如《洞庭秋月行》：

> 洞庭秋月生湖心，层波万顷如镕金。
> 孤轮徐转光不定，游气蒙蒙隔寒镜。
> 是时白露三秋中，湖平月上天地空。
> 岳阳城头暮角绝，荡漾已过君山东。
> 山城苍苍夜寂寂，水月逶迤绕城白。
> 荡桨巴童歌竹枝，连樯估客吹羌笛。
> 势高夜久阴力全，金气肃肃开清躔。
> 浮云野马归四裔，遥望星斗当中天。
> 天鸡相呼曙霞出，敛影含光让朝日。
> 日出喧喧人不闲，夜来清景非人间。

由末句"夜来清景非人间"知其所描写为洞庭夜色清景。前六句状秋月投射在湖面之蒙蒙幽景，时而湖面如镜，时而层波如镕金，用比喻法具体形容湖景，再写回荡之号角声和湖上游客之歌声，秋气肃肃，浮云四散，仰望星斗遥现，一夜过了，曙霞朝日将出。自黑夜到日出，随着时间推移，光影变化，写景细微，面面

---

① （唐）刘禹锡著，瞿蜕园校点：《刘禹锡全集·卷二十·杂著》，上海古籍出版社1999年版，第141页。

② （唐）刘禹锡著，蒋维崧等笺注：《刘禹锡诗集编年笺注》，山东大学出版社1997年版。关于刘禹锡诗之系年分期及注解则参考该书。

俱到。在韵脚上，首两句句尾"心""金"押"侵"韵；接着两句句尾"定""镜"押"径""敬"韵，同韵；接着四句句尾"中""空""东"押"东"韵；再四句句尾"寂""白""笛"押"锡"韵；再两句句尾"全""躔"押"先"韵；再两句句尾"出""日"押"质"韵；末两句句尾"闲""间"押"删"韵。韵脚之多变，如同其内心五味杂陈之情绪。《游桃源一百韵》长达千字之多，在体式上有独特贡献，体式一章将论述，在此不赘述。

长江中游的贬地除朗州外，尚有江陵。元稹到了江陵后，地处蛮荒，故笔下的自然景象也带荒凉：

不堪堤上立，满眼是蚊虫。（《闲二首》）

水怪潜幽草，江云拥废居。（《夜雨》）

江瘴炎夏早，蒸腾信难度。（《表夏》，十首之三）

漠漠江面烧，微微枫树烟。（《解秋》，十首之十）

生活在恶劣的环境下，健康状况渐受威胁，其《遣病，十首之一》写江陵瘴气的可怕："服药备江瘴，四年方一疠。岂是药无功，伊予久留滞。滞留人固薄，瘴久药难制。去日良已甘，归途奈无际。"《痁卧闻幕中诸公征乐会饮因有戏呈三十韵》一诗描述病情相当清楚："瀽落因寒甚，沉阴与病偕。药囊堆小案，书卷塞空斋。胀腹看成鼓，羸形渐比柴。道情忧易适，温瘴气难排。治爐扶轻杖，开门立静街。耳鸣疑暮角，眼暗助昏霾。"元稹病情严重，已到"骨瘦如柴，腹部肿胀，扶杖行走，耳鸣又眼暗"的地步。

南方和北方之风物环境本有极大不同，这在元稹送别朋友的序已状写过，其《送崔侍御之岭南二十韵》序云："古朋友别，皆赠以言，<u>况南方物候饮食，与北土异</u>。其甚者，夷民喜聚蛊，秘方云：以含银变黑为验，攻之重雄黄，海物多肥腥，啖之好呕泄。验方云：备之在咸食，岭外饶野菌，视之虫蠹者无毒，罗浮生异果。察其鸟啄者可餐，大抵珠玑玳瑁之所聚，贵洁廉。湮郁暑湿之所蒸，避溢欲。其余道途所慎，离怆之怀，尽之二百言矣，叙不复云。"元稹长居南方，致身染重病，好友白居易寄药给他，有《闻微之江陵卧病以大通中散碧腴垂云膏寄之因题四韵》诗曰："凭人寄向江陵去，道路迢迢一月程。未必能治江上瘴，且图遥慰病中情。"在江陵五年间，元稹经由李景俭撮合，于元和六年（811）纳安氏为姜，生三子女，分别名为"荆""樊""降真"，可惜的是，安氏于元和九年（814）病卒，纵使元稹如何的虚弱，有好友及家人之关怀，在江陵五年应不虚度矣！

除了写江瘴荒凉之景，元稹也写四时之景：

水生低岸没，梅蘸小珠连。（《遣春》，三首之一）

空蒙天色嫩，杳淼江面平。（《遣春》，十首之二）

镜皎碧潭水，微波粗成文。烟光垂碧草，琼脉散纤云。（《遣春》，十首之三）

低迷笼树烟，明净当霞日。阳焰波春空，平湖漫凝溢。（《遣春》，十首之四）

孟月夏犹浅，奇云未成峰。度霞红漠漠，压浪白溶溶。（《表夏》，十首之四）

日暮江上立，蝉鸣枫树黄。（《解秋》，十首之三）

云色日夜白，骄阳能几何。（《解秋》，十首之四）

夜闲心寂默，洞庭无垢氛。（《解秋》，十首之五）

扣冰浅塘水，拥雪深竹阑。（《寒》）

在江陵期间，元稹游历洞庭湖和湖南一带，写下美丽诗句：

人生除泛海，便到洞庭波。驾浪沉西日，吞空接曙河。
虞巡竟安在，轩乐讵曾过。唯有君山下，狂风万古多。（《洞庭湖》）

高处望潇湘，花时万井香。雨余怜日嫩，岁闰觉春长。
霞刹分危榜，烟波透远光。情知楼上好，不是仲宣乡。（《湘南登临湘楼》）

晚日宴清湘，晴空走艳阳。花低愁露醉，絮起觉春狂。
舞旋红裙急，歌垂碧袖长。甘心出童羖，须一尽时荒。（《晚宴湘亭》）

观象楼前奉末班，绛峰只似殿庭间。
今日高楼重陪宴，雨笼衡岳是南山。（《陪张湖南宴望岳楼稹为监察御史张中丞知杂事》）

岳阳楼上日衔窗，影到深潭赤玉幢。
怅望残春万般意，满棂湖水入西江。（《岳阳楼》）

他还有二首登龙山之作，颇有谢灵运山水诗风，《早春登龙山静胜寺时非休澣司空特许是行因赠幕中诸公》写："谢傅知怜景气新，许寻高寺望江春。龙文远水吞平岸，羊角轻风旋细尘。山茗粉含鹰嘴嫩，海榴红绽锦窠匀。归来笑问诸从事，占得闲行有几人。"《奉和严司空重阳日同崔常侍崔郎中及诸公登龙山落帽台佳宴》写："谢公愁思眇天涯，蜡屐登高为菊花。贵重近臣光绮席，笑怜从事落乌纱。茰房暗绽红珠朵，茗碗寒供白露芽。咏碎龙山归去号，马奔流电妓奔车。"

李景俭、张季友、王文仲、王众仲等人邀请元稹宴游，写下《泛江玩月十二韵》。诗前序云："予以元和五年，自监察御史贬授江陵士曹掾。六月十四日，张季友、李景俭二侍御。王文仲司录、王众仲判官两昆季，为予载酒炙，选声音，自府城之南桥，乘月泛舟。穷竟一夕，予因赋诗以纪之。"李景俭即介绍安氏给元稹作妾之媒人。本诗有诸多写景句，相当清丽，如：

> 同泛月临江，远树悬金镜。深潭倒玉幢，委波添净练。
> 洞照灭凝釭，阗咽沙头市。玲珑竹岸窗，巴童唱巫峡。
> 海客话神溤，已困连飞盏。犹催未倒缸，饮荒情烂熳。

元稹细写与友人们通宵达旦之宴游情景，如实地写下江陵此地之山水风光，令人流连忘返。

三、长江下游之贬地——洪州、睦州、江州

中唐诗人刘长卿因性格刚直，冒犯长官，遭人毁谤，被贬洪州和睦州。白居易因僭越职权通报宰相武元衡被杀而被小人陷害，被贬江州。两人所贬之地均在长江下游，地理位置相似。

（一）洪州

刘长卿从饶州往西南走，至待命地——洪州。在洪州待命期间，他游览鄱阳、余干等地，写下一些山水诗，如《将赴岭外留题萧寺远公院寺即梁朝萧内史创》《奉陪郑中丞自宣州解印与诸侄宴余干后溪》等。许多景句加入古人遗事，颇具怀古意味，如：

> 内史旧山空日暮，南朝古木向人秋。
> 天香月色同僧室，叶落猿啼傍客舟。（《将赴岭外留题萧寺远公院寺即梁朝萧内史创》）

　　　　林中阮生集，池上谢公题。户牖垂藤合，藩篱插槿齐。

　　　　夕阳山向背，春草水东西。度雨诸峰出，看花几路迷。(《奉陪郑中丞自宣
州解印与诸侄宴余干后溪》)

内史乃指梁人萧颖达。《梁书·萧颖达传》载曰："俄复为侍中、卫尉卿，出为信威
将军、豫章内史。"豫章即洪州也。阮生和谢公则分别是魏晋六朝的阮籍和谢灵运。

　　之后接到朝廷命令回苏州。先行经湖州前溪馆，再回至苏州旧官舍。有《敕恩
重推使牒追赴苏州次前溪馆作》及《自江西归至旧官舍赠袁赞府》之诗。①《敕恩重
推使牒追赴苏州次前溪馆作》诗曰："渐入云峰里，愁看驿路闲。乱鸦投落日，疲
马向空山。"可见其行旅之疲惫，又《自江西归至旧官舍赠袁赞府》："却见同官
喜复悲，此生何幸有归期。"诚可见其回归苏州之喜。不久又重推，至洪州待命，
《重推后却赴岭外待进止寄元侍郎》诗曰"大造功何薄，长年气尚冤"，表达出对贬
谪未决的无奈。这次谪居江西，他又游览余干、江州等地，留下许多贬地山水诗，
如《夕次担石湖梦洛阳亲故》《登余干古县城》《秋杪江亭有作》《登思禅寺上方题
修竹茂松》《自鄱阳还道中寄褚征君》《和灵一上人新泉》《一公新泉》《余干夜宴
奉饯前苏州韦使君新除婺州作》《过郑山人所居》等。诗中记述江西一带的各种
景象：

　　　　万里云海空，孤帆向何处。寄身烟波里，颇得湖山趣。
　　　　江气和楚云，秋声乱枫树。(《夕次担石湖梦洛阳亲故》)

　　　　孤城上与白云齐，万古荒凉楚水西。
　　　　官舍已空秋草绿，女墙犹在夜乌啼。
　　　　平江渺渺来人远，落日亭亭向客低。
　　　　沙鸟不知陵谷变，朝飞暮去弋阳溪。(《登余干古县城》)

　　　　寂寞江亭下，江枫秋气斑。世情何处澹，湘水向人间。
　　　　寒渚一孤雁，夕阳千万山。(《秋杪江亭有作》)

　　　　上方幽且暮，台殿隐蒙笼。远磬秋山里，清猿古木中。
　　　　众溪连竹路，诸岭共松风。(《登思禅寺上方题修竹茂松》)

_____

　　① (宋)乐史：《太平寰宇记·卷九十四》，中华书局 1985 年版。前溪馆在湖州武康县。
《太平寰宇记》"湖州武康县"所载："前溪，在县西一百步。前溪，古永安县前之溪也。今德
清县有后溪也。邑人晋充家于此溪。乐府有《前溪曲》，则充之所制。"

南风日夜起，万里孤帆漾。元气连洞庭，夕阳落波上。(《自鄱阳还道中寄褚征君》)

石浅寒流处，山空夜落时。梦间闻细响，虑澹对清漪。(《和灵一上人新泉》)

落地纔有响，喷石未成痕。独映孤松色，殊分众鸟喧。(《一公新泉》)

行春五马急，向夜一猿深。山过康郎近，星看婺女临。(《余干夜宴奉饯前苏州韦使君新除婺州作》)

寂寂孤莺啼杏园，寥寥一犬吠桃源。落花芳草无寻处，万壑千峰独闭门。(《过郑山人所居》)

上所引诸诗，或视觉上的赏心，如"江气和楚云""孤城上与白云齐""江枫秋气斑""众溪连竹路""夕阳落波上""山空夜落时""独映孤松色"；或听觉上的悦耳，如"秋声乱枫树""远磬秋山里""梦间闻细响""殊分众鸟喧""寂寂孤莺啼杏园"，诸句皆显示出刘长卿对自然景象的感受力十分深刻。

（二）睦州

刘长卿到睦州，也写下许多山水诗，大都集中在应酬送别友人和当地的游览风光。友人又分官员、僧人和道士三类，官员者如：

月明江路闻猿断，花暗山城见吏稀。
惟有郡斋窗里岫，朝朝长对谢玄晖。(《送柳使君赴袁州》)

离别江南北，汀洲叶再黄。路遥云共水，砧迥月如霜。(《酬皇甫侍御见寄时相国姑臧公初临郡》)

黄叶一离一别，青山暮暮朝朝。寒江渐出高岸，古木犹依断桥。(《蛇浦桥下重送严维》)

寒江鸣石濑，归客夜初分。人语空山答，猿声独戍闻。(《酬李员外崔录事载华宿三河戍先见寄》)

晚暮相依分，江潮欲别情。水声冰下咽，砂路雪中平。(《酬张夏雪夜赴州访别途中苦寒作》)

树色双溪合，猿声万岭同。石门康乐住，几里枉帆通。(《送齐郎中典括州》)

新家浙江上，独泛落潮归。秋水照华发，凉风生褐衣。(《送金昌宗归钱塘》)

归人乘野艇，带月过江村。正落寒潮水，相随夜到门。(《送张十八归桐庐》)

目送沧海帆，人行白云外。江中远回首，波上生微霭。

秋色姑苏台，寒流子陵濑。(《严子濑东送马处直归苏》)

洞庭何处雁南飞，江菱苍苍客去稀。

帆带夕阳千里没，天连秋水一人归。

黄花裛露开沙岸，白鸟衔鱼上钓矶。(《青溪口送人归岳州》)

猿声入岭切，鸟道问人深。旅食过夷落，方言会越音。(《送崔载华张起之闽中》)

盛府依横海，荒祠拜伏波。人经秋瘴变，鸟坠火云多。(《送张司直赴岭南谒张尚书》)

以上所列的山水诗景句中，刘长卿善于运用景物以渲染送别的氛围，黄叶、猿声、秋水、凉风、微霭、秋色、寒流、夕阳、秋瘴、火云等意象，予人与友人离别时的感伤情调。其中"石门康乐住"与"朝朝长对谢玄晖"句，含蕴对山水环境的向往。送行僧人者，如：

苍苍竹林寺，杳杳钟声晚。荷笠带夕阳，青山独归还。(《送灵澈上人》)

远客回飞锡，空山卧白云。夕阳孤艇去，秋水两溪分。(《送方外上人之常州依萧使君》)

这两首意境高远，余味无尽。送行道士者，如：

山色湖光并，在东扁舟归去有樵风。(《东湖送朱逸人归》)

独上云梯入翠微，蒙蒙烟雪映岩扉。

世人知在中峰里，遥礼青山恨不归(《寄许尊师》)

晨香长日在，夜磬满山闻。挥手桐溪路，无情水亦分。(《送宣尊师醮毕归越》)

三首俱以淡笔出之，“山色湖光并在东”“蒙蒙烟雪映岩扉”和“晨香长日在”等句，铺陈清新的美景，送别之情，意在言外。以上是关于刘长卿与友人间应酬送行时的山水景象描写，有细致的，也有广阔的，尤以江边送行为多。除了送行山水诗之外，也写当地的风光，只是写景时总含露衰老黄昏之色调：

江树临洲晚，沙禽对水寒。山开斜照在，石浅乱流难。（《却归睦州至七里滩下作》）

江上几回今夜月，镜中无复少年时。（《谪官后卧病官舍简贺兰侍御》）

远屿霭将夕，玩幽行自迟。（《入白沙渚夤缘二十五里至石窟山下怀天台陆山人》）

犹对山中月，谁听石上泉。猿声知后夜，花发见流年。（《喜鲍禅师自龙山至》）

其他尚有赏乐之景，如：

鸟散秋鹰下，人闲春草生。冒岚归野寺，收印出山城。（《题元录事开元所居》）

康乐爱山水，赏心千载同。（《题萧郎中开元寺新构幽寂亭》）

山居秋更鲜，秋江相映碧。（《奉陪萧使君入鲍达洞寻灵山寺》）

“人闲春草生”之句，显然袭自谢灵运的“池塘生春草”，加以对“康乐爱山水”之句的歌咏，可见他对谢灵运亲近大自然之举极为认同。

（三）江州

在近三千里的寒浪秋风折磨下，白居易终于到达贬地江州。《旧唐书·地理志》卷四十载：“江州中：隋九江郡。武德四年，平林士弘，置江州，领湓城、浔阳、彭泽三县……在京师东南二千九百四十八里，至东都二千一百九十七里。”江州至长安的距离，白居易说是近四千里，《旧唐书》说是近三千里，折衷言之，约三千里。江州统领湓城、浔阳、彭泽三县，彭泽县是东晋时陶潜曾做过县令的，因此他参访过陶潜旧宅，受其影响很深。《访陶公旧宅》诗序谓：“余夙慕陶渊明为人，往岁渭上闲居，尝有效陶体诗十六首。今游庐山，经柴桑，过栗里，思其人，访其宅，不能默默，又题此诗云。"

白居易在江州的生活是有些惬意的，《旧唐书》载：

> 居易儒学之外，尤通释典，常以忘怀处顺为事，都不以迁谪介意。在浔城，立隐舍于庐山遗爱寺，尝与人书言之曰："予去年秋始游庐山，到东西二林间香炉峰下，见云木泉石，胜绝第一。爱不能舍，因立草堂。前有乔松十数株，修竹千余竿，青萝为墙援，白石为桥道，流水周于舍下，飞泉落于檐间，红榴白莲，罗生池砌。"

白居易在江西庐山兴立草堂，爱其云木泉石、青萝流水，宛如人间仙境。在思想上，除传统儒学外，尤通释典，故能消除迁谪悲伤于无形。游山玩水之际，白居易描写许多江州的秀丽风光和名胜古迹，如浔阳楼、溢水、百花亭、庾楼、大林寺、东林寺、庐山、香炉峰等地。[①]

> 大江寒见底，匡山青倚天。深夜溢浦月，平旦炉峰烟。
> 清辉与灵气，日夕供文篇。(《题浔阳楼》)
>
> 烟浪始渺渺，风襟亦悠悠。初疑上河汉，中若寻瀛洲。
> 汀树绿拂地，沙草芳未休。
> 青萝与紫葛，枝蔓垂相樛。系缆步平岸，回头望江州。
> 城雉映水见，隐隐如蜃楼。(《泛溢水》)
>
> 山形如岘首，江色似桐庐。(《百花亭》)
>
> 百花亭上晚妆回，云影阴晴掩复开。
> 日色悠扬映山尽，雨声萧飒渡江来。(《百花亭晚望夜归》)
>
> 独凭朱槛立凌晨，山色初明水色新。
> 竹雾晓笼衔岭月，苹风暖送过江春。

---

① 他在《江州司马厅记》说："江州，左匡庐，右江湖，土高气清，富有佳境。刺史守土臣，不可远游；群吏执事官，不敢自暇佚，惟司马绰绰可以容与山水诗酒间。由是，郡南楼，山北楼，水溢亭，百花亭，风篁石岩，瀑布庐宫，源潭洞，东西二林寺，泉石松雪，司马尽有之矣。"

　　子城阴处犹残雪，衙鼓声前未有尘。(《庾楼晓望》)

　　人间四月芳菲尽，山寺桃花始盛开。(《大林寺桃花》)

　　向晚双池好，初晴百物新。裛枝翻翠羽，溅水跃红鳞。
　　萍泛同游子，莲开当丽人。(《晚题东林寺双池》)

　　风回云断雨初晴，返照湖边暖复明。
　　乱点碎红山杏发，平铺新绿水苹生。
　　翅低白雁飞仍重，舌涩黄鹂语未成。(《南湖早春》)

　　草香沙暖水云晴，风景令人忆帝京……
　　开莺树下沉吟立，信马江头取次行。(《寒食江畔》)

　　云黑雨翛翛，江昏水闇流。有风催解缆，无月伴登楼。(《西河雨夜送客》)

　　香炉峰北面，遗爱寺西偏。白石何凿凿，清流亦潺潺。
　　有松数十株，有竹千余竿。松张翠伞盖，竹倚青琅玕。
　　其下无人居，悠哉多岁年。有时聚猿鸟，终日空风烟。(《香炉峰下新置草堂即事咏怀题于石上》)

　　高低有万寻，阔狭无数丈。不穷视听界，焉识宇宙广。
　　江水细如绳，溢城小于掌。(《登香炉峰顶》)

　　南檐纳日冬天暖，北户迎风夏月凉。
　　洒砌飞泉纔有点，拂窗斜竹不成行。(《香炉峰下新卜山居草堂初成偶题东壁》)

　　上举十三例中，第一首"清辉与灵气，日夕供文篇"之句，表明江州与山水诗之关系，由于贬地美丽景象，可供他创作山水诗。"系缆步平岸""百花亭上晚装回""独凭朱槛立凌晨""萍泛同游子""开莺树下沉吟立"诸句可看出他亲身感受江州风物之美，唯有如此才能将景物写得细致动人。所以他使用比喻技巧，将抽象景象化为具体的画面，如"城雉映水见，隐隐如蜃楼"写溢水水面上海市蜃楼之特殊景观，又"江水细如绳，溢城小于掌"则写其在香炉峰顶时，俯看地面之景物如绳如掌，具体呈现出画面。他的对仗句亦是精巧，"竹雾晓笼衔岭月，苹风暖送过江春"描绘出庾楼晓望之新明山水，"裛枝翻翠羽，溅水跃红鳞"则将东林寺双池上翠鸟翻飞或江鱼溅水之活泼画面，以淡笔描写出来，而"乱点碎红山杏发，平铺新绿水苹生"则是南湖早春之景象，"洒砌飞泉纔有点，拂窗斜竹不成行"则是香炉峰下草堂之美景，透过对仗之安排，呈现景物之整体感觉，颇有气势。他也善以字词灵活组合来渲染各种气氛。如《西河雨夜送客》中，透过云黑、雨声、江昏、有风、无月等物象，营造出送客之凄凉氛围，再如《庾楼晓望》中，透过水色新、苹风、江春、残雪、未有尘等词，点明山水清丽之景象。在《香炉峰下新置草堂即事咏怀题于石上》中，更点出闲云野鹤之悠闲生活，由此可见白居易写景之技巧纯熟。

有这些美景做伴，白居易在江州的心情并不坏。在生活惬意中，带有些许忧愁，亦即表面忻乐，骨子悲苦：

> 到官行半岁，今日方一游。此地来何暮，可以写吾忧。(《泛浥水》)
>
> 向夜欲归愁未了，满湖明月小船回。(《百花亭晚望夜归》)
>
> 长恨春归无觅处，不知转入此中来。(《大林寺桃花》)
>
> 临流一惆怅，还忆曲江春。(《晚题东林寺双池》)
>
> 不道江南春不好，年年衰病减心情。(《南湖早春》)
>
> 舍此欲焉往，人间多险艰。(《香炉峰下新置草堂即事咏怀题于石上》)
>
> 纷吾何屑屑，未能脱尘鞅。(《登香炉峰顶》)

除悲愁外，他的山水诗也透露思乡之绪，如：

> 三百年来庾楼上，曾经多少望乡人。(《庾楼晓望》)
>
> 忽见紫桐花怅望，下邽明日是清明。(《寒食江畔》)
>
> 忽似往年归蔡渡，草风沙雨渭河边。(《建昌江》)

庾楼乃庾亮镇守江州所建。下邽在长安附近。唐人李吉甫《元和郡县图志》曰："下邽县，望。东南至州八十里。本秦旧县，地理志属京兆。"[1]渭河亦在长安。三诗可见白居易对长安之情无以忘怀。

---

① （唐）李吉甫撰，贺次君点校：《元和郡县图志》，中华书局 2005 年版，第 36 页。

四、岭南之贬地——永州、柳州、连州阳山、潮州、连州

中唐诗人贬至岭南地域者，先是韩愈一贬连州阳山，再者是柳宗元贬永州和柳州，刘禹锡贬连州，刘柳是永贞革新集团的成员，遭遇较为悲惨，最后则是韩愈二贬潮州。以下论述顺序，先说韩愈，再说柳宗元和刘禹锡。

（一）韩愈贬连州阳山与潮州

韩愈约于贞元二十一年（805）春到贬地阳山，写有《县斋读书》《送惠师》《送灵师》《李员外寄纸笔》《叉鱼》《闻梨花发赠刘师命》《梨花下赠刘师命》《刘生》《县斋有怀》《君子法天运》《昼月》《醉后》《杂诗四首》诸诗，无山水诗。韩愈第二次贬谪是在元和十四年（819），在潮州约半年之久，量移袁州，仅写《答柳柳州食虾蟆》《琴操十首》《量移袁州张韶州端公以诗相贺因酬之》等诗，也无山水诗。

（二）柳宗元贬永州和柳州

元和元年（806）至十年（815），柳宗元贬至永州（今湖南零陵）。柳宗元《与李翰林建书》有一段描述永州游览生活之情况："永州于楚为最南，状与越相类。仆闷即出游，游复多恐。涉野有蝮虺大蜂，仰空视地，寸步劳倦；近水即畏射工沙虱，含怒窃发，中人形影，动成疮痏。时到幽树好石，暂得一笑，已复不乐。何者？譬如囚拘圄土，一遇和景出，负墙搔摩，伸展支体，当此之时，亦以为适，然顾地窥天，不过寻丈，终不得出，岂复能久为舒畅哉？"[①]永州山水在他眼中甚为可怕，即使偶见幽树好石，亦仅得片刻愉乐，欲长久闲适，恐难得矣！其在永州创作的山水诗基本上可分孤寂和舒闷两种。表达孤寂之情者，如《江雪》：

千山鸟飞绝，万径人踪灭。孤舟蓑笠翁，独钓寒江雪。[②]

从浅层看，结冰的湖面上一位孤独渔翁于广大无人的千山间钓鱼，这幅渔夫寒江钓雪图已足赏心悦目，然从深层看，这位孤独的渔翁可能是作者自寓，暗示着即使在永贞革新失败后遭贬，但他不畏诡谲邪恶的政治环境（指寒江雪），仍坚持革新的

---

① （唐）柳宗元著，朱玉麒、杨义等今译：《柳河东全集》，燕山出版社1996年版，第677页。

② （唐）柳宗元著，王国安笺释：《柳宗元笺释》，上海古籍出版社1998年版，第268页。以下依序引自该书第186，224，101，103，225页。

人生理想（指诗中钓鱼一事），这也展现出他的自信。[①] 孤寂是因为革新理想的盟友皆贬谪到各地去了。《批点唐诗正声》评："绝唱，雪景如在目前。"《而庵说唐诗》亦谓："余谓此诗乃子厚在贬时所作以自寓也。"[②] 再如《入黄溪闻猿（溪在永州）》：

> 溪路千里曲，哀猿何处鸣。孤臣泪已尽，虚作断肠声。

"孤臣泪已尽"明示孤寂之心，透过千里曲的溪路和沿途的哀猿声，加强内心之悲凄。再如《中夜起望西园值月上》：

> 觉闻繁露坠，开户临西园。寒月上东岭，泠泠疏竹根。
>
> 石泉远逾响，山鸟时一喧。倚楹遂至旦，寂寞将何言。

此诗前六句之夜景营造出幽冷之氛围，如《唐诗镜》所言："语有景趣，然此景趣在冥心独悟者领之。"末两句则渗透孤寂之心情，倚楹赏景，若有所思，思其无端遭贬之过程。五六句的泉响和鸟喧似乎在为他的悲惨命运发鸣着。再如《夏初雨后寻愚溪》：

> 悠悠雨初霁，独绕清溪曲。引杖试荒泉，解带围新竹。
>
> 沉吟亦何事，寂寞固所欲。幸此息营营，啸歌静炎燠。

雨霁、清溪、荒泉、新竹构成山林美境，然游览者却以寂寞之心观赏，所寻之溪则成次要的目的。咏愚溪者，尚有一首，《雨后晓行独至愚溪北池》曰："宿云散洲渚，晓日明村坞。高树临清池，风惊夜来雨。予心适无事，偶此成宾主。"俱写其孤独心境。愚溪何谓也？据其《愚溪诗序》谓："愚溪之上，买小丘为愚丘，自愚丘东北行六十步，得泉焉，又买居之为愚泉。愚泉凡六穴，皆出山下平地，盖上出也。合流屈曲而南，为愚沟，遂负土累石，塞其隘为愚池。"又刘禹锡《伤愚溪诗三首》前有引曰："故人柳子厚之谪永州，得胜地，结茅树蔬，为沼沚，为台榭，目曰愚溪。柳子没三年，有僧游零陵，告余曰：愚溪无复曩时矣。一闻僧言，悲不能自胜，遂以所闻为七言以寄恨。"可知愚溪宜为柳宗元之心灵避难所，正如同陶

---

　　① 谢明辉：《国学与现代生活》，秀威资讯科技公司 2006 年版，第 27 页。此诗亦可从现代生活的角度解读。

　　② 陈伯海主编：《唐诗汇评》，浙江教育出版社 1995 年版，第 1790 页。

潜之桃花源也。愚溪在零陵县西南。以上诸多山水诗皆表现出柳宗元内心的孤寂，其《酬娄秀才将之淮南见赠之什》所谓"远弃甘幽独，谁言值故人……只应西涧水，寂寞但垂纶"是最佳的脚注矣。

永州山水诗尚有表达舒闷之情者，如《湘口馆潇湘二水所会》：

> 九疑浚倾奔，临源委萦回。会合属空旷，泓澄停风雷。
> 高馆轩霞表，危楼临山限。兹辰始澄霁，纤云尽褰开。
> 天秋日正中，水碧无尘埃。杳杳渔父吟，叫叫羁鸿哀。
> 境胜岂不豫，虑分固难裁。升高欲自舒，弥使远念来。
> 归流驶且广，泛舟绝沿洄。

九疑和临源皆为山岭名。前八句俱写自然之景，接写"杳杳渔父吟，叫叫羁鸿哀"两句，显露出柳宗元悲闷之心境，而"升高欲自舒，弥使远念来"则说明其登高览景之目的乃为舒闷，只是此郁懑很难消解，所谓"弥使远念来"。再如《登蒲州石矶望横江口潭岛深迥斜对香零山（山在永州）》：

> 隐忧倦永夜，凌雾临江津。猿鸣稍已疏，登石娱清沦。
> 日出洲渚静，澄明晶无垠。浮晖翻高禽，沉景照文鳞。
> 双江汇西奔，诡怪潜坤珍。孤山乃北峙，森爽栖灵神。
> 洄潭或动容，岛屿疑摇振。陶埴兹择土，蒲鱼相与邻。
> 信美非所安，羁心屡逡巡。纠结良可解，纡郁亦以伸。
> 高歌返故室，自罔非所欣。

首句"隐忧倦永夜"明言内心隐忧，忡忡不乐。"登石娱清沦"是他接近山水欲以解忧的方法。"日出洲渚静"以下数句则写其游览途中之自然景象，"纠结良可解，纡郁亦以伸"再次强调此行舒闷的过程，最终未获消除，末句云"自罔非所欣"。再如《零陵春望》：

> 平野春草绿，晚莺啼远林。日晴潇湘渚，云断岣嵝岑。
> 仙驾不可望，世途非所任。凝情空景慕，万里苍梧阴。

"日晴潇湘渚，云断岣嵝岑"两句可见其以工笔摹写自然景物，"云断"状云行至山间消散之态，又"潇湘渚"和"岣嵝岑"两词，前者字形皆从水，而后者俱从山，对仗精工。"世途非所任"则道出内心失落之情，他想透过春望山水之美景舒闷，然"凝情空景慕"，难以清除纠杂千结之情绪。再如《与崔策登西山》：

> 鹤鸣楚山静，露白秋江晓。连袂度危桥，萦回出林杪。
>
> 西岑极远目，毫末皆可了。重迭九疑高，微茫洞庭小。
>
> 迥穷两仪际，高出万象表。驰景泛颓波，遥风递寒筱。
>
> 谪居安所习，稍厌从纷扰。生同胥靡遗，寿比彭铿夭。
>
> 蹇连困颠踣，愚蒙怯幽眇。非令亲爱疏，谁使心神悄。
>
> 偶兹遁山水，得以观鱼鸟。吾子幸淹留，缓我愁肠绕。

末联"吾子幸淹留，缓我愁肠绕"明示与友人同登西山乃是为舒闷。西山在永州零陵县西。据《清一统志》"湖南永州府"载曰："西山在零陵县西……县志：在县西隔河二里，自朝阳岩起，至黄茅岭北，长亘数里，皆西山也。"西山之绵延不绝，如"西岑极远目，毫末皆可了"及"迥穷两仪际，高出万象表"等句，似象征其谪居之闷愁，久久难以释怀。因此有"谪居安所习"和"偶兹遁山水"句。同行的崔策，字子符，乃宗元姊夫崔简弟。陆时雍将此诗与谢灵运的作品并列，评论曰："谢灵运'猿鸣诚知曙，谷幽光未显。岩下云方合，花上露犹泫'，语势如峰峦起伏，委有余态。柳子厚'鹤鸣楚山静'一联，陡然直上矣。'连袂度危桥'一联，语堪入画。"[①]可见柳宗元山水诗的风格与谢灵运相似。

历经六千里，跋山涉水[②]，柳宗元约于元和十年（815）八月来到柳州（今广西柳州市）[③]。任柳州刺史期间，他做了一件造福人民的大事——实施凿井政策。取民生用水，对当地人民而言，是件苦事。他们必须千里迢迢到溪边或山上去打水回家饮用，挑水过程，惊险万分，可能因此断送生命。其《井铭》："始州之人各以罂瓿负江水，莫克井饮。崖岸峻厚，旱则水益远，人陟降大艰。"然而，当地人民"怨惑讹言，终不能就"，迷信风水之说，迟迟不破土凿井。柳宗元以其进步革新思想，

---

① （唐）柳宗元著，王国安笺释：《柳宗元笺释》，上海古籍出版社1998年版，第178页。

② 《通典》州郡十四说："（柳州）去西京五千二百七十里。"又其《别舍弟宗一》诗云："一身去国六千里，万死投荒十二年。"

③ （唐）柳宗元著，朱玉麒、杨义等今译：《柳河东全集》，燕山出版社1996年版，第101页。其《柳州文宣王新修庙碑》言："元和十年八月，州之庙屋坏，几毁神位。刺史柳宗元始至，大惧不任，以坠教基。"

破除当地迷信，顺利完成凿井之事，遂作《井铭》以兹纪念。① 除凿井外，他也栽种植物美化环境，如甘树、柳树、木槲花，而有《柳州城西北隅种甘树》《种柳戏题》《种木槲花》诸诗。

柳州是比永州更僻远荒凉的地方，若真有罪遭贬，十年永州之苦难亦足矣，如今再贬至远之蛮荒，对真正想投身政治贡献己力的人来说，情绪更加不平。因此他的柳州山水诗中含蕴贬谪之悲，如《柳州城楼寄漳汀封连四州》：

> 城上高楼接大荒，海天愁思正茫茫。
> 惊风乱飐芙蓉水，密雨斜侵薜荔墙。
> 岭树重遮千里目，江流曲似九回肠。
> 共来百越文身地，犹自音书滞一乡。

首句写大荒和愁思，直接道出贬谪之悲。紧接着的四句渲染阴风惨雨，视野模糊、曲折多变的气氛，岭树遮住远望长安的视界，暗示迁谪之悲肠如同曲江千折而百回，正如《唐诗鼓吹笺注》所评："'惊风''密雨'有寓无端被谗，斥逐惊怀之意；又寓风雨萧条，触景感怀之意。《诗》三百篇为鸟兽草木各有所托，唐人写景俱非无意，读诗者不可不细心体会也。"② 此说卓有见地。再如《柳州二月榕叶落尽偶题》：

> 宦情羁思共凄凄，春半如秋意转迷。
> 山城过雨百花尽，榕叶满庭莺乱啼。

首句道贬谪之悲，后三句则将此"宦情羁思"之悲融入秋意百花尽凄迷之景物中，莺乱啼暗示其内心之乱。因此王尧衢《古唐诗合解》卷六评曰："子厚之刺柳州，虽非坐谴，然边方烟瘴，则仕宦之情与羁旅之思，自觉含凄而可悲。"③ 再如《别舍弟宗一》：

> 零落残魂倍黯然，双垂别泪越江边。
> 一身去国六千里，万死投荒十二年。

① （唐）柳宗元著，朱玉麒、杨义等今译：《柳河东全集》，燕山出版社 1996 年版，第465 页。

② 陈伯海主编：《唐诗汇评》，浙江教育出版社 1995 年版，第 1770 页。

③ （唐）柳宗元著，王国安笺释：《柳宗元笺释》，上海古籍出版社 1998 年版，第 335 页。

桂岭瘴来云似墨，洞庭春尽水如天。

欲知此后相思梦，长在荆门郢树烟。

"一身去国六千里"，强调赴贬途之空间遥远，"万死投荒十二年"，说明居贬地时间之久长，时空之悲情，加总起来，使得桂岭和洞庭等山水景象皆异常，云似墨，水如天。

柳州的山水诗，除含贬谪之悲外，又有思乡之情怀，如《登柳州峨山》《与浩初上人同看山寄京华亲故》《柳州寄京中亲故》。先看《登柳州峨山》：

荒山秋日午，独上意悠悠。如何望乡处，西北是融州。

地理位置上，长安在柳州西北方，故融州应代指长安，柳宗元所怀之乡应为长安。《元和郡县志》卷三十七"融州"："武德四年，于义熙县复置融州，因州界内融山为名。"再看《与浩初上人同看山寄京华亲故》：

海畔尖山似剑铓，秋来处处割愁肠。若为化得身千亿，散上峰头望故乡。

由诗题及末句"散上峰头望故乡"判断，可知柳宗元怀乡情怀，而这乡愁乃由海畔尖山所引起，可谓情景交融。宋人苏轼曾对此诗验证，其《东坡题跋》卷二曰："仆自东武适文登，并海行数日，道傍诸峰真若剑铓。诵子厚诗，知海山多尔耶。"再看《柳州寄京中亲故》：

林邑山连瘴海秋，骍牁水向郡前流。劳君远问龙城地，正北三千到锦州。

锦州在今湖南麻阳县西。据《旧唐书·卷四十·地理志三》："江南西道锦州：至京师三千五百里。"锦州既离长安遥远，更遑论柳州之岭南地也。柳宗元在柳州的山水诗含有贬谪之悲和思乡情怀两种内涵，他还有许多描写柳州山水风光的诗句：

崩云下漓水，劈箭上浔江。负弩啼寒狖，鸣枹惊夜狵。（《答刘连州邦字》）

落日明朱槛，繁花照羽觞。泉归沧海近，树入楚山长。（《酬徐二中丞普宁郡内池馆即事见寄》）

寒江夜雨声潺潺，晓云遮尽仙人山。(《雨中赠仙人山贾山人》)

风起三湘浪，云生万里阴。(《奉和杨尚书郴州追和故李中书夏日登北楼十韵之作依本诗韵次用》)

林邑东回山似戟，牂牁南下水如汤。

蒹葭淅沥含秋雾，橘柚玲珑透夕阳。(《得卢衡州书因以诗寄》)

这些写景诗句展现柳州其地的不同风貌，亦表现出柳宗元不凡的写景功力。

综上所述，柳宗元大多数的山水诗(非指全部的诗)均在贬谪永柳二地所写，永州山水诗基本上可分孤寂和舒闷等二种内涵，柳州山水诗强化贬谪之悲和思乡情怀，整体看来以屈骚泄愤为基调，正如他《游南亭夜还叙志七十韵》所说"投迹山水地，放情咏离骚"，汪森《韩柳诗选》曾评其诗："柳先生诗，其冲澹处似陶，而苍秀处则兼乎谢，至其忧思郁结，纤徐凄婉之致，往往深得楚骚之遗。"汪氏此一结论乃从柳宗元诗的选录着眼，若摘句看，柳宗元山水诗实具有陶谢之风，若从全诗看，汪氏所言"忧思郁结，纤徐凄婉之致，往往深得楚骚之遗"可作为柳宗元山水诗之诠解也。[①]

(三) 刘禹锡贬连州——《海阳十咏》

刘禹锡于元和十年(815)五月到连州任刺史，连州在广东省，比湖南还南的不毛之地。刘禹锡在连州约四年，写下十二首山水诗。《踏潮歌(并引)》则写观潮之壮丽，诗前有引曰："元和十年夏五月，终风驾涛，南海羡溢。南人云：踏潮也，率三更岁一有之。余为连州，客或为予言其状，因歌之，附于《南越志》。"说明观潮时机每三年一次。诗云：

屯门积日无回飚，沧波不归成踏潮。
轰如鞭石矻且摇，亘空欲驾鼋鼍桥。
惊湍蹙缩悍而骄，大陵高岸失岧峣。
四边无阻音响调，背负元气掀重霄。
介鲸得性方逍遥，仰鼻嘘吸扬朱翘。

①　据笔者的统计，柳宗元山水诗共有二十一首，其中五绝二，七绝三，五律一，七律三，五古十一，七古一，以五古居多。

> 海人狂顾迭相招，屬衣鬃首声哓哓。
>
> 征南将军登丽谯，赤旗指麾不敢器。
>
> 翌日风回沴气消，归涛纳纳景昭昭。
>
> 乌泥白沙复满海，海色不动如青瑶。①

"踏潮"一词，明人胡震亨《唐音癸签》卷十六引遴叟解云："《番禺记》：两水相合曰沓潮。盖风驾前潮不得去，后潮之应候者复至，则为沓潮，海不能容而溢。"前后潮水相迭而成的踏潮是岸边的奇景。刘禹锡以其细密之笔端描绘踏潮在岸边舞台上的梦幻表演，前两句平静出场，中间数句写潮水波澜壮阔，海天相连，音响震天，最后则又归于平静。

连州中有一奇地激发刘禹锡的山水诗情——海阳湖。宋人王象之《舆地纪胜》："海阳湖在桂阳县东北二里。唐大历初，道州刺史元结到此，雅好山水，修创林洞，通小舟游泛。刺史刘禹锡重修。"海阳湖先后经历元结和刘禹锡两大诗人的整修，更增益其美。刘禹锡有《海阳十咏》山水组诗歌颂此地。诗前有引曰："元次山始作海阳湖，后之人或立亭榭，率无指名，及余而大备。每疏凿构置，必揣称以标之。人咸曰有旨。异日，迁官裴侍御为《十咏》以示余，颇明丽而不虚美。因捃拾裴诗所未道者，从而和之。"海阳湖始于元结之建构，至刘禹锡则重修大备，这也是刘禹锡在连州任内的政绩。《海阳十咏》共咏《吏隐亭》《切云亭》《云英潭》《玄览亭》《裴溪》《飞练瀑》《蒙池》《梦丝瀑》《双溪》《月窟》等十景：

> 结构得奇势，朱门交碧浔。外来始一望，写尽平生心。
> 日轩漾波影，月砌镂松阴。几度欲归去，回眸情更深。
>
> 迥破林烟出，俯窥石潭空。波摇杏梁日，松韵碧窗风。
> 隔水生别岛，带桥如断虹。九疑南面事，尽入寸眸中。
>
> 芳幄覆云屏，石奁开碧镜。支流日飞洒，深处自疑莹。
> 潜去不见迹，清音常满听。有时病朝醒，来此心神醒。
>
> 潇洒青林际，夤缘碧潭隈。淙流冒石下，轻波触砌回。

---

① （唐）刘禹锡著，蒋维崧等笺注：《刘禹锡诗集编年笺注》，山东大学出版社 1997 年版，第 204 页。

香风逼人度，幽花覆水开。故令无四璧，晴夜月光来。

楚客忆关中，疏溪想汾水。蒙纤非一曲，意态如千里。
倒影罗文动，微波笑颜起。君今赐环归，何人承玉趾。

晶晶掷岩端，洁光如可把。琼枝曲不折，云片晴犹下。
石坚激清响，叶动承余洒。前时明月中，见是银河泻。

潆洄幽璧下，深净如无力。风起不成文，月来同一色。
地灵草木瘦，人远烟霞逼。往往疑列仙，围棋在岩侧。

飞流透嵌隙，喷洒如丝梦。含晕迎初旭，翻光破夕曛。
余波遶石去，碎响隔溪闻。却望琼沙际，逶迤见脉分。

流水遶双岛，碧溪相并深。浮花拥曲处，远影落中心。
闲鹭久独立，曝龟惊复沉。苹风有时起，满谷箫韶音。

溅溅漱幽石，注入团圆处。有如常满杯，承彼清夜露。
岩曲月斜照，林寒春晚煦。游人不敢触，恐有蛟龙护。

十首诗中，完全看不出他悲苦惆怅的贬谪之情，反而对景物进行了极细致的描绘，写更隐亭时，则"日轩漾波影，月砌镂松阴"，描绘日光在水波上舞动，而月亮照映古松。写切云亭时，则"隔水生别岛，带桥如断虹"，以断虹形容切云亭，是比喻手法。写云英潭时，则"芳幄覆云屏，石奁开碧镜"，以碧镜形容云英潭之静谧。写玄览亭时，则"淙流冒石下，轻波触砌回"，细写石下轻波缓缓流动之姿态。写裴溪时，则"倒影罗文动，微波笑颜起"，以拟人法描摹微波有如人之笑颜开。写飞练瀑时，则"石坚激清响，叶动承余洒"，描写飞瀑洒向叶面之奇状。写蒙池时，则"风起不成文，月来同一色"，描绘池水与月光同色之妙景。写梦丝瀑时，则"飞流透嵌隙，喷洒如丝梦"，以丝梦比喻瀑布之乱态。写双溪时，则"浮花拥曲处，远影落中心"，浮花飘浮水面，增添双溪之情调。写月窟时，则"有如常满杯，承彼清夜露"，月窟如酒杯，水流注满后，使人陶醉。这些生动的清丽诗句，将海阳湖妆点得宛如人间天堂，令人向往矣！诗中不时可看出他对海阳湖美景之依恋情深，"几度欲归去，回眸情更深""前时明月中，见是银河泻""却望琼沙际，逶迤见脉分"等句皆是。他还有一诗也是写海阳湖之殊景，写景中加入写友情。《海阳湖别浩初师（并引）》诗云①：

> 近郭有殊境，独游常鲜欢。逢君驻缁锡，观貌称林峦。
> 湖满景方霁，野香春未阑。爱泉移席近，闻石辍棋看。
> 风止松犹韵，花繁露未干。桥形出树曲，岩影落池寒。
> 别路千嶂里，诗情暮云端。他年买山处，似此得躔宦。

首四句申明海阳湖之殊境，亦引出浩初僧人喜爱山水之行。"湖满景方霁"以下八句细写海阳湖周围胜景，野香、泉声、风来、松韵、花繁、桥曲、山岩倒影。山水美景中融入两人的友情，归结出"别路千嶂里，诗情暮云端"两句。

综上所述，中唐诗人贬谪与山水诗创作之间的关联具有因果关系。分析了刘长卿、韩愈、刘禹锡、柳宗元、元稹、白居易等六人遭贬之因，综合言之，不外乎个性刚烈，直言极谏，政治理念不同，小人毁谤，宦官擅政等主客观因素所致，然这些中唐诗人却是忠君爱国，投入一生心力，只为了崇高之政治理想，这根本不是犯罪，但他们却被皇帝当罪人流放，也因而多了到南方见识的机会，故而创作出与北方不同风貌或特点的山水诗，就这个意义说，贬谪是因，而山水诗是果，两者有因果关系。以下制一简表，请读者参照：

表 3-1　中唐诗人贬谪分析表

	贬事	贬时	贬地	山水诗代表作	贬官之前的官职
刘长卿	二次皆因刚而犯上，遭人毁谤	第一次干元二年，第二次大历十年	第一次南巴，第二次睦州	登思禅寺上方题修竹茂松	第一次为苏州长尉，第二次为鄂岳转运留后
韩愈	第一次因上书言饥荒，第二次谏迎佛骨	第一次贞元十九年，第二次元和十四年	第一次阳山，第二次潮州	无贬地山水诗，而宿龙宫滩是行旅山水诗	第一次为监察御史，第二次为刑部侍朗

---

① 诗前有引曰："潇湘间，无士山，无浊水，民乘是气，往往清慧极而文。长沙人浩初，生既因地而清矣。故去荤洗虑，别颠毛而坏其衣，居一都之殷。易与士会，得执外教，尽捐苛礼。自公侯守相，必赐其清问，耳目灌注，习浮于性。而里甲儿贤适与浩初比者，婴冠带，絷妻子，吏得以乘凌之。泯没天慧，不得自奋，莫可望浩初之清光于侯门上坐，第自吟美而已。浩初益自多其术，尤勇于近达者而归之。往年之临贺，唁侍郎杨公。留岁余，公遗以七言诗，手笔于素。前年，省柳仪曹于龙城，又为赋三篇，皆章书。今复来连山，以前所得双南金，出于祴，亟请余赓之。按师为诗颇清，而弈棋至第三品，二道皆足以取幸于士大夫，宜熏余习以深入也。会吴郡以山水冠世，海阳又以奇甲一州。师慕道，于泉石为笃，故携之以嬉。及言旋，复引与共载于湖上，突于树石间，以植沃州之因缘，宜赋诗具道其事。"

续表

	贬事	贬时	贬地	山水诗代表作	贬官之前的官职
刘禹锡	第一次永贞革新失败，第二次小人陷害	第一次元和元年，第二次元和十年	第一次朗州，第二次连州	海阳十咏	第一次为屯田员外郎
柳宗元	第一次永贞革新失败，第二次小人陷害	第一次元和元年，第二次元和十年	第一次永州，第二次柳州	与浩初上人同看山寄京华亲故	第一次为礼部员外郎
元稹	第一次与宦官争厅而遭击面	第一次元和五年，第二次元和十年	第一次江陵，第二次通州	泛江玩月十二韵	东台监察御史
白居易	第一次僭越职权，通报宰相武元衡为盗所杀	第一次元和十年，第二次元和十四年	第一次江州，第二次忠州	题浔阳楼	当时为左赞善大夫

贬谪之后，他们在赴贬地的途中，必然会观赏到节奏快的山水镜头，一幕接着一幕，然而他们较少心情来欣赏沿途风光，一方面因为才遭皇帝遗弃不久，痛哀情绪尚在，一方面因为未到贬地的惊恐之情油然而生，人类面临未知之事，本有恐惧心理，这是极其自然之事。故他们所作的沿途中的山水诗大都蕴含又悲又惧之情绪。其所描写的自然景色通常都融入个人的贬谪情怀，如韩愈的阳山和潮州之贬，未留下贬地山水诗，途中所写山景奇险突兀，而海景昏曚飘荡，山水对他来说是惊惧可怖，而非壮丽。诗中含有悲凉和孤寂情调。

中唐贬谪诗人到了贬所之后，又因贬居时间长短、个人秉赋差异和贬地特性而有不同心情。就贬期而言，韩愈最少，两次加总约三年左右，刘长卿虽贬南巴，始终仅在洪州待命，元稹有九年在江陵和通州，白居易忠州不到二年，江州近四年。刘柳最惨，超过十年以上，柳宗元有十四年，最后死于柳州。就贬地而言，长江上游有三个贬地，元稹先贬通州，白居易贬忠州，而贾岛贬遂州，俱在今四川省。长江中游有两个贬地，刘禹锡因永贞革新失败贬朗州，元稹因刘士元击面事件而贬江陵，在洞庭湖附近。长江下游有三个贬地，刘长卿先贬南巴，而在洪州待命，后贬睦州，白居易因僭越谏官职权，通报宰相武元衡为盗所杀，故被贬至江州（唐属江南西道，今江西九江），授江州司马一职。贬江州。岭南地区有五个贬地，柳宗元因永贞革新失败于元和元年（806），先贬永州，元和十年（815）再贬柳州，韩愈先因王叔文党所陷而贬连州阳山、再因排佛言论贬潮州，刘禹锡因《元和十年，自朗州承召至京，戏赠看花诸君子》一诗再贬连州。

他们多描写当地之风光景色，如刘禹锡在连州的《海阳十咏》，白居易在游山玩水之际，亦喜描写江州的秀丽风光和名胜古迹，如浔阳楼、溢水、百花亭、庾楼、大林寺、东林寺、庐山、香炉峰等地。刘长卿在洪州待命期间，也游览鄱阳、余干等地，写下一些山水诗，如《将赴岭外留题萧寺远公院寺即梁朝萧内史创》《奉陪郑中丞自宣州解印与诸侄宴余干后溪》。这些贬地山水诗通常有几种内涵，即贬谪之悲又有思乡之情怀，如江州、柳州山水。亦有送别友人，如刘长卿到了睦州后，许多山水诗的创作大都集中在应酬送别友人和当地的游览风光。应酬送别友人中又可分官员、僧人和道士三类。亦有描述孤寂和舒闷，如柳宗元永州山水诗。元稹在通州之山水诗似乎不多，即使有的话，应当是将凄惋之意融入山水之景中。贾岛于晚年因飞谤贬官，仅一首山水诗，颇且禅意而无贬谪。

第四章　中唐诗僧之山水诗

　　中唐时，江南地区出现特殊的文学现象——诗僧大量涌现，形成不可忽视的群体力量。刘禹锡《澈上人文集纪》谓："世之言诗僧多出江左。灵一导其源，护国袭之。清江扬其波，法振沿之。如幺弦孤韵，瞥入人耳，非大乐之音，独吴兴昼公能备众体。"①文中述及灵一、护国、清江、法振、昼公（皎然）等著名诗僧。又唐人赵璘《因话录》卷四"江南多名僧"条载："贞元元和以来，越州有清江、清昼，婺州有乾俊、乾辅，时谓之会稽二清，东阳二乾。"元人辛文房《唐才子传》载："其乔松于灌莽，野鹤于鸡群者，有灵一、灵彻、皎然、清塞、无可、虚中、齐己、贯休八人，皆东南产秀，共出一时，已为录实。其或虽以多而寡称，或着少而增价者，如惟审、护国、文益、可止、清江、法照、广宣、无本、修睦、无闷、太易、景云、法振、栖白、隐峦、处默、卿云、栖一、淡交、良乂、若虚、云表、昙域、子兰、僧鸾、怀楚、惠标、可朋、怀浦、慕幽、善生、亚齐、尚颜、栖蟾、理莹、归仁、玄宝、惠侃、法宣、文秀、僧泚、清尚、智暹、沧浩、不特等四十五人，名既隐僻，事且微冥，今不复喋喋云尔。"②以上三条材料俱指出江南一带诗僧辈出，除灵一等八人外，辛文房再举四十五位诗僧，其中"无本"诗僧即是诗人贾岛，他亦俗亦僧，既然辛文房将他列为诗僧，故将其置在本章探讨，这一庞大的唐代诗僧留下的文化诗歌遗产极具价值。③

　　诗僧与士大夫密切来往，亦能作诗，僧人无官务之羁绊，皎然《山居示灵澈上人》说"身闲始觉隳名是，心了方知苦行非"，故其山水诗因与士大夫仕宦经历不同，呈现的风貌宜有所不同。

---

　　①　（唐）刘禹锡著，瞿蜕园校点：《刘禹锡全集》，上海古籍出版社1999年版，第136页。
　　②　傅璇琮：《唐才子传校笺·第一册》，中华书局2000年版，第533页。
　　③　周裕锴：《中国禅宗与诗歌》，丽文文化公司1994年版，第42～43页。宋人姚勉《雪坡舍人集》卷三十七《赠俊上人诗序》："汉僧译，晋僧讲，梁、魏至唐初，僧始禅，犹未诗也。唐晚禅大盛，诗亦大盛。"周裕锴据其说法，指出："诗僧作为一个特殊的阶层，出现于唐代，严格说来，形成于中唐大历之后。"他论述说："东晋至隋近三百年间，仅有诗僧三十余人，而且作品寥寥。而据《全唐诗》记载，唐诗僧共百余人，诗作有四十六卷，并且其中绝大部份诗僧和僧诗都集中在大历以后的百年间。"

第一节 皎然《诗式》及其山水诗创作

皎然，俗姓谢，法名昼，字清昼，一字（名）皎然。① 皎然与山水诗的关联，应追溯到其祖先，曾为世所公认的山水诗派鼻祖——谢灵运。皎然的《诗式》对谢灵运再三反复致意，以其为作诗之最高典范，《诗式》"文章宗旨"项下说："康乐公早岁能文，性颖神澈。及通内典，心地更精，故所作诗，发皆造极。""用事"项下谓："诗人皆以征古为用事，不必尽然也……如康乐公《还旧园作》：'偶与张邴合，久欲归东山。'此叙志之忠，是比非用事也。""重意诗例"项下曰："两重意已上，皆文外之旨。若遇高手，如康乐公，览而察之，但见情性，不睹文字，盖诣道之极也。"② 其《述祖德赠湖上诸沉》一诗则明言世业相承之关系："我祖文章有盛名，千年海内重嘉声。雪飞梁苑操奇赋，春发池塘得佳句。世业相承及我身，风流自谓过时人。"皎然能诗，与其为谢灵运后裔有极大关系。

皎然能诗的另一个原因在于他与中唐诸多著名诗人交往。皎然是大历时期江南地区以颜真卿为领袖人物的湖州文人集团的主要诗友，这个集团互为酬唱，聚会时，赋诗吟咏，多位诗人联句成一首诗，以下引其联句所列的诗人名单，自可看出皎然的交友圈。

> 《又溪馆听蝉联句》：颜真卿、杨凭、杨凝、权器、陆羽、耿湋、乔（案：失姓）、裴幼清、伯成（案：失姓）、皎然。
> 《水堂送诸文士戏赠潘丞联句》：颜真卿、潘述、陆羽、权器、皎然、李崿。
> 《登岘山观李左相石尊联句》：颜真卿、刘全白（案：评事。后为膳部员外郎。守池州）、裴循（案：长城县尉）、张荐、吴筠、强蒙（案：处士。善医）、范缙、王纯、魏理（案：评事）、王修甫、颜岘（案：真卿兄子）、左辅元（案：抚州人）、刘茂（案：魏县尉）、颜浑（案：真卿族弟。官太子通事舍人）、杨德

---

① 傅璇琮主编：《唐才子传校笺》，中华书局 2000 年版，第 184～185 页。赵昌平考证辛文房《唐才子传》所言："皎然字清昼，吴兴人。俗姓谢，宋灵运之十世孙也。"认为应当书为"皎然，俗姓谢，法名昼，字清昼，一字（名）皎然"较为妥当。又指出"唐宋人称皎然尚有'皎公''昼'诸称，昼者，湖州之昼溪。按晚唐五代又有名皎然者，为福州长生寺僧，为雪峰门人，见《景德传灯录》卷一八、《五灯会元》卷七，时人亦多有诗赠之，与大历时之皎然为另一人。"

② （清）何文焕辑：《历代诗话》，中华书局 2001 年版，第 29～31 页。

元、韦介、皎然（案：名昼）、崔弘、史仲宣、陆羽、权器（案：校书郎）、陆士修（案：嘉兴县尉）、裴幼清、柳淡、释尘外（案：自号北山子）、颜颙（案：颜真卿族侄）、颜须（案：颜真卿族侄）、颜项（案：颜真卿族侄）、李崿（案：字伯高。赵人。擢制科。历官庐州刺史）。

《与耿湋水亭咏风联句》：颜真卿、裴幼清、杨凭、杨凝、左辅元、陆士修、权器、陆羽、皎然、耿湋、乔（案：失姓）、陆涓（案：吴人。阳翟令）。

《建元寺西院寄李员外纵联句》：皇甫曾、崔子向、郑说、昼。

《七言滑语联句》：颜真卿、昼、刘全白、李崿、李益。

上列联句名单中，以颜真卿、陆羽、耿湋、李益等文士较为知名。颜真卿是当时的湖州刺史，其家学渊源可溯自祖先颜之推，其祖著有《颜氏家训》。颜真卿的书法较为世人注目，苏轼《东坡题跋》称："诗至于杜甫，文至于韩愈，画至于吴道子，书至于颜鲁公，而古今之变，天下之能事尽矣。"陆羽撰有《茶经》三卷，被祀为茶神。皎然曾与其品茗论茶，《九日与陆处士羽饮茶》诗曰："九日山僧院，东篱菊也黄。俗人多泛酒，谁解助茶香。"耿湋和李益是大历十才子之一。

皎然与韦应物亦有联系。韦应物有《寄皎然上人》，皎然有《答苏州韦应物郎中》，《唐诗纪事》卷二六"韦应物"条载曰："应物性高洁，所在席地焚香而坐，厕其列者，唯顾况、刘长卿、丘丹、秦系、皎然。"此可证也。另外，唐赵璘《因话录·角部》载皎然曾向韦应物请教作诗之法："吴兴僧昼，字皎然，工律诗。尝谒韦苏州，恐诗体不合，乃于舟中抒思，作古体十数篇为贽。韦公全不称赏，昼极失望。明日写其旧制献之，韦公吟讽，大加叹咏。因语昼云：'师几失声名，何不但以所工见投，而猥希老夫之意。人各有所得，非卒能致。'昼大伏其鉴别之精。"[1] 两人认识是不争之事实，至若谁向谁请教诗法，则不甚重要。

既然皎然以继承祖先谢灵运诗业为荣，又与文士酬唱联句交往，故皎然对作诗有独到方法和见解，应毋庸置疑。以下则结合其文学理论著作《诗式》和山水诗创作进行比对分析，找出诗学理论和诗歌创作之关系。

皎然山水诗中，就体式而言，以五律居多，五古次之，五七言绝再次之，七律极少，没有七古。皎然《诗式》与山水诗可作为联结的诗学观点以"对句与苦思""不睹文字"为核心。皎然《诗式》中的"对句不对句"项下说：

---

[1] 傅璇琮主编：《唐才子传校笺》，中华书局2000年版，第199页。赵昌平认为此事未可征信。

> 夫对者，如天尊、地卑、君臣、父子，盖天地自然之数。若斤斧迹存，不合自然，则非作者之意。又诗语二句相须，如鸟有翅，若惟擅工一句，虽奇且丽，何异于鸳鸯五色，只翼而飞者哉？

皎然认为作诗两两成对是天经地义，正如鸟有双翅，这是第一层涵意，第二层是对仗必须合乎自然，避免斤斧迹存。即使其中一句奇丽，另一句亦应互相搭配。而对句要做得好，不能随性出手，必须历经一段苦思。"取境"项下说：

> 诗不假修饰，任其丑朴。但风韵正，天真全，即名上等。予曰：不然，无盐阙容而有德，曷若文王太姒有容而有德乎？

诗句不用修饰，皎然否定这个想法。他认为诗歌宜兼顾内容和形式两方面，正如文王贤妻般才德双备。诗句若须修饰，则亦须苦思，成篇之前，作者苦思，成篇之后，使读者看不出苦思的迹痕，这才是作诗高手。他说：

> 又云：不要苦思，苦思则丧自然之质。此亦不然。夫不入虎穴，焉得虎子？取境之时，须至难、至险，始见奇句。成篇之后，观其气貌，有似等闲，不思而得，此高手也。

所以皎然反对"苦思则丧自然之质"之说法，反而认为欲得甘美果实之前，宜须付出相当努力栽种。因此对句是诗中之自然本质，必须苦思经营，让人看不出刻痕。若依苦思对句来检视皎然本身所写的山水诗，是否能验证出他是理论结合实际呢？先从五律山水诗看，五律中的两组对仗句是支撑全诗的骨架，若骨架雕塑得不露痕迹，那全诗就更完美了，"诗有六至"项下说："至苦而无迹。"试看皎然五律体的山水诗对句：

> 早凉生浦溆，秋意满高低。前事虽堆案，闲情得沂溪。（《早秋陪韩明府泛阮元公溪》）

> 双林秋见月，万壑静闻钟。佩玉行山翠，交麈动水容。（《和阎士和李蕙冬夜重集》）

> 人天霁后见，猿鸟定中闻。真界隐青壁，春山凌白云。（《奉同卢使君幼平游精舍寺》）

寥亮泛雅瑟，逍遥扣玄关。岭云与人静，庭鹤随公闲。（《夏日奉陪陆使君长源公堂集》）

一室烦暑外，众山清景中。忘归亲野水，适性许云鸿。（《夏日集裴录事北亭避暑》）

席上落山影，桐梢回水容。放怀凉风至，缓步清阴重。（《夏日题桐庐杨明府纳凉山斋》）

旷望烟霞尽，凄凉天地秋。相思路渺渺，独梦水悠悠。（《与卢孟明别后宿南湖对月》）

野花当砌落，溪鸟逐人还。有兴常临水，无时不见山。（《题沈少府书斋》）

暮客去来尽，春流南北分。萋萋御亭草，渺渺芜城云。（《京口送卢孟明还扬州》）

萧条古关外，岐路更东西。大泽云寂寂，长亭雨凄凄。（《于武原从送卢士举》）

寂寞千峰夜，萧条万木寒。山光霜下见，松色月中看。（《宿支硎寺上房》）

纤云溪上断，疏柳影中秋。渐映千峰出，遥分万派流。（《南楼望月》）

蔓草缘空壁，悲风起故台。野花寒更发，山月暝还来。（《宿吴匡山破寺》）

遥知秣陵令，今夜在西楼。别叶萧萧下，含霜处处流。（《山中月夜寄无锡长官》）

何似南湖近，芳洲一亩间。意中云木秀，事外水堂闲。（《题湖上兰若示清会上人》）

芳草行无尽，清源去不穷。野烟迷极浦，斜日起微风。（《若邪春兴》）

缥向窗中列，还从林表微。色浓春草在，峰起夏云归。（《夏日同崔使君论登城楼赋得远山》）

霏微过麦陇，萧散傍莎城。静爱和花落，幽闻入竹声。（《夏日登观农楼和崔使君》）

细脉穿乱沙，丛声咽危石。初因智者赏，果会幽人迹。（《咏小瀑布》）

以上列举十九首山水诗，去首尾四句，中间两联于对仗、词性和平仄及押韵等三方面须进行适当之调配，词性相对外，平仄亦须注意失黏失对，如《咏小瀑布》诗中，"细脉穿乱沙，丛声咽危石。初因智者赏，果会幽人迹"的平仄为"仄仄平仄平，平平仄平仄。平平仄仄仄，仄仄平平平"。颈联和颔联五字平仄及词性俱相对，"丛声"和"初因"平平相黏。又如《题沈少府书斋》，"野花当砌落，溪鸟逐人还。有兴常临水，无时不见山"之平仄为"仄平平仄仄，平平仄平平。仄仄平平仄，平平仄仄平"，两联对仗十分精当，"溪鸟"和"有兴"二词并未失黏。《若邪春兴》《夏日奉陪陆使君长源公堂集》等诗皆韵律调配得当，将山水风貌绘描出来。"野烟迷极浦，斜日起微风"淡描出若邪溪春日之迷离美景，"真界隐青壁，春山凌白云"将山云含蕴佛性之景展现开来，"静爱和花落，幽闻入竹声"以变换字序之手法，将"静""幽"二字安排在句首，呈现观农楼周围之静幽清澄美景，且韵律相谐，正如"诗有四深"所谓："用律不滞，由深于声对。"又"明作用"项下所言"作者措意，虽有声律，不妨作用"，以及"明四声"项下所称"宫商畅于诗体，轻重低昂之节，韵合情高，此未损文格"。他喜欢用的迭字修辞，"相思路渺渺，独梦水悠悠""萋萋御亭草，渺渺芜城云""别叶萧萧下，含霜处处流"等句，音韵和谐，融入送别或相思之真情，达到情景交融。律体和古体比较，古体较不用考虑那么多，也较为省时简易，皎然本可避用对仗方式写山水诗，但他却采用了，可见他苦思经营对句之处，较之其祖谢灵运多使用五古诗歌颂大自然，这是在继承谢灵运基础上的创造。

不过，其对仗仍有不精工之处，如"萧条古关外，岐路更东西""何似南湖近，芳洲一亩间""旷望烟霞尽，凄凉天地秋"。其五古体山水诗，在描绘山水景色中偶有对仗精工的山水景物对句：

积翠遥空碧，舍风广泽秋。(《同颜使君真卿李侍御萼游法华寺登凤翅山望太湖》)

秋赏石潭洁，夜嘉杉月清。(《和杨明府早秋游法华寺》)

云窥香树杳，月见色天重。(《奉和崔中丞使君论李侍御萼登烂柯山宿石桥寺效小谢体》)

泄云收净绿，众木积芳阴。(《夏日集李司直纵溪斋》)

云送满洞庭，风吹绕杨柳。(《集汤评事衡湖上望微雨》)

水照千花界，云开七叶峰。(《冬日遥和卢使君幼平綦毋居士游法华寺高顶临湖亭》)

琼峰埋积翠，玉嶂掩飞流。(《晨登乐游原望终南积雪》)

这些对句经营甚严，显然皎然作诗苦思，符合他"诗语二句相须，如鸟有翅"之对句理论，以及"不要苦思，苦思则丧自然之质。此亦不然"之苦思经营理论。

再者，结合他本身的僧人背景，他主张"不睹文字"之禅悟境界。他在"重意诗例"项下说：

两重意已上，皆文外之旨。若遇高手，如康乐公，览而察之，但见情性，不睹文字，盖诣道之极也。

文字即所谓的表象，不睹文字则是不受表象蒙蔽，然后可见清静之情性。此所谓佛家所言明心见性之义也。当心性清静后，所见之景同时亦清澄。故其又在"文章宗旨"项下曰：

曩者尝与诸公论康乐为文，直于情性，尚于作用，不顾词彩，而风彩自然。彼清景当中，天地秋色，诗之量也。

皎然与诸公讨论谢灵运之文时，认为其特点在于"直于情性"四字，"不顾词彩"则强调不受文字之束缚，因而诗文呈现天地秋色之清景。由此可知皎然的山水诗有许多表现这种禅学的清景。

碧峰委合沓，香蔓垂冀苓。清景为公有，放旷云边亭。(《和杨明府早秋游法华寺》)

曜彩含朝日，摇光夺寸眸。寒空标瑞色，爽气袭皇州。(《晨登乐游原望终南积雪》)

影刹西方在，虚空翠色分。人天霁后见，猿鸟定中闻。(《奉同卢使君幼平游精舍寺》)

有兴常临水，无时不见山。千峰数可尽，不出小窗间。(《题沈少府书斋》)

前林夏雨歇，为我生凉风。一室烦暑外，众山清景中。(《夏日集裴录事北亭避暑》)

上列五首山水诗俱描绘山水清景，"千峰数可尽，不出小窗间"二句说明透过山中书斋之窗口可望见清晰之千峰，这不就像一幅山水画吗？

皎然不仅在《诗式》中提倡不睹文字，其诗亦常再三反复致意。如《苕溪草堂自大历三年夏新营泊秋及春弥觉境胜因纪其事简潘丞述汤评事衡四十三韵》曰："外事非吾道，忘缘倦所历。中宵废耳目，形静神不役。色天夜清迥，花漏时滴沥。东风吹杉梧，幽月到石壁。此中一悟心，可与千载敌。"东风和幽月在夜光中的变幻，使诗人顿悟禅理。再如《答俞校书冬夜》："月彩散瑶碧，示君禅中境。真思在杳冥，浮念寄形影。"禅境如同月彩散瑶碧。尚有一首诗记录他求禅的过程，《白云上人精舍寻杼山禅师兼示崔子向何山道山人》诗谓：

> 望远涉寒水，怀人在幽境。为高皎皎姿，及爱苍苍岭。
> 果见栖禅子，潺湲灌真顶。积疑一念破，澄息万缘静。
> 世事花上尘，惠心空中境。清闲诱我性，遂使肠虑屏。
> 许共林客游，欲从山王请。木栖无名树，水汲忘机井。
> 持此一日高，未肯谢箕颍。夕霁山态好，空月生俄顷。
> 识妙聆细泉，悟深涤清茗。此心谁得失，笑向西林永。

首四句写皎然求禅途中之艰苦，平淡描绘杼山禅师所居之境乃"皎皎姿"和"苍苍岭"之幽处，显示其非凡徒。"果见栖禅子"以下八句，写他遇见禅师且悟道之情形。一念破指摆脱执着表相之念头，澄息则指拨云见日，照见清净之本心。花上尘乃指因人类"眼耳鼻舌身意"六根受外相诱惑而生的六种"色声香味触法"污尘，空中境说的是这六尘即蒙蔽清净心的表象。犹如《六祖坛经·机缘品第七》所言："汝观自本心，莫着外法相。""夕霁山态好，空月生俄顷"两句富有禅意，霁和生二字，俱指气候由雨转晴之变化，眼前所见美好山态和月出之现象皆是短暂而非永恒，所以在"月"字前着一"空"字，在"月生"后加以"俄顷"二字。以下再举其禅意山水之诗，如：

> 一片雨，山半晴。长风吹落西山上，满树萧萧心耳清。

云鹤惊乱下，水香凝不然。风回雨定芭蕉湿，一滴时时入昼禅。(《山雨》)

秋水月娟娟，初生色界天。蟾光散浦溆，素影动沦涟。

何事无心见，亏盈向夜禅。(《溪上月》)

古寺寒山上，远钟扬好风。声余月树动，响尽霜天空。

永夜一禅子，泠然心境中。(《闻钟》)

从来湖上胜人间，远爱浮云独自还。

孤月空天见心地，寥寥一水镜中山。(《送维谅上人归洞庭》)

这四首山水诗展现空灵之境。所谓空灵，空是清净，灵是自性自然。《山雨》诗中的"风回雨定芭蕉湿"显现其心定而受外相干扰，芭蕉水滴写入画中。同理，《溪上月》中的月是外相，不受亏盈变化之影响，即可获得禅悟。正是禅宗《六祖坛经·忏悔品第六》所谓"如是诸法在自性中，如天常清，日月常明，为浮云盖覆，上明下暗。忽遇风吹云散，上下俱明，万象俱现"。《闻钟》诗中的外相是"声余月树动"，禅悟之后则是"响尽霜天空"，心境不受干扰，故有"泠然心境中"，内心清澈。《送维谅上人归洞庭》中，孤月和镜中山是迷离的外相，见心地则表现出明心见性般之澄澈。无论外相如何变化，内心依然不受影响。皎然所说，"但见情性"，即是佛家清净之心，"不睹文字"，即是所谓的去除虚幻外相的之执着，由此清澄之心所呈现之空灵意境，这是其山水诗创作之特点，亦即理论与实际相互结合之明证！

与其他中唐诗人一样，皎然进行七律山水诗创作时极少写景状物，如《晚春寻桃源观》："武陵何处访仙乡，古观云根路已荒。细草拥坛人迹绝，落花沉涧水流香。山深有雨寒犹在，松老无风韵亦长。全觉此身离俗境，玄机亦可照迷方。"中间两联对仗精工，显示苦思诗句之结果，末两句则表现迷悟之禅理。技巧上，若将皎然此诗混入其他中唐诗人之七律山水诗之中，其中间两联精工写景对仗句几乎难以分辨，试看以下诸例：

黄鸟数声催柳变，清溪一路踏花归。

空林野寺经过少，落日深山伴侣稀。(戴叔伦《越溪村居》)

汉口夕阳斜渡鸟，洞庭秋水远连天。

孤城背岭寒吹角，独戍临江夜泊船。（刘长卿《自夏口至鹦鹉洲夕望岳阳寄源中丞》）

晚叶尚开红踯躅，秋芳初结白芙蓉。
声来枕上千年鹤，影落杯中五老峰。（白居易《题元八溪居》）

林邑东回山似戟，牂牁南下水如汤。
蒹葭浙沥含秋雾，橘柚玲珑透夕阳。（柳宗元《得卢衡州书因以诗寄》）

寒树依微远天外，夕阳明灭乱流中。
孤村几岁临伊岸，一雁初晴下朔风。（韦应物《自巩洛舟行入黄河即事寄府县僚友》）

湖草初生边雁去，山花半谢杜鹃啼。
青油昼卷临高阁，红旆晴翻绕古堤。（刘禹锡《酬浙东李侍郎越州春晚即事长句》）

烟雾开时分远寺，山川晴处见崇陵。
沙湾漾水图新粉，绿野荒阡晕色缯。（王建《早登西禅寺阁》）

朝瞻双顶青冥上，夜宿诸天色界中。
石潭倒献莲花水，塔院空闻松柏风。（钱起《夜宿灵台寺寄郎士元》）

以上所列为中唐诗人较少使用的七律体山水诗，他们描绘的山水自然之景，均似美丽活泼的山水画，王建面对登西禅寺阁所饱览之山景，以对仗形式写下"烟雾开时分远寺，山川晴处见崇陵"，禅寺清晨时本在烟雾笼罩下，视觉效果呈现朦胧之美，随时间挪移，日出东方后，云雾散开，显露出清明之景象，于是远处之崇陵清晰可见。钱起的"石潭倒献莲花水，塔院空闻松柏风"描绘灵台寺莲花水源源不绝之奇观，刘禹锡的"青油昼卷临高阁，红旆晴翻绕古堤"描写越州春晚之壮观画面。将夕照之景描绘得诗情画意般引人入胜，韦应物的"寒树依微远天外，夕阳明灭乱流中"和刘长卿的"汉口夕阳斜渡鸟，洞庭秋水远连天"状写出山水的萧瑟，可谓写景圣手。若将上列八诗与皎然的"细草拥坛人迹绝，落花沉涧水流香。山深有雨寒犹在，松老无风韵亦长"对比，几乎难辨是文人或诗僧之作，可知他是具备诗才的僧人。皎然还有淡然闲远的五七绝体山水诗：

山顶东西寺，江中旦暮潮。

归心不可到，松路在青宵。(《界石守风忘天竺灵隐二寺》)

峰色秋天见，松声静夜闻。

影孤长不出，行道在寒云。(《秋居法华寺下院望高顶赠如献上人》)

林杪不可分，水步遥难辨。

一片山翠边，依稀见村远。(《望远村》)

山居不买剡中山，湖上千峰处处闲。

芳草白云留我住，世人何事得相关。(《题湖上草堂》)

上列五言和七言绝句中，"江中旦暮潮""峰色秋天见""一片山翠边""湖上千峰处处闲"诸句造语平易，景象如在目前，写景高超。因此，除了不事七古山水诗创作外，皎然的山水诗可说是诸体皆备，而以五言律体最多。皎然《诗式》与山水诗的联结就在"对句与苦思""不睹文字"之上。"对句与苦思"可证其写诗之态度严谨，"不睹文字"说明其山水诗的空灵之境及禅意之特点！

第二节　贾岛之送僧山水诗

相较其他中唐诗人，贾岛的身份比较特殊，他早年为诗僧，之后为士人。《新唐书·卷一百七十六·韩愈附贾岛列传》载："岛字浪仙，范阳人，初为浮屠，名无本。来东都，时洛阳令禁僧午后不得出，岛为诗自伤。愈怜之，因教其为文，遂去浮屠，举进士。"贾岛本为浮屠，法号无本，因韩愈教其文艺而还俗为士人。贾岛在洛阳时因僧人身份而遭午后禁足，他作诗自伤。《唐诗纪事》卷四十"贾岛"条有解："岛为僧时，洛阳令不许僧午后出寺。岛有诗云'不如牛与羊，独得日暮归'。"又孟郊《戏赠无本》曰"瘦僧卧冰凌，嘲咏含金痍"，孟郊称其为瘦僧。

再者，晚唐诗人李洞仰慕贾岛，称其为贾岛佛。[①] 孙光宪《北梦琐言》卷七载云："进士李洞慕贾岛，欲铸而顶戴，尝念贾岛佛，而其诗体又僻于岛。"《唐才子传·李洞》卷九记之更详，曰："酷慕贾长江，遂铜写岛像，载之巾中。常持数珠念贾岛佛，一日千遍。人有喜贾岛者，洞必录岛诗赠之，叮咛再四曰：'此无异佛经，归焚香拜之。'其仰慕一何如此之切也。"贾岛被后人李洞崇拜至此，当成佛神膜拜，可能与其曾为诗僧有关。

---

① 宋人周密《齐东野语》卷十六亦有"贾岛佛"条。

以上诸说俱可证为诗僧，因此他对僧人有特殊情感，贾岛写有诸多五律体山水诗赠送给僧人，透过自然山水之描写，表达对僧人之真挚情感，本书称之为送僧山水诗，这是较为特殊的一类作品。贾岛之前，大历时期刘长卿的五绝体《送灵澈上人》《送灵澈》、七律体《送灵澈上人还越中》以及五律体《送灵澈上人归嵩阳兰若》等四诗亦属送僧山水诗，其中《送灵澈上人》诗曰"苍苍竹林寺，杳杳钟声晚。荷笠带夕阳，青山独归远"，很有意境和悠扬声感，淡淡夕阳下，目送僧人孤独之背影远向青山，浓厚交谊，跃然纸上！

刘长卿以文士身份写送僧山水诗，贾岛则以诗僧身份写送僧山水诗，不同身份，构思应该呈现差异，以下则举贾岛送僧山水诗为例，列举时拟以全诗呈现，免于掉入摘句批评之片面泥淖。先看《送安南惟鉴法师》：

> 讲经春殿里，花遶御床飞。南海几回过，旧山临老归。
> 潮摇蛮草落，月湿岛松微。空水既如彼，往来消息稀。①

三四句写惟鉴法师行旅时的漂泊不定，再写潮摇月湿之蛮荒景象，末句着一空字，可见禅意深深。再看《送知兴上人》：

> 久住巴兴寺，如今始拂衣。欲临秋水别，不向故园归。
> 锡挂天涯树，房开岳顶扉。下看千里晓，霜海日生微。

五六句写知兴上人"四海为家处处家"的漂泊生活，末句写上人居所之霜海日生微的景象。诗中未见贾岛之情。再看《送僧归天台》：

> 辞秦经越过，归寺海西峰。石涧双流水，山门九里松。
> 曾闻清禁漏，却听赤城钟。妙字研磨讲，应齐智者踪。

三四句写海西峰之山水景色。赤城是浙江天台县北的山名。钟声亦是山景中最常见的意象，透过长安清禁和天台赤城之对举，烘托出尘外之音。再看《送空公往金州》：

> 七百里山水，手中栟栗粗。松生师坐石，潭涤祖传盂。
> 长拟老岳峤，又闻思海湖。惠能同俗姓，不是岭南卢。

---

① （唐）贾岛著，李建昆校：《贾岛诗集校注》，里仁书局2002年版，第130页。以下贾岛诗依序引自该书第178，215，230，278，125，177，233，179，100，176，339页。

此诗平淡写景，融入佛教相关故事，五六句山水对句，精工深细。再看《送惟一游清凉寺》：

> 去有巡台侣，<u>荒溪众树分</u>。瓶残秦地水，<u>锡入晋山云</u>。
> <u>秋月离喧见</u>，<u>寒泉出定闻</u>。人间临欲别，<u>旬日雨纷纷</u>。

三四句秦地水和晋山云，对仗精工，"锡入"乃一醒目之禅语，指和尚手持锡杖进入晋山。末联又可见贾岛对别离之感伤，雨纷纷烘托离别之气氛。再看《送天台僧》：

> 远梦归华顶，扁舟背岳阳。<u>寒蔬修净食</u>，<u>夜浪动禅床</u>。
> <u>雁过孤峰晓</u>，<u>猿啼一树霜</u>。身心无别念，余习在诗章。

华顶峰在今浙江天台县东北，是僧人欲往之地。中四句写其行旅时之生活简朴及艰辛。以"夜浪动禅床"最能状写行舟归途时之磨难，加以孤峰晓和一树霜之白色景象和孤寂心情，结以身心无别念，写出佛法安定人心之妙用。再看《送慈恩寺霄韵法师谒太原李司空》：

> 何故谒司空，<u>云山知几重</u>。碛遥来雁尽，<u>雪急去僧逢</u>。
> <u>清磬先寒角</u>，<u>禅灯彻晓烽</u>。旧房闲片石，倚着最高松。

　　三四句的碛遥和雪急描写行旅中的荒漠和大雪之景，末联则点出禅意无限。再看《送宣皎上人游太白》：

> 剃发鬓无雪，去年三十三。<u>山过春草寺</u>，<u>磬度落花潭</u>。
> <u>得句才邻约</u>，<u>论宗意在南</u>。峰灵疑懒下，苍翠太虚参。

三四句山水相对，颇有禅意。末联之山景融合在太虚之间。再看《送惠雅法师归玉泉》：

> 祇到潇湘水，洞庭湖未游。<u>饮泉看月别</u>，<u>下峡听猿浮</u>。
> <u>讲不停雷雨</u>，<u>吟当近海流</u>。降霜归楚夕，星冷玉泉秋。

玉泉为山名，山下有玉泉寺，在今湖北当阳县西北。三四句为山水对句，末句降霜和星冷指出荒寒之景。再看《送无可上人》：

> 圭峰霁色新，送此草堂人。麈尾同离寺，蛩鸣暂别亲。
> 独行潭底影，数息树边身。终有烟霞约，天台作近邻。

圭峰在今陕西省鄠县东南。贾岛在清新的山色中送行无可上人，无可是他的从弟。五六句设想其行旅中孤独和漂泊无依之体验。再看《送神邈法师》：

> 柳絮落蒙蒙，西州道路中。相逢春忽尽，独去讲初终。
> 行疾遥山雨，眠迟后夜风。绕房三两树，回去叶应红。

四句的"独去"，写出对神邈法师的孤独身影之怀念。五六句的"行疾"和"眠迟"，描述神邈法师行旅中之风雨飘摇。再如《送僧》：

> 此生披衲过，在世得身闲。日午游都市，天寒往华山。
> 言归文字外，意出有无间。仙掌云边树，巢禽时出关。

三四句写僧人行旅中的悠闲心情，五六句为禅语。末联写景，写巢禽悠闲出关之景。

从上列十二首送僧山水诗中不难看出贾岛对僧人之诚真友谊，诗中之山水风景甚为开阔，中间两联对仗精工，苦心锻炼，诗中时有禅语，体式上多为五律。明人周履靖《骚坛秘语》说他："炼景情真，太拘声病。"[1]前半段是对了，其送僧山水诗即是显证。至于"太拘声病"一语，不知周履靖是就哪一首诗作判断，若是就上列的山水诗而言，确为失评。

---

① 陈伯海主编：《唐诗汇评》，浙江教育出版社1995年版，第2578页。

第三节　中唐诗僧之修行山水诗——禅寺与云游四海

　　宋人葛立方《韵语阳秋》卷四载："张祜喜游山而多苦吟，凡所历僧寺，往往题咏。如《题僧壁》云：'客地多逢酒，僧房却厌花。'《万道人禅房》云：'残阳过远水，落叶满疏钟。'《题金山寺》云：'僧归夜船月，龙出晓堂云。寺影中流见，钟声两岸闻。'《题孤山寺》云：'不雨山长润，无云水自阴。断桥荒藓涩，空院落花深。'如杭之灵隐、天竺，苏之灵岩、楞伽，常之惠山、善权，润之甘露、招隐，皆有佳作。李涉在岳阳尝赠其诗曰：'岳阳西南湖上寺，水阁松房遍文字。新钉张生一首诗，自余吟着皆无味。'信知僧房佛寺赖其诗以摽牓者多矣。"这一段话指出僧房佛寺须经由山水诗而扬名，山水诗则因僧房佛寺所处之自然环境而得灵感来源，可见两者的关系之密切。

　　就禅宗本身而言，山林环境乃是僧人最佳修行之地。《六祖大师缘起外纪》曾述及慧能："游境内，山水胜处，辄憩止，遂成兰若十三所。"禅宗的传灯录中亦多书写自然意象来表达禅悟境界，如《五灯会元》卷五："'如何是夹山境？'师（夹山善会禅师）曰：'猿抱子归青嶂里，鸟衔花落碧岩前'。"在山林环境的陶冶下，再加上与士大夫诗人常有诗作酬赠，因此山水诗中亦多见诗僧的文学才华的呈现。

　　禅宗修行并不局限在佛寺之中，《六祖坛经·疑问品第三》曾说："若欲修行，在家亦得，不由在寺。"中唐许多诗僧俱有云游的经验，促成山水诗的兴盛，与士人不同，乃诗僧绝无官职之累，诗中元素与任官毫无关系，反而更关注人生大道，清江《早发陕州途中赠严秘书》言："此身虽不系，忧道亦劳生。万里江湖梦，千山雨雪行。"灵澈《归湖南作》言："山边水边待月明，暂向人间借路行。"可知诗僧清江和灵澈的修行方式是云游四海。所以可从僧人修行的两个方式出发探讨其山水诗，一是禅寺山水诗，一是云游四海山水诗，换句话说，视其生活在山林中的禅寺中或是云游四海。①

一、禅寺修行

　　禅寺一般都建筑在山林之中，幽静环境可使人忘却烦恼或益人思索哲理。对僧人来说，可避免红尘俗世之诱惑，虚迷外相之困扰，因此僧人的居所自然在禅寺之

---

　　① 唐僧人之诗篇，除见《全唐诗》外，亦可参（南宋）李龏所编《唐僧弘秀集》十卷本。

中。当然，也有诗僧居在草堂之中，如皎然。他有《南池杂咏》五首可为证。诗前有序曰："余草堂在池上洲，昔柳吴兴诗、汀洲采白苹，即此地也。左右云山满目，一坐遂有终焉之志。会广德中寇盗淮海骚动。宵人肆志，吾属不安，因赋南池五咏，聊以自适。"中唐诗僧存诗不多，以皎然最多，无可、灵澈居次，清江、法照、广宣、法振、善生再次之。这群诗僧的创作，以歌咏山水为题材者甚少。

创作山水诗时，诗僧和文士的不同之处在于前者将山水视为禅悟对象，后者将山水当作审美对象。所以诗僧的山水诗呈现与物冥契的画面，僧人在充满山林气息中观照山水景象，证悟本心。先看皎然的两首诗：

> 路入松声远更奇，山光水色共参差。
> 中峰禅寂一僧在，坐对梁朝老桂枝。（《法华寺上方题江上人禅空》）

> 上界雨色干，凉宫日迟迟。水文披菡萏，山翠动罘罳。
> 中有清真子，愔愔步闲墀。手萦颇黎缕，愿证黄金姿。
> 旋草阶下生，看心当此时。（《题报恩寺惟照上人房》）

上列二诗指出禅师两种修行方式：一是江上人在法华寺坐禅修行，一是惟照上人在报恩寺观心修行。禅宗在盛唐之后有两祖，南宗慧能（638—713）和北宗神秀（606—706）。《旧唐书·方伎列传》载曰："初，神秀同学僧慧能者，新州人也，与神秀行业相埒。弘忍卒后，慧能住韶州广果寺。韶州山中，旧多虎豹，一朝尽去，远近惊叹，咸归伏焉。神秀尝奏则天，请追慧能赴都，慧能固辞。神秀又自作书重邀之，慧能谓使者曰：'吾形貌矬陋，北土见之，恐不敬吾法。又先师以吾南中有缘，亦不可违也。'竟不度岭而死。天下乃散传其道，谓神秀为北宗，慧能为南宗。"[①]则天皇帝之后，以弘忍为五祖之禅宗分裂为南宗和北宗，南宗以慧能为代表，北祖以神秀为领袖。在唐代，佛教宗派不仅为禅宗一派，尚有继承印度佛教原型的三论宗、唯识宗和密宗，另外还有结合中国传统思想创立的宗派，如天台宗、华严宗和禅宗，继承印度佛典而创立的净土宗也是中国特有的宗派。这中国化的佛教宗派中，以禅宗影响中国人生活最深。[②]

禅宗的修行方式也多样化，南宗主心悟，北宗主坐禅。《六祖坛经·护法品第九》说：

---

① （后晋）刘昫等：《旧唐书·卷一百九十一·方伎列传第一百四十一·神秀附慧能》，中华书局1997年版，第5110页。

② 祁志祥：《佛学与中国文化》，学林出版社2000年版，第59页。

薛简曰："坐京城禅德皆云：'坐欲得会道，必须坐禅习定；若不因禅定而得解脱者，未之有也。'未审师所说法如何？师曰：'坐道由心悟，岂在坐也？'经云：'坐若言如来若坐若卧，是行邪道。'何故？无所从来，亦无所去，无生无灭，是如来清净禅。诸法空寂，是如来清净坐，究竟无证，岂况坐耶？"

京城禅（北宗神秀一派）认为坐禅的目的乃为专注而心定而解脱得道。南宗慧能则认为道由心悟，非必坐禅，以"明心见性"为理论纲领。人心本为清净，因各种欲望蒙蔽清净心，因此自求本心即可。简易方法是《六祖坛经·般若品第二》中说的"令学道者顿悟菩提，各自观心，自见本性"。具体方法则是《六祖坛经·定慧品第四》中说的"先立无念为宗，无相为体，无住为本"。皎然的山水诗中则记录自己或诗僧在禅寺的修行画面：

> 山光霜下见，松色月中看。（《宿支硎寺上房》）
>
> 驰心惊叶动，倾耳闻泉滴。（《妙喜寺高房期灵澈上人不至重招之一首》）
>
> 为君中夜起，孤坐石上月。（《杼山禅居寄赠东溪吴处士冯一首》）
>
> 昔日经行人去尽，寒云夜夜自飞还。（《秋晚宿破山寺》）
>
> 峰色秋天见，松声静夜闻。（《秋居法华寺下院望高顶赠如献上人》）
>
> 幽僧悟深定，归客忘远别。寄历无性中，真声何起灭。（《妙喜寺达公院赋得夜磬送吕评事》）
>
> 夜夜池上观，禅身坐月边。（《南池杂咏》五首之一《水月》）

"孤坐石上月"说皎然之修行方式是坐禅。其《诗式》又说"不立文字"，因此皎然结合南北二宗之修行，以坐禅为手段，悟心为目的。上举诸多例子可证诗僧在禅寺之修行所采的方式是观照山林美景，在诗僧看来这是幻相。他们看松闻泉的目的是透过"无念""无相"之功夫达到禅定之境界。皎然《奉同卢使君幼平游精舍寺》说"人天霁后见，猿鸟定中闻"，《咏小瀑布》亦谓"不向定中闻，那知我心寂"，强调透过观照山水景物以达禅定。除了皎然山水诗呈现禅宗两种修行方式外，清江《精舍遇雨》："空门寂寂淡吾身，溪雨微微洗客尘。卧向白云情未尽，任他黄鸟醉芳春。"所谓"淡吾身"亦是佛家思维方式，即将自身看成幻相，所以言"淡"。再如灵澈《东林寺寄包侍御》："古殿清阴山木春，池边跂石一观身。谁能来此焚香坐，共作庐峰二十人。"观身亦是禅学的修行方法，身是假相。焚香坐则是北宗坐禅之功夫。

诗僧将山林禅寺坐禅或观心之修行经验记录于诗歌，丰富充实了山水诗的内容，使山水诗更有深度和广度，比较其他文士，虽然文士诗中不免有类似坐禅观物之活动，如王维《终南别业》"行到水穷处，坐看云起时"，孟浩然《舟中晓望》"坐看霞色晓，疑是赤城标"，刘得仁《秋夜寄友人》"默坐看山久，闲行值寺过"。他们毕竟不是僧人，不须在禅寺悟道，只能偶一为之。恰如周裕锴所说："诗僧生活在环境清幽静谧的深山古寺，远离世俗城镇，他们观照山水，沉思冥想，以期顿悟自性。一方面，'山林大地皆念佛法'，'青青翠竹，尽是法身，郁郁黄花，无非般若'，山水草木都是有佛性的生命；另一方面，'我心即山林大地'，山林草木都是自我心灵的外化形式。因而他们比一般士大夫更多地把整个身心投向了自然山水。"[①]

二、云游四海

中唐诗僧之修行已非如传统佛教倡导的"在寺修行"，如《六祖坛经·疑问品第三》所说："若欲修行，在家亦得，不由在寺"。诗僧亦多居无定所，如清江《夕次襄邑》所言："何处戒吾道，经年远路中。客心犹向北，河水自归东。古戍鸣寒角，疏林振夕风。轻舟惟载月，那与故人同。"《月夜有怀黄端公兼简朱孙二判官》所言："江雁往来曾不定，野云摇曳本无机。修行未尽身将尽，欲向东山掩旧扉。"云游四海中，山水诗记录了生活，主要在旅宿和游览两方面，其中以无可为最多。先看清江《喜皇甫大夫同宿大梁驿》：

> 江头旌旆去，花外卷帘空。夜色临城月，春声渡水风。
> 也知行李别，暂喜话言同。若问庐山事，终身愧远公。

诗僧清江是会稽人。他云游各地，曾与皇甫大夫同宿，此诗前四句写两人同宿大梁驿所见景色，第二句"花外卷帘空"颇具禅意。再看无可《暮秋宿友人居》：

> 招我郊居宿，开门但苦吟。秋眠山烧尽，暮歇竹园深。
> 寒浦鸿相叫，风窗月欲沉。翻嫌坐禅石，不在此松阴。

---

① 周裕锴：《中国禅宗与诗歌》，丽文文化公司 1994 年版，第 53～54 页。

无可，长安人，是贾岛之从弟。他与马戴、姚合和厉玄多有酬唱。前二句交待作诗苦吟之态度，中间两联格律谨严，描写寄宿郊居之暮秋山水景象，尤以"秋眠山烧尽"之句形容夕阳染红山面，犹如山峦火烧熊熊之景①，这四句景非得要沉思静观不可，"翻嫌坐禅石"则指出静观山水，不一定要坐禅冥思矣。再如《宿安国简公院》：

> 雨后清凉境，因还欲不回。井甘桐有露，竹进地多苔。
> 幡映宫墙动，香从御苑来。青龙旧经疏，寥落有谁开。

无可感慨佛经无人翻读，似乎说明南宗"不立文字"之真义也。第五句"幡映宫墙动"则引用自《六祖坛经·行由品第一》中的故事："时有风吹幡动。一僧曰风动，一僧曰幡动，议论不已。惠能进曰：'不是风动，不是幡动，仁者心动。'"再如《宿西岳白石院》：

> 白石上嵌空，寒云西复东。瀑流悬住处，雏鹤失禅中。
> 岳壁松多古，坛基雪不通。未能亲近去，拥褐愧相同。

白石院之景象在无可的笔下是荒寒的，所谓"岳壁松多古，坛基雪不通"，这些景象在佛家看来虚幻不实，短暂存有。

四海为家之僧人所写山水诗可见对月之感受甚深，如清江《登楼望月寄凤翔李少尹》：

> 陌上凉风槐叶凋，夕阳秋露湿寒条。
> 登楼望月楚山上，月到楼南山独遥。
> 心送秦人趋凤阙，月随阳雁极烟霄。
> 轩车不重无名客，此地谁能访寂寥。

清江登楼望月，专注望月之下，而有"月到楼南"，又有"月随阳雁"之句，对月之

---

① 无可另外有"微阳下乔木，远烧入秋山"之象外句，王维亦有"古壁苍苔黑，寒山远烧红"（《河南严尹弟见宿弊庐访别人赋十韵》）之句，类似"秋眠山烧尽"之景。南宋魏庆《诗人玉屑》卷三引《冷斋》说："唐僧多佳句，其琢句法比物以意，而不指言一物，谓之象外句。如无可上人诗曰：'听雨寒更尽，开门落叶深。'是落叶比雨声镯。又曰：'微阳下乔木，远烧入秋山。'是微阳比远烧也。"

情感可见一斑。再如法振《月夜泛舟》：

> 西塞长云尽，南湖片月斜。漾舟人不见，卧入武陵花。

片月倒映南湖，与泛舟之法振同游，僧月亲近。再如无可《中秋台看月》：

> 海雨洗尘埃，月从空碧来。水光笼草树，练影挂楼台。
> 皓耀迷鲸口，晶荧失蚌胎。宵分凭栏望，应合见蓬莱。

首二句揭示佛心清净之真谛，月从空碧来，乃指拨云见月，尘埃洗净。再如皎然两首诗，《南楼望月》："夜月家家望，亭亭爱此楼。纤云溪上断，疏柳影中秋。渐映千峰出，遥分万派流。关山谁复见，应独起边愁。"《与卢孟明别后宿南湖对月》："五湖生夜月，千里满寒流。旷望烟霞尽，凄凉天地秋。相思路渺渺，独梦水悠悠。何处空江上，裴回送客舟。"皎然直观夜月，将夜月安排在山水诗的首句，予人直接而不假雕饰的审美感受。就自性清净来说，夜月是实体，倒映在江面上之月为虚相，故有"渐映千峰出"和"千里满寒流"之句。

诗僧除了在本身寺庙修行外，亦至其他地方游历。无可云游四海，曾至金州与姚合共游南池。《陪姚合游金州南池》："柳暗清波涨，冲萍复漱苔。张筵白鸟起，扫岸使君来。洲岛秋应没，荷花晚尽开。高城吹角绝，驺驭尚裴回。"《过杏溪寺寄姚员外》："门径众峰头，盘岩复转沟。云僧随树老，杏水落江流。峡狭有时到，秦人今日游。谢公多晚眺，此景在南楼。"《寒夜过睿川师院》："长生推献寿，法坐四朝登。问难无强敌，声名掩古僧。绝尘苔积地，栖竹鸟惊灯。语默俱忘寐，残窗半月棱。"从这些诗句看不出旅途之疲惫，纵然如此，其内心仍想追求一个安居之所，其《游山寺》："千峰路盘尽，林寺昔何名。步步入山影，房房闻水声。多年人迹断，残照石阴清。自可求居止，安闲过此生。"最终仍寻找到一个修法之地。其《禅林寺》："台山朝佛陇，胜地绝埃氛。冷色石桥月，素光华顶云。远泉和雪溜，幽磬带松闻。终断游方念，炉香继此焚。"

无可尚有一首格律严谨的长篇山水诗，共四十句，体裁上属五言排律。

> 庐岳东南秀，香花惠远踪。名齐松岭峻，气比沃州浓。
> 积岫连何处，幽崖越几重。双流溢隐隐，九派棹幢幢。
> 山限东西寺，林交旦暮钟。半天倾瀑溜，数郡见炉峰。

岩并金绳道，潭分玉像容。江微匡俗路，日呆晋朝松。

棕径新苞拆，梅篱故叶壅。岚光生迭砌，霞焰发高墉。

窗籁虚闻狖，庭烟黑过龙。定僧仙峤起，逋客虎溪逢。

濩落垂杨户，荒凉种杏封。塔留红舍利，池吐白芙蓉。

画壁披云见，禅衣对鹤缝。喧经泉滴沥，没履草丰茸。

翠窦敧攀乳，苔桥侧杖筇。探奇盈梦想，搜峭涤心胸。

冥奥终难尽，登临惜未从。上方薇蕨满，归去养乖慵。

关于庐山二林寺之诗，全唐诗仅有四首，白居易《春游二林寺》《春忆二林寺旧游因寄朗满晦三上人》二首，无可一首，贯休《东西二林寺流水》一首。无可此首除了首尾共四句不对仗，中间几乎皆是写景对句，将庐山全景摹写得极为精细，无论人文景观或自然景象，皆刻画入微，诗僧写诗之高妙，值得效法。在篇幅上，白居易《春游二林寺》是五古二十二句，《春忆二林寺旧游因寄朗满晦三上人》是七律体，晚唐诗僧贯休《东西二林寺流水》是五古二十句。比较言之，无可声律技巧较高一筹。

　　综上所述，诗僧自中唐大历之后，逐步在江南一带形成群体，纵然如此，其存诗并不多。身份与士人不同，无官职束缚，其人生之思维方式则呈现佛教禅宗的特质。就皎然《诗式》与其山水诗之关系而言，皎然《诗式》与山水诗可作为联结的诗学观点主要是以"对句与苦思""不睹文字"为二大核心概念。对句与苦思可证其写诗之态度严谨，"不睹文字"说明其山水诗的空灵之境及禅意之特点。贾岛之送僧山水诗中可见其对僧人之诚真友谊，诗中之山水风景为开阔的，中间两联对仗精工，苦心锻炼，诗中时有禅语，体式上多为五律。中唐诗僧有禅寺和云游四海两种修行生活，他们将山林禅寺坐禅或观心之修行经验记录于诗歌，且无可在云游四海过程中，虽无疲态，然最后仍想安居在禅寺之中。

第五章　中唐诗人在山水诗体式上之贡献

宋人严羽著《沧浪诗话》，将诗歌的外在体式分为诸多名目："有古诗，有近体，有绝句，有杂言，有三五七言，有半五六言，有一字至七字，有三句之歌，有两句之歌，有一句之歌，有口号，有歌行，有乐府，有楚辞，有琴操，有谣……"可见诗体亦是观察诗歌发展演变之重要角度。诗体指诗歌的外在形式，广义来说，一首诗有诗体，二首以上（含）组合而成的组诗亦有诗体形式，山水组诗的发展过程中，或因特殊的年代，或因诗人的特殊际遇，内容的构思可能影响外在的形式，因此中唐山水组诗的诗体的变化值得注意。

就体式而言，自南朝谢灵运大量创作山水诗后，形式较单调。中唐诗人突出的贡献在于大量创作各种体式的山水组诗，首创千字以上的五古长篇山水诗以及乐府民歌式的山水诗组诗。

第一节　中唐诗人大量创作山水组诗

唐代组诗型态大致可分"联章诗组诗""联句组诗""辑诗组诗""同题共作组诗"四种类型。"联章诗组诗"最早可追源于战国屈原的《九歌》，它由十一首楚国民间祭神歌曲加工而成。联章组诗有五项重要特征，其一是意义的相联，如杜甫《陪郑广文游何将军山林十首》《秋兴八首》；其二是叙事的承转而下，如高适《宓公琴台诗三首》；其三是时间上的相衔，如刘禹锡《送春由三首》；其四是意象的相同，如牛峤《杨柳枝五首》；其五是相同的句法，如刘禹锡的《同乐天和微之深春二十首》。联章诗也有章节之间缺乏严谨的逻辑联系，如杜甫《解闷十二首》。"联句组诗"可溯源自柏梁台联句①，每人一句，集以成篇，此时未成组诗形式，至

---

① 明人徐师曾《文体明辨序说》："按联句诗起自《柏梁》人各一句，集以成篇。其后宋孝武《华林曲水》、梁武帝《清暑殿》、唐中宗《内殿》诸诗，皆与汉同。唯魏悬瓠方丈竹堂宴飨，则人各二句，稍变前体。自兹以还，体递不一：有人各四句者，如陶靖节集所载是也。有人各一联者，如杜甫与李之芳及其甥宇文所作是也。有先出一句，次者对之，就出一句，前人复对之者，如韩昌黎集所载《城南诗》是也。"

晋宋联句组诗则出现范云、何逊等人的创作。[①] 联句组诗大规模出现肇因于文人的唱和活动，此风以中晚唐为最。如裴度主持下创作的《喜遇刘二十八偶书两韵》，裴度、刘禹锡、白居易、李绅四人各五言四句；《刘二十八自汝州赴左冯途经洛中相见联句》，裴度、刘禹锡、白居易、李绅四人各五言四句两次，其他如《秋霖即事联句三十韵》《喜晴联句》皆是。

"同题共作组诗"常常出现在文人雅集或朝廷集会时，如《全唐诗》录高正臣、崔知贤、席元明、韩仲宣、周彦昭、高球、高瑾、徐皓、长孙正隐、高绍、陈嘉言、周彦晖、高峤、刘友贤、周思钧等人作品时均收以"晦日饮高氏林亭"为名的同题作品，诸诗均状写与宴人士对晦日节令的感受和对主人的赞美之情。此次晦日的宴饮赋诗活动共三次，俱由高正臣主持，赋诗之作保存在《高氏三宴诗集》中。"辑诗组诗"主要分自辑和他辑两种情况。自辑指诗人在人生某一阶段将其不同时期或不同地域的作品依特定主题需求编辑在一起，再冠上总的题目，形成组诗。如杜甫《咏怀古迹五首》，这五首怀古诗皆非一时所作，而是作者事后编辑已创作完成的诗。自辑还有一种情况，作品未产生根据回忆补撰而成，如晚唐诗人韩偓《无题》和僧贯休《山居诗二十四首》。他辑则指诗人去世之后由后代选家或传播其作品的人编辑而成，如萧统在《昭明文选》中选录汉末无名氏诗歌而成《古诗十九首》。[②]

组诗发展过程中，就其创作者而言，或一人独写，如屈原《九歌》；或集体创作，如《古诗十九首》、王羲之等人《兰亭集诗》和裴度等人《刘二十八自汝州赴左冯途经洛中相见联句》。[③] 就其主题而言，或边塞题材，如王昌龄《从军行七首》；或咏史题材，如陶渊明《咏贫士七首》《读山海经十三首》；或田园题材，如陶渊明《归园田居五首》；或咏怀题材，如阮籍《咏怀诗八十二首》；或论诗题材，如杜甫《戏为六绝句》；或政治题材，如白居易《秦中吟十首》《新乐府五十首》。上述组诗中，一人独写而言，剔除集体创作和联句组诗，可看出以人类社会为抒发主题的组诗，大抵从魏晋时期开始出现，而以自然田园为描写主题的组诗，亦开始于魏晋。田园诗虽属自然描写的一环，然诗中加入人类的劳动讴歌，陶渊明的"采菊东

---

①　清人王士禛《带经堂诗话》卷一："联句昔人各赋四句，分之自成绝句，合之乃为一篇，谢朓、范云、何逊、江革辈多有此体。"

②　李正春：《论唐代组诗的几种特殊形态》，《学术交流》2006 年第 12 期。李正春：《论唐代组诗及其形成原因》，《苏州科技学院学报》（社会科学版）2007 年第 1 期。李正春认为唐代组诗形成原因有：礼乐文化的浸染、乐府民歌的影响、唱和与赠答、朝廷宴集、传播与编辑。

③　东晋王羲之和谢安、孙绰等四十一人燕集于浙江会稽山阴的兰亭，宴后，由王羲之汇集与会文人的诗歌作品，撰写《兰亭集序》一文。

篱下，悠然见南山”则属之。那么以大自然风光为歌咏对象的山水组诗肇自何时？

南朝时谢灵运大量创作以自然山水为主题的山水诗，但尚未自觉以组诗形式歌咏山水景色，可能因为五言古诗的篇幅就足以状写山水之貌。虽然南朝和唐代前后相属，但山水描写的地域呈现迥异风物。南朝定都在南方长江下游的建邺（今江苏南京，又称建康、金陵），山水诗人谢灵运和谢朓的山水描写俱以江南风景为歌咏对象，谢灵运出生地是会稽始宁（今浙江上虞），谢朓当过宣城太守（今安徽宣城市），二人活动区域皆在长江下游等地，故其山水诗中的景物均是南方山水。唐代的都城在北方的黄河流域，在今陕西西安境内，盛唐王维与裴迪唱和的五绝体《辋川集》组诗所描绘的秀丽山水，在西安附近的蓝田县西南，是秦岭北麓的一条川道。

就描写山水题材的诗作看，谢灵运是山水诗的祖师，山水组诗的鼻祖则非盛唐王维莫属，他既是诗人又是画家，其《辋川集》“诗中有画，画中有诗”的[①]这套组诗影响了中唐钱起《蓝田溪杂咏》的组诗创作。

一、近承王维五绝体式之山水组诗

王维《请施庄为寺表》说“乐住山林，志求寂静”，选择在陕西西安附近的蓝田县兴建辋川别墅，晚年山居生活无忧无虑，与好友裴迪互相唱和，开创五绝体式山水组诗。蓝田产玉，境内有蓝田猿人遗址、佛教圣地悟真寺等历史文化资源。王维之后的钱起也在此地吟咏山水，以五绝形式写成《蓝田溪杂咏》。

钱起以王维为效法对象，在诗史上有继承之关系。唐人高仲武《中兴间气集》评钱起曰：

> 员外诗，体格新奇，理致清赡。越从登第，挺冠词林，文宗右丞，许以高格。右丞没后，员外为雄。芟齐宋之浮游，削梁陈之靡嫚，迥然独立，莫之为群。且如“牛羊上山小，烟火隔林疏”，又“长乐钟声花外尽，龙池柳色雨中深”，皆特出意表，标雅古今。又“穷达恋明主，耕桑亦近郊”，则礼义克全，忠孝兼着，足可弘长名流，为后楷式。士林语曰：“前有沈宋，后有钱郎。”

---

① 苏轼《书摩诘蓝田烟雨图》（《东坡题跋》卷五）谓：“味摩诘之诗，诗中有画；观摩诘之画，画中有诗。”唐人张彦远《历代名画记》卷十也称：“工画山水，体涉今古，人家所蓄，多是右丞指挥工人，布色原野，簇成远树，过于朴拙，复务细巧，翻更失真。清源寺壁上画辋川，笔力雄壮。常自制诗曰：'当世谬词客，前身应画师，不能舍余习，偶被时人知。'诚哉是言也。余曾见破墨山水，笔迹劲爽。”

钱起诗以王维为宗，王维死后，钱起取而代之，诗风清赡，为十才子之冠，"迥然独立，莫之为群"。高仲武所举的三诗中，"牛羊上山小，烟火隔林疏"出自《题玉山村叟屋壁》这首五古山水诗。翁方纲《石洲诗话》卷二称："仲文、文房皆沿右丞余波耳。"[①]刘熙载《艺概·诗概》谓："钱仲文、郎君胄大率衍王孟之绪，但王孟之浑成，却非钱郎所及。"[②]两者从诗史的角度说明钱起承继王孟之后而起，据此，可从山水诗角度考察。就体式上来说，王维和钱起最明显的继承关系就是五绝式的山水组诗，亦即王维《辋川集》二十首直接影响钱起《蓝田溪杂咏》二十二首的创作。

蒋寅曾比较二人而指出："说到底，王维如山中高士，日亲云林，烟霞在目，浑然忘我；钱起则如俗客游山，赏其清睿，感触平添，不能去怀。两人的胸襟、修为于是乎见，两人的表现方式也于是乎分。"这个说法是否正确，可直接看钱起《蓝田溪杂咏》的描绘功力。当其观察飞禽姿态时，则写：

> 忽背夕阳飞，乘兴清风远。（《晚归鹭》）
>
> 新篁压水低，昨夜鸳鸯宿。（《竹屿》）
>
> 能资庭户幽，更引海禽至。（《砌下泉》）
>
> 乍依菱蔓聚，尽向芦花灭。（《戏鸥》）
>
> 有意莲叶间，瞥然下高树。（《衔鱼翠鸟》）
>
> 田鹤望碧霄，无风亦自举。（《田鹤》）
>
> 时怜上林雁，半入池塘宿。（《题南陂》）

观察花的样貌，则写：

> 片霞照仙井，泉底桃花红。（《石井》）
>
> 幽人对酒时，苔上闲花落。（《古藤》）
>
> 水上褰帘好，莲开杜若香。（《池上亭》）
>
> 幽石生芙蓉，百花惭美色。（《石莲花》）

观闻山水声色，则写：

---

① 郭绍虞编选，富寿荪校点：《清诗话续编》，上海古籍出版社1999年版，第1384页。

② 郭绍虞编选，富寿荪校点：《清诗话续编》，上海古籍出版社1999年版，第2428页。

晚景下平阡，花际霞峰色。(《登台》)

净与溪色连，幽宜松雨滴。(《石上苔》)

远岫见如近，千里一窗里。(《窗里山》)

风送出山钟，云霞度水浅。(《远山钟》)

以上所举诗例，可看出钱起在蓝田溪所构筑出的山水幽静意境，他将所见所闻所嗅之主观感受透过细致的景物描写展示出来，淡淡山色中含蕴生命的飞动。蒋寅认为王维的"浑然忘我"即指无我之境，钱起的"感触平添，不能去怀"是有我之境。钱诗中"有时载酒来""望山登春台""那知幽石下""幽人对酒时""谁知古石上""远岫见如近"诸句证明他笔下的自然景物加入主观色彩，使万物皆染上我的情绪，不过，这些情绪是幽然自在的，因此能涵养性灵，拉近自我与自然的关系。这是我们欣赏《蓝田溪杂咏》组诗时的应有的赏爱态度。

以社会写实擅场的诗人张籍也用五绝描写山水风光，其《和韦开州盛山十二首》组诗就是一例。此诗可分独我之境和群我之境，独我之境表示山水中仅有我的意识或行为参与其中，是独乐乐之境界①：

清净当深处，虚明向远开。卷帘无俗客，应只见云来。(《宿云亭》)

自爱新梅好，行寻一径斜。不教人扫石，恐损落来花。(《梅溪》)

垒石盘空远，层层势不危。不知行几匝，得到上头时。(《盘石礴》)

独入千竿里，缘岩踏石层。笋头齐欲出，更不许人登。(《竹岩》)

台上绿萝春，闲登不待人。每当休暇日，着履戴纱巾。(《琵琶台》)

曲沼春流满，新浦映野鹅。闲斋朝饭后，拄杖绕行多。(《胡芦沼》)

月出深峰里，清凉夜亦寒。每嫌西落疾，不得到明看。(《隐月岫》)

以上诸诗描绘了"清净当深处，虚明向远开""月出深峰里，清凉夜亦寒"及"曲沼春流满，新浦映野鹅"的清新美景，张籍一人徜徉其间，或"独入千竿里，缘岩踏石层"，或"不知行几匝，得到上头时"，或"每当休暇日，着履戴纱巾"，或"闲斋朝饭后，拄杖绕行多"，众多独乐乐之行为投入山水间。群我之境则表现在有

---

① （唐）张籍著，李冬生注：《张籍集注》，黄山书社1989年版，第227～231页。以下张籍诗皆引自此。

友人或游客参与，体现闲适之乐：

> 紫芽连白蕊，初向岭头生。自看家人摘，寻常触露行。(《茶岭》)
> 渌酒白螺杯，随流去复回。似知人把处，各向面前来。(《流杯渠》)
> 春坞桃花发，多将野客游。日西殊未散，看望酒缸头。(《桃坞》)
> 山城无别味，药草兼鱼果。时到绣衣人，同来石上坐。(《绣衣石榻》)
> 阶上一眼泉，四边青石凳。唯有护净僧，添瓶将盥漱。(《上士泉瓶》)

从"自看家人摘""各向面前来""多将野客游""同来石上坐""唯有护净僧"诸句可见张籍不仅独游，还有游客或僧人或家人陪伴。"春坞桃花发"之美景中，游客如织，闲游其间，别有闲情雅致。

比较起来，原诗韦处厚《盛山十二诗》展现的是无人之境，与山水自然融入无间，诗中看不到韦处厚本人及其他游客：

> 初映钩如线，终衔镜似钩。远澄秋水色，高倚晓河流。(《隐月岫》)
> 雨合飞危砌，天开卷晓窗。齐平联郭柳，带绕抱城江。(《宿云亭》)
> 疏凿徒为巧，圆洼自可澄。倒花纷错秀，鉴月静涵冰。(《胡卢沼》)

这些诗句与王维《辋川集》二十首中的《辛夷坞》"木末芙蓉花，山中发红萼。涧户寂无人，纷纷开且落"及《北垞》"北垞湖水北，杂树映朱阑。逶迤南川水，明灭青林端"如出一辙，有异曲同工之妙，皆展示山水自然幽寂之美，诗人与自然合一，臻于物我两忘之境界。王维本以自然诗闻名，张籍则以人文为关怀的乐府诗著称，其笔下自然山水中加入人文活动，构成有我之境，在自然中展现人文气息，与王维较多的无我之境有所区别，然不能因之判高低，客观而言，两种诗揭明山水诗的不同内涵，王维表现山水静态的一面，张籍表现山水动态的一面。

韩愈有五绝体《奉和虢州刘给事使君三堂新题二十一咏》，虽然与王维、钱起一样皆用五绝式描绘山水景物，但王钱二人皆是亲身经历，隐居山林之作，韩则是唱和之作，如同张籍《和韦开州盛山十二首》。《批韩诗》记载："朱彝尊曰：'首首出新意，与王、裴《辋川》诸绝颇相似，音调却不及彼之高雅。'"[1] 他将韩诗和

---

① 　陈伯海主编：《唐诗汇评》，浙江教育出版社 1995 年版，第 1729 页。

王维山水组诗作一比较，认为韩不及王高雅。韩愈《奉和虢州刘给事使君三堂新题二十一咏》前有序说明此组诗之写作动机：

> 虢州刺史宅连水池竹林，往往为亭台岛渚，目其处为三堂。刘兄自给事中出刺此州，在任逾岁，职修人治，州中称无事，颇复增饰，从子弟而游其间，又作二十一诗以咏其事，流行京师，文士争和之，余与刘善，故亦同作。

韩愈与刘伯刍为好友，故而和此诗[①]，共咏新亭、流水、竹洞、站台、渚亭、竹溪、北湖、花岛……二十一景，描写虢州刺史宅内丰富的动植物生态，景色怡人，如写动物则：

> 蜂蝶去纷纷，香风隔岸闻。
> 莫将条系缆，着处有蝉号。
>
> 鱼肥知已秀，鹤没觉初深。
> 鱼虾不用避，只是照蛟龙。

写植物则：

> 莫教安四壁，面面看芙蓉。
> 穿沙碧鲜净，落水紫苞香。
>
> 柳树谁人种，行行夹岸高。
> 风雨秋池上，高荷盖水繁。
>
> 丁宁红与紫，慎勿一时开。
> 乍似上青冥，初疑蹑菡萏。

---

① （宋）欧阳修、宋祁等：《新唐书·卷一百六十·刘伯刍列传》，中华书局 1997 年版，第 4969 页。载云："刘伯刍字素芝，兵部侍郎乃之子。行修谨。淮南杜佑奏署节度府判官。府罢，召拜右补阙，迁主客员外郎。数过友家饮噱，为韦执谊阴劾，贬虔州参军。久乃除考功员外郎。裴垍待之善，擢累给事中。李吉甫当国而垍卒，不加赠，伯刍为申理，乃赠太子少傅。或言其妻垍从母也，吉甫欲按之，求补虢州刺史。稍迁刑部侍郎、左散骑常侍。卒，赠工部尚书。"

写水则：

> 泪泪几时休，从春复到秋。
> 南馆城阴阔，东湖水气多。
> 蔼蔼溪流漫，梢梢岸筱长。

从这些山水诗可看到活活泼泼的大自然生态，景物虽小巧，但明丽动人，有别于韩愈笔下奇险壮阔的山水之景，这是韩愈山水诗的另一风貌。李建昆《韩愈诗探析》中论此组诗称"盖王孟之诗境一片宁静祥和，而韩愈之诗境却寓动态之美感"[1]，是为卓见。

二、五古体式之山水组诗

中唐诗人，除了钱起、张籍、韩愈用五绝体式歌咏山水自然外，刘长卿和孟郊以五古体式描绘行旅中所见自然风光。刘长卿于四十六岁时曾到过湘南之地，其《岳阳馆中望洞庭》《长沙过贾谊宅》《赠元容州》《入桂渚次砂牛石穴》诸诗可为证。在这期间，他以五古体式写下《湘中纪行十首》山水组诗[2]，记录湘妃庙、斑竹岩、洞阳山、云母溪、赤沙湖、秋云岭、花石潭、石菌山、浮石濑、横龙渡等十个景点的山水景色，自觉在诗中呈现山水景色相对的句型，一句状山，一句写水如：

> 寒山响易满，秋水影偏深。（《湘妃庙》）
> 水色淡如空，山光复相映。（《花石潭》）
> 前山带秋色，独往秋江晚。（《石围峰》）
> 众岭猿啸重，空江人语响。（《浮石濑》）

《湘中纪行十首》非一时一地之作，然均当作于大历六年（771）南巡永、郴诸州至大历八年（773）自潭州归来之间。[3] 上举四例中，山水并列，寒山和秋水，水色与山光，前山和秋江，众岭和空江，似乎是有意识地将行旅过程中的山水美景具

---

① 李建昆：《韩愈诗探析》，中兴大学 1999 年版，第 132 页。

② 《湘中纪行十首》，就形式而言，是五言八句，乍看下，应属五律体式，然从《秋云岭》《花石潭》《石菌山》《浮石濑》《横龙渡》等五诗之仄声韵脚判断，归类于五古较为妥切。

③ （唐）刘长卿著，储仲君笺注：《刘长卿诗编年笺注》，中华书局 1999 年版，第 361 页。

体刻画出来，让人直接感受这些审美现象。其次，刘长卿的山秀水媚中有人文色彩，如《湘妃庙》用"莫唱迎仙曲，空山不可闻"，《斑竹严》用"点点留残泪，枝枝寄此心"构绘舜之二妃哭竹之事迹①。《洞阳山》"白云将犬去，芳草任人归"叙写淮南王得道，鸡犬升天之故事②。用"荒祠古木暗，寂寂此江濆""空谷无行径，深山少落晖""孤峰夕阳后，翠岭秋天外""秋水晚沉沉，犹疑在深处"诸句渲染荒寒昏暗之景色，可知其寂寥之心境。后人给予《湘中纪行》极高评价。宋人范希文《对床夜语》卷五云："刘长卿有《湘中纪行》十诗，《花石潭》有云：'水色淡如空，山光复相映。'《浮石濑》云：'秋色照潇湘，月明闻荡桨。'《横龙渡》云：'乱声沙上石，倒影云中树。'皆胜语也……谓其思锐才窄者，不亦诬矣！"③

　　孟郊《峡哀》《石淙》《寒溪》等二十八首同样以五古体式描写山水景象。就内容言，孟郊的山水组诗已渗入个人悲凉之身世遭遇，强化诗歌的抒情功能，呈现阴森奇险的氛围，这种"峡险多饥涎""升险为良跻"之骇人描写是以前的山水组诗没有过的，就连韩愈的山水组诗亦无此现象。此一点，山水诗史上似未有学者论及。

　　《石淙》十首是孟郊四十三岁（793）时所写，同年尚有《落第》《再下第》《下第东南行》诸诗，《峡哀》十首及《寒溪》八首则未详何时所作。④《峡哀》中的山水景物摘句如下：

> 昔多相与笑，今谁相与哀。峡哀哭幽魂，嗷嗷风吹来。其一
> 上天下天水，出地入地舟。石剑相劈斫，石波怒蛟虬。其二
> 树枝哭霜栖，哀韵杳杳鲜。逐客零落肠，到此汤火煎。其三
> 喷为腥雨涎，吹作黑井身。怪光闪众异，饿剑唯待人。其四
> 峡听哀哭泉，峡吊鳏寡猿。峡声非人声，剑水相劈翻。其五
> 衔诉何时明，抱痛已不禁。犀飞空波涛，裂石千嵌岑。其六
> 峡棱剗日月，日月多摧辉。物皆斜仄生，鸟翼斜仄飞。其七
> 仄田无异稼，毒水多狞鳞。异类不可友，峡哀哀难伸。其八
> 峡水剑戟狞，峡舟霹雳翔。因依虺蜴手，起坐风雨忙。其九

---

①《述异记》载曰："昔舜南巡，葬苍梧之野。尧之二女娥皇女英追之不及，相与恸哭，泪下沾竹，竹文上为之斑斑然。"

② 王充《论衡·道虚》载曰："（淮南）王得道，举家升天，畜产皆仙，犬吠于天上，鸡鸣于云中。"

③ 丁福保辑：《历代诗话续编》，中华书局2001年版，第443页。

④（唐）孟郊著，邱燮友、李建昆校注：《孟郊诗集校注》，新文丰出版公司1997年版，第298～305页。

仄树鸟不巢，踔塔猿相过。峡哀不可听，峡怨其奈何。其十

风吹、幽魂、翔舟、石剑、怒蛟虬、树枝、哭泉、腥雨、怪光、寡猿、波涛、欶岑、毒水、虺蜴等意象营造出险哀惊裂的可怖气氛，使人闻之丧胆。这些外围景物，是孟郊内心的写照。"怪光闪众异"写峡中之日光不是温暖而是怪闪，峡水是愤怒，是毒狞，是饥饿，是怨哀。这分明是用三峡险景比喻凄凉之身世及反社会化之倾向。首先，他无雄厚之家庭背景，韩愈《孟先生诗》说孟郊"谅非轩冕族，应对多差参"①，个性既孤僻，与世不合②，又贫病不堪，其《卧病》云"贫病诚可羞，故床无新裘"③，加以四十六岁始登进士第④，一连串的挫折加诸其身，当负面情绪累积到极点而无渲泄之处时，内心自然随之扭曲变质，因此其所见所闻外化成险诡悚恫之自然怪境。

"异类不可友，峡哀哀难伸"，说明孟郊因个性不与世合，对他而言，社会人心不是如阳光般温煦，而是怪光骇人，因此峡水如汤火煎，如刀剑般伤人，故有"石剑相劈斫""饿剑唯待人"及"峡水剑戟狞"句，有"谷号相喷激，石怒争旋回"之怒嚎，内心悲愤藉由峡谷涌浪之激荡喷泄而出。此诗或许也与他一再落第失志有关。《落第》诗云"弃置复弃置，情如刀刃伤"，《再下第》诗云"两度长安陌，空将泪见花"，《下第东南行》诗云"江蓠伴我泣，海月投人惊。失意容貌改，畏途性命轻"，他心如刀割，将自然景物比喻成刀剑般无情。《石淙》其四也说"朔水刀剑利，秋石琼瑶鲜"，十首中尚可看到变形急速的自然景象：

磴雪入呀谷，掬星洒遥天。声忙不及韵，势疾多断涟。其四
疾流脱鳞甲，迭岸冲风霆。丹燃堕环景，霏波灼虚形。其五
古骇毛发栗，险惊视听乖。二老皆劲骨，风趋缘欹崖。其八
劲飙刷幽视，怒水慑余湍。曾是结芳诚，远兹勉流倦。其十

亦见其悲凉不得志之心绪：

　　①　（唐）韩愈著，严昌校点：《韩愈集》，岳麓书社 2000 年版，第 74 页。
　　②　（后晋）刘昫等：《旧唐书·卷一百六十·孟郊列传》，中华书局 1997 年版，第 4205 页。《旧唐书》说他："性孤僻寡合，韩愈一见以为忘形之契。"韩愈《孟先生诗》则说："异质忌处群，孤芳难寄林。"
　　③　（唐）孟郊著，邱燮友、李建昆校注：《孟郊诗集校注·卷二》，新文丰出版公司 1997 年版，第 35 页。
　　④　傅璇琮主编：《唐才子传校笺》，中华书局 2000 年版，第 505 ～ 506 页。

> 驿骥苦衔勒，笼禽恨摧颓。实力苟未足，浮夸信悠哉。
> 顾惟非时用，静言还自咍。其三
> 何况被犀士，制之空以权。始知静刚猛，文教从来先。其四
> 从来一智萌，能使众利归。因之山水中，喧然论是非。其六
> 乘时幸勤鉴，前恨多幽霾。弱力谢刚健，蹇策归安排。其八

"顾惟非时用"，可见其落第不为世用之失落心情。人心之险恶，他了然于胸，所以有"因之山水中，喧然论是非"之句。这也是他孤僻性格的真实体现。

《寒溪》中之山水景物亦是惊恐万分，如以下摘句：

> 波澜冻为刀，剿割凫与鹥。宿羽皆蒴弃，血声沉沙泥。其三
> 冰齿相磨啮，风音酸铎铃。清悲不可逃，洗出纤悉听。其四
> 波澜抽剑冰，相劈如仇雠。尖雪入鱼心，鱼心明愀愀。其六
> 飞死走死形，雪裂纷心肝。剑刃冻不割，弓弦强难弹。其七
> 溪风摆余冻，溪景衔明春。玉消花滴滴，虬解光鳞鳞。其八

我们也听到孟郊不平之鸣，呐喊哀豪，藉以宣泄情绪：

> 独立欲何语，默念心酸嘶。其三
> 哮嘐呷唈冤，仰诉何时宁。其四
> 怳如阊阖说，似诉割切由。其六

人生各种不如己意集于一身，山水景物随之变扭丑怖，由以上三套山水组诗的分析明确得知。孟郊以五古体式创作的十首《峡哀》十首《石淙》及八首《寒溪》等三题二十八首组诗，在山水诗发展进程上具有开创之意义，而其笔下之山水惊怪景物隐藏压抑苦闷已久的悲凉遭遇。

刘禹锡曾因得罪权贵而被外放于连州担任刺史。连州中有一奇地激发刘禹锡的山水诗情，那就是海阳湖。宋人王象之《舆地纪胜》："海阳湖在桂阳县东北二里。唐大历初，道州刺史元结到此，雅好山水，修创林洞，通小舟游泛。刺史刘禹锡重修。"海阳湖先后经历元结和刘禹锡两大诗人的整修，更增益其美。刘禹锡有五古八句体式的《海阳十咏》山水组诗歌颂此地。诗前有引曰："元次山始作海阳湖，后之人或立亭榭，率无指名，及余而大备。每疏凿构置，必揣称以标之。人咸曰有旨。异日，迁官裴侍御为《十咏》以示余，颇明丽而不虚美。因捃拾裴诗所未道者，从而和之。"海阳湖始于元结之建构，至刘禹锡则重修大备，这也是刘禹锡在连州

任内的一项政绩。兹引《海阳十咏》十首山水组诗^①，以示情景交融之艺术手法：

> 结构得奇势，朱门交碧浔。外来始一望，写尽平生心。
> 日轩漾波影，月砌镂松阴。几度欲归去，回眸情更深。（《吏隐亭》）
>
> 迥破林烟出，俯窥石潭空。波摇杏梁日，松韵碧窗风。
> 隔水生别岛，带桥如断虹。九疑南面事，尽入寸眸中。（《切云亭》）
>
> 芳幄覆云屏，石奁开碧镜。支流日飞洒，深处自疑莹。
> 潜去不见迹，清音常满听。有时病朝醒，来此心神醒。（《云英潭》）
>
> 潇洒青林际，夤缘碧潭隈。淙流冒石下，轻波触砌回。
> 香风逼人度，幽花覆水开。故令无四壁，晴夜月光来。（《玄览亭》）
>
> 楚客忆关中，疏溪想汾水。萦纡非一曲，意态如千里。
> 倒影罗文动，微波笑颜起。君今赐环归，何人承玉趾。（《裴溪》）
>
> 晶晶掷岩端，洁光如可把。琼枝曲不折，云片晴犹下。
> 石坚激清响，叶动承余洒。前时明月中，见是银河泻。（《飞练瀑》）
>
> 潆渟幽壁下，深净如无力。风起不成文，月来同一色。
> 地灵草木瘦，人远烟霞逼。往往疑列仙，围棋在岩侧。（《蒙池》）
>
> 飞流透嵌隙，喷洒如丝梦。含晕迎初旭，翻光破夕曛。
> 余波遶石去，碎响隔溪闻。却望琼沙际，逶迤见脉分。（《棼丝瀑》）
>
> 流水遶双岛，碧溪相并深。浮花拥曲处，远影落中心。
> 闲鹭久独立，曝龟惊复沉。苹风有时起，满谷箫韶音。（《双溪》）
>
> 濺濺漱幽石，注入团圆处。有如常满杯，承彼清夜露。
> 岩曲月斜照，林寒春晚煦。游人不敢触，恐有蛟龙护。^②（《月窟》）

十首诗中，大多数结构皆是前六句写自然之景，末二句写个人之情。如《切云亭》《云英潭》《玄览亭》。在句法上，或写壮美者，如"迥破林烟出，俯窥石潭空""芳

---

① 以十咏为题，而以歌咏山水面貌出现者，在刘禹锡之前，尚有李白的《姑孰十咏》，所咏为安徽当涂一带之自然风光，有姑孰溪、丹阳湖、谢公宅、陵歊台、桓公井、慈姥竹、望夫山、牛渚矶、灵墟山、天门山等十景，体式为五言八句。

② （唐）刘禹锡著，蒋维崧等笺注：《刘禹锡诗集编年笺注》，山东大学出版社1997年版，第256页。

崿覆云屏，石衮开碧镜""前时明月中，见是银河泻""含晕迎初旭，翻光破夕曛"诸句；或写柔美者，如"日轩漾波影，月砌镂松阴""潨流冒石下，轻波触砌回""漾潭幽壁下，深净如无力""岩曲月斜照，林寒春晚煦"诸句；或写生态者，如"香风逼人度，幽花覆水开""地灵草木瘦，人远烟霞逼""闲鹭久独立，曝龟惊复沉""游人不敢触，恐有蛟龙护"等句。十诗诸意象之迭构，形成富有生命活力的山水画卷，可见刘禹锡之写景功力不凡。他还有一诗写海阳湖之殊景，写景中加入友情。《海阳湖别浩初师（并引）》诗曰[①]：

> 近郭有殊境，独游常鲜欢。逢君驻缁锡，观貌称林峦。
> 湖满景方霁，野香春未阑。爱泉移席近，闻石辍棋看。
> 风止松犹韵，花繁露未干。桥形出树曲，岩影落池寒。
> 别路千嶂里，诗情暮云端。他年买山处，似此得螺官。[②]

首四句点明海阳湖之殊境，亦引出浩初僧人喜爱山水之行。"湖满景方霁"以下八句细写海阳湖周围之胜景，野香，泉声，风来，松韵，花繁，桥曲，山岩倒影，山水美景中融入两人的友情，归结出"别路千嶂里，诗情暮云端"两句。

三、中唐山水组诗之其他体式（五言六句和五律和七绝）

前述刘长卿《湘中纪行十首》以五古八句体式的组诗形式描写南方长江中游湖南的行旅风光，他又有一组五言六句体式的《龙门八咏》描写洛阳县南之龙门的山水风景。与《湘中纪行十首》的山水相对句型一样，《龙门八咏》显露模山范水的精巧，如：

---

① 诗前有引曰："潇湘间，无土山，无浊水，民乘是气，往往清慧极而文。长沙人浩初，生既因地而清矣。故去牵洗虑，别颠毛而坏其衣，居一都之殷。易与士会，得执外教，尽捐苛礼。自公侯守相，必赐其清问，耳目灌注，习浮于性。而里中儿贤适与浩初比者，婴冠带，絷妻子，吏得以乘凌之。汩没天慧，不得自奋，莫可望浩初之清光于侯门上坐，第自吟美而已。浩初益自多其术，尤勇于近达者而归之。往年之临贺，唁侍郎杨公。留岁余，公遗以七言诗，手笔于素。前年，省柳仪曹于龙城，又为赋三篇，皆章书。今复来连山，以前所得双南金，出于祴，亟请余赓之。按师为诗颇清，而弈棋至第三品，二道皆足以取幸于士大夫，宜熏余习以深入也。会吴郡以山水冠世，海阳又以奇甲一州。师慕道，于泉石为笃，故携之以嬉。及言旋，复引与共载于湖上，突于树石间，以植沃州之因缘，宜赋诗具道其事。"

② （唐）刘禹锡著，蒋维崧等笺注：《刘禹锡诗集编年笺注》，山东大学出版社1997年版，第246页。

秋山日摇落，秋水急波澜。(《龙门八咏　阙口》)

东流自朝暮，千载空云山。(《龙门八咏　福公塔》)

水田秋雁下，山寺夜钟深。(《龙门八咏　石楼》)

风寒未渡水，日暮更看山。(《龙门八咏　下山》)

不知波上棹，还弄山中月。(《龙门八咏　渡水》)

上举五例中，秋山和秋水，东流和云山，水田和山寺，渡水和看山，波上棹和山水月，这些诗以山水为主要体察对象，透过山水并列手法，展示山水的各种面貌，有静态的秋山秋水，也有动态的渡水看山，有烘托的波上棹和山中月，读者感受出龙门"两山相对，望之若阙，伊水历其间北流"之美。①清人王士祯《师友诗传录》记曰："五言六句，古齐、梁间多用之。唐人刘文房《龙门八咏》，亦善此体，然几于半律矣。特以其参用仄韵，故亦仍为古体。大约中联用对句，前后作起结，平韵仄韵，皆可用也。"②五言六句虽然南朝已肇其端，但用以描写山水景物者，刘长卿是第一人。

其实不只刘文房善用五言六句之体，姚合也善于运用五言六句体式的组诗来描绘山水之美，如《题金州西园九首》和《杏溪十首》二组山水诗。先看五言六句体式的《题金州西园九首》③：

亭亭白云榭，下有清江流。(《江榭》)

四壁画远水，堂前耸秋山。(《药堂》)

编草覆柏椽，轩扉皆竹织。(《草阁》)

月中零露垂，日出露尚溥。(《松坛》)

穷秋雨萧条，但见墙垣长。(《垣竹》)

茅堂阶岂高，数寸是苔藓。(《莓苔》)

芭蕉丛丛生，月照参差影。(《芭蕉屏》)

以上诸诗显示，白云在亭榭间围绕，远水和秋山缩小到四壁和堂前，用草竹原料搭

---

①　(唐)刘长卿著，储仲君笺注：《刘长卿诗编年笺注》，中华书局1999年版，第54页。清《一统志》卷二〇五"山川"："阙塞山，在洛阳县南。一名伊阙山，亦名龙门山。"《水经注》："昔大禹疏以通水，两山相对，望之若阙，伊水历其间北流，故谓之伊阙，春秋之阙塞也。"《括地志》："伊阙在洛阳南十九里。"《龙门八咏》诗当为早年居洛时作。

②　(清)王夫之等：《清诗话》，上海古籍出版社1999年版，第139页。

③　金州在唐代行政区域属山南东道，在今陕西省安康市，在秦岭以南，汉水流经之区域。姚合约五十三岁时担任金州刺史，正四品上。

建草阁，雨水下到墙垣，薜苔生在茅堂，芭蕉在月光下展现生命力，姚合笔下的金州西园较为狭小。故《四库全书总目》评其曰："工于点缀小景，搜求新意。"此评仅是姚诗写景的一个侧面。再看同样五言六句体式的《杏溪十首》：

> 方塘菡萏高，繁艳相照耀。（《莲塘》）
>
> 蒙蒙紫花藤，下复清溪水。（《架水藤》）
>
> 清冷无波澜，潋潋鱼相逐。（《石潭》）
>
> 穿花复远水，一山闻杏香。（《杏水》）
>
> 叶叶新春筠，下复清浅流。（《渚上竹》）
>
> 杏堤数里余，枫影覆亦遍。（《枫林堰》）
>
> 清风波亦无，历历鱼可掬。（《石濑》）

以上诸诗所绘之景颇有清雅之貌。用方塘、菡萏、紫花藤、清溪水、鱼相逐、杏香、远水、新春筠、杏堤、枫影等意象建构出清新的自然景象，境界不小。

《东目馆诗见》评姚合诗曰："姚武功五律，脱洒似不作意，而含蕴不尽。"[1]可见他擅用五律体写诗，在山水组诗创作上颇丰。除了上述的五言六句体式外，也用五律体。先看《陕下厉玄侍御宅五题》：

> 晓景松枝覆，秋光月色连。行寻屐齿尽，坐对角巾偏。（《濯缨溪》）
>
> 波清见丝影，坐久识鱼情。白鸟依窗宿，青蒲傍砌生。（《垂钓亭》）
>
> 幽岛藓层层，诗人日日登。坐危石是榻，吟冷唾成冰。（《吟诗岛》）
>
> 迹深苔长处，步狭笋生时。高是连幽树，穷应到曲池。（《竹里径》）
>
> 杯来转巴字，客坐绕方流。醉滴苔纹断，泉连石岸秋。（《泛觞泉》）

由"行寻屐齿尽""穷应到曲池""客坐绕方流"诸句可看出姚合观物角度是动态式而非定点式，而这动态式的观物方式，可使景物随着姚合游览行进过程中而呈现多元活泼的视觉享受。因此有"晓景松枝覆，秋光月色连""波清见丝影""白鸟依窗宿，青蒲傍砌生""幽岛藓层层""高是连幽树，穷应到曲池""醉滴苔纹断，泉连石岸秋"等清丽景色映入眼帘。同样写动态式的观景角度，如五律体《游春十二首》：

> 看水宁依路，登山欲到天。（其一）

---

① 陈伯海主编：《唐诗汇评》，浙江教育出版社1995年版，第2259页。

树枝风掉软，菜甲土浮轻。（其二）

苔痕雪水里，春色竹烟中。迎雨缘池草，摧花倚树风。（其三）

趁暖檐前坐，寻芳树底行。土融凝墅色，冰败满池声。（其四）

寺里花枝净，山中水色高。嫩云轻似絮，新草细如毛。（其六）

恋花林下饮，爱草野中眠。（其七）

向阳倾冷酒，看影试新衣。嫩树行移长，幽禽语旋飞。（其八）

晴野花侵路，春陂水上桥。尘埃生暖色，药草长新苗。（其十）

嚼花香满口，书竹粉黏衣。弄日莺狂语，迎风蝶倒飞。（其十一）

晓脱青衫出，闲行气味长。一瓶春酒色，数顷野花香。（其十二）

以游春为题，已显示姚合行进动态赏景之意涵。诗中可见其写景之细巧，如"树枝风掉软，菜甲土浮轻""土融凝墅色，冰败满池声""嫩云轻似絮，新草细如毛""尘埃生暖色，药草长新苗""弄日莺狂语，迎风蝶倒飞"，景中又带有姚合之闲情，如"看水宁依路，登山欲到天""趁暖檐前坐，寻芳树底行""恋花林下饮，爱草野中眠""向阳倾冷酒，看影试新衣""嚼花香满口，书竹粉黏衣""一瓶春酒色，数顷野花香"诸句。诗中也有闲远之景，如"苔痕雪水里，春色竹烟中""寺里花枝净，山中水色高""晴野花侵路，春陂水上桥"。

韩愈有一套组诗《盆池五首》，以七绝形式写成，可看出其生活情调。写其听蛙鸣和雨打荷声：

老翁真个似童儿，汲水埋盆作小池。
一夜青蛙鸣到晓，恰如方口钓鱼时。

莫道盆池作不成，藕稍初种已齐生。
从今有雨君须记，来听萧萧打叶声。

泥盆浅小讵成池，夜半青蛙圣得知。
一听暗来将伴侣，不烦鸣唤斗雄雌。

也写池边看鱼赏星：

瓦沼晨朝水自清，小虫无数不知名。
忽然分散无踪影，惟有鱼儿作队行。

池光天影共青青，拍岸纔添水数鉼。

且待夜深乘月去，试看涵泳几多星。

在波光天影伴随下，闲适悠乐，《唐诗真趣编》曰："现在境界，据情直书，有化机自然之妙。"[①]这道出韩愈的另一面。

经由以上讨论可知，山水组诗自王维开创后，至中唐蔚为大观。其间的流变在于体式的异彩纷呈。自盛唐王维开创绝句体式的山水组诗五绝式二十首《辋川集》，接着是钱起二十二首五绝式《蓝田溪杂咏》，刘长卿也有《龙门八咏》和《湘中纪行十首》等五言山水组诗，但不是绝句体，前者是五言六句，后者是五言八句的形式。韩愈则是五绝《奉和虢州刘给事使君三堂新题二十一咏》和七绝《盆池五首》。到了孟郊《峡哀》《石淙》《寒溪》诸诗则开创五古式的山水组诗，其间又有张籍《和韦开州盛山十二首》五绝式山水组诗和刘禹锡《海阳十咏》十首山水组诗，最后则由姚合的山水组诗为殿军。

第二节　中唐诗人首创千字以上五古长篇山水诗

韩愈、白居易和刘禹锡三人遭遇特殊，于前代山水诗中注入时代血液和元素，创作出千字以上的五古长篇山水诗，这是自魏晋南北朝山水诗出现以来所未有的，在诗史上有创新意义，中唐诗人为长篇山水诗的发展做出特殊贡献。

一、韩愈之《南山诗》

由《南山诗》起首二句"吾闻京城南，兹惟群山围"得知南山在京城长安之南，点明南山即是终南山。[②]检点全唐诗中那九十三首歌咏终南山的诗作，韩愈《南山诗》

---

① 陈伯海主编：《唐诗汇评》，浙江教育出版社1995年版，第1727页。

② （唐）李吉甫撰，贺次君点校：《元和郡县图志》，中华书局2005年版，第3页。终南山在唐代属关内道，在万年县南五十里，或名太一、中南。周明帝时，万年县在长安城中。据唐《元和郡县图志》谓："终南山，在县南五十里。按经传所说，终南山一名太一，亦名中南。据张衡西京赋云'终南、太一，隆崛崔崒'。潘岳西征赋云'九峻、截辥，太一、龙嵷，面终南而背云阳，跨平原而连嶓冢。'然则终南、太一，非一山也。"

巨长篇幅的特点是其他诗人难以匹敌的。① 唐代诗人歌咏终南山者，以五言短篇为常见，或五言四句，如王维《赠徐中书望终南山歌》、《答裴迪辋口遇雨忆终南山之作》，裴迪《辋口遇雨忆终南山因献王维》。或五言八句，如太宗皇帝《望终南山》、杨师道《赋终南山用风字韵应诏》、杜审言《蓬莱三殿侍宴奉敕咏终南山应制》、王维《答裴迪辋口遇雨忆终南山之作》、白居易《和刘郎中望终南山秋雪》。较长者亦不超过四十句：钱起《自终南山晚归》十句、孟郊《登华岩寺楼望终南山赠林校书兄弟》十二句、李端《游终南山因寄苏奉礼士尊师苗员外》十八句、苏颋《敬和崔尚书大明朝堂雨后望终南山见示之作》二十八句、王湾《奉使登终南山》三十四句。

就篇幅而言，韩愈《南山诗》确实出类拔萃。在此之前，杜甫的《北征诗》是五言长篇的佳构，故而诗论家常将《南山诗》和杜甫《北征诗》相提并论。南宋曾季狸《艇斋诗话》谓"韩退之《南山》诗，用杜诗《北征》诗体作"，强调两者的师承关系。宋人范温《潜溪诗眼》亦称："孙莘老尝谓：'老杜北征诗胜退之南山诗。'王平甫以谓南山诗胜北征，终不能相服。时山谷尚少，乃曰：'论工巧，则北征不及南山；若书一代之事，以与《国风》《雅》《颂》相表里，则北征不可无，而南山虽不作，未害也。'二公之论遂定。"说明《南山诗》比《北征诗》工巧，然内容之雅正上则不及《北征诗》。今观杜甫《北征诗》，始"皇帝二载秋，闰八月初吉"，终"煌煌太宗业，树立甚宏达"，凡一百四十句，共七百字。观其诗题，乃杜甫欲从凤翔至鄜州，故曰北征。诗中有两个或字句，"或红如丹砂，或黑如点漆"，与《南山诗》中的五十几个或字句相较下，气魄大相径庭。且相较于《南山诗》二百零四句、一千零二十字的超长篇幅，杜甫《北征诗》望尘莫及。北征一诗主旨，实可以"乾坤含疮痍，忧虞何时毕"两句概括，表达对社稷的关怀之情，体现忠君爱国的高贵情操。不若《南山诗》，韩愈将贬谪之情包裹在南山浩瀚之景中。

体式与内容是紧密相连的，内容之丰富曲折可能使体式上成为超级长篇，故探索《南山诗》之内容，亦能探究其千字篇幅之奥秘。首先是句式奇变。韩愈《南山诗》共二百零四句，一千零二十字，是首长篇雄奇恢张的状物山水诗②，此诗最

---

① 笔者进入"新诗改罢自长吟——全唐诗检索系统"，以终南山为检索条件，得到九十三笔资料。逐一观察后确认，韩愈南山诗篇幅浩长，前后古人，可谓首创。韩愈有四首写终南山的诗，除了《南山诗》外，其他分别是《龙移》七言四句、《题炭谷湫祠堂》五言四十句、《南山有高树行赠李宗闵》五言四十句。http://cls.hs.yzu.edu.tw/tang/Database/index.html，2006 年 9 月 1 日。

② 清人叶矫然《龙性堂诗话》："中间连用五十余'或'字，又连用迭字十余句，其体物精致，公输释斤，道子阁笔矣。"

能展现其才力雄大的特质①，亦能看出他的极力求变。宋人黄彻《碧溪诗话》卷五："庄子文多奇变，如'技经肯綮之未尝'，乃未尝技经肯綮也。诗句中时有此法，如昌黎'一蛇两头见未曾''拘官计日月''欲进不可又''君不强起时难更'。坡'迨此雪霜未''兹谋待君必''聊亦记吾曾'，余人罕敢用。"②评论中的"拘官计日月""欲进不可又"则出自韩愈的《南山诗》，兹摘录相关字句如下：

> 力虽能排斡，雷电怯呵诟。攀缘脱手足，蹭蹬抵积甃。
> 茫如试矫首，堛塞生怐愗。威容丧萧爽，近新迷远旧。
> 拘官计日月，欲进不可又。因缘窥其湫，凝湛阒阴兽。
> 鱼虾可俯掇，神物安敢寇。林柯有脱叶，欲堕鸟惊救。

诗例中的"拘官计日月，欲进不可又"应为"拘官计日月，欲进又不可"，固然可能是因押韵的关系而将"又"字调至句尾。③"欲进不可又"这种句式实在不合汉语语法，所以宋人黄彻说"余人罕敢用"，可见其追求独特。

再者，连用五十几个"或"字诗句及连用迭字。清人顾嗣立《昌黎先生诗集注》："公以画家之笔，写得南山灵异缥缈，光怪陆离，中间连用五十一'或'字，复用十四迭字，正如骏马下冈，手中脱辔。"④可见韩愈诗法之奔放不拘，如脱辔骏马。然对此作法亦有持相反意见。清人沈德潜《说诗晬语》："《鸱鸮》诗连下十二'予'字，《蓼莪》诗连下九'我'字，《北山》诗连下十二'或'字，情至不觉音之繁、词之复也。后昌黎《南山》用《北征》之体而张大之，下五十余'或'字，<u>然情不深而侈其词，只是汉赋体段</u>。"⑤沈德潜否定韩诗中侈用"或"字，造成情不深之弊端。诗经多用"予""我"字，因其情至，故不觉繁复。姑不论其精心连用的"或"字诗句或迭字，至少已别于其他诗人的山水诗⑥，此点可见其求变之努力。吴振华统计南山诗主要意象，分成时间、自然、动、植物、器具、人类活动、文化等意象，指出："总之，诗人用五十一个或（如）开头，组建了中国诗史上最大的比

---

① 宋人胡仔《苕溪渔隐丛话前集》："《雪浪斋日记》云：'读退之《南山》诗，颇觉似《上林》《子虚》赋，才力小者不能到。'"

② 丁福保辑：《历代诗话续编》，中华书局2001年版，第369页。

③ 宋绪连等编：《唐诗艺术技巧分类辞典》，中国人民大学出版社1996年版，第876页。陈友冰认为："南山诗中'拘官计日月，欲进又不可'，为了和上联'威容丧萧爽，近新迷远旧'以及下联'因缘窥其湫，凝湛阒阴兽'押同一韵脚。"

④ 陈伯海主编：《唐诗汇评》，浙江教育出版社1995年版，第1613页。

⑤ 陈伯海主编：《唐诗汇评》，浙江教育出版社1995年版，第1612页。

⑥ 李贺诗中没有"或"字，而孟郊仅有一例，《哀孟云卿嵩阳荒居》："定交昔何在，至咸今或疏。"杜甫北征诗亦仅"或红如丹砂，或黑如点漆"此句耳。

喻句群，描写南山的千姿百态，实际上是展示韩愈目睹心想的胸中南山的雄姿，体现了诗人心灵的雄博。"①这分析揭示了《南山诗》在诗史上的独特价值。

这么多或字，表面上形容南山之各种状态，然心理上与韩愈遭贬谪之惑有关。他一生两次贬谪，一次贬阳山令，一次贬潮州，写《南山诗》时，尚未发生元和十四年谏迎佛骨之事。《南山诗》是韩愈在宪宗元和元年（806）在长安所写，在前年（贞元十九年）他因上书言关中旱饥之事②，以免人民田租之弊，结果由监察御史贬阳山令（今广东省阳山县）。③因心有不平，为民喉舌，关心民瘼，竟至迁谪下场，加上旅途受尽风波，行舟劳疲，情绪累积到极点后，终于渲泄出来，连用五十余或字，始"或连若相从，或蹙若相斗"，终"或前横若剥，或后断若妒"。试看或字句前几段：

> 前年遭谴谪，探历得邂逅。初从蓝田入，顾盼劳颈脰。
> 时天晦大雪，泪目苦蒙瞀。峻涂拖长冰，直上若悬溜。
> 褰衣步推马，颠蹶退且复。苍黄忘遐睎，所瞩纆左右。
> 杉篁咤蒲苏，杲耀攒介胄。专心忆平道，脱险逾避臭。
> 昨来逢清霁，宿愿忻始副。峥嵘跻冢顶，倏闪杂鼯鼬。
> 前低划开阔，烂漫堆众皱。或连若相从，或蹙若相斗。
> 或妥若弭伏，或竦若惊雊。或散若瓦解，或赴若辐凑。
> 或翩若船游，或决若马骤。

"或连若相从"以上诸句，道出"前年遭谴谪，探历得邂逅"的情绪导火线。④之

---

① 吴振华：《韩诗自然意象分类统计研究》，《周口师范学院学报》2007年第3期。

② （唐）韩愈著，严昌校点：《韩愈集·卷三十七·行状》岳麓书社2000年版，第394页。韩愈《御史台上论天旱人饥状》："右臣伏以今年以来，京畿诸县夏逢亢旱，秋又早霜，田种所收，十不存一……上恩虽私，下困犹甚，至闻有弃子逐妻以求口食，拆屋伐树以纳税钱，寒馁道涂，毙踣沟壑……伏乞特敕京兆府：应今年税钱及草粟等在百姓腹内征未得者，并且停征。"

③ 皇甫湜《韩文公神道碑》载曰："入官于四门，先生实师之。擢为御史。（贞元）十九年，关中旱饥，人死相枕藉，吏刻取息。先生列天下根本，民急如是，请宽民徭，而免田租之弊。专政者恶之，行为连州阳山令。"

④ （美）宇文所安著，陈引驰、陈磊泽译：《中国"中世纪"的终结：中唐文学文化论集》，三联书店2006年版，第33页。美国学者宇文所安（Stephen owen）在解读《南山诗》时，认为：《南山诗》是一首很长的诗，包含了复杂的对称，有感发力的中心，以及关于觉悟的叙事，这一叙事在以文字描述对大自然秩序进行再现的过程中达到了高潮。"西方人解读中国诗，往往脱离诗人人生经历，而直接从文本来解析。若要解读诗作，作者之经历和时代文化等因素必须考虑，而南山诗特有的五十多个或字句法与诗人贬谪经历之间的联系，是宇文教授没注意到的，当然他的说法仍具参考价值。

后叙写贬途中身心劳苦，物候不佳，几度艰险，生死一瞬。直到"前低划开阔，烂漫堆众皱"，山景看似变形，如同自己身心扭曲般，此时情绪已达高潮，因而连下五十余或字句①，不平之情渲泄不够，再接以迭字句：

> 延延离又属，夬夬叛还遭。喁喁鱼闯萍，落落月经宿。
>
> 阘阘树墙垣，巇巇驾库厩。参参削剑戟，焕焕衔莹琇。
>
> 敷敷花披萼，阘阘屋摧溜。悠悠舒而安，兀兀狂以狃。
>
> 超超出犹奔，蠢蠢骇不懋。大哉立天地，经纪肖营腠。

最后到"大哉立天地"，则心情较为和缓，南山之大，使其心胸为之开阔。如此多或，暗示他的心中疑惑。而此或字通常带有泛指人事物之义，也可与惑相通，又可表达不一定不尽然之意。②韩愈不解，关心民瘼经济却落得远贬偏辟南荒的下场。其《赴江陵途中寄赠王二十补阙李十一拾遗李二十六员外翰林三学士》说："孤臣昔放逐，血泣追愆尤。汗漫不省识，恍如乘桴浮。或自疑上疏，上疏岂其由。是年京师旱，田亩少所收。上怜民无食，征赋半已休。"这也是表达他对阳山之贬的疑惑。

韩愈阳山之贬，前文已有论述，这里为了诠解《南山诗》之需要，加以强调，其贬因说法大致有三。一是论宫市，以《旧唐书》为代表。二是专政者恶之（李实所谗），以皇甫湜《韩文公神道碑》为代表。三是忤文之力，而刘柳下石为多，以《韵语阳秋》为代表。《旧唐书》载曰："调授四门博士，转监察御史。德宗晚年，政出多门，宰相不专机务。宫市之弊，谏官论之不听。愈尝上章数千言极论，不听，怒贬为连州阳山令。"《新唐书》和《唐才子传》亦承其说。皇甫湜则持不同立场，其《韩文公神道碑》："专政者恶之，行为连州阳山令。"《韵语阳秋》卷五则批驳上述二说，引用韩愈《自阳山移江陵》《上京兆李实书》《江陵涂中》《岳阳别窦司直》《和张十一忆昨行》《永贞行》等材料，从而论断为"则知阳山之贬，忤文之力，而刘柳下石为多，非为李实所谗也"③。无论被贬之真相为何，韩愈自己也不清楚，如前所引"汗漫不省识，恍如乘桴浮。或自疑上疏，上疏岂其由"所言。

《南山诗》呈现的山水景物，如"晴明出棱角，缕脉碎分绣""明昏无停态，顷

---

① 其中最后四句以易经卦象形容山势，较为独特，诗曰："或如龟拆兆，或若卦分繇。或前横若剥，或后断若姤。"占卜卦象本是人类对未来不确定而求心理安慰的结果。

② 高树藩：《正中形音义综合大字典》，正中书局1974年版，第537页。

③ （清）何文焕辑：《历代诗话》，中华书局2001年版，第524～525页。

刻异状候”“惊呼惜破碎，仰喜呀不仆”“时天晦大雪，泪目苦蒙瞀”等句之刻画，已隐现韩愈遭朝廷弃置的幽暗破碎心境，南山诗中饱含贬谪元素，激愤的情绪扩大了谢灵运记游的五言短篇和杜甫叙事的五言长篇之篇幅，形成五言超级长篇，遂别开境界，独辟蹊径。正如《南山诗评释》所言：“以韵语刻画山水，原于屈、宋。汉人作赋，铺张雕绘，益臻繁缛。谢灵运乃变之以五言短篇，务为清新精丽，遂能独辟蹊径，擅美千秋。昌黎《南山》，取杜陵五言大篇之体，摄汉赋铺张雕绘之工，又变谢氏轨躅，亦能别开境界，前无古人。”故沈德潜《说诗晬语》有“然情不深而侈其词”之评，失之精读矣！

二、白居易之《游悟真寺》

白居易四十四岁后所写的山水诗，在元和十年（815）被贬江州以后，地域上主要是南方。《游悟真寺》是他四十三岁（元和九年）在下邽（今陕西渭南县附近，渭河北岸）守母丧时所写，地域上是属北方。《游悟真寺》首四句言“元和九年秋，八月月上弦。我游悟真寺，寺在王顺山”，点明游览时间和地点。王顺山在西安城东南蓝田县城东约十公里处。末四句言“我今四十余，从此终身闲。若以七十期，犹得三十年”，说明他中晚年欲长居于此山。悟真寺地处偏远，车马无法进入，必须步行，故诗曰“自兹舍车马，始涉蓝溪湾。手拄青竹杖，足蹋白石滩。渐怪耳目旷，不闻人世喧”。正因少人闻知，故《全唐诗》中关于悟真寺的歌咏并不多见，除了白居易外《游悟真寺》五言二百六十句，有王维、钱起、卢纶、张籍等四人，写过仅五首而已：王维《游悟真寺》五言二十四句、钱起《登玉山诸峰偶至悟真寺》五言二十二句、卢纶《题悟真寺》七言四句、张籍《使行望悟真寺》七言四句。

就体式而言，三首五古二首七绝。就时代上而言，一首盛唐，四首中唐，似乎说明中唐时期的悟真寺较盛唐有名。就篇幅而言，白居易《游悟真寺》五言二百六十句，凡一千三百字，远比其他诗作宏阔。白居易其他长篇诗歌，如《长恨歌》或《琵琶行》，篇幅不到千字，故《游悟真寺》可谓“超级山水长诗”[1]。与韩愈

---

① 陈友琴编：《白居易资料汇编》，中华书局2005年版，第310页。《长恨歌》，七言一百二十句，八百四十字，而《琵琶行》，七言八十八句，六百一十六字。而洋洋洒洒，长篇诗歌创作，本是白居易之所擅长的，赵翼《瓯北诗话》谓：“五言排律长篇，亦莫有如香山之多者。《渭村退居一百韵》；谪江州有《东南行》一百韵，微之以《梦游春七十韵》见寄，广为一百韵报之；又《代书诗寄微之一百韵》；《赴忠州舟中示弟行简五十韵》；《和微之投简阳明洞五十韵》；《想东游五十韵》；《逢萧彻话长安旧游五十韵》；《叙德书情上宣歙崔中丞四十韵》；《新昌新居四十韵》；此外如三十、二十韵者，更不可胜计。此亦古来所未有也。”

《南山诗》相比，篇幅上稍逊，其五言二百零四句，一千零二十字。论者大都注意到韩愈《南山诗》，而鲜少论及白居易《游悟真寺》，清人赵翼则慧眼独具，其《瓯北诗话》早已点明：

> 唐人五言古诗，大篇莫如少陵之《北征》，昌黎之《南山》。二诗优劣，黄山谷已尝言之。然香山亦有《游王顺山悟真寺》一首，多至一千三百字，世顾未有言及者。今以其诗与《南山》相较，《南山诗》但俪偶摹写山景，用数十"或"字，极力刻画；而以之移写他山，亦可通用。《悟真寺》诗，则先写入山，次写入寺；先憩宾位，次至玉像殿，次观音岩，点明是夕宿寺中。明日又由南塔路过蓝谷，登其巅；又到蓝水环流处，上中顶最高峰，寻谒一片石、仙人祠；回寻画龙堂，有吴道子画、褚河南书。总结登历，凡五日。层次既极清楚，且一处为一处景物，不可移易他处。较《南山诗》似更过之。又《北征》《南山》皆用仄韵，故气力健举；此但用平韵，而逐层畏叙，沛然有余，无一语冗弱，觉更难也。而诗人不知，则以香山有《长恨》《琵琶》诸大篇脍炙人口，遂置此诗于不问耳。

赵翼将韩《南山》与白《游悟真寺》两诗比较后，指出《南山》连用数十"或"字极力刻画，摹写山景之特点，然将之移写他山，亦可通用。而《游悟真寺》从入山写起，再写入寺，佛教景观，登山，寻访古迹，层次井然，每处景物之描写，不可移易他处，故《游悟真寺》水平高于《南山》。

以下则分析《游悟真寺》诗为何篇幅如此宏阔，必要时将与《南山诗》作一比较，而不评其高下，试图深入探究其诗。《游悟真寺》可分六大部分，第一部分交待白居易游悟真寺之时间和地点，强调入寺之前四五里必须步行，其座落在两崖之间。

> 元和九年秋，八月月上弦。我游悟真寺，寺在王顺山。
> 去山四五里，先闻水潺湲。自兹舍车马，始涉蓝溪湾。
> 手拄青竹杖，足蹋白石滩。渐怪耳目旷，不闻人世喧。
> 山下望山上，初疑不可攀。谁知中有路，盘折通岩巅。
> 一息幡竿下，再休石龛边。龛间长丈余，门户无扃关。
> 仰窥不见人，石发垂若鬌。惊出白蝙蝠，双飞如雪翻。
> 回首寺门望，青崖夹朱轩。如擘山腹开，置寺于其间。

"石发垂若鬓""双飞如雪翻""如擘山腹开"三句使用比喻法，形象地展示步行入寺途中所见之景物，揭明寺的地理位置。第二部分则写入寺门之后所见所闻。有树木、虫蛇、松桂、日月光、幽鸟、虹霏、云回旋、白雨、野绿、秦原、渭水、汉陵、朱阑、上山人等景物：

> 入门无平地，地窄虚空宽。房廊与台殿，高下随峰峦。
> 岩崿无撮土，树木多瘦坚。根株抱石长，屈曲虫蛇蟠。
> 松桂乱无行，四时郁芊芊。枝梢袅青翠，韵若风中弦。
> 日月光不透，绿阴相交延。幽鸟时一声，闻之似寒蝉。
> 首憩宾位亭，就坐未及安。须臾开北户，万里明豁然。
> 拂檐虹霏微，绕栋云回旋。赤日间白雨，阴晴同一川。
> 野绿簇草树，眼界吞秦原。渭水细不见，汉陵小于拳。
> 却顾来时路，萦纡映朱阑。历历上山人，一一遥可观。

"根株抱石长"使用拟人法，赋与根株以人之特性，富有生命力，"眼界吞秦原"则用夸饰法，形容眼界开阔。第三部分则历述寺中所见之各种佛教建筑及宝物，如宝塔、玉像殿、观音堂、七宝冠、白琉璃、舍利、玉笛等。

> 前对多宝塔，风铎鸣四端。栾栌与户牖，恰恰金碧繁。
> 云昔迦叶佛，此地坐涅盘。至今铁钵在，当底手迹穿。
> 西开玉像殿，白佛森比肩。斗藪尘埃衣，礼拜冰雪颜。
> 迭霜为袈裟，贯雹为华鬘。逼观疑鬼功，其迹非雕镌。
> 次登观音堂，未到闻栴檀。上阶脱双履，敛足升净筵。
> 六楹排玉镜，四座敷金钿。黑夜自光明，不待灯烛然。
> 众宝互低昂，碧佩珊瑚幡。风来似天乐，相触声珊珊。
> 白珠垂露凝，赤珠滴血殷。点缀佛髻上，合为七宝冠。
> 双餅白琉璃，色若秋水寒。隔餅见舍利，圆转如金丹。
> 玉笛何代物，天人施祇园。吹如秋鹤声，可以降灵仙。

叙述细密，依游览各殿堂之顺序，将其特点展示出来，表现非凡之记忆力。白居易对佛教思想之习染于此已可见一斑，文中第五部分（详后）所谓"一游五昼夜，欲返仍盘桓"，更表明对佛地之向往。白居易之母于元和六年（1811）在长安宣平里第辞世，白居易退居下邽义津乡金氏村守丧的萌发，此后三年皆居此地，有《慈乌夜啼》传世①。论者大都认为白居易的佛教思想应在贬谪受挫后，如《旧唐书·卷一六六·白居易列传》言："居易儒学之外，尤通释典。常以忘怀处顺为事，都不以迁谪介意。在浔城，立隐舍于庐山遗爱寺。尝与人书言之曰：'予去年秋始游庐山，到东西二林间香炉峰下，见云木泉石，胜绝第一。爱不能舍，因立草堂。前有乔松十数株，修竹千余竿，青萝为墙援，白石为桥道，流水周于舍下，飞泉落于檐间，红榴白莲，罗生池砌。'白居易与凑、满、朗、晦四禅师，追永、远、宗、雷之，为方外之交。每相携游咏，跻危登险，写及极林泉之幽邃。"白居易通释典是在迁谪之后，其实他在贬谪江州前一年守母丧时的悟真寺之五日游览中已有感悟，诗中用语遣词多数与佛教相关。其中"西开玉像殿，白佛森比肩"两句中的"白"字有另一版本为"百"，宋绍兴本以下各种刊本均作"白佛森比肩"，日本宗尊本、要文抄本、管见抄本作"百佛森比肩"。日人平冈武夫校定《白氏文集》校云："森比肩谓众貌，作百者是也。""百佛"言佛之名号众多，如隋那连提耶舍所译名《百佛名经》。又造佛供养，绘画或雕刻佛象多者，常称千佛，如各地之千佛洞、千佛岩、千佛堂。白诗言"百佛"，其意相同。②

第四部分则写其夜宿寺中之夜景及清晨登山所见之自然景色。

是时秋方中，三五月正圆。宝堂豁三门，金魄当其前。
月与宝相射，晶光争鲜妍。照人心骨冷，竟夕不欲眠。
晓寻南塔路，乱竹低婵娟。林幽不逢人，寒蝶飞翩翩。
山果不识名，离离夹道蕃。足以疗饥乏，摘尝味甘酸。
道南蓝谷神，紫伞白纸钱。若岁有水旱，诏使修苹蘩。
以地清净故，献奠无荤膻。危石迭四五，蘦崼攲且刓。
造物者何意，堆在岩东偏。冷滑无人迹，苔点如花笺。
我来登上头，下临不测渊。目眩手足掉，不敢低头看。
风从石下生，薄人而上抟。衣服似羽翮，开张欲飞骞。
嬛嬛三面峰，峰尖刀剑攒。往往白云过，决开露青天。

"峰尖刀剑攒"形容山峰奇险，令人生惧，尤以"目眩手足掉，不敢低头看"写其

---

① 朱金城：《白居易年谱》，文史哲出版社 1991 年版，第 55 页。
② 谢思炜：《游悟真寺考释》，《清华大学学报》（哲学社会科学版）2002 年第 6 期。

登高害怕之心。第五部分除写景外，亦加入佛道历史各种传说，展现其丰富之学识，叙述了卞和、过去师、王氏子、写经僧等人物故事。如：

> 西北日落时，夕晖红团团。千里翠屏外，走下丹砂丸。
> 东南月上时，夜气青漫漫。百丈碧潭底，写出黄金盘。
> 蓝水色似蓝，日夜长潺潺。周回绕山转，下视如青环。
> 或铺为慢流，或激为奔湍。泓澄最深处，浮出蛟龙涎。
> 侧身入其中，悬磴尤险艰。扪萝蹑欂木，下逐饮涧猿。
> 雪迸起白鹭，锦跳惊红鳣。歇定方盥漱，濯去支体烦。
> 浅深皆洞彻，可照脑与肝。但爱清见底，欲寻不知源。
> 东崖饶怪石，积甃苍琅玕。温润发于外，其间韫玙璠。
> 卞和死已久，良玉多弃捐。或时泄光彩，夜与星月连。
> 中顶最高峰，拄天青玉竿。上不得□□，岂我能攀援。
> 上有白莲池，素葩覆清澜。闻名不可到，处所非人寰。
> 又有一片石，大如方尺砖。插在半壁上，其下万仞悬。
> 云有过去师，坐得无生禅。号为定心石，长老世相传。
> 却上谒仙祠，蔓草生绵绵。昔闻王氏子，羽化升上玄。
> 其西晒药台，犹对芝朮田。时复明月夜，上闻黄鹤言。
> 回寻画龙堂，二叟鬓发斑。想见听法时，欢喜礼印坛。
> 复归泉窟下，化作龙蜿蜒。阶前石孔在，欲雨生白烟。
> 往有写经僧，身静心精专。感彼云外鸽，群飞千翩翩。
> 来添砚中水，去吸岩底泉。一日三往复，时节长不愆。
> 经成号圣僧，弟子名杨难。诵此莲花偈，数满百亿千。
> 身坏口不坏，舌根如红莲。颅骨今不见，石函尚存焉。
> 粉壁有吴画，笔彩依旧鲜。素屏有褚书，墨色如新干。
> 灵境与异迹，周览无不殚。一游五昼夜，欲返仍盘桓。

以"丹砂丸"比喻日，而以"黄金盘"比喻月，构词新颖。"粉壁有吴画，笔彩依旧鲜。素屏有褚书，墨色如新干"，四句对仗精巧，表达书画之灵动飞跃。"<u>身坏口不坏，舌根如红莲</u>"，《法苑珠林》卷八十五亦载有相关故事："雍州有僧亦诵《法华》，隐于白鹿山，感一童子常供给。至终，置尸岩下，余骸枯朽，唯舌多年不坏。又齐武成世，并州东看山侧有掘地，见一处土，其色黄白，与傍有异，寻见一物，状人两唇。其内有舌，鲜红赤色。以事奏闻，问诸道人，无能知者。沙门大统法师上奏曰：'此持《法华》者，令六根不坏。殷诵千遍，定感此征。'舌根如红莲，即舌呈鲜红赤色，直接赋予文学性。"一游五昼夜，欲返仍盘桓"则写五日之游，意犹未尽，强调对佛教之亲近。第六部分则抒其感想，表达不慕荣利之隐士情怀。如：

> 我本山中人，误为时网牵。牵率使读书，推挽令效官。
> 既登文字科，又忝谏诤员。拙直不合时，无益同素餐。
> 以此自惭惕，戚戚常寡欢。无成心力尽，未老形骸残。
> 今来脱簪组，始觉离忧患。及为山水游，弥得纵疏顽。
> 野麋断羁绊，行走无拘挛。池鱼放入海，一往何时还。
> 身着居士衣，手把南华篇。终来此山住，永谢区中缘。
> 我今四十余，从此终身闲。若以七十期，犹得三十年。[①]

除了佛教因素之外，"既登文字科，又忝谏诤员"以下八句亦应为悟真诗篇幅宏阔之另一原因，说到底，还是与他本身经历有关。白居易于宪宗元和元年（806）四月登第，四月二十八初即授盩厔尉。元和三年（808）四月二十八除左拾遗、依前充翰林学士。元和五年（810）五月初，改官京兆府户曹参军，仍充翰林学士。[②]在这期间，他作《新乐府》五十首和《秦中吟》十首，忠于谏官之职责。

以上从六大部分呈述《游悟真寺》之章法内容，诗中佛教元素颇多，亦加入个人任谏官之感慨，这是其篇富宏阔之因。若与韩愈《南山诗》作一比较，在写作时间上，前者是贬谪前所写，后者是贬谪后，如韩所言"前年遭谴谪，探历得邂逅"。在句法上，前者描写细致，层次分明，后者则连用五十几个"或"字。在章法上，前者依游览寺庙时序铺陈，较为写实，而后者写整个连绵山脉，境界开阔，想象力丰富，两诗各有所长，在山水诗史上各有价值。《唐宋诗醇》则将《游悟真寺》与韩谢柳之山水游记诗作一比较，称："韩愈南山诗以奇肆胜，此以秀折胜，可谓匹敌。谢灵运游山诗、柳宗元山水记素称奇构，以彼方此，不无广狭之别矣。"强调韩白诗为广，谢柳诗为狭，韩诗有奇肆之特点，白诗则以秀折取胜。此论公允。

---

① （清）彭定求等纂：《全唐诗·卷四百二十九卷》，中华书局1996年版，第4736页。
② 朱金城：《白居易年谱》，文史哲出版社1991年版，第35～41页。

三、刘禹锡之《游桃源一百韵》

刘禹锡《游桃源一百韵》首二句言"沅江清悠悠，连山郁岑寂"点明此诗之所在地在沅江附近。沅江又称沅水，源出贵州省雾山鸡冠岭，流经黔东、湘西，至黔城以下始称沅江，入洞庭湖。自上游至下游流经叙州、辰州和朗州等地。[①]他于宪宗元和元年（即永贞元年，806），被贬谪至朗州，汉时称武陵郡，今为湖南常德市，位于洞庭湖西南方。其《武陵书怀五十韵》诗前有引曰：

> 按《天官书》。武陵当翼、轸之分。其在春秋及战国时。皆楚地。后为秦惠王所并。置黔中郡。汉兴。更名曰武陵。东徙于今治所。常林《义陵记》云："初项籍杀义帝于郴。武陵人曰。天下怜楚而兴。今吾王何罪。乃见杀。郡民缟素。哭于招屈亭。高祖闻而异之。故亦曰义陵。"今郡城东南亭舍。其所也。晋、宋、齐、梁间。皆以分王子弟。事存于其书。永贞元年。余始以尚书外郎出补连山守。道贬为是郡司马。至则以方志所载。而质诸其人民。顾山川风物。皆骚人所赋。乃具所闻见而成是诗。因自述其出处之所以然。故用书怀为目云。

刘禹锡于永贞元年被贬连山守，道中转贬朗州司马，朗州汉称武陵郡。刘禹锡之所以到朗州，与其在政治上遭遇的挫折有密切关系。据《子刘子自传》所作的剖白："是时，太上久寝疾，宰臣及用事者都不得召对。宫掖事秘，而建桓立顺，功归贵臣。于是叔文首贬渝州，后命终死。宰相贬崖州。予出为连州。途至荆南，又贬朗州司马。"[②]此一政治上的挫败即所谓的永贞革新，最大胜利者是宦官集团。"功归贵臣"之句则已明示，透过东汉桓、顺二帝受宦官拥立之史实，藉以揭发永贞革新背后魔爪——宦官弄权之秘辛。[③]他从长安贬至湖南的朗州，这在人们眼中是蛮荒之地。

前论之韩愈和白居易的千字山水诗，所以篇幅如此巨大，与其个人贬谪及用佛

---

① 谭其骧主编：《中国历史地图集·第五册·隋唐五代十国时期》，中国地图出版社1996年版》，第38～39页。

② （唐）刘禹锡著，瞿蜕园校点：《刘禹锡全集》，上海古籍出版社1999年版，第320页。

③ 吴钢、张天池、刘光汉补注：《刘禹锡诗文选注》，三秦出版社1987年版，第1～14页。《子刘子自传》之解析可参阅该书。

教用语有密切关系，刘禹锡《游桃源一百韵》之宏阔篇幅亦与其贬谪相关。

对失志士大夫而言，游览山水起着心灵寄托的作用，避开人间烦扰，与天地融合为一。刘禹锡遭遇的山水正是东晋陶渊明笔下的桃花源，其《桃花源记》曰："晋太元中武陵人，捕鱼为业。缘溪行，忘路之远近。忽逢桃花林，夹岸数百步，中无杂树，芳草鲜美，落英缤纷。"因此刘禹锡写五言长诗《游桃源一百韵》借题发挥，于诗中融入渊明的桃源思想，如"渊明着前志，子骥思远跖"，藉以抒发他永贞革新挫败后，追寻心灵归宿的意图。先看《游桃源一百韵》前面几段：

> 沅江清悠悠，连山郁岑寂。回流抱绝巘，皎镜含虚碧。
> 昏旦递明媚，烟岚分委积。香蔓垂绿潭，暴龙照孤碛。

开头描绘周围自然景观，绝巘、皎镜、香蔓、绿潭、暴龙和孤碛等景物构成令人赏心的世外桃源图。此种乐土意识乃肇自《诗经·硕鼠》所言"逝将去女，适彼乐土"，下层人民深受统治者贪得无厌的剥削，在"三岁贯女"长久时间的积怨下，遂萌发另寻"乐土""乐国""乐郊"的美好念头。人对于生长之地抱存着依恋的情感本是极自然之事，然若或因遭受压迫，或因不合理对待，或因受人陷害，或因避乱等，则通常有两条路可选择，一是抵抗，一是远离。在政治上，大多数是权力小者远离，执政者永远是胜利的一方，故诗经所谓"适彼乐土"是人民内心底层最无奈的悲音。至于乐土的景象是什么，诗经中并无仔细描绘。东晋陶渊明始对桃花源作进一步的具体描绘，其《桃花源记》藉武陵渔人误入桃花林，叙写出令人陶醉的景观：

> 忽逢桃花林，夹岸数百步，中无杂树，芳草鲜美，落英缤纷……复行数十步，豁然开朗。土地平旷，屋舍俨然，有良田美池桑竹之属。

寥寥数语状写人间天堂的美丽景象。于是刘禹锡便将朗州的美丽风物与桃花源记的情节作一连结：

> 渊明着前志，子骥思远跖。寂寂无何乡，密尔天地隔。
> 金行太元岁，渔者偶探赜。寻花得幽踪，窥洞穿闉隙。
> 依微闻鸡犬，豁达值阡陌。居人互将迎，笑语如平昔。

广乐虽交奏，海禽心不怿。挥手一来归，故溪无处觅。

绵绵五百载，市朝几迁革。有路在壶中，无人知地脉。

皇家感至道，圣祚自天锡。金阙传本枝，玉函留宝历。

禁山开秘宇，复户洁灵宅。蕊检香氛氲，醮坛烟幂幂。

我来尘外躅，莹若朝醒析。

"金行太元岁"以下数句概述桃花源记，东晋至中唐约五百年间，此地是未受政治纷扰及战争浩劫的桃源仙境，更进一步强化陶渊明描述的东晋渔人发现的梦幻王国的浪漫色彩。虽然此地"市朝几迁革"，但"有路在壶中，无人知地脉"，此地仍遗世而独立，游人罕至。于是他要展开一段追寻心中桃源之旅，故有"我来尘外躅，莹若朝醒析"句。与武陵渔人不同者，在于刘禹锡是有意游览桃源，在前段描绘的美丽景象下，因此产生探索桃源内的动机。接着他又写登山路途之风景：

崖转对翠屏，水穷留画鹢。三休俯乔木，千级扳峭壁。

旭日闻撞钟，彩云迎蹑展。遂登最高顶，纵目还楚泽。

平湖见草青，远岸连霞赤。幽寻如梦想，绵思属空阒。

夤缘且忘疲，耽玩近成癖。清猿伺晓发，瑶草凌寒坼。

祥禽舞葱茏，珠树摇玓瓅。

这一段风景的描写引出道教仙境。"羽人顾我笑，劝我税归轭"以下数句则写遇到道士及听闻瞿氏子仙人相关事迹，故有"因话近世仙，耸然心神惕"的说法。直至"纷吾本孤贱"，则慨叹个人身世悲凉，益以"北渚吊灵均，长岑思亭伯。祸来昧几兆，事去空叹息"之句联系屈原贬谪之事，抒发同是天涯伦落人之悲。最后写欲隐居在此，所谓"买山构精舍，领徒开讲席"。诗篇结构则是：沅江美景→登仙遇道士→反思自我贬谪遭遇→隐居此山。若我们再比较所有唐代其他同题之作，得表5-1。

表5-1　唐代桃源诗分析表

诗人	诗题	情绪
包融	武陵桃源送人　七言四句	
王维	桃源行　七言三十二句	
卢纶	同吉中孚梦桃源二首　五言六句	

续表

诗人	诗题	情绪
武元衡	桃源行送友　七言十九句	
权德舆	桃源篇　七言二十句	
韩愈	桃源图　七言三十八句	
刘禹锡	游桃源一百韵 八月十五日夜桃源玩月　七言十六句 桃源行　七言二十六句 伤桃源薛道士　七言四句	
施肩吾	桃源词二首　七言四句	无个人情绪
李群玉	桃源　七言四句	山川四望使人愁， 略有情绪
段成式	桃源僧舍看花　七言四句	无个人情绪
刘沧	题桃源处士山居留寄，七言八句	无个人情绪
张乔	寻桃源　五言八句	无个人情绪
章碣	桃源　七言八句	无个人情绪
陈光	题桃僧　五言八句	无个人情绪
李宏皋	题桃源　七言八句	无个人情绪 （慨叹个人遭遇）
皎然	晚春寻桃源观　七言八句	无个人情绪

唐代关于桃源的诗作不到二十首，在篇幅上，除刘禹锡的千字诗外，文字较多的是韩愈七言三十八句的《桃源图》，最少则是包融的七绝《武陵桃源送人》。就内容言，或以第三人称的客观立场演绎武陵桃源故事，较少融入个人身世。如施肩吾《桃源词》之一言："夭夭花里千家住，总为当时隐暴秦。归去不论无旧识，子孙今亦是他人。"又李宏皋《题桃源》："山翠参差水渺茫，秦人昔在楚封疆。当时避世乾坤窄，此地安家日月长。草色几经坛杏老，岩花犹带涧桃香。他年倘遂平生志，来着霞衣侍玉皇。"两诗演绎《桃花源记》之事："自云先世避秦时乱，率妻子邑人来此绝境，不复出焉，遂与外人间隔。"

　　或以第三人称之客观立场改写桃源者，加入求仙意识，然亦未发抒个人身世之悲，如王维《桃源行》：

　　　　渔舟逐水爱山春，两岸桃花夹去津。

坐看红树不知远，行尽青溪不见人。

山口潜行始隈陕，山开旷望旋平陆。

遥看一处攒云树，近入千家散花竹。

樵客初传汉姓名，居人未改秦衣服。

居人共住五陵源，还从物外起田园。

月明松下房栊静，日出云中鸡犬喧。

惊闻俗客争来集，竞引还家问都邑。

平明闾巷扫花开，薄暮渔樵乘水入。

初因避地去人间，及至成仙遂不还。

峡里谁知有人事，世中遥望空云山。

不疑灵境难闻见，尘心未尽思乡县。

出洞无论隔山水，辞家终拟长游衍。

自谓经过旧不迷，安知峰壑今来变。

当时只记入山深，青溪几曲到云林。

春来遍是桃花水，不辨仙源河处寻。

“平明闾巷扫花开，薄暮渔樵乘水入”两句说明渔人误入桃源仙境，是因为避乱，所谓“初因避地去人间，及至成仙遂不还”。陶渊明《桃花源记》中的渔人并无慕仙意识，王维的《桃源行》里则渗入求仙思想，末联“春来遍是桃花水，不辨仙源何处寻”则表明慕仙未成。刘禹锡游桃源时将慕仙意识融入登山过程中，差别只在王维所写渔夫不遇仙，而刘禹锡本人遇仙，诗曰：

羽人顾我笑，劝我税归辀。霓裳何飘飘，童颜洁白皙。

重岩是藩屏，驯鹿受羁靮。楼居弥清霄，萝茑成翠帟。

仙翁遗竹杖，王母留桃核。姹女非丹砂，青童护金液。

宝气浮鼎耳，神光生剑脊。虚无天乐来，僸佅鬼兵役。

丹丘肃朝礼，玉札工紬绎。枕中淮南方，床下阜乡舄。

明灯坐遥夜，幽籁听淅沥。

仙人居于深山，《庄子》一书就这么写了：“藐姑射之山，有神人居焉，肌肤若冰雪，绰约若处子，不食五谷，吸风饮露，乘云气，御飞龙而游乎四海之外。”仙人可分“天仙”“地仙”和“尸解仙”三种，据葛洪《抱朴子·内篇》卷二“论仙”所言：“上士举形升虚，谓之天仙；中士游于名山，谓之地仙；下士先死后蜕，谓之尸解仙。"就造字法则看，仙是人和山的字形合成，表明人居于山中。刘熙《释名·卷三》"释长幼"说："老而不死曰仙。仙，迁也，迁入山也。故其制字，人旁作山也。"因此，刘禹锡所遇羽人是葛洪所谓地仙，亦即道士。诗中谈到道士的容貌如童颜，居处在深山重岩中，楼居接近天空，周围竹林密布，高雅闲远。丹砂和金液乃指道士的炼丹。刘禹锡与道士长夜漫谈，诉说瞿氏子的神话传说：

> 因话近世仙，耸然心神惕。乃言瞿氏子，骨状非凡格。
> 往事黄先生，群儿多侮剧。瞥然不屑意，元气贮肝膈。
> 往往游不归，洞中观博弈。言高未易信，尤复加诃责。
> 一旦前致辞，自云仙期迫。言师有道骨，前事常被谪。
> 如今三山上，名字在真籍。悠然谢主人，后岁当来觌。
> 言毕依庭树，如烟去无迹。观者皆失次，惊追纷络绎。
> 日暮山径穷，松风自萧槭。适逢修蛇见，瞋目光激射。
> 如严三清居，不使恣搜索。唯余步纲势，八趾在沙砾。
> 至今东北隅，表以坛上石。

无论瞿氏子的神话传说是真或伪，至少在武陵桃源东北隅之坛上石铭刻着瞿氏子升仙之故事，增添此地的浪漫色彩，它是诗末"因思人间世，前路何狭窄"之句的心情抒发或心灵寄托。因为人间世代表现实世界之苦，神话之后，诗中所言"性静本同和，物牵成阻厄。是非斗方寸，荤血昏精魄。遂令多夭伤，犹喜见斑白"。透过写瞿氏子虚幻的神话传说，刘禹锡为政治上的失望找到心理平衡，"犹喜见斑白"。

《游桃源》一诗除了有慕仙意识，还加入贬谪情结。细味"纷吾本孤贱"以下数句：

> 平地生峰峦，深心有矛戟。层波一震荡，弱植忽沦溺。
> 北渚吊灵均，长岑思亭伯。祸来昧几兆，事去空叹息。

此段话显然与其迁谪至朗州的经历有极大关系。刘禹锡借写屈原和崔骃两人政治上遭受之贬斥和失意之偃塞命运[1]，发抒对永贞革新败亡之愤懑。《新唐书·卷

---

[1]（南朝·宋）范晔著，（唐）李贤等注：《后汉书·卷五十二·崔骃列传》，中华书局1997年版，第1703页。载："崔骃字亭伯，涿郡安平人也……因察骃高第，出为长岑长。骃自以远去，不得意，遂不之官而归。李贤注：长岑，县，属乐浪郡，其地在辽东。"灵均是屈原的字。据《楚辞·离骚》谓："名余曰正则兮，字余曰灵均。"亭伯是东汉崔骃的字。

一百六十八·刘禹锡列传》："宪宗立，叔文等败，禹锡贬连州刺史，未至，斥朗州司马。""叔文等败"，即指永贞革新一事失败，故有"事去空叹息"句。"祸来昧几兆"则与顺宗内禅有关。本来由王叔文为首的政治革新集团在顺宗朝应有大作为，《旧唐书·卷一百六十·刘禹锡列传》载："贞元末，王叔文于东宫用事，后辈务进，多附丽之，禹锡尤为叔文知奖，以宰相器待之。顺宗即位，久疾不任政事，禁中文诰，皆出于叔文，引禹锡及柳宗元入禁中，与之图议，言无不从。转屯田员外郎、判度支盐铁案，兼崇陵使判官。颇怙威权，中伤端士。宗元素不悦武元衡，时武元衡为御史中丞，乃左授右庶子。<u>侍御史窦群奏禹锡挟邪乱政，不宜在朝，群即日罢官</u>。"可知王叔文革新集团中有刘禹锡和柳宗元等士人共谋朝政，拥有极高权力，但一方面又受政敌窦群的阻扰①，遭到外朝保守士大夫的反对，复因顺宗久病不任政事，再加以内廷宦官俱文珍势力强盛，最终因宦官拥立宪宗即位，朝政全由宦官集团操控。不到半年时间，随着顺宗禅位给宪宗，永贞革新宣告夭折。《子刘子自传》曰："时上素被疾，至是尤剧，诏下内禅，自称太上皇，后谥曰顺宗，东宫即皇帝位。""昧几兆"应指宦官的势力不容小觑，未能事先遏抑，乃至知识分子竟被宦官操弄，刘禹锡为此感到自责。

《游桃源一百韵》之所以有千字之长，乃因加入求仙意识，故扩大叙事内容，再加上<u>刘禹锡当时遭贬谪</u>，心情沉郁，于是洋洋洒洒千字。整篇看来，刘禹锡远贬而心情悲痛，在追寻山水美景和桃源的过程，先加入道士邂逅和听闻瞿氏子成仙种种情节，最后反思自我贬谪而悟出隐居之妙，这样心理上进一步获得调解，故以"纵无西山姿，犹免长戚戚"作结。正如《刘禹锡笺证》所说："禹锡盖借喻己之遭谗，一篇警策全在一谪字，神仙不经之说，当非其意之所在。"②

第三节　中唐诗人创作乐府民歌之山水诗

中唐诗人所创作山水诗的体式甚丰，除上述各种类型的山水组诗、千字以上的五古山水诗，用乐府民歌体式书写山水景物为数亦不少。

---

① （后晋）刘昫等：《旧唐书·卷一百五十五·窦群列传》，中华书局1997年版，第4120页。窦群之所以有此举动，乃因刘禹锡曾怠慢他，故藉此报复。《旧唐书》谓："王叔文之党柳宗元、刘禹锡皆慢群，群不附之。"

② （唐）刘禹锡著，瞿蜕园校点：《刘禹锡全集》，上海古籍出版社1999年版，第657页。

一、李贺之乐府体式山水诗

乐府之名，始于汉代。《汉书·艺文志》："自孝武立乐府而采歌谣，于是有代赵之讴，秦楚之风，皆感于哀乐，缘事而发，亦可以观风俗，知薄厚云。"①乐府诗最初禀持"感于哀乐，缘事而发"，以关怀社会民生为出发点。至唐代新乐府诗，即唐世之新歌，仍以"讽兴当时之事"为一脉相承之精神。宋人郭茂倩《乐府诗集》卷九十"新乐府辞"序中结论说："由是观之，自风雅之作，以至于今，莫非讽兴当时之事，以贻后世之审音者。"②这些以乐府古题作诗，或即事名篇，自创新题，其内容以人事为中心，具有政治讽谕功能，描写山水自然者属少见之例。李贺以乐府歌行体得名，如唐人赵璘《因话录》卷三称："又张司业籍善歌行，李贺能为新乐府，当时言歌篇者，宗此二人。"③所以李贺用乐府体式来写的山水诗值得探究。先看《蜀国弦》④：

> 枫香晚华静，锦水南山影。惊石坠猿哀，竹云愁半岭。
> 凉月生秋浦，玉沙鳞鳞光。谁家红泪客，不忍过瞿塘。　　⑤

前六句描写南山锦水景物，然而却染上死亡色彩，"坠猿哀"暗指己之贫弱，"愁半岭"亦明示己之忧伤，景中含情，诉说个人悲凉身世。乐府诗集收录以"蜀国弦"为题的乐府诗共三首，其他两首的作者为（梁）简文帝和（隋）卢思道，仅李贺此首透过山水景物抒发悲情。再看《神弦别曲》⑥：

---

① （东汉）班固：《汉书·卷三十·艺文志第十》，中华书局 1997 年版，第 1756 页。

② （宋）郭茂倩编：《乐府诗集》，中华书局 1998 年版，第 1263 页。

③ 上海古籍出版社编：《唐五代笔记小说大观·因话录》，上海古籍出版社 2000 年版，第 847 页。

④ （宋）郭茂倩：《乐府诗集》，中华书局 1998 年版，第 440 页。此题由来，《古今乐录》曰："张永《元嘉技录》有《四弦》一曲，《蜀国四弦》是也，居相和之末，三调之首。古有四曲，其《张女四弦》《李延年四弦》《严卯四弦》三曲，阙《蜀国四弦》。节家旧有六解，宋歌有五解，今亦阙。"

⑤ （宋）郭茂倩编：《乐府诗集》，中华书局 1998 年版，第 441 页。以下诗作均引用该书第 687，826，730，388，242 页。

⑥ （宋）郭茂倩编：《乐府诗集》，中华书局 1998 年版，第 687 页。关于此题由来，《古今乐录》曰："《神弦歌》十一曲：一曰'宿阿'，二曰'道君'，三曰'圣郎'，四曰'娇女'，五曰'白石郎'，六曰'青溪小姑'，七曰'湖就姑'，八曰'姑恩'，九曰'采菱童'，十曰'明下童'，十一曰'同生'。"

> 巫山小女隔云别，松花春风山上发。
> 绿盖独穿香径归，白马花竿前孑孑。
> 蜀江风澹水如罗，坠兰谁泛相经过。
> 南山桂树为君死，云衫残污红脂花。

上首写坠猿，此首写坠兰，接着写到死，"南山桂树为君死"。前几句之景色风澹香径春风松花，一片生机盎然，最后却见悲情。再看《湘妃》①：

> 筠竹千年老不死，长伴秦娥盖湘水。
> 蛮娘吟弄满寒空，九山静绿泪花红。
> 离鸾别凤烟梧中，巫云蜀雨遥相通。
> 幽愁秋气上青枫，凉夜波间吟古龙。

此诗虽写湘妃之神话传说，但全诗藉由荒凉寒幽之山水景象营造悲伤之气氛，与己之悲暗合。刘长卿写来却不透露哀怨，诗云："帝子不可见，秋风来暮思。婵娟湘江月，千载空蛾眉。"再看《江南弄》：

> 江中绿雾起凉波，天上迭巘红嵯峨。
> 水风浦云生老竹，渚暝蒲帆如一幅。
> 鲈鱼千头酒百斛，酒中倒卧南山绿。
> 吴歈越吟未终曲，江上团团帖寒玉。

前六句铺陈的山水景物是昏暗而又翠绿，由江中写到天上之迭山，可见其想象力之奔驰。再看《江南曲》：

---

① （宋）郭茂倩编：《乐府诗集》，中华书局1998年版，第825～826页。此题由来，《山海经》曰："洞庭之山，帝之二女居之。"郭璞云："天帝之女，处江为神，即《列仙传》所谓江妃二女也。"刘向《列女传》曰："帝尧之二女，长曰娥皇，次曰女英，尧以妻舜于妫汭。舜既为天子，娥皇为后，女英为妃。舜死于苍梧，二妃死于江湘之间，俗谓之湘君。"《湘中记》曰："舜二妃死为湘水神，故曰湘妃。"韩愈《黄陵庙碑》曰："秦博士对始皇帝云：湘君者，尧之二女舜妃者也。刘向郑玄亦皆以二妃为湘君。而《离骚》《九歌》既有《湘君》，又有《湘夫人》，王逸以为湘君者，自其水神而谓，湘夫人乃二妃，璞与逸俱失也。尧之长女娥皇为舜正妃，故曰君，其二女女英自宜降曰夫人也。故《九歌》谓娥皇为君，女英为帝子，各以其盛者推言之也。礼有小君，明其正自得称君也。"按《琴操》有《湘妃怨》，又有《湘夫人》曲。

汀洲白苹草，柳恽乘马归。江头楂树香，岸上蝴蝶飞。

酒杯箬叶露，玉轸蜀桐虚。朱楼通水陌，沙暖一双鱼。

此诗有别于李贺其他诗歌之鬼诡，全诗小巧可爱，活泼生动。白苹草、楂树香、蝴蝶飞、一双鱼，自然景物不大，却充满生机。再看《巫山高》：

碧丛丛，高插天。大江翻澜神曳烟，楚魂寻梦风飔然。晓风飞雨生苔钱，瑶姬一去一千年。丁香筇竹啼老猿，古祠近月蟾桂寒。椒花坠红湿云间。

《巫山高》以五言八句居多，从南朝齐人虞羲开始，直到唐人于濆，皆是。孟郊改前半为七言八句，后半为五言八句，李贺则改以九句，除前两句三言外，余皆七言。比较众诗人之开篇形容巫山之高的诗句，如以下所列：

南国多奇山，荆巫独灵异。（齐·虞羲）

想象巫山高，薄暮阳台曲。（齐·王融）

高唐与巫山，参差郁相望。（齐·刘绘）

巫山高不穷，迥出荆门中。（梁·元帝）

巫山高不极，白日隐光晖。（梁·范云）

巫山光欲晚，阳台色依依。（梁·费昶）

迢递巫山崚，远天新霁时。（梁·王泰）

巫山峰十二，环合隐昭回。（唐·沈佺期）

巫山望不极，望望下朝雰。（唐·卢照邻）

楚国巫山秀，清猿日夜啼。（唐·刘方平）

巫山十二峰，皆在碧虚中。（唐·李端）

巴江上峡重复重，阳台碧峭十二峰。（唐·孟郊）

碧丛丛，高插天，大江翻澜神曳烟。（唐·李贺）

上举诸例[①]中，李贺描述巫山之高，是"高插天"，读来惊心动魄，有种锥心之

---

① （宋）郭茂倩编：《乐府诗集》，中华书局 1998 年版，第 238～242 页。

痛，其他诗人描述巫山之状态，如"想象巫山高""巫山高不穷""迢递巫山竦"等句，是静态的，相较之下，可见李贺出语不凡。接着提及"坠红"，与上述的"坠兰""坠猿"等词，同一机杼，暗示心情低落之意。再看《帝子歌》：

> 洞庭明月一千里，凉风雁啼天在水。
> 九节菖蒲石上死，湘神弹琴迎帝子。
> 山头老桂吹古香，雌龙怨吟寒水光。
> 沙浦走鱼白石郎，闲取珍珠掷龙堂。①

此诗未收录进《乐府诗集》，然就诗题中的"歌"字看，应为乐府诗。此诗中用了死、老、寒、怨等字，画面十分可怖，全诗都在描绘洞庭湖之夜景，景中似乎带有个人之悲凉境遇。

　　以上可知，李贺以乐府体式来写山水景物，气氛大都怨悲阴森，隐然看出在写自己，景中带情，句与句间，有时跳脱，不见头绪。这种情况，前人诗歌较少见，故宋人刘克庄《后村诗话》说"长吉歌行，新意险语，自有苍生以来所无"②，诚哉斯言矣！

二、刘禹锡之民歌体式山水诗

　　刘禹锡在夔州写有多首山水诗，其中两套组诗富有民歌情调，即《竹枝词》九首及《竹枝词》二首和《浪淘沙》九首，本书称之为"民歌式山水诗"。这些诗作虽然加入两性爱情议题，但景物是四川地区特有的，地方色彩浓厚，适切地将景物融入人文活动中，为山水诗找到另类风格。

　　刘禹锡诗集中分成《竹枝词》九首和《竹枝词》二首两种，《乐府诗集》则并为十一首，《竹枝词》九首之前有引，二首的无引，分开比较好。竹枝词九首写于何地，前人有争议，基本上可分二说，新旧《唐书》和《乐府诗集》皆主张在朗州所写，《韵语阳秋》则主在夔州所写。

　　宋人葛立方《韵语阳秋》卷十五谓："刘梦得竹枝九篇，其一云：'白帝城头春草生，白盐山下蜀江清。'其一云：'瞿塘嘈嘈十二滩，此中道路古来难。'其一云：'城西门前滟滪堆，年年波浪不能摧。'又言昭君坊、瀼西春之类，皆夔州事。乃梦得为夔州刺史所作。而史称梦得为武陵司马，作竹枝词，误矣。郭茂倩乐府诗集

---

① （清）彭定求等纂：《全唐诗·卷三百九十》，中华书局1996年版，第4400页。
② 陈伯海主编：《唐诗汇评》，浙江教育出版社1995年版，第1936页。

言，唐贞元中，刘禹锡在沅湘，以俚歌鄙陋，乃依骚人九歌，作竹枝词九章。则茂倩亦以为武陵所作，当是从史所书也。"①指陈史书言刘禹锡为武陵司马时所作竹枝词之一事为非，而乐府诗集复承史书之误，以为竹枝词乃在武陵（即朗州）所作。葛氏引用竹枝词之文本为证，确具说服力，兹再多引"家住成都万里桥"和"蜀江春水拍山流"等句，亦可证为刘禹锡在夔州作。

《竹枝词九首》诗前有引："四方之歌，异音而同乐。岁正月，余来建平，里中儿联歌竹枝，吹短笛击鼓以赴节。歌者扬袂睢舞，以曲多为贤。聆其音，中黄钟之羽，卒章激讦如吴声，虽伧儜不可分，而含思宛转，有淇澳之艳音。昔屈原居沅湘间，其民迎神，词多鄙陋，乃为作九歌。到于今荆楚歌舞之。故余亦作竹枝九篇，俾善歌者扬之，附于末。后之聆巴歈。知变风之自焉。"引中所谓"建平"即唐夔州（今四川省奉节县）之古称。②竹枝词九首创作动机承自屈原。九歌内容以迎神为主，词语鄙陋，刘禹锡诗较为爽朗，节奏明快，用语通俗。《竹枝词》九首原文如下所云：

> 白帝城头春草生，白盐山下蜀江清。
> 南人上来歌一曲，北人莫上动乡情。
>
> 山桃红花满上头，蜀江春水拍山流。
> 花红易衰似郎意，水流无限似侬愁。
>
> 江上朱楼新雨晴，瀼西春水縠纹生。
> 桥东桥西好杨柳，人来人去唱歌行。
>
> 日出三竿春雾消，江头蜀客驻兰桡。
> 凭寄狂夫书一纸，家住成都万里桥。
>
> 两岸山花似雪开，家家春酒满银杯。
> 昭君坊中多女伴，永安宫外踏青来。
>
> 城西门前滟滪堆，年年波浪不能摧。
> 懊恼人心不如石，少时东去复西来。
>
> 瞿塘嘈嘈十二滩，此中道路古来难。
> 长恨人心不如水，等闲平地起波澜。

---

① （清）何文焕辑：《历代诗话》，中华书局 2001 年版，第 604 页。

② 傅璇琮：《唐才子传校笺》，中华书局 2000 年版，第 488 页。

　　巫峡苍苍烟雨时，清猿啼再最高枝。
　　个里愁人肠自断，由来不是此声悲。

　　山上层层桃李花，云间烟火是人家。
　　银钏金钗来负水，长刀短笠去烧畲。①

　　九首诗的首两句写山水自然胜景，后两句则带入人类活动，或思乡，如"北人莫上动乡情"；或爱情，如"花红易衰似郎意"；或人心，如"懊恼人心不如石"；或游览，如"人来人去唱歌行"，将当地人民生活气息融入山水风景中。刘禹锡又作《竹枝词二首》②：

　　杨柳青青江水平，闻郎江上唱歌声。
　　东边日出西边雨，道是无晴还有晴。

　　楚水巴山江雨多，巴人能唱本乡歌。
　　今朝北客思归去，回入纥那披绿罗。

　　前首运用双关手法，以"晴"谐音"情"，将当地的含蓄爱情融入山水诗唱中。后首则描述巴蜀多雨情景。另一套民歌式山水组诗是《浪淘沙九首》，诗云：

　　九曲黄河万里沙，浪淘风簸自天涯。
　　如今直上银河去，同到牵牛织女家。

　　洛水桥边春日斜，碧流轻浅见琼砂。
　　无端陌上狂风急，惊起鸳鸯出浪花。

　　汴水东流虎眼纹，清淮晓色鸭头春。
　　君看渡口淘沙处，渡却人间多少人。

　　鹦鹉洲头浪飐沙，青楼春望日将斜。

　　①　（唐）刘禹锡著，蒋维崧等笺注：《刘禹锡诗集编年笺注》，山东大学出版社1997年版，第274页。以下均引自该书第277，328页。
　　②　傅璇琮：《唐才子传校笺》，中华书局2000年版，第488页。傅璇琮参考吴汝煜《谈刘禹锡诗歌的艺术美》（《文学评论》1983年第2期）的说法，认为此二首当在朗州所作。（唐）刘禹锡著，蒋维崧等笺注：《刘禹锡诗集编年笺注》，山东大学出版社1997年版，第274～277页。蒋维崧则将《竹枝词》九首和《竹枝词》二首俱系年于长庆二年（822）在夔州所作。

衔泥燕子争归舍，独自狂夫不忆家。

濯锦江边两岸花，春风吹浪正淘沙。
女郎剪下鸳鸯锦，将向中流定晚霞。

日照澄洲江雾开，淘金女伴满江隈。
美人首饰侯王印，尽是沙中浪底来。

八月涛声吼地来，头高数丈触山回。
须臾却入海门去，卷起沙堆似雪堆。

莫道谗言如浪深，莫言迁客似沙沉。
千淘万漉虽辛苦，吹尽狂沙始到金。

流水淘沙不暂停，前波未灭后波生。
令人忽忆潇湘渚，回唱迎神三两声。

九首诗以浪涛海景为描写对象；或写其豪阔，如"浪淘风簸自天涯""春风吹浪正淘沙""八月涛声吼地来，头高数丈触山回""如今直上银河去""惊起鸳鸯出浪花"；或写其绵长，如"流水淘沙不暂停，前波未灭后波生"；或写其娇柔，如"淘金女伴满江隈""碧流轻浅见琼砂"；或比喻成"虎眼纹""鸭头春""谗言如浪深""迁客似沙沉"，后两句似乎又暗示永贞革新一事。全套组诗在在显示刘禹锡写景之想象力和宏阔之笔力，透过山水多样的描绘里，体现出不凡的诗情才笔。

总之，在山水诗史上，这两套山水组诗值得记上一笔，正如《灵境诗心——中国古代山水诗史》所认为："刘禹锡山水诗的另一道风景线，便是仿民间歌调而创意为之的竹枝词系列。"①

综上所述，李正春在《论唐代组诗的几种特殊形态》一文指出："唐代组诗积累了丰富的创作经验，影响深远。王维、裴迪的《辋川集》和杜甫的《秋兴八首》分开了后代五言绝句、七言律组诗形式之写景先河。"②在体式上，强调盛唐王维和杜甫时写景山水组诗的开创之功。

中唐时期，山水诗的体式异彩纷呈，山水组诗、五古长篇和乐府民歌等较为显着：

---

① 陶文鹏、韦凤娟：《灵境诗心——中国古代山水诗史》，凤凰出版社 2004 年版，第288 页。

② 李正春：《论唐代组诗的几种特殊形态》，《学术交流》2006 年第 12 期。

　　第一，五绝山水组诗方面，钱起《蓝田溪杂咏二十二首》、张籍《和韦开州盛山十二首》和韩愈《奉和虢州刘给事使君三堂新题二十一咏》等五绝体式乃承继王维的《辋川集》而来，钱起《蓝田溪杂咏》于写自然景物中加入主观色彩，使万物皆染上我的情绪，不过，这些情绪是幽然自在的，因此具有涵养性灵的效果，拉近了自我与自然的关系。张籍《和韦开州盛山十二首》分独我之境和群我之境两类。韩愈《奉和虢州刘给事使君三堂新题二十一咏》描绘山水景象中的动植物生态，清新自然，有别于奇险怪诞的诗风。五古体式的创作则由刘长卿《湘中纪行十首》、孟郊《峡哀》《石淙》《寒溪》和刘禹锡《海阳十咏》开启、沿用南朝谢灵运的五古，再用组诗形式加以变化，在写自然景色中融入个人的生命经历。最可贵的是，中唐诗人开创五言六句、五律和七绝等形式的山水组诗，五言六句以刘长卿《龙门八咏》、姚合《题金州西园九首》《杏溪十首》为代表，五律则由姚合《陕下厉玄侍御宅五题》《游春十二首》为代表，七绝则以韩愈《盆池》为代表，呈现多元风貌。

　　第二，在五古长篇方面，韩愈《南山诗》、白居易《游悟真寺》和刘禹锡《游桃源一百韵》等三首山水诗的篇幅都超过千字，分析其因，《南山诗》和《游桃源一百韵》俱提及贬谪遭遇，韩愈不理解阳山之贬的原因，似有委屈，导致连用五十几个"或"字句及多个迭字句。刘禹锡贬谪朗州，藉述桃源传说平衡内心孤愤。白居易居母丧游悟真寺，五日往返，诗中多见佛教用语，故而三诗俱扩大五古篇幅，形成中唐山水诗的独特现象，前所未有。

　　第三，在乐府民歌方面，李贺以乐府体式来写山水景物，气氛大都怨悲阴森，隐然看出在写自己，景中带情，句与句间，有时跳脱，不见头绪，就体式看，这种情况是前人较少见的。刘禹锡在夔州创作的山水诗中，《竹枝词》九首及《竹枝词》二首和《浪淘沙》九首，体现南方地域中的山水景色，富有民歌风味。

第六章　中唐诗人之山水诗创作艺术

　　探讨中唐山水诗的艺术技巧，能深入理解中唐诗人的诗学贡献，亦对后世创作古典诗有很大帮助。中唐诗人有意或无意间，用艺术书写生活所见所闻种种事物，经由历代读者的鉴赏感动，诗话评论如雨后春笋应运而生。诗话作者阅读古人诗词时，被诗人们的写景技巧所慑服，摘句式地把直接感受写入著作中，在方法上，他们是不够全面的。宋人葛立方的《韵语阳秋》认为王勃山水诗《滕王阁诗》"画栋朝飞南浦云，珠帘暮卷西山雨"两句写得好，由此得名。然葛立方并未揭示此联的审美技巧，其情景关系。①

　　审美分析中唐山水诗文本应全面看待一首诗的意境，摘句批评不足以理解古诗的创作技巧。受不同性格、不同仕宦遭遇或不同佛道思想的影响，诗人描绘自然山水的艺术技巧会呈现多种样态，在情景关系、篇章布局、字词结构，意象的组合等方面表露无遗。结合诗人生平遭遇之特殊性来阐述中唐山水诗的艺术技巧有其诗学意义，而分析过程中适时比较诗人的创作手法，并引用诗话进行比对，如此则可以深入揭示山水诗艺术技巧的创作规律和嬗变现象。

第一节　情景关系

　　"情景关系是中国诗学批评的范畴之一。就宏观的角度看，历来论者对情景关系的讨论约可分为萌芽期、成立期、发展期及兴盛期等四个历史阶段。情景关系主要是

---

　　①　宋人葛立方在《韵语阳秋》卷四中指出："唐朝人士，以诗名者甚众，往往因一篇之善、一句之工，名公先达为之游谈延誉，遂至声问四驰。'曲终人不见，江上数峰青'，钱起以是得名。'故国三千里，深宫二十年'，张祜以是得名。'微云淡河汉，疏雨滴梧桐'，孟浩然以是得名。'兵卫森画戟，宴寝凝清香'，韦应物以是得名。'野火烧不尽，东风吹又生'，白居易以是得名。'敲门风动竹，疑是故人来'，李益以是得名。'鸟宿池边树，僧敲月下门'，贾岛以是得名。'画栋朝飞南浦云，珠帘暮卷西山雨'，王勃以是得名。'华裾织翠青如葱，入门下马气如虹'，李贺以是得名。然观各人诗集，平平处甚多，岂皆如此句哉？古人所谓尝鼎一脔，可以尽知其味，恐未必然尔。"

探索诗歌创作过程中主体和客体的互动关系，落实在诗句上则是哪些是景句，哪些是情句，哪些是情景交融句。"①钱起、韦应物和柳宗元三人所留山水诗皆超过七十首，在中唐山水诗创作数量上名列前矛，结合其仕宦遭遇探究诗中的情景关系有其意义。

一、钱起佛寺之自然景使内心平静

《新唐书·五行志》载云："天宝后，诗人多为忧苦流寓之思，及寄兴于江湖僧寺。"②这一段话清楚说明安史之乱后大历时期的诗人经历了流离失所、漂泊天涯的命运，流连寄托于山水佛寺。大历十才子之首钱起，一生面临事业、健康、景气三大问题。事业上，他屡试落第，又怀才不遇。《赠阙下裴舍人》说"献赋十年犹未遇，羞将白发对华簪"，表达仕途失意的感慨。《下第题长安客舍》亦谓"不遂青云望，愁看黄鸟飞"，抒发考试不顺之愁情，《长安落第》《长安落第作》亦是。健康方面，其《海上卧病寄王临》说"妙年即沉痼，生事多所阙"，《卧病，李员外题扉而去》又说"僻陋病者居，蒿莱行径失"，说明身体状况不佳③。再从景气看，《送修武元少府》描述时代环境是"百战荒城复井田，几家春树带人烟。黎氓久厌蓬飘苦，迟尔西南惠月传"，反映安史乱后社会凋弊，人民居无定所的事实，经济一片萧条，政治也一片混乱，《新唐书·酷吏列传》记曰："天宝后至肃、代间，政颣事丛，奸臣作威，渠憸宿狡。"④钱起遭遇主观的健康不佳及客观上的落第及时代乱离三大困境，内心产生失衡、惶恐、焦虑不安等负面情绪。心灵安顿是他人生最重要的课题，方法是到佛寺追寻心灵安慰，因此写下许多"佛寺山水诗"。这类的山水诗中，情景的关系是如何的，是否反映了他人生的现象呢？

---

①　谢明辉：《探析大历时期钱起在自然书写诗中的情景关系》，《宜春学院学报》2021年第2期。

②　（宋）欧阳修、宋祁等：《新唐书·卷三十五·五行志·讹言》，中华书局1997年版，第921页。

③　蒋寅：《大历诗人研究》，中华书局1995年版，第178页。蒋寅认为湘灵鼓瑟诗的故事实际上不过出于感觉过于敏锐的孱弱青年对清冷之趣的病态嗜好。这个故事出现在《旧唐书》。（后晋）刘昫等：《旧唐书·卷一百六十八·钱徽列传》，中华书局1997年版，第4282～4283页。记云："起能五言诗。初从乡荐，寄家江湖，尝于客舍月夜独吟，遽闻人吟于庭曰：'曲终人不见，江上数峰青。'起愕然，摄衣视之，无所见矣，以为鬼怪，而志其一十字。起就试之年，李暐所试湘灵鼓瑟诗题中有'青'字，起即以鬼谣十字为落句，暐深嘉之称为绝唱。是岁登第，释褐秘书省校书郎。"这个中第的故事或许可证明钱起身之孱弱。但从其诗作所言才是明证。

④　（宋）欧阳修、宋祁等：《新唐书·卷二百零九·酷吏列传·序言》，中华书局1997年版，第5904页。

首先，诗中使用许多佛教术语，如以下诗例：

> 彼岸闻山钟，仙舟过茗水……泠泠功德池，相与涤心耳。(《同李五夕次香山精舍访宪上人》)
>
> 香云空静影，定水无惊湍……庶将镜中象，尽作无生观。(《东城初陷与薛员外王补阙暝投南山佛寺》)
>
> 身世已悟空，归途复何去。(《归义寺题震上人壁》)
>
> 梵筵清水月，禅坐冷山阴。(《宿远上人兰若》)
>
> 返照乱流明，寒空千嶂净。(《杪秋南山西峰题准上人兰若》)
>
> 何时来此地，摆落世间情。(《题精舍寺》)
>
> 朝瞻双顶青冥上，夜宿诸天色界中。(《夜宿灵台寺寄郎士元》)

钱起在佛寺的所思所见皆与佛有关，对"彼岸"的向往是要达成"涤心耳"的目的。空静、镜中象、悟空、梵筵、禅坐、寒空、摆落、色界等词皆可揭示他对佛教思想的了解。有些佛寺山水诗可看出钱起的内心由不安矛盾转向安祥解脱。如《登胜果寺南楼雨中望严协律》云：

> 微雨侵晚阳，连山半藏碧。林端陟香榭，云外迟来客。
> 孤村凝片烟，去水生远白。但佳川原趣，不觉城池夕。
> 更喜眼中人，清光渐咫尺。[1]

首句景中含情，微雨和晚阳在光线能见度上是属于灰色暗淡，日光并不完全黑漆一片，"微雨侵晚阳"中，"侵"字暗示仕途之不顺，"孤村凝片烟，去水生远白"所绘之景荒凉孤单无力，符合本身之孱弱。前八句借渐暗的山中孤村之景状写内心的不安寂寞，末句的"清光"宛如灭顶者手上的浮木，灰暗中显露的清光，胜果寺给钱起的心灵带来安定，加上"更喜眼中人"——好友适时出现，抚慰孤单寂情。又如《东城初陷与薛员外王补阙暝投南山佛寺》：

---

① （清）彭定求等纂：《全唐诗·卷二百三十六》，中华书局1996年版，第2608页。以下钱起诗依序引自该书第2615，2621，2612，2609，2626页。

　　日昃石门里，松声山寺寒。香云空静影，定水无惊湍。
洗足解尘缨，忽觉天形宽。清钟扬虚谷，微月深重峦。
噫我朝露世，翻浮与波澜。行运遭忧患，何缘亲盘桓。
庶将镜中象，尽作无生观。

　　日昃、山寺寒、空静影、微月、重峦诸意象构建出无人荒寒的诗境，正如钱起人生悲惨的命运，"噫我朝露世，翻浮与波澜"，人生如浪涛，翻浮难定，显示内心凄苦落寞，末联"庶将镜中象，尽作无生观"两句直指本心，一切名利功名皆是假相，何须在意，世上万事万物只是因缘暂时聚合，本来无一物，何处惹尘埃。南山佛寺似乎给了钱起一针精神安定剂，起"香云空静影，定水无惊湍"的作用，平静无波。再如《归义寺题震上人壁（寺即神尧皇帝读书之所，龙飞后创为精舍）》：

　　入谷逢雨花，香绿引幽步。招提饶泉石，万转同一趣。
向背森碧峰，浅深罗古树。尧皇未登极，此地曾隐雾。
秘谶得神谋，因高思虎踞。太阳忽临照，物象俄光煦。
梵王宫始开，长者金先布。白水入禅境，砀山通觉路。
往往无心云，犹起潜龙处。仍闻七祖后，佛子继调御。
溪鸟投慧灯，山蝉饱甘露。不作解缨客，宁知舍筏喻。
身世已悟空，归途复何去。

　　诗人一入谷，就下起雨，天气阴晦，泉石、碧峰、古树、隐雾之意象描绘出这里的幽暗。接着于山景之中加入浪漫的神话，"秘谶得神谋，因高思虎踞""梵王宫始开，长者金先布""仍闻七祖后，佛子继调御"，诸句透过历史的怀想，使归义寺增添了知识深度。前十句写归义寺外围环境暗淡之景，入谷后的不确定感，象征对前途的不安，沿途曲折后，"万转同一趣"，于是写"太阳忽临照，物象俄光煦"，光明随之而来。溪鸟和山蝉欣然在此地生活，与自然同在。经过一连串的体验深思，末联以"身世已悟空，归途复何去"写领悟出凡事皆假相，功名利禄只是短暂时存在，于是心灵获得抒解。再如《杪秋南山西峰题准上人兰若》：

　　向山□雾色，步步豁幽性。返照乱流明，寒空千嶂净。
石门有余好，霞残月欲映。上诣远公庐，孤峰悬一径。
云里隔窗火，松下闻山磬。客到两忘言，猿心与禅定。

乱流、寒空、霞残、孤峰、一径等意象反映孤寂残缺的心境。不安躁动之心随着禅定而获得解脱。又如《同李五夕次香山精舍访宪上人》：

> 彼岸闻山钟，仙舟过苕水。松门入幽映，石径趋迤逦。
> 初月开草堂，远公方觏止。忘言在闲夜，凝念得微理。
> 泠泠功德池，相与涤心耳。

佛性本清净，但人的成长过程漫长，内心因外界虚伪现象的干扰而变得混浊，这些假相，在中国传统士人看来相当重要，如仕途顺遂，钱财满贯，位高权重，儿孙满堂，追求荣华富贵本是天经地义，但也伴随佛教所谓"求不得"之苦。于是佛性日趋下流，浊乱不堪，佛教则以此岸比喻现实世界，彼岸为西方极乐世界，到达彼岸是要让内心保持清净。从此岸到彼岸必须经历一段艰辛的过程，所以有"仙舟过苕水"及"石径趋迤逦"之句，最后达到"相与涤心耳"的境界，心灵也得到清净。再如《题精舍寺》：

> 胜景不易遇，入门神顿清。房房占山色，处处分泉声。
> 诗思竹间得，道心松下生。何时来此地，摆落世间情。

"入门神顿清""诗思竹间得"及"道心松下生"诸句俱揭明精舍寺有安定心灵的作用，这里有山色、泉声、竹林、松树诸胜景，清明宜人，末联"何时来此地，摆落世间情"说出钱起来佛寺的最终目的。

以上分析得知，佛寺山水诗中所写自然之景反映钱起的不安心境，但最后的情都因接触佛寺而获得平静。

二、韦应物清澄之景呈现清闲之情

宋人张戒《岁寒堂诗话》卷上说"韦苏州诗，韵高而气清"，韦应物的部分山水诗确有清澄之意味。这可能与他时仕时隐的人生经历有关[①]，公余之时，韦应物多次

---

① 傅璇琮：《唐代诗人丛考》，中华书局 2003 年版，第 289～338 页。韦应物二十九岁时任洛阳丞，后弃官闲居洛阳同德寺。三十八岁后数年间任京兆府功曹，四十二岁为鄠县令，四十三岁以疾辞官。四十七岁由尚书比部员外郎出为滁州刺史，秋至任。四十九岁，去年冬末罢滁州刺史任，本年春夏尚闲居于滁州西涧。四十九岁秋，为江州刺史。五十一岁入朝为左司郎中。五十二岁，七月以后，为苏州刺史。之后寓居永定精舍。至于卒于何年，则因史料缺乏，不得而知。

隐居清闲，山水之景当然清澄。《往云门郊居涂经回流作》：

> 兹晨乃休暇，适往田家庐。原谷径涂涩，春阳草木敷。
> 纔遵板桥曲，复此清涧纡。崩墼方见射，回流忽已舒。
> 明灭泛孤景，杳霭含夕虚。无将为邑志，一酌澄波余。①

此诗所写山水之景是清澄的，"复此清涧纡"与"一酌澄波余"之句已清楚表明，再如《游灵岩寺》：

> 始入松路永，独忻山寺幽。不知临绝槛，乃见西江流。
> 吴岫分烟景，楚甸散林丘。方悟关塞眇，重轸故园愁。
> 闻钟戒归骑，憩涧惜良游。地疏泉谷狭，春深草木稠。
> 兹焉赏未极，清景期杪秋。

此诗表明"清景期杪秋"，由于灵岩寺之兴致未尽，于是期待再赏自然清景。再如《慈恩精舍南池作》：

> 清境岂云远，炎氛忽如遗。重门布绿阴，菡萏满广池。
> 石发散清浅，林光动涟漪。缘崖摘紫房，扣槛集灵龟。
> 浥浥余露气，馥馥幽襟披。积喧忻物旷，耽玩觉景驰。
> 明晨复趋府，幽赏当反思。

首句直接道出"清境岂云远"，揭明慈恩精舍之山水景物的清新。再如《游溪》：

> 野水烟鹤唳，楚天云雨空。玩舟清景晚，垂钓绿蒲中。
> 落花飘旅衣，归流澹清风。缘源不可极，远树但青葱。

第三句为"玩舟清景晚"，第六句为"归流澹清风"，其溪景清澈宜人。再如《秋景诣琅琊精舍》：

> 屡访尘外迹，未穷幽赏情。高秋天景远，始见山水清。

① （清）彭定求等纂：《全唐诗·卷一百九十一》，中华书局1996年版，第44页。以下韦应物诗依序引自该书第453，120，79，338页。

> 上陟岩殿憩，暮看云壑平。苍茫寒色起，迢递晚钟鸣。
>
> 意有清夜恋，身为符守婴。悟言缁衣子，萧洒中林行。

琅琊精舍的山水之景也十分清丽，诗中明确表示"始见山水清"，夜色如此清明，故有"意有清夜恋"句。以上诸例可证，韦应物隐居时写就的山水诗中，景色清澄，心境清闲。

三、柳宗元峭险空荒之景下的孤愤之情

柳宗元《游南亭夜还叙志七十韵》诗自白"投迹山水地，放情咏离骚"，知其在山水环境中，欲藉文学创作以抒发内心孤愤之情。他一生中被贬逐永柳二州之荒地共十四年，且于四十七岁死在柳州贬所，这样特殊的生命遭际是其他中唐诗人所未有的，即使是永贞革新的战友刘禹锡，亦无如此短寿之歹命。因此柳宗元在山水诗的创作表现上，情景关系很紧密，在贬地峭险空荒之景色下，隐藏着积郁难摅的孤愤之情。如《与浩初上人同看山寄京华亲故》：

> 海畔尖山似剑铓，秋来处处割愁肠。
>
> 若为化得身千亿，散上峰头望故乡。[1]

将尖山比作剑铓，形成峭险的山景，观赏尖山时，不像李白的"相看两不厌，唯有敬亭山"，也不似王维的"行到水穷处，坐看云起时"那样亲切贴心，而如利刃般割人愁肠。"化得身千亿"虽是禅语，但暗示内心孤单，末句"望故乡"则道出期望早离蛮荒之地，返回长安，一展长才。李白和王维眼中的山可以用来陪伴，人与山之间零距离。柳宗元的山是可怕的，彼此间没有情感交流，当然感到孤单。诗中，他常将孤单之情化身为孤臣或渔翁的形象，透过峭险空荒之自然景色而显现出来。如《江雪》：

> 千山鸟飞绝，万径人踪灭。孤舟蓑笠翁，独钓寒江雪。

一渔翁置身于广大的千山万径之自然景物中，透过孤舟和独钓之活动显现其内心之孤愤，渔翁寒江独钓的傲骨形象，正如柳宗元永贞革新失败后不合时流之情形。再

---

① （唐）柳宗元著，王国安笺释：《柳宗元笺释》，上海古籍出版社1998年版，第357页。以下柳宗元诗依序均引自该书第268，186，101，313，334页。

如《入黄溪闻猿（溪在永州）》：

> 溪路千里曲，哀猿何处鸣。孤臣泪已尽，虚作断肠声。

溪路曲如同官场险恶，哀猿之鸣如同被贬之战友悲号，孤臣则是自喻，这不就是自然空荒之景下的孤愤之情吗？再如《湘口馆潇湘二水所会》：

> 九疑浚倾奔，临源委萦回。会合属空旷，泓澄停风雷。
> 高馆轩霞表，危楼临山隈。兹辰始澄霁，纤云尽褰开。
> 天秋日正中，水碧无尘埃。杳杳渔父吟，叫叫羁鸿哀。
> 境胜岂不豫，虑分固难裁。升高欲自舒，弥使远念来。
> 归流驶且广，泛舟绝沿洄。

前四句写空荒峭峻之自然景象，九疑和临源是山名。中间以"杳杳渔父吟，叫叫羁鸿哀"二句化身渔父吟，强化悲惨之身世之感，再接以"境胜岂不豫"说明山水景色中含有个人坎坷之悲命。

即使不用含蓄手法表达，他也不假雕饰直接表达出内心的愁思，如《柳州城楼寄漳汀封连四州》：

> 城上高楼接大荒，海天愁思正茫茫。
> 惊风乱飐芙蓉水，密雨邪侵薜荔墙。
> 岭树重遮千里目，江流曲似九回肠。
> 共来百越文身地，犹自音书滞一乡。

"海天愁思正茫茫"明示愁悲之情，"惊风乱飐芙蓉水"以下四句用岭树遮和江流曲的意象揭示空旷，强调贬地生活的孤寂。再如《柳州二月榕叶落尽偶题》：

> 宦情羁思共凄凄，春半如秋意转迷。
> 山城过雨百花尽，榕叶满庭莺乱啼。

首句直述贬谪之悲，后三句则将此"宦情羁思"之悲融入秋意百花尽凄迷之景物中，莺乱啼暗示内心之乱。

综上简析，欲考察柳宗元山水诗中之情景关系，宜必须从其"投迹山水地，放情咏离骚"一语切入，结合其十四年贬谪经历及四十七岁之寿，可得诗中显示出峭险空荒之景下的孤愤之情。

第二节　对仗和词句

刘长卿、韦应物、韩愈、孟郊和贾岛五人创作山水诗时，在对仗、词句和句法方面用力甚深，刘长卿用"惆怅"和"一千"对举，韦应物用反衬，韩愈用句式奇变，孟郊用险语，贾岛用炼句，这些都值得深入探析。

一、刘长卿山水诗中"惆怅"和"一千"

关于刘长卿二次贬谪之事，前引《旧唐书·卷一百三十七·卷赵涓》和《新唐书·卷二百二十四·陈少游传》已知事件大要，傅璇琮则认为："可以推知，当时任转运之职的刘长卿，在他掌管之内有转输的钱物，而掌握当地军政大权的观察使吴仲孺想侵夺这笔钱物，由于刘长卿性格'刚而犯上'，触怒了吴仲孺，这就被诬为贪赃。"[1]个性决定命运，就官场上的人事互动而言，这更是颠扑不破的真理。刘长卿因性格刚直而冒犯长官吴仲孺，被诬奏导致贬谪，心灵势必遭受极大的摧残。他所写的自然景物都带有郁闷情绪，在山或水的外貌中总是贴上"惆怅"的情绪标签：

惆怅梅花发，年年此地看。(《却归睦州至七里滩下作》)

登高复送远，惆怅洞庭秋。(《重阳日鄂城楼送屈突司直》)

惆怅湘江水，何人更渡杯。(《自道林寺西入石路至麓山寺过法崇禅师故居》)

徘徊双峰下，惆怅双峰月。(《宿双峰寺寄卢七李十六》)

他时相忆处，惆怅西南峰。(《登东海龙兴寺高顶望海简演公》)

却寻樵径去，惆怅绿溪东。(《过横山顾山人草堂》)

---

① 傅璇琮：《唐代诗人丛考》，中华书局 2003 年版，第 259 页。

　　　　惆怅长沙谪去，江潭芳草萋萋。(《苕溪酬梁耿别后见寄》)

　　　　寥落东峰上，犹堪静者依。(《过隐空和尚故居》)

以上诸例，梅花、洞庭、湘江、双峰、西南峰、绿溪、长沙、东峰等自然景物词之前皆冠上"惆怅"或"寥落"之词，如"惆怅梅花发""惆怅洞庭秋"诸句，直接揭明心情。

　　数字对仗中可了解其孤寂心境，所谓"一千相对，寂上加寂"，如：

　　　　寒渚一孤雁，夕阳千万山。(《秋杪江亭有作》)

　　　　昔贤怀一饭，兹事已千秋。(《经漂母墓》)

　　　　千龛道傍古，一鸟沙上白。(《龙门八咏　水西渡》)

　　　　入夜翠微里，千峰明一灯。(《龙门八咏　远公龛》)

　　　　晚景千峰乱，晴江一鸟迟。(《送荀八过山阴旧县兼寄剡中诸官》)

　　　　一水不相见，千峰随客船。(《宿怀仁县南湖寄东海荀处士》)

　　　　寂寞应千岁，桃花想一枝。(《过桃花夫人庙》)

　　　　帆带夕阳千里没，天连秋水一人归。(《青溪口送人归岳州》)

首例以孤雁对万山，突出广大空间里的孤寂之感，但其前又落"一"和"千"之数词，诸例中均见"一"和"千"数词相对，可想见刘长卿对此二字的喜爱。在时间长度上，"一饭"对"千秋"，写淮阴韩信受漂母一饭之恩，从汉至唐约千秋之久，韩信最后因功高震主被杀。"千岁"对"一枝"，写楚王息夫人之事。她们历经千载，也孤寂千秋，恰好符合刘长卿内心之孤单。空间的广度上，一鸟在夕阳余晖下，在千峰中飞翔，这样的画面让人感到悲凉。"一孤雁"对"千万山"，"一鸟迟"对"千峰乱"，"一人归"对"千里没"，其他尚有，"一鸟"对"千龛"，"一水"对"千峰"，"千峰"对"一灯"，这些数词的"一""千"相对，使诗人内心的孤单加深一层，寂上加寂。

二、韦应物山水诗中之反衬技巧

　　新旧《唐书》中都找不到韦应物的传文，这不利于我们了解韦应物的山水诗。索幸中唐白居易《与元九书》中提及："如近岁韦苏州歌行，才丽之外，颇近兴讽。

其五言诗又高雅闲淡，自成一家之体，今之秉笔者谁能及之？然当苏州在时，人亦未甚爱重，必待身后，然后人贵之。"他对韦应物诗的评价极高。"五言诗高雅闲淡"是就其内容风格而论，"自成一家之体"则是与其他诗人比较而得的结论。[①]高雅闲淡之内涵为何？历来诗评家也少有人能说清，如《艺苑卮言》卷四："韦左司平淡和雅，为元和之冠。"又《唐律消夏录》："唐诗之修闲澄澹，韦公为独至。"干脆就将其与陶渊明联想在一起，让问题更具体。如《三唐诗品》："其源出于渊明，在当时已定论，唯其志洁神疏，故能淡言造古。"《诗学渊源》："其诗闲淡简远，人比之陶潜。"这样的说法还是含糊些。

清人施补华《岘佣说诗》谓："韦公亦能作秀语，如'乔木生夜凉，流云吐华月'，'南亭草心绿，春塘泉脉动'，'绿阴生昼静，孤花表春余'，'日落群山阴，天秋百泉响'，亦足敌王、孟也。"直接举诗句具体说明，让人理解何谓闲淡，这些显然是描写自然景物的山水诗。《诗境总论》说："盈盈秋水，淡淡春山，将韦诗陈对其间，自觉形神无间。"[②]这已说出韦应物山水诗的特色。韦应物本身也喜爱山水，《李博士弟以余罢官居同德精舍共有伊陆名山之期久而未去枉诗见问中云宋生昔登览末云那能顾蓬荜直寄鄙怀聊以为答》说："山水心所娱，如何更朝夕。"《答令狐士曹独孤兵曹联骑暮归望山见寄》也说："共爱青山住近南，行牵吏役背双骖。"可见其山水诗确有探索之必要。

清人乔亿《剑溪说诗又编》："韦诗不唯古澹，兼以静胜。古澹可几，静非澄怀观道不可能也。"韦应物诗的特色不只是古澹，还有静谧，这一观点是成立的，因为《听嘉陵江声寄深上人》云"水性自云静，石中本无声。如何两相激，雷转空山鸣"，以空山鸣反衬山中之宁静。又《澄秀上座院》："缭绕西南隅，鸟声转幽静。"又《咏声》："万物自生听，太空恒寂寥。还从静中起，却向静中消。"这些都说明他对声音十分敏感，其山水诗中就有一部分借由声音来反衬山水之静谧。如《神静师院》：

　　青苔幽巷遍，新林露气微。经声在深竹，高斋独掩扉。

---

①　丁福保辑：《历代诗话续编》，中华书局 2001 年版，第 131 页。白居易的见解，宋人有评论，如（宋）吴聿《观林诗话》曰："乐天云：'近世韦苏州歌行，才丽之外，颇近兴讽。其五言诗文，又高雅闲淡，自成一家之体，今之秉笔者，谁能及之？'故东坡有'乐天长短三千首，却爱韦郎五字诗'之句。然乐天既知韦应物之诗，而乃自甘心于浅俗，何耶？岂才有所限乎？"

②　陈伯海主编：《唐诗汇评》，浙江教育出版社 1995 年版，第 738 ～ 740 页。

憩树爱岚岭，听禽悦朝晖。方耽静中趣，自与尘事违。

七句"方耽静中趣"明白指出韦应物喜欢专注宁静之趣，他喜欢听禽，用鸟叫声反衬出神静师院的静谧。再如《怀琅琊深标二释子》：

白云埋大壑，阴崖滴夜泉。应居西石室，月照山苍然。

此诗以夜泉滴达的声响反衬出二释子所居的西石室之静谧。月照山苍然，更是意境高远。再如《行宽禅师院》：

北望极长廊，斜扉掩丛竹。亭午一来寻，院幽僧亦独。
唯闻山鸟啼，爱此林下宿。

此诗亦以山鸟啼反衬行宽禅师院的安静。再如《精舍纳凉》：

山景寂已晦，野寺变苍苍。夕风吹高殿，露叶散林光。
清钟始戒夜，幽禽尚归翔。谁复掩扉卧，不咏南轩凉。

首句"山景寂已晦"明示精舍之静，五句"清钟始戒夜"，钟声回荡在高广之夜空中，衬出寂静。再如《游南斋》：

池上鸣佳禽，僧斋日幽寂。高林晚露清，红药无人摘。
春水不生烟，荒冈筠礜石。不应朝夕游，良为蹉跎客。

首二句以佳禽鸣叫声反衬僧斋之幽寂。再如《滁州西涧》：

独怜幽草涧边生，上有黄鹂深树鸣。
春潮带雨晚来急，野渡无人舟自横。

末句"野渡无人舟自横"说明滁州西涧是幽静的好所在，二句再衬以黄鹂深树鸣，更显僻静，三句偶来的急雨潮水声，偶然破坏宁静。以上诸例皆说明韦应物善用钟声鸟鸣反衬山水的静谧，正所谓"蝉噪林逾静，鸟鸣山更幽"。从另一角度来看，他追求内心平静的境界。

三、韩愈山水诗句法——散文化、句式奇变及或字连用

韩愈是中唐古文运动的领袖人物，着力于反对六朝华丽而内容空洞的骈体文，提倡古朴而富有儒家思想的古文，因而有别于其他专以诗歌为体裁的诗人，韩愈常将古文句法带入诗中，其山水诗也不例外，多处渗入散文句式，其诗歌创作带有散文化倾向：

> 或连若相从，或蹙若相斗。或妥若弭伏，或竦若惊雊。
> 或散若瓦解，或赴若辐凑。或翩若船游，或决若马骤……（《南山诗》）
>
> 行矣且无然，盖棺事乃了。（《同冠峡》）
>
> 嗟哉吾党二三子，安得至老不更归。（《山石》）
>
> 我来正逢秋雨节，阴气晦昧无清风。（《谒衡岳庙遂宿岳寺题门楼》）
>
> 我来咨嗟涕涟洏，千搜万索何处有，森森绿树猿猱悲。（《峋嵝山》）
>
> 惟彼颠瞑者，去公岂不辽。为仁朝自治，用静兵以销。（《和李相公摄事南郊览物兴怀呈一二知旧》）
>
> 鱼虾不用避，只是照蛟龙。（《镜潭》）
>
> 若不妒清妍，却成相映烛。（《月池》）
>
> 或倚偏岸渔，竟就平洲饭。（《南溪始泛》三首之一）
>
> 随波吾未能，峻濑乍可刺。（《南溪始泛》三首之三）
>
> 是时秋之残，暑气尚未敛。（《陪杜侍御游湘西两寺独宿有题一首因献杨常侍》）
>
> 孰忍生以戚，吾其寄余龄。（《过南阳》）
>
> 已去蔡州三百里，家人不用远来迎。（《过襄城》）

上举十三诗例中，"或连若相从""盖棺事乃了""嗟哉吾党二三子""鱼虾不用避""随波吾未能""是时秋之残"等句，有些以"或"领句，有些注入"我来""不用""孰忍""吾其""只是"等词，明显将诗歌当成古文。山水诗句式的散

文化是韩诗的特色，这与其他通俗诗派大多使用通俗句有所不同。

韩愈尚有一种技巧，即句式奇变和五十几个或字连用，《南山诗》着力于句式奇变之法甚为明显。宋人黄彻《碧溪诗话》卷五："庄子文多奇变，如'技经肯綮之未尝'，乃未尝技经肯綮也。诗句中时有此法，如昌黎'一蛇两头见未曾'，'拘官计日月，欲进不可又'，'君不强起时难更'。坡'迨此雪霜未'，'兹谋待君必'，'聊亦记吾曾'，余人罕敢用。"①评论中的"拘官计日月""欲进不可又"出自韩愈的《南山诗》，兹摘录相关字句如下：

> 力虽能排斡，雷电怯呵诟。攀缘脱手足，蹭蹬抵积甃。
> 茫如试矫首，堛塞生怐愁。威容丧萧爽，近新迷远旧。
> 拘官计日月，欲进不可又。因缘窥其湫，凝湛闷阴兽。
> 鱼虾可俯掇，神物安敢寇。林柯有脱叶，欲堕鸟惊救。

诗例中的"拘官计日月，欲进不可又"应为"拘官计日月，欲进又不可"，固然可能因押韵的关系而将"又"字调至句尾。②"欲进不可又"这样句式实在不合汉语语法，所以宋人黄彻说"余人罕敢用"，可见其追求独特。

再者，连用五十几个"或"字诗句及连用迭字。清人顾嗣立《昌黎先生诗集注》："公以画家之笔，写得南山灵异缥缈，光怪陆离，中间连用五十一'或'字，复用十四迭字，正如骏马下冈，手中脱辔。"③可见韩愈诗法之奔放不拘，如脱辔骏马。然对此作法亦有人持相反意见，清人沈德潜《说诗晬语》："《鸱鸮》诗连下十二'予'字，《蓼莪》诗连下九'我'字，《北山》诗连下十二'或'字，情至不觉音之繁、词之复也。后昌黎《南山》用《北征》之体而张大之，下五十余'或'字，然情不深而侈其词，只是汉赋体段。"④沈德潜否定韩诗中侈用"或"字，造成情不深之弊端。诗经中所用多次的"予""我"字，因其情至，故不觉繁复。姑不论其精心连用的"或"字诗句或迭字，至少已别于其他诗人的山水诗⑤，此点可见其

---

① 丁福保辑：《历代诗话续编》，中华书局2001年版，第369页。

② 宋绪连等编：《唐诗艺术技巧分类辞典》，中国人民大学出版社1996年版，第876页。陈友冰认为："南山诗中'拘官计日月，欲进又不可'，为了和上联'威容丧萧爽，近新迷远旧'，以及下联'因缘窥其湫，凝湛闷阴兽'押同一韵脚。"

③ 陈伯海主编：《唐诗汇评》，浙江教育出版社1995年版，第1613页。

④ 陈伯海主编：《唐诗汇评》，浙江教育出版社1995年版，第1612页。

⑤ 李贺诗中没有"或"字，而孟郊仅有一例——《哀孟云卿嵩阳荒居》："定交昔何在，至戚今或疏"，杜甫北征诗亦仅"或红如丹砂，或黑如点漆"此句耳。

求变之努力。吴振华统计南山诗主要意象，分成时间、自然、动、植物、器具、人类活动、文化等意象，指出："总之，诗人用五十一个'或（如）'开头，组建了中国诗史上最大的比喻句群，描写南山的千姿百态，实际上展示韩愈目睹心想的胸中南山的雄姿，体现了诗人心灵的雄博。"①这揭示出《南山诗》在诗史上的独特价值。

四、孟郊山水诗中之对仗刻镂及险语

宋人欧阳修《新唐书·孟郊传》云："郊为诗有理致，最为愈所称，然思苦奇涩。李观亦论其诗曰'高处在古无上，平处下顾二谢'云。"②宋人计有功《唐诗纪事》卷三十五称："李翱荐郊于张建封云：'兹有平昌孟郊，贞士也。伏闻执事旧知之。郊为五言诗，自前汉李都尉、苏属国，及建安诸子，南朝二谢，郊能兼其体而有之。'李观荐郊于梁肃补阙书曰：'郊之五言诗，其有高处，在古无上；其有平处，下顾两谢。'"③由此可知韩愈、李观、李翱等三人对孟郊诗之称赏，将其诗与二谢并列，是否意味着其山水诗有独特之处？韩愈《贞曜先生墓志铭》谓其诗"及其为诗，刿目鉥心，刃迎缕解，钩章棘句，搯擢胃肾，神施鬼没，间见层出"④，概括出惊心动魄、苦心奇拔之特点。问题是哪些诗具备奇险惊魂之特点，哪些没有？诗话材料中，或称"孟诗亦有平淡闲雅者，但不多耳"⑤，或评"如东野《峡哀》十首，语亦奇险，然无退之之才，故终不足于涛"⑥，或谓"孟郊诗蹇涩穷僻，琢削不假，真苦吟而成。观其句法，格力可见矣"⑦。以上诸说仅泛泛评论孟郊诗内容和句法给人的印象，然未深入分析，如分类归纳，举例说明，造成奇险苦吟的原因为何？这些皆须系统性地探索，始能正确理解孟郊其人其诗（主要指山水诗）。欲完成此项任务，别无他法，须以其山水诗为基本证据，让它们说话。

清人沈其光《瓶粟斋诗话》谓："孟东野诗源出谢家集中，如《献襄阳于大夫》及《汝州陆中丞席喜张从事至》《游枋口柳溪》诸作，时见康乐家数，特其句法出

---

① 吴振华：《韩诗自然意象分类统计研究》，《周口师范学院学报》2007年第3期。

② （宋）欧阳修、宋祁等：《新唐书·卷一百七十六·韩愈·孟郊列传》，中华书局1997年版，第5265页。

③ （宋）计有功辑：《唐诗记事·上册》，上海古籍出版社2008年版，第537页。

④ （唐）韩愈著，严昌校点：《韩愈集》，岳麓书社2000年版，第333页。

⑤ 陈伯海主编：《唐诗汇评·后村诗话》，浙江教育出版社1995年版，第1863页。

⑥ 陈伯海主编：《唐诗汇评·诗源辩体》，浙江教育出版社1995年版，第1863页。

⑦ 陈伯海主编：《唐诗汇评·临汉隐居诗话》，浙江教育出版社1995年版，第1862页。宋人《临汉隐居诗话》。

之镌刻耳。洪北江评东野诗,以为篇篇似古乐府,非确论也。"①这话指出孟郊的刻镂句法沿袭谢灵运而来。句法上主要就是对仗工整而言,试举《献襄阳于大夫》、《汝州陆中丞席喜张从事至》《游枋口柳溪》诸作分析。先看《献襄阳于大夫》:

> 襄阳青山郭,汉江白铜堤。谢公领兹郡,山水无尘泥。
> 铁马万霜雪,绛旗千虹霓。风漪参差泛,石板重迭跻。
> 旧泪不复堕,新欢居然齐。还耕竟原野,归老相扶携。
> 物色增暧暧,寒芳更萋萋。渊清有退路,高躅无近蹊。
> 即此富苍翠,自然引翔栖。曩游常抱忆,夙好今尚睽。
> 愿言从逸辔,暇日凌清溪。②

此诗共二十二句,其中有十四句是对仗句,几乎一半以上句数显露雕镂痕迹,"旧泪不复堕,新欢居然齐"中,"不复"和"居然"之词对得不工整,他句如"原野"和"扶携","渊清"和"高躅","增"和"更",诸词皆不精工。再看《汝州陆中丞席喜张从事至同赋十韵》:

> 汝水无浊波,汝山饶奇石。大贤为此郡,佳士来如积。
> 有客乘白驹,奉义惬所适。清风荡华馆,雅瑟泛瑶席。
> 芳醑静无喧,金尊光有涤。纵情孰虑损,听论自招益。
> 愿折若木枝,却彼曜灵夕。贵贱一相接,忧悰忽转易。
> 会合勿言轻,别离古来惜。请君驻征车,良遇难再觌。

中间六句可见对仗雕琢之痕,三联中的"华馆"和"瑶席","无喧"和"有涤","损"和"益"等词。最后看看《与王二十一员外涯游枋口柳溪》:

> 万株古柳根,拿此磷磷溪。野榜多屈曲,仙浔无端倪。
> 春桃散红烟,寒竹含晚凄。晓听忽以异,芳树安能齐。
> 共疑落镜中,坐泛红景低。水意酒易醒,浪情事非迷。
> 小儒峭章句,大贤嘉提携。潜窦韵灵瑟,翠崖鸣玉珪。

---

① 陈伯海主编:《唐诗汇评》,浙江教育出版社1995年版,第1865页。
② (清)彭定求等纂:《全唐诗》,中华书局1996年版,第4234页。以下孟郊诗依序均引自该书第4215,4218页。

> 主人稷高翁，德茂芝术畦。凿出幽隐端，气象皆升跻。
> 曾是清乐抱，逮兹几省溪。宴位席兰草，滥觞惊凫鹥。
> 灵味荐鲂瓣，金花屑橙斋。江调摆衰俗，洛风远尘泥。
> 徒言奏狂狷，讵敢忘筌蹄。

此诗多处亦可看出精工之迹。春桃和寒竹，水意和浪情，小儒和大贤，江调和洛风，然而有些词对得不工，如峭章句和嘉提携。就此三诗中之多处对仗而言，应是沈其光所谓"句法出之镌刻"。再举其他山水诗之对仗例的镌刻，但都不精工。如：

> 枯巢无还羽，新木有争飞。(《送晓公归庭山》)

> 饮尔一樽酒，慰我百忧轻。(《分水岭别夜示从弟寂》)

> 山尽五色石，水无一色泉。(《游华山云台观》)

> 蓝岸青漠漠，蓝峰碧崇崇。(《蓝溪元居士草堂》)

> 晓碧流视听，夕清濯衣袍。(《立德新居》)

> 千寻直裂峰，百尺倒泻泉。(《送萧链师入四明山》)

> 上仄碎日月，下掣狂滴涟。(《峡哀》)

"无还羽"和"有争飞"，"一樽酒"和"百忧轻"，"五色石"和"一色泉"，"蓝岸"和"蓝岸"，"碎日月"和"狂滴涟"，以上诸词皆流露孟郊对仗句之刻镂。

韩愈所造险语令人印象深刻，易获陌生化的效果。清人沈德潜《唐诗别裁集》卷四评《游终南》："盘空出险语。《出峡》诗有'上天下天水，出地入也舟'句，同一奇险。"[1]《游终南山》诗开篇即是："南山塞天地，日月石上生。"第一句是盘空，言南山之广大盘据天空，而第二句日月何以在石上生？若说是水上生，那则是日月之倒影，但孟郊却说是石上生，果真是险语，所以韩愈《荐士》也称其"横空盘硬语，妥贴力排奡"，其山水诗的的确确使用了许多生新之字词：

> 翠景何的砾，霜飕飘空虚。(《立德新居》)

---

① (清)沈德潜编，李克和等校点：《唐诗别裁集》，岳麓书社1998年版，第97页。

山浓翠滴洒，水折珠摧残。

······

风猿虚空飞，月狖叫啸酸。（《送无怀道士游富春山水》）

顾余寂寞者，谬厕芳菲筵。（《春集越州皇甫秀才山亭》）

置亭嵽嵲头，开窗纳遥青。（《生生亭》）

齿泉无底贫，锯涎在处多。（《峡哀》）

硬语或险语，指铸词之创造性而言，词语是其他诗人罕用的。"的砾"一词，全唐诗中，除了孟郊使用外，还有韦应物《郡中对雨赠元锡兼简杨凌》"萧条林表散，的砾荷上集"及《鼋头山神女歌》"阴深灵气静凝美，的砾龙绡杂琼佩"。"水折"一词，仅见于李白《送曲十少府》句"碧云敛海色，流水折江心"和陈昌言《赋得玉水记方流》句"白虹深不见，绿水折空流"，孟郊诗较为奇险动魄。"啸酸"一词，尚无他人。"谬厕"一词，尚无他人。"嵽嵲"一词，仅见于杜甫《自京赴奉先县咏怀五百字》句"凌晨过骊山，御榻在嵽嵲"，韩愈《城南联句》句"掘云破嵽嵲"，寒山《诗三百三首》句"装车竞嵽嵲，翻载各泷涷"。"锯涎"一词，尚无他人用过。上举诸词中，除了孟郊使用外，或无人使用，或使用者不超过三人。相比之下，孟郊诗中所用词语多为奇险悲酸。

五、贾岛山水诗之炼句

贾岛是中唐晚期著名的苦吟诗人[1]，范阳人（今北京市）[2]。生于代宗大历十四年（779），卒于武宗会昌三年（843），享年六十五岁。一生经历代宗、德宗、顺宗、

---

[1]　贾岛《三月晦日赠刘评事》诗称："三月正当三十日，风光别我苦吟身。"刘沧《经无可旧居兼伤贾岛》："碧云迢递长江远，向夕苦吟归思难。"张蠙《伤贾岛》："生为明代苦吟身，死作长江一逐臣。"可止《哭贾岛》："冢栏寒月色，人哭苦吟魂。"由以上诸诗句可称其为苦吟诗人。

[2]　（唐）贾岛著，李建昆校：《贾岛诗集校注·附录·贾岛评论资料》，里仁书局 2002 年版，第 462 页。据苏绛《唐故司仓参军贾公墓志铭》云："公讳岛，字浪仙。范阳人也，自周康王封少子建侯于贾，因而氏焉。"

宪宗、穆宗、敬宗、文宗、武宗八个皇帝。与孟郊同样有"无子"之悲[①]，同样有晚年仕进之叹[②]。其二人青壮年时期，因无官俸来源，长期失业，经济收入不稳，复以多病及落第交互折磨[③]，遂影响贾孟两人之创作内容，如欧阳修《六一诗话》所说："皆以诗穷至死，而平生尤喜自为穷苦之句。"也才有如苏轼《祭柳子玉文》所谓："郊寒岛瘦"之称。贾岛苦吟"落叶满长安，秋风吹渭水"及"鸟宿池中树，僧推月下门"等诗句，均在文坛盛行。[④]

贾岛二十岁前为一僧人，法号无本。曾以诗投谒孟郊、张籍（岛三十二岁时）、韩愈（岛三十三岁时）、元稹（岛四十二岁时）、李益（岛四十六岁时）等人。他一生漫游洛阳、长安、凤翔、光州（今河南）、杭州、遂州（任长江县主簿）、普州（任司仓参军）等地。五十九岁时，坐飞谤责授遂州长江县主簿，六十二岁时，迁普州司仓参军，六十五岁时，卒于官舍，葬于普州，其所任二职皆在四川。[⑤]

如上所述，贾岛贫病又屡试不第之偃塞遭遇，膝下无子复为一诗僧，且晚年始谋得一官半职，众多因素交集下，反而有较多时间锤炼诗句，以致有"两句三年

---

① （唐）韩愈著，严昌校点：《韩愈集》，岳麓书社2000年版，第333页。关于孟郊无子之说，据韩愈《贞曜先生墓志铭》："贞曜先生卒。无子，其配郑氏以告，愈走泣哭，且召张籍会哭。"关于贾岛无子说，据姚合《哭贾岛》："有名传后世，无子过今生。"

② （唐）贾岛著，李嘉言新校：《长江集新校》，河南大学出版社2008年版，第199页。严昌校点《韩愈集》，岳麓书社2000年版，第333页。据韩愈《贞曜先生墓志铭》："年几五十，始以尊夫人之命来集京师，从进士试，既得，即去。间四年，又命来选，为溧阳尉，迎侍溧上。"可知孟郊约五十出头才作官。而贾岛约五十九岁时（开成二年九月），始任遂州长江县主簿一职。

③ 其《咏怀》一诗称："经年抱疾谁来问，野鸟相过啄木频。"又《新唐书》本传谓："累举，不中第。"

④ 上海古籍出版社编：《唐五代笔记小说大观》，上海古籍出版社2000年版，第1673页。傅璇琮主编：《唐才子传校笺》第二册，第325页。据五代王定保《唐摭言》卷十一"无官受黜"条载："尝跨驴张盖，横截天衢，时秋风正厉，黄叶可扫。岛忽吟曰'落叶满长安'，志重其冲直致，求足一联，杳不可得，不知身之所从也。因之唐突京兆刘栖楚，被系一夕而释之。"又宋人胡仔《苕溪渔隐丛话》前集卷十九引宋黄朝英《缃素杂记》云："《刘公嘉话》云：'岛初赴举京师，一日，于驴上得句云：鸟宿池边树，僧敲月下门。始欲作推字，又欲作敲字，练之未定，遂于驴上吟哦，时时引手作推敲之势。时韩愈吏部权京兆，岛不觉至第三节，左右拥至尹前，岛具对所得诗句云云。韩立马良久，谓岛曰：作敲字佳矣。遂与并辔而归，留连论诗，与为布衣之交，自此名著。后以不第，乃为僧，居法干寺，号无本。'"吴汝煜、胡可先对此则笔记小说颇有疑问，认为"《嘉话录》或为《鉴戒录》之误"。

⑤ （唐）贾岛著，李嘉言新校：《长江集新校·附录·贾岛年谱》，河南大学出版社2008年版，第59页。（蜀）何光远：《鉴诫录》，中华书局1985年版，第59页。关于贾岛死因，《鉴诫录》卷八载："因啖牛肉得疾，终于传署。"

得，一吟双泪流"之悲吟。在他的联络僧人的山水诗中可以看出这样的现象：

> 磬过沟水尽，月入草堂秋。穴蚁苔痕静，藏蝉柏叶稠。(《寄无可上人》)

> 月落看心次，云生闭目中。五更钟隔岳，万尺水悬空。(《寄华山僧》)

> 石室人心静，冰潭月影残。微云分片灭，古木落薪干。(《寄白阁默公》)

> 林中秋信绝，峰顶夜禅遥。寒草烟藏虎，高松月照鹏。(《寄龙池寺贞空二上人》)

> 心知溪卉长，居此玉林空。西殿宵灯磬，东林曙雨风。(《赠弘泉上人》)

> 樵径连峰顶，石泉通竹根。木深犹积雪，山浅未闻猿。(《题竹谷上人院》)

> 北斗生清漏，南山出碧重。露寒鸠宿竹，鸿过月圆钟。(《寄慈恩寺郁上人》)

> 月峡青城那有滞，天台庐岳岂无缘。

> 昨宵忽梦游沧海，万里波涛在目前。(《题童真上人》)

> 禁漏来遥夜，山泉落近邻。经声终卷晓，草色几芽春。(《灵准上人院》)

以上九例中，寄赠对象皆为僧人，居所也都位于幽静山林。诗中描绘的几乎是夜景。如"月入草堂秋""月落看心次""冰潭月影残""高松月照鹏""鸿过月圆钟""月峡青城那有滞""禁漏来遥夜"诸句，景物大都开阔，如"五更钟隔岳，万尺水悬空""微云分片灭，古木落薪干""峰顶夜禅遥""樵径连峰顶，石泉通竹根""北斗生清漏，南山出碧重""草色几芽春"，由"连""通""生""出""春"等字，可看出这些大景含蕴着生命力。从观物角度上，贾岛运用细微观察力，极力刻划山景中的动植物状态，如"穴蚁苔痕静，藏蝉柏叶稠""寒草烟藏虎，高松月照鹏""露寒鸠宿竹，鸿过月圆钟""经声终卷晓，草色几芽春"诸句，显示出高超的炼句功力，体现其苦心经营诗句的特质。

李嘉言综观贾岛诗后认为："总之，贾岛诗确实写了不少生活琐事，流露了不少哀愁悲苦的情绪，写景也有不少僻涩琐细之景。"他还上溯说其诗与盛唐王孟诗派有渊源之关系。[①] 王孟诗派的创作内容主要以山水田园自然风光为审美对象，论

---

① （唐）贾岛著，李嘉言新校：《长江集新校》，河南大学出版社 2008 年版，第 16，244 页。附录中《贾岛诗之渊源及其影响》，可参酌。

者称之为山水田园诗派。①唐人苏绛《贾司仓墓志铭》谓其"淡然蹑陶谢之踪"②，这些意见可供研究贾岛山水诗时参考分析。然而在研究方法上，贾岛诗中描写自然山水文本乃是研究的基础③，以上通过九首山水诗的字词，可知李氏所言贾岛诗"不少僻涩琐细之景"，或如许总所谓"寒狭视界"，他们与笔者的观察稍有出入，贾岛山水诗加入友情的情调，景物自然开阔，别有一番细嚼的滋味。

第三节　篇章布局

韦应物、李贺、王建、贾岛和姚合五位诗人在山水诗创作的篇章布局技巧呈现特殊的艺术设计，韦应物的末联常常别出心裁，李贺建构鬼魅幻境，王建七绝全景式描写，贾岛五律体的动点和定点布局，姚合用双重主谓结构，深入了解这些差异有其审美创作的借鉴价值。

一、韦应物山水诗中之末联设计

韦应物《燕李录事》云"与君十五待皇闱，晓拂炉烟上赤墀。花开汉苑经过处，雪下骊山沐浴时"④，《逢杨开府》云"少事武皇帝，无赖恃恩私"⑤，可知韦应

---

① 葛晓音：《山水田园诗派研究》，辽宁大学出版社1993年版，第349页。葛晓音说："所谓山水田园诗派，实际上包括三层内涵，就盛唐而言，指以王孟为代表，包括祖咏、常建、储光羲等在内的一批风格相近的专长于山水田园的诗人；就唐代而言，则指王、孟、韦、柳；而就中国诗歌史而言，则应以陶、谢、王、孟、韦、柳为一个完整的体系。在中国古代文学批评史上，并不存在山水田园诗派的称谓，这是当代文学史论着中习用的概念。但是从晚唐开始，人们已经注意到陶、谢、王、孟、韦、柳不但成为公认的山水田园最高成就的代表，而且形成了经常被并提的作家系列，在诗歌史上的地位也愈益提高，甚至一度超越了山水田园这一题材的范围，被奉为代表中国文人审美理想的典范。"

② （唐）贾岛著，李建昆校：《贾岛诗集校注》，里仁书局2002年版，第462页。苏绛《贾司仓墓志铭》谓："所著文编，不以新句绮靡为意，淡然蹑陶谢之踪，片云独鹤，高步尘表，长沙裁赋，事略同焉。"

③ （唐）贾岛著，李建昆校：《贾岛诗集校注》，里仁书局2002年版。此书为解析文本，论述时不再加注。

④ （唐）韦应物著，孙望编著：《韦应物诗集系年校笺》，中华书局2006年版，第26页。此诗之作，疑在永泰、大历之际洛阳丞任也。以下所引韦应物之诗皆依据此版本，不另注明。

⑤ （唐）韦应物著，孙望编著：《韦应物诗集系年校笺》，中华书局2006年版，第267页。建中三年（782）夏出刺滁州旅程所作。

物年少十五岁时，在长安担任玄宗侍卫（三卫）①。他家中的经济状况不甚良好，《发广陵留上家兄兼寄上长沙》中说"家贫无旧业，薄宦各飘扬"，《答故人见谕》也提及"况本澶落人，归无置锥地"，确实是家徒四壁②。他所处时代战乱悲凉氛围，所以他眼中的山水多带凄怆色彩，《广德中洛阳作》云"时节屡迁斥，山河长郁盘。萧条孤烟绝，日入空城寒"③。他将凄怆之情融入山水景物，可注意品味这些诗的末联：

> 兹楼日登眺，流岁暗蹉跎。坐厌淮南守，秋山红树多。(《登楼》)
>
> 南楼夜已寂，暗鸟动林间。不见城郭事，沉沉唯四山。(《夜望》)
>
> 怅然高阁望，已掩东城关。春风偏送柳，夜景欲沉山。(《晚登郡阁》)
>
> 受命恤人隐，兹游久未遑。鸣驺响幽涧，前旌耀崇冈。
> 青冥台砌寒，绿褥草木香。填壑跻花界，迭石构云房。
> 经制随岩转，缭绕岂定方。新泉泄阴壁，高萝荫绿塘。
> 攀林一栖止，饮水得清凉。物累诚可遣，疲苶终未忘。
> 还归坐郡阁，但见山苍苍。(《游琅琊山寺》)

韦应物眼中的山是秋山、沉山、苍苍山，情调低沉迷茫不清，这些山景放在末联，藉以表示结果，其因则埋伏在诗篇前部分，"坐厌淮南守""不见城郭事""怅然高阁望""疲苶终未忘"诸句暗示了心境的悲怅低沉。

　　山水有时也是公事之余可寻求解脱的处所，旅行时应尽情享受自然之美，但他的诗中常结合人间之忙和山水之赏，烦闷之情更可想见，如《龙门游眺》：

> 凿山导伊流，中断若天辟。都门遥相望，佳气生朝夕。
> 素怀出尘意，适有携手客。精舍缘层阿，千龛鳞峭壁。
> 缘云路犹缅，憩涧钟已寂。花树发烟华，淙流散石脉。
> 长啸招远风，临潭漱金碧。日落望都城，人间何役役。

---

　　①　傅璇琮：《唐代诗人丛考·韦应物系年考证》，中华书局2003年版，第290～292页。

　　②　傅璇琮：《唐代诗人丛考》，中华书局2003年版，第292页。他在二十三岁时，肃宗乾元二年（759）后数年间在长安，生活贫困，已自三卫撤出，曾一度在太学读书。

　　③　（唐）韦应物著，孙望编著：《韦应物诗集系年校笺》，中华书局2006年版，第7页。此诗正是应物于乱离之后，自长安初到洛阳县丞时所作。

龙门在洛阳南伊阙山。全诗十六句，前十四句描写龙门的山河之美及优丽奇险环境，或层阿，或峭壁，或云涧，或花树，令人流连忘返，可是韦应物并未真正释去压力，因为末联又说"日落望都城，人间何役役"，道出内心对于官场上的烦忧。再如《庄严精舍游集》：

> 良游因时暇，乃在西南隅。绿烟凝层城，丰草满通衢。
> 精舍何崇旷，烦局一弘舒。架虹施广荫，构云眺八区。
> 即此尘境远，忽闻幽鸟殊。新林泛景光，丛绿含露濡。
> 永日亮难遂，平生少欢娱。谁能遽还归，幸与高士俱。

"层城""眺八区"等词形容庄严精舍位置之高耸，"崇旷"和"广荫"说明其地之广，来这里可以"烦局一弘舒"，然而烦闷的抒解只是短暂时，"永日亮难遂，平生少欢娱"句再度勾起内心之郁闷。再如《扈亭西陂燕赏》：

> 杲杲朝阳时，悠悠清陂望。嘉树始氤氲，春游方浩荡。
> 况逢文翰侣，爱此孤舟漾。绿野际遥波，横云分迭嶂。
> 公堂日为倦，幽襟自兹旷。有酒今满盈，愿君尽弘量。

朝阳、清陂、嘉树、绿野、横云、迭嶂等迷人之物象映入眼帘，心情随之飞扬舒旷，但赏景饮酒之余，他仍挂念公事"公堂日为倦"，因此内心并未真正放解，此诗是韦应物在鄠县令任内燕赏于扈亭西陂后作。再如《蓝岭精舍》：

> 石壁精舍高，排云聊直上。佳游惬始怨，忘险得前赏。
> 崖倾景方晦，谷转川如掌。绿林含萧条，飞阁起弘敞。
> 道人上方至，清夜还独往。日落群山阴，天秋百泉响。
> 所嗟累已成，安得长偃仰。

此诗是在京兆府功曹任，使蓝田时作。全诗十四句，前十二句描写蓝岭精舍之高峻和弘敞。绿林是萧条的，群山是阴阴的，末两句道出内心之疲累，"所嗟累已成，安得长偃仰"，难以忘怀人间之烦恼。

二、李贺鬼魅幻境之山水诗

李贺是中唐少见的早夭诗人，仅在世二十七年，像一枚流星划过夜空，虽一瞬却很灿烂。其友人沈亚之《沈下贤文集·送李胶秀才诗序》卷九谓："余故友李贺，善择南北朝乐府故词……贺名溢天下，年二十七，官卒奉常，由是后学争效贺，相与缀裁其字句，以媒取价。"[①]可见李贺在当时即享有盛名。其所擅长之体式乃在乐府歌行体，在当时与张籍同为典范。唐人赵璘《因话录》卷三称："又张司业籍善歌行，李贺能为新乐府，当时言歌篇者，宗此二人。"[②]

诗史上，诗人活不过三十岁且在当时就名满天下者，李贺应是第一人。其成功不外乎其家族背景和本身之苦吟习惯。其《金铜仙人辞汉歌》之序中言："唐诸王孙李长吉遂作金铜仙人辞汉歌。"杜牧《李贺集序》亦谓："皇诸孙贺，字长吉。"[③]可见其显赫之皇族背景。其次，他呕心沥血，苦吟作诗。李商隐《李贺小传》载："骑疲驴，背一古破锦囊，遇有所得，即书投囊中。"[④]这是李贺作诗的独特习惯。

有"鬼才"之称的李贺[⑤]，因命运特殊而有许多传言。或说韩愈听闻李贺七岁能辞章而不信，因此造访贺家，李贺因之写下《高轩过》。[⑥]或说李贺因犯父名晋肃之

---

①　吴企明编：《李贺资料汇编》，中华书局2004年版，第6页。

②　上海古籍出版社编：《唐五代笔记小说大观·因话录》，上海古籍出版社2000年版，第847页。

③　吴企明编：《李贺资料汇编》，中华书局2004年版，第8页。

④　吴企明编：《李贺资料汇编》，中华书局2004年版，第9页。

⑤　陈伯海主编：《唐诗汇评》，浙江教育出版社1995年版，第1936页。宋人王得臣《尘史》称："庆历间，宋景文诸公在馆尝评唐人之诗云：'太白仙才，长吉鬼才。'其余不尽记也。"

⑥　上海古籍出版社编：《唐五代笔记小说大观·下册》，上海古籍出版社2000年版，第1669页。傅璇琮：《唐才子传校笺·第二册》，中华书局2000年版，第286页。（五代）王定保《唐摭言》卷十："时韩文公与皇甫湜览贺所业，奇之，而未知其人……二么不之信，贺就试一篇，承命欣然，操觚染翰，旁若无人。仍目曰《高轩过》，曰：'……我今垂翅附冥鸿，他日不羞蛇作龙。'二公大惊，以所乘马命连镳而还所居，亲为束发。"此事吴企明认为虚妄，他说"按《唐摭言》所载此事，实乃虚妄。钱仲联先生辩之甚详……"

讳，而无法中举进士。① 或说李贺临死之际，天帝召其为白玉楼写记。② 这些浪漫传说正如他"诡异浓丽"之诗一样③，为后世津津乐道。他所存诗有二百三十三首④，唐人僧齐己《读李贺歌集》说"赤水无精华，荆山亦枯槁。玄珠与虹玉，璨璨李贺抱"⑤，似乎李贺诗中的山水景象是枯槁荒芜的，元好问《论诗绝句三十首之十六》却说"切切秋虫万古情，灯前山鬼泪纵横。鉴湖春好无人赋，岸夹桃花锦浪生"⑥，说其诗充满诡奇。不管如何，就其特殊生命经验看，李贺之诗必有为后世楷模的艺术特点。

李贺的山水诗为数不多，然其所营造之山水意境独树一格。如《南山田中行》：

> 秋野明，秋风白。塘水漻漻虫啧啧，
> 云根苔藓山上石。冷红泣露娇啼色，
> 荒畦九月稻叉牙。蛰萤低飞陇径斜，
> 石脉水流泉滴沙。鬼灯如漆点松花。⑦

此诗营构出幽冷荒凉之山水诡境，人迹罕至，似乎是幻想出来的。尤其最后一句"鬼灯如漆点松花"，令人毛骨悚然，与韩愈所写南山诗有极大不同，韩愈的南山是时间长久经历的现实惧怕，李贺的南山是想象的恐怖，是另一个虚拟世界召唤的可

---

① 上海古籍出版社编：《唐五代笔记小说大观·下册》，上海古籍出版社2000年版，第1497页。傅璇琮：《唐才子传校笺·第二册》，中华书局2000年版，第287页。（唐）康骈《剧谈录》卷下："及为礼部郎中，因议贺父名晋，不合应进士举。贺亦以轻薄为时辈所排，遂致轗轲。文公惜其才，为著《讳辩录》明之，然竟不成事。"吴企明认为此事不实。

② 吴企明编：《李贺资料汇编》，中华书局2004年版，第9页。（唐）李商隐《李贺小传》："长吉将死时，忽昼见一绯衣人，驾赤虬，持一板，书若太古篆或霹雳石文者，云：'当召长吉。'长吉了不能读，欻下榻叩头，言：'阿奶（呼母声也）老且病，贺不愿去。'绯衣人笑曰：'帝成白玉楼，立召君为记，天上差乐不苦也。'长吉独泣，边人尽见之。少之，长吉气绝。"此事荒诞，不辩自明。

③ 陈伯海主编：《唐诗汇评》，浙江教育出版社1995年版，第1939页。清人钱良择《唐音审体》："二公之后，如昌黎之奇辟崛强，东野之寒峭险劲，微之之轻婉曲折，乐天之坦易明白，长吉之诡异浓丽，皆前古未有也。"

④ 吴企明编：《李贺资料汇编》，中华书局2004年版，第7页。杜牧《李贺集序》："贺且死……凡二百三十三首。"

⑤ 吴企明编：《李贺资料汇编》，中华书局2004年版，第15页。

⑥ 吴企明编：《李贺资料汇编》，中华书局2004年版，第78页。

⑦ （清）彭定求等纂：《全唐诗·卷三百九十一》，中华书局1996年版，第4407页。以下李贺诗依序均引自该书第4429，4424，4431页。

怕。全诗九句，营造了诡异的氛围。再如《感讽五首》之三：

> 南山何其悲，鬼雨洒空草。长安夜半秋，风前几人老。
> 低迷黄昏径，袅袅青栎道。月午树无影，一山唯白晓。
> 漆炬迎新人，幽圹萤扰扰。

南山下起大雨，时间又是夜半，又是黄昏，又是白晓，思绪跳脱，尤以最后一句"幽圹萤扰扰"似乎在写另一个虚幻世界，全诗阴森恐怖，充满诗歌张力。再如《北中寒》：

> 一方黑照三方紫，黄河冰合鱼龙死。
> 三尺木皮断文理，百石强车上河水。
> 霜花草上大如钱，挥刀不入迷蒙天。
> 争漩海水飞凌喧，山瀑无声玉虹悬。

黑、紫、冰合、死、挥刀、迷蒙天等词，铺陈出幽寒冷峭之自然环境，令人感觉是一个想象的奇境，末句"山瀑无声玉虹悬"更是谲诡，以玉虹形容白色瀑布是险语，山瀑无声，不合常理，全诗八句应是虚构的。再如《七月一日晓入太行山》：

> 一夕遶山秋，香露溘蒙菉。新桥倚云阪，侯虫嘶露朴。
> 洛南今已远，越衾谁为熟。石气何凄凄，老莎如短镞。

前四句写太行山景荒凉的，"侯虫嘶露朴"句似乎堆砌而成，末联"石气何凄凄，老莎如短镞"写凄凉的景色和衰弱无力的植物，犹如自我的写照。再如《溪晚凉》：

> 白狐向月号山风，秋寒扫云留碧空。
> 玉烟青湿白如幢，银湾晓转流天东。
> 溪汀眠鹭梦征鸿，轻涟不语细游溶。
> 层岫回岑复迭龙，苦篁对客吟歌筒。

首句"白狐向月号山风"渲染奇诡凄清之气氛，末句"苦篁对客吟歌筒"写己之悲愁，透过乐器吟唱渲泄，前后呼应。

李贺描写山水景色，企图营造鬼魅之境，骇人视听，这是他对生命脆弱的真实展现。①

三、王建用五官布局以及七绝全景式描写

在诗话文献中，王建以乐府诗和宫词闻名，且与同岁的张籍并称。宋人许顗《彦周诗话》谓："张籍、王建，乐府宫词皆杰出，所不能追逐李、杜者，气不胜耳。"宋人曾季狸《艇斋诗话》又称："唐人乐府，惟张籍、王建古质。"宋人葛立方《韵语阳秋》亦曰："唐王建以宫词名家。"宋人严羽《沧浪诗话》云："大历后……张籍、王建之乐府，我所深取耳。"以上所举宋人诗话中，从未见前人着意于其清新淡远之自然诗风，即使持不同意见者，认为其长篇、小律或七律亦有其妙处②，亦不着意于王建在写景之艺术成就上。拙著《王建诗歌研究》一书虽对王建进行过整体探析，然未立专章来讨论其山水诗，其因乃在不同研究主题而有不同的研究视角，以著名诗人的研究视角则难以聚焦于山水诗之内涵分析，今以中唐山水诗为一基点出发，则王建之山水诗遂能进行专题探究。③

明人许学夷《诗源辩体》认为王建五言诗有清新峭拔的特点，他举"瘴烟沙上起，阴火雨中生"等诗句为例说明④，但并未说清"清新峭拔"的风格特征，仅见其所引诗句大抵描写荒冷之景物，且王建山水诗也从未有学者讨论，因此最根本的方法乃就其文本加以探究⑤，可知其写景描绘反映出闲适之风。

王建描写自然景象时多写闲适心境，他的这类诗可称为"闲适山水诗"。他对

① 据笔者统计，李贺山水诗有三十首，五绝零首，七绝十三首，五律零首，七律零首，五古六首，七古七首，乐府诗四首，以七古居多。详见本书结论"中唐山水诗分析表"。

② 陈伯海主编：《唐诗汇评》，浙江教育出版社1995年版，第1519页。清人薛雪《一瓢诗话》："王仲初长篇、小律，具有妙处，不可以宫词、乐府拘定其声价。"清人洪亮吉《北江诗话》："王建、张籍以乐府名，然七律亦有人所不能及处。"

③ 谢明辉：《王建诗歌研究》，花木兰文化出版社2008年版，第67～69页。拙著《王建诗歌研究》中的第四章和第五章主要分析他的诗作内涵，第四章第三节"王建诗之生活情调"中提及其对山水之偏爱，亦举相关诗作说明，然未深入综合剖析，此当与研究选题有关，非刻意略之。

④ 陈伯海主编：《唐诗汇评》，浙江教育出版社1995年版，第1893页。《诗源辩体》称："王如'瘴烟沙上起，阴火雨中生''水国山魈引，蛮乡洞主留''石冷啼猿影，松昏戏鹿尘''闭门留野鹿，分食养山鸡''雨水洗荒竹，溪沙填废渠''野桑穿井长，荒竹过墙生'等句，皆清新峭拔，另外一种，五代诸公乃多出此矣。"

⑤ （唐）王建：《王建诗集》，中华书局1959年版。本节所引王建山水诗文本为中华书局上海编辑所编辑之版本，共十卷。此版本乃以南宋陈解元书籍刻本为底本。

山水的爱，诗里已可明见。他对水的亲近，从少年时照水的经验开始。其《送韦处士老舅》说："照水学梳头，应门未穿帻，人前赏文性，梨果蒙不惜。赋字咏新泉，探题得幽石。"从"照水学梳头"和"赋字咏新泉"两句可知王建自小对水抱持亲切之情。《南涧》一诗使用五官布局，直接写对溪水的喜爱：

> 野桂香满溪，石莎寒覆水。爱此南涧头，终日潺湲里。①

首联以对仗形式描写野桂和石莎之坚强生命力，二句各着一"香"和"寒"字，诉诸嗅觉和触觉，末句则强调溪水声之美音，强调听觉感受。王建开放"四根"感觉②，即透过眼、耳、鼻、身等感官功能，接收山水大自然之美妙讯息，才有"爱此南涧头"之执着，与自然合而为一，遂与自然无隔。再如《泛水曲》：

> 载酒入烟浦，方舟泛绿波。子酌我复饮，子饮我还歌。
> 莲深微路通，峰曲幽气多。阅芳无留瞬，弄桂不停柯。
> 水上秋日鲜，西山碧峨峨。兹欢良可贵，谁复更来过。

此诗写王建与友人泛舟之乐。此种与自然无隔之乐体现在王建所开放的感官功能上，开放越多，融入自然也越多。二句的"泛绿波"，开放视觉，三句的"我复饮"，开放味觉，四句的"我还歌"，开放听觉，六句和八句的"幽气多"及"弄桂"，开放触觉，十句的"西山碧峨峨"，则又强调自然美景的视觉效果。全诗开放四种感官功能，融入自然山水之呼吸中，此所谓"无隔之景"。尚有一首，全篇写景，如《野池》：

> 野池水满连秋堤，菱花结实蒲叶齐。
> 川口雨晴风复止，蜻蜓上下鱼东西。

首联中"水满"和"结实"指野池及菱花生命饱满的展现，末联写雨后天晴之清新景象，透过蜻蜓和鱼的空间舒展，上下而东西，展示自然和谐、生机勃勃之风貌，全诗四句皆写景，王建已融入其中，眼前是一片无隔之景。

---

① （唐）王建：《王建诗集》，中华书局1959年版，第36页。以下王建诗均引自该书，第22，81，41，86，84，33，84，82，81页。

② 佛家语，认为六根即眼耳鼻舌身意。

除水之外，王建也爱山。其《原上新居十三首》说"长爱当山立，黄昏不闭门"，又《送薛蔓应举》说"愿君勤作书，与我山中邻"，揭明山居之生活经验，以诗人而言，以自然美景入诗，应不足为奇。如《山居》诗：

> 屋在瀑泉西，茅檐下有溪。闭门留野鹿，分食养山鸡。
> 桂熟长收子，兰生不作畦。初开洞中路，深处转松梯。

王建将山居之日常活动写入诗，首联先叙述居住环境，溪泉旁有丰富生命的水资源，接写野鹿、山鸡、桂熟、兰生等动植物之生态，简朴惬意，末联结以洞中路和转松梯等景，以之点染，俨然世外桃源，诗人已融入自然山景之中。再如《元太守同游七泉寺》：

> 盘磴回廊古塔深，紫芝红药入云寻。
> 晚吹箫管秋山里，引得猕猴出橡林。

吹箫管引猕猴乃独特之游山动作，首联写七泉寺之清幽环境，末联则可看出闲悠之心境。再如《雨过山村》：

> 雨里鸡鸣一两家，竹溪村路板桥斜。
> 妇姑相唤浴蚕去，闲着中庭栀子花。

此诗写村妇在雨中劳动的景象。四句中有三句写景，除了第三句写妇姑浴蚕之劳动生活外，余则写山村的自然景象，"竹溪村路板桥斜"暗示此处之清幽纯朴，三句妇姑相唤之动态，与四句栀子花闲开之静态，形成人与自然，动与静之对照，意境高远，首句入韵，音律和谐，颇有陶家风味。再如《温门山》：

> 早入温门山，群峰乱如戟。崩崖欲相触，呀豁断行迹。
> 脱屦寻浅流，定足畏敧石。路尽十里溪，地多千岁柏。
> 洞门昼阴黑，深处惟石壁。似见丹砂光，亦闻钟乳滴。
> 灵池出山底，沸水冲地脉。暖气成湿烟，蒙蒙窗中白。
> 随僧入古寺，便是云外客。月出天气凉，夜钟山寂寂。

此诗山景描写细腻，主要刻画"随僧入古寺"之前沿途所见自然奇险之景。用二十句诗，但展示的不是刹那间的感受，而呈现"早入温门山"至"夜钟山寂寂"一天中的自然景象。前四句写山势奇崛，"脱屣寻浅流"以下十二句则摹写沿溪步行于山林中之所见所闻，由十里溪、千岁柏、洞门黑、石壁深、丹砂光、钟乳滴、灵池、沸水、暖气、窗中白等多重意象之组合，构筑成一奇特的山林妙境，王建开放视觉、触觉、听觉等感官功能，无碍地接收自然山水之芬多精，形成无隔之景，末联以月出而山寂之景句作结，意境高远，余味无穷。<u>上举诸山水诗中，透过他所开放的各种感官功能以接收自然山水之美妙讯息，所呈现的是无隔之景，心境上是闲适的，语言则是通俗明白。</u>

王建尚有<u>一些</u>写景佳句，或写豪阔气势者，如《题台州隐静寺》"五峰直上插银河，一涧当空泻寥廓。岖峒黯淡碧琉璃，白云吞吐红莲阁"句和《题柱国寺》"丹梯暗出三重阁，古像斜开一面山"句，或绘清丽洗练者，如《早登西禅寺阁》"烟雾开时分远寺，山川晴处见崇陵。沙湾漾水图新粉，绿野荒阡晕色缯"和《郭家溪亭》"光动绿烟遮岸竹，粉开红艳塞溪花"句。除以上所摘句外，<u>王建尚有全诗写景之山水诗，主要是七言四句形式</u>，如《江陵道中》：

> 菱叶参差萍叶重，新蒲半折夜来风。
> 江村水落平地出，溪畔渔船青草中。

首联细写菱叶、萍叶、新蒲等植物状态，尤以二句"新蒲半折夜来风"最能揭示王建体物之细腻，末联写潮起潮落之景象变化，远景中的江村和渔船在潮水涨落之间的升降变化，亦能看出王建之敏锐观察力。再如《题渭亭》：

> 云开远水傍秋天，沙岸蒲帆隔野烟。
> 一片蔡州青草色，日西铺在古台边。

首联写岸边寻常景色，末联写古台边，在青草色和夕阳斜照的光影变化中展示出万物与自然和谐的画面。再如《野池》：

> 野池水满连秋堤，菱花结实蒲叶齐。
> 川口雨晴风复止，蜻蜓上下鱼东西。

虽说描写的是野池景象，然水满、菱花结实、风复止、蜻蜓上下、鱼东西等意象交迭，可看出生机盎然。

四、贾岛五律体描写山水景物之动点和定点布局

许学夷《诗源辨体》卷二五谓："贾岛五言律……其他句多奇僻，即变体，不可为法，如'野水吟秋断，空山影暮斜''磬通多叶隙，月离片云棱''凌结浮萍水，雪和衰柳风''松生师坐石，潭涤祖传盂''西殿宵灯磬，东林曙风雨''绝雀林藏鹘，无人境有猿''井凿山含月，风吹磬出林''明晓日初一，今年月又三''芽新抽雪茗，枝重集猿枫''露寒鸠宿雨，鸿过月圆钟'等句，最为奇僻，皆前人所未有。"说明贾岛五律体造句有"奇僻"的特点。

> 野水吟秋断，空山影暮斜。《哭胡遇》
>
> 磬通多叶隙，月离片云棱。《夏夜》
>
> 凌结浮萍水，雪和衰柳风。《冬夜》
>
> 松生师坐石，潭涤祖传盂。《送空公往金州》
>
> 西殿宵灯磬，东林曙风雨。《赠弘泉上人》
>
> 绝雀林藏鹘，无人境有猿。《马戴居华山因寄》
>
> 井凿山含月，风吹磬出林。《赠胡禅归》
>
> 明晓日初一，今年月又三。《二月晦日留别鄂中友人》
>
> 芽新抽雪茗，枝重集猿枫。《送朱休归剑南》
>
> 露寒鸠宿雨，鸿过月圆钟。《寄慈恩寺郁上人》

上列十首诗中，《夏夜》《冬夜》《赠弘泉上人》《马戴居华山因寄》《赠胡禅归》《送朱休归剑南》《寄慈恩寺郁上人》等七首乃山水诗。许学夷所说的奇僻，实在很难理解，或许指山林荒寒僻静之景。

本书分析自当与许学夷不同，将从山水诗的角度切入，以诗人观景的视角研究山水诗。诗人赏景时，依其行进式或定立式之不同，可归结为动点和定点两种，贾岛在安排动点式的写景时，通常将山水景物安排在中间两联，而定点式的写景方法则在开头二句时即描写山水景物。先说动点式，亦即贾岛行进时所见的山水景物描写，如《春行》：

> 去去行人远，尘随马不穷。旅情斜日后，春色早烟中。

流水穿空馆，闲花发故宫。旧乡千里思，池上绿杨风。①

首联点明行旅时的奔波。中间两联则极力刻划山水景物，透过斜日早烟空馆故宫等意象展示行旅中之荒寒景象。再如《早行》：

> 早起赴前程，邻鸡尚未鸣。主人灯下别，羸马暗中行。
> 蹋石新霜滑，穿林宿鸟惊。远山钟动后，曙色渐分明。

中间四句道黑夜山林的艰险旅行，山林之景昏暗不清。末联予人柳暗花明又一村的希望。再如《暮过山村》：

> 数里闻寒水，山家少四邻。怪禽啼旷野，落日恐行人。
> 初月未终夕，边烽不过秦。萧条桑柘外，烟火渐相亲。

中间两联写旷野之景，揭示行旅时的惊恐心情，落日本是赏心，但听到怪禽的啼叫声，使得眼前景象变得可怖。历经"萧条桑柘"的无助旅途，设想即将抵达人烟聚集之地。又如《宿孤馆》：

> 落日投村戍，愁生为客途。寒山晴后绿，秋水夜来孤。
> 橘树千株在，渔家一半无。自知风水静，舟系岸边芦。

中间四联写投宿孤馆的周边自然景象，人烟稀少，予人荒寒之感，寒山和秋水相对，衬托孤寂心境，千株橘树和一半渔家相对，更强化寂寥之情情，此夜此景催生贾岛在客途中的忧愁。

上举四首动点式的山水诗，揭明贾岛五律体的创作手法是将山水景象安排在中间两联，景象通常昏暗而荒寒，予人惊惧之感。再看其定点式的山水诗，《就峰公宿》：

> 河出鸟宿后，萤火白露中。上人坐不倚，共我论量空。
> 残月华晻暧，远水响玲珑。尔时无了梦，兹宵方未穷。

---

① （唐）贾岛著，李建昆校：《贾岛诗集校注》，里仁书局2002年版，第432页。以下贾岛诗均引自该书第433，318，307，67，310，94，260，105，190，65，120页。

因为和上人彻夜论述佛理，所以在幽静山林寄宿时较能清心赏景，故将山林景象安排在首二句也。再看《宿山寺》：

> 众岫耸寒色，精庐向此分。流星透疏木，走月逆行云。
> 绝顶人来少，高松鹤不群。一僧年八十，世事未曾闻。

开头两句即点出借宿山寺的山林景象。接着四句写禅意山色，由透和逆二字之使用，藉以形容流星和走月之状态，可见其体物之细微。再如《雨后宿刘司马池上》：

> 蓝溪秋漱玉，此地涨清澄。芦苇声兼雨，芰荷香绕灯。
> 岸头秦古道，亭面汉荒陵。静想泉根本，幽崖落几层。

开头二句极写蓝溪雨后清澄之感。后两句的兼和绕二字，使用精密，接着的古道和荒陵则予人荒寒之景象。再如《雪晴晚望》：

> 倚杖望晴雪，溪云几万重。樵人归白屋，寒日下危峰。
> 野火烧冈草，断烟生石松。却回山寺路，闻打暮天钟。

开头的溪云和雪景很明亮，但中间四句的景，由白屋、寒日、野火、冈草、断烟、石松等意象构建，予人荒寒之感，此雪景是定点式的观赏。再如《南池》：

> 萧条微雨绝，荒岸抱清源。入舫山侵塞，分泉稻接村。
> 秋声依树色，月影在蒲根。淹泊方难遂，他宵关梦魂。

前六句皆写南池周边之自然景观。开头前两句则描绘出荒寒之景，"入舫山侵塞"之句，境象开阔，中间两联对仗精工。再如《晚晴见终南诸峰》：

> 秦分积多峰，连巴势不穷。半旬藏雨里，此日到窗中。
> 圆魄将升兔，高空欲叫鸿。故山思不见，碣石沉寥东。

贾岛所见终南诸峰连绵不穷，景象壮观，他把景句安排在前二句。"此日到窗中"道出终南山的亲近。再如《易州登龙兴寺楼望郡北高峰》：

> 郡北最高峰，巉岩绝云路。朝来上楼望，稍觉得幽趣。
> 朦胧碧烟里，群岭若相附。何时一登陟，万物皆下顾。

贾岛在龙兴寺楼上远望山景，颇得幽趣，可能是在佛寺之故，首联写山峰之巅。接着写群岭在碧烟里，看似相互依附的亲昵。末联道出登上高峰，享受下顾万物之快感。《江亭晚望》：

> 浩渺浸云根，烟岚没远村。鸟归沙有迹，帆过浪无痕。
> 望水知柔性，看山欲倦魂。纵情犹未已，回马欲黄昏。

一开头写浩渺之山水景象。接着写江亭晚望之风景。浩渺烟岚予人模糊之感，鸟归和帆过则是这模糊之景中的动态点缀之物，望水和看山是寻常赏景动作，加以末句"纵情犹未已"之表白，显示亲近山水之喜爱。

贾岛善以五律体写山水诗，其山水诗依贾岛观物方式之差异而分动点式和定点式二种，动点式的山水诗将景物安排在中间两联，定点式则安排在开头两句。这种五律体山水诗是南朝谢灵运的五古或是盛唐王维的五绝所没有的技法。《瀛奎律髓》评贾岛："贾浪仙五言诗律高古，平生用力之至者；七言律诗不逮也。"又《东目馆诗见》亦评："贾长江刻意无凡语，五律尤妙。"[1]从山水诗的角度视之，的确如此！

五、姚合山水诗之"双重主谓结构"

姚合出自名门之后，是宰相姚崇的曾侄孙[2]。他是吴兴人（今浙江湖州市），生于大历十四年（779），卒于大中十三年（858）后[3]。历任武功主簿，富平、万年尉，监察御史，殿中侍御史，御史台侍御史，金州、杭州刺史，谏议大夫，秘书监等官

---

① 陈伯海主编：《唐诗汇评》，浙江教育出版社1995年版，第2578～2579页。

② （宋）计有功辑：《唐诗记事·下册·卷四十九·姚合条》，上海古籍出版社2008年版，第749页。傅璇琮：《唐才子传校笺·第三册》，中华书局2000年版，第114页。载："合，宰相崇曾孙，登元和进士，调武功主簿，世号姚武功。"揭明姚合为姚崇曾孙，此说恐有误。吴企明辩析姚合应为姚崇之曾侄孙。

③ 张震英：《20世纪姚合研究述论》，《广西大学学报》（哲学社会科学版）2004年第1期。该文归纳各家有五种说法，认定姚合卒年为大中九年（854）。然傅璇琮却认为是大和十三年后，但大和纪年仅至九年，没有十三年。笔者认为是《唐才子传校笺第三册》所言大和十三年当为大中十三年。大中十三年是吴企明的说法，今从之。其实其卒年为何，与本节讨论重点无关。

职。① 诗话文献上，姚合常与贾岛合称。《后村诗话》："亡友赵紫芝选姚合、贾岛诗为《二妙集》，其诗语往往有与姚、岛相犯者。"《沧浪诗话》："近世赵紫芝、翁灵舒辈，独喜贾岛、姚合之诗，稍稍复就清苦之风，江湖诗人多效其体，一时自谓之唐宗。"张为《诗人主客图》置贾姚于"清奇雅正主"项下，列姚合为"入室"，贾岛为"升堂"②，强调姚贾二人有相同之审美趣味和诗风意味。姚合曾依其诗歌喜好编选《极玄集》，卷上选王维、祖咏、李端、耿湋、卢纶、司空曙、钱起、郎士元、畅当，卷下选韩翃、皇甫曾、李嘉佑、皇甫冉、朱放、严维、刘长卿、灵一、法振、皎然、清江、戴叔伦等二十一人，凡百首。

刘衍综观姚合诗集后，指出："姚合擅长五律，多摹写自然景物、寺观亭台及萧条官况，风格清峭幽冷，时有孤吟不平之气。"③ 姚合《送李传秀才归宣州》一诗化用谢灵运的诗句："谢守青山宅，山孤宅亦平。池塘无复见，春草野中生。常日登楼望，今朝送客行。殷懃拂石壁，为我一书名。"从山水诗角度来研究姚合是可行的。然而《四库全书总目》谓其诗："合为诗刻意苦吟，工于点缀小景，搜求新意。"许总举其代表作《武功县中作三十首》说姚合"全以生活琐屑情事环绕视界，将自身局限于狭小空间之中"④，"点缀小景"和"狭小空间"是否能全面概括姚合之写景诗作呢？今将全面观察姚合摹写自然景物之诗作并加以论析。

姚合善写山水组诗，也善于利用诗句之灵活组织，构筑令人向往的山林美境。

谷静云生石，天寒雪覆松。(《送殷尧藩侍御游山南》)

晓来山鸟散，雨过杏花稀。天远云空积，溪深水自微。(《山中述怀》)

鸟啼三月雨，蝶舞百花风。烟束远山碧，霞敛落照红。(《寄安陆友人》)

天近星辰大，山深世界清。仙飙石上起，海日夜中明。(《秋夜月中登天坛》)

鸟穿山色去，人歇树阴中。数带长河水，千条弱柳风。(《夏日登楼晚望》)

雨洗春山净，春蒸大野融。碧池舒暖景，弱柳飐和风。(《霁后登楼》)

石净山光远，云深海色微。(《送陟遐上人游天台》)

月下门方掩，林中寺更遥。钟声空下界，池色在清宵。(《过无可僧院》)

① 傅璇琮：《唐才子传校笺·第三册》，中华书局2000年版，第116～126页。

② 丁福保辑：《历代诗话续编》，中华书局2001年版，第85～91页。

③ （唐）姚合著，刘衍校：《姚合诗集校考·前言》，岳麓书社1997年版，第3页。

④ 许总：《唐诗体派论》，文津出版社1994年版，第598页。

古塔虫蛇善，阴廊鸟雀痴。云开上界近，泉落下方迟。(《题山寺》)

转壑惊飞鸟，穿山踏乱云。水从岩下落，溪向寺前分。(《过灵泉寺》)

青猿吟岭际，白鹤坐松梢。天外浮烟远，山根野水交。(《游终南山》)

月明松影路，春满杏花山。戏狖跳林末，高僧住石间。(《游杏溪兰若》)

露寒僧梵出，林静鸟巢疏。远色当秋半，清光胜夜初。(《酬李廓精舍南台望月见寄》)

这山林美境，姚合是如何状绘的呢？上举十三首诗例，或写动物的千姿百态，如"晓来山鸟散""鸟啼三月雨，蝶舞百花风""鸟穿山色去，人歇树阴中""古塔虫蛇善，阴廊鸟雀痴""转壑惊飞鸟""青猿吟岭际，白鹤坐松梢""戏狖跳林末，高僧住石间""露寒僧梵出，林静鸟巢疏"；或绘植物之生态，如"雨过杏花稀""千条弱柳风""弱柳舞和风""月明松影路，春满杏花山"；或摹纯自然之景色，如"谷静云生石，天寒雪覆松""天远云空积，溪深水自微""烟束远山碧，霞敛落照红""仙飙石上起，海日夜中明""天外浮烟远，山根野水交""远色当秋半，清光胜夜初"，状绘清淡幽远的山林景象，令人向往！

从语法角度分析上列句子，发现姚合每句皆使用"双重主谓结构"，亦即五字中，前二字是一个主谓，后三字是另一个主谓，这就用两个句子并列而表达一个句子，获得经济的效果。

谷静云生石，天寒雪覆松。(《送殷尧藩侍御游山南》)

晓来山鸟散，雨过杏花稀。天远云空积，溪深水自微。(《山中述怀》)

烟束远山碧，霞敛落照红。(《寄安陆友人》)

天近星辰大，山深世界清。(《秋夜月中登天坛》)

雨洗春山净，春蒸大野融。(《霁后登楼》)

石净山光远，云深海色微。(《送陟遐上人游天台》)

云开上界近，泉落下方迟。(《题山寺》)

露寒僧梵出，林静鸟巢疏。(《酬李廓精舍南台望月见寄》)

第一诗例"谷静云生石"句中，"谷静"是主谓结构，此词足以表达完整的意义，"云生石"亦是主谓结构，写远望山石，可见浮云从其上掠升的意境。两种主谓子句构成因果关系，因"谷静"才有"云生石"之山林美境也。其他诗例依此类推，两个主谓子句间俱有因果关系，雪覆松乃因天寒，山鸟散乃因晓来，杏花稀乃因雨过，远山碧乃因烟束，星辰大乃因天近，春山净乃因雨洗。故而山林美境之显现，藉由"双重主谓结构"的句法安排，获得审美享受，吸引人投入山林之怀抱，其艺术技巧值得借鉴。关于前人的诗话评论，若从山水诗的角度切入，则"点缀小景"和"狭小空间"之说，不攻自破。

综上所述，中唐诗人有三方面山水诗创作技巧值得借鉴：第一，在"情景关系"一节中，考察钱起之仕宦生涯和生活经历可知钱起佛寺之自然景使内心平静。柳宗元由于十四年贬谪经历及四十七岁之短寿，故而其山水诗中显示峭险空荒之景下的孤愤之情。韦应物常有隐居之举，从而在清澄之山水景色中看出清闲的心情。

第二，在"对仗和词句"一节中，刘长卿诗中"惆怅"的情绪标签及"一千"词语相对是因其个性"刚而犯上"特点而显现的。韦应物善用钟声鸟鸣，以反衬山水之静谧，正所谓"蝉噪林逾静，鸟鸣山更幽"。从另一角度来看，他是要追求内心平静的境界。韩愈的句法有散文化、句式奇变及或字连用等特点。孟郊山水诗中之对仗刻镂及险语以及贾岛之炼句，使山水充满生命力。

第三，在"篇章布局"一节中，韦应物将山景诗句放在末联以及人间之忙和山水之赏结合。李贺虚构哀险幻境之山水诗——鬼魅之境。王建用五官布局以及七绝全景式描写。贾岛五律体描写山水景物的动点和定点布局。姚合以"双重主谓结构"之诗句组识建构山林美境。

结 论

本书除去前后"绪论"及"结论"两个部分内容,主体研究则有六章,其间讨论颇有清晰理路可寻,第二章先正本清源,采用史学方法,以宏观角度论述中唐山水诗之源头,自诗经、楚辞及汉赋谈起,中经谢灵运这位大量创作山水诗的诗人,直到初盛唐王绩王孟李杜等五大诗人之山水诗研析。

自第三章起,则以针对中唐时期之特殊文学现象深入剖析,采用传统知人论世和以意逆志的方法,三个章节针对诗人作官有无与山水诗创作之关系探析;两个章节针对作品体式及创作艺术进行客观考察。以诗人之政治仕履经历作为贯串全书之核心观点,如同串连颗颗珍珠的丝线,思索诗人作官经历与中唐山水诗两者之间之关联,亦即寻绎中唐时期山水诗从何而来。于是乎有,第三章《中唐诗人游宦与山水诗创作》,根据诗人平调或升官等情况,他们会远离京城至全国各地任职,尤其江南一带,受优美环境影响,聚会创作联句、公务外寻求精神家园故有山水诗产生。再者第四章《中唐诗人贬谪与山水诗创作》乃依诗人降官,流放各地,因此亦有山水诗,两者呈现因果关系。另外,中唐时期诗僧增多了是一个较为特殊的文学现象,他们也写山水诗,所以第五章也是从诗人角度切入,只是身份不是文士,而是会写诗的僧人,故而有"中唐诗僧之山水诗"之研析。

还有两章是针对中唐山水诗的作品而分析,作品分析主要就体式和艺术技巧来着眼。学界对这两部分的研究是较为单薄,他们研究谢灵运或谢朓山水诗时,由于南朝时期律体尚在尝试阶段,在体式上,是以五古为主,所以体式会略而不谈,且南朝诗人相对中唐诗人数量而言,并不多见,而本书至少就提出十四位诗人山水诗文本进行美学分析及阐释,得出较为客观的结论。在艺术技巧方面,并非单纯从作品去赏析,而是结合诗人仕宦经历去剖析中唐诗人在山水诗艺术上之特征。

本书共有六个论点,六章则形成了三个章节以诗人之角度出发,两个章节则从作品方向考察,全体构成一个有机的组合,这个组合皆服务于"中唐诗人与山水诗创作"这个论题,架构严密,联系有条。以下条列对中唐诗人与山水诗创作探索之研究成果。

一、绪 论

本章主要贡献有二点：第一是制表分析前贤在山水诗研究中对中唐这一时期之研究情形，发现有不足之处。第二，在理清"山水诗"一词之来源后，对其进行较为周延的定义：狭义来说，山水诗专指南朝时期新颖题材的诗歌，所谓"庄老告退，山水方滋"。先驱者谢灵运冲淡了魏晋玄言诗的枯燥说理，其大量创作以自然景物为审美对象的山水诗，奠定其"山水诗祭酒"的开创性地位，从而使后人注意到山水诗这一类的题材内容。广义来说，山水诗至少应把握二个原则：第一，内容以自然山水为主要描写对象，第二，自然山水中的审美对象除了生物性的鸟兽虫鱼、花木草竹和非生物性的日月风雪、山川石沙外，亦包含点缀其间的亭台楼阁、寺庙道观等人文景观。

二、中唐山水诗探源之章

本章提供读者对山水诗自诗经至盛唐这一漫长之历史跨代之源流发展过程有一系统性之理解，论述时，必以诗歌文本为证据加以申论，先是以诗经、楚辞和汉赋为山水诗之源头，这些作品所提及之山水景物，皆作为言情表志之陪衬作用，南朝才是山水诗成形的开始，山水自然对诗人来说已具有审美价值。接着研析谢灵运、谢朓、梁帝王和陶渊明等四种山水诗类型之代表诗人。再进而讨论初盛唐山水诗之兴盛期，研讨了初唐的王绩，以及盛唐的王孟李杜等四大诗人之山水诗作品。就山水诗史角度看，王绩和孟浩然沿陶的路线，李白沿二谢的路线，王维和杜甫则开中唐五绝体式和可怖山水书写之路。

藉由这些基础性的理解后，正为了往后五个章节作暖身运动。如王维辋川集二十首五绝体山水诗之研析，提出了禅学议题，与中唐诗僧山水诗可作一联系。又五绝体山水诗则与中唐山水诗体式之流变发生了关系。在论楚辞时，谈到了屈原流放的问题，引发了中唐山水诗与诗人贬谪问题之研讨。在论谢朓时，曾将他定为宦游山水诗类型之诗人，故延伸了中唐山水诗与游宦之问题研析。

三、中唐诗人游宦与山水诗创作之章

安史之乱后，大批文人避居江南，使江南一带成为京洛之外的经济文化中心，大历时期浙东和湖州两个文人集团的山水诗联句是值得注意的文学现象。除了述及联句发展历史外，还分析他们的作品，如鲍防集团主要的山水诗联句是《状江南十二咏》，颜真卿集团所创作山水诗联句有《与耿湋水亭咏风联句》《登岘山观李左相石尊联句》《又溪馆听蝉联句》《秋日卢郎中使君幼平泛舟联句一首》《五言夜宴咏灯联句》《五言玩初月重游联句》《五言夜集联句》《五言重送横飞联句》等。

另外，中唐时期有刘长卿、韦应物、元稹、白居易在江浙地区任地方刺史之仕宦经历，将歌咏苏州、杭州、越州自然山水风光之山水诗作整理归纳后，进行美学分析及比较，尚有一点可注意的是元稹白居易的竹筒传诗唱和，开创次韵山水诗之形式。

再者，当诗人游宦至江南时，官务之余，他们在郡斋之外会兴建别业，或是游宿寺观，他们把别业和寺观当成心灵另一个的精神家园。由此所形成的山水诗亦是考察之重点，列举诸多中唐诗人所创作的别业或寺观山水诗，诸如刘长卿、韦应物、钱起、皇甫冉、严维、顾况、窦群、戴叔伦、卢纶、李端、畅当、冷朝阳、张籍、元稹等多位中唐诗人，发现他们山水诗是值得后人作诗借鉴的。这些山水诗皆是前人较少述及的。

最后，结合韦应物的一生之仕宦经历与山水诗之论述，重新理解诗话中的韦应物山水。以其任职京洛地区和滁州江州苏州等地之官职看来，其山水诗之所以具有平淡自然之风格，乃由于寄居善福精舍及同德寺之缘故。韦应物缺少贬谪经历之骚怒则可与柳宗元山水诗作一区隔。

四、中唐诗人贬谪与山水诗创作之章

中唐诗人刘长卿、元稹、白居易、韩愈、柳宗元、刘禹锡、贾岛、姚合等具有遭贬之经历，而姚合之贬金州，元稹之贬河南尉，不在本文讨论之列，因其贬途不够远。本章欲阐释因中唐诗人在政治上虽遭受放逐经历，然正因贬居各地，见闻增多，其山水诗自然多了一些元素，这是值得研究的。

先分析诗人被贬原因，从唐代文献材料中稽查，诸如新旧《唐书》《资治通鉴》《唐人笔记小说》以及诗人别集等，发现他们被贬的理由皆是非罪之罪，他们并非十恶不赦之人，亦无从事非法活动，满怀忠君爱国之志，却在主观方面，因个性刚直，在客观方面，因政治环境之险恶，全都遭到迫害，刘长卿被诬告非法取财，韩愈关心人民饥荒以及谏迎佛骨，刘禹锡和柳宗元推行革新政策，元稹遭宦官击面，白居易谏告皇帝等等为执着政治理想而付出满腔热血，换来的竟是遭皇帝驱逐之命运。既然因无罪而遭贬，其心哀必流露于诗中，所以在踏上贬途后，其心境则与此有关！于是再探析贬途中的心境及其山水风光描述。透过中唐六位诗人在贬途中所写的山水诗，发现贬途风景大都是荒寒昏暗而尖山惊浪的，且伴随猿啼浪声，心境上则呈现悲苦惊恐。有思乡、孤寂、贬谪等元素掺杂其中。

最后则析研贬居生活所写的山水诗。中唐诗人被贬之地域遍及长江上中下游及岭南地区。长江上游之贬地有忠州、通州、遂州长江县，三地在蜀。长江中游之贬地有朗州、江陵等。长江下游之贬地有洪州、睦州、江州等。岭南之贬地则有永州、柳州、连州阳山、潮州、连州等。就贬期而言，韩愈最少，两次加总约三年左右，刘长卿虽贬南巴，始终仅在洪州待命，元稹九年江陵和通州，白居易忠州不到二年，江州近四年。而刘柳最惨，超过十年以上，柳宗元有十四年，最后死于柳州。

他们多描写当地之风光景色，如刘禹锡在连州的《海阳十咏》，白居易在游山玩水之际，亦描写许多江州的秀丽风光和名胜古迹，如浔阳楼、溢水、百花亭、庾楼、大林寺、东林寺、庐山、香炉峰等地。刘长卿在洪州待命期间，他也游览鄱阳、余干等地，写下一些山水诗，如《将赴岭外留题萧寺远公院寺即梁朝萧内史创》《奉陪郑中丞自宣州解印与诸侄宴余干后溪》等。这些贬地山水诗通常有几种内涵，即贬谪之悲又有思乡之情怀，如江州、柳州山水。亦有送别友人，如刘长卿到了睦州后，许多山水诗的创作大都集中在应酬送别友人和当地的游览风光。在应酬送别友人身分中又可分官员、僧人和道士三类。亦有描述孤寂和舒闷，如柳宗元永州山水诗。元稹在通州之山水诗将其凄惋之意融入山水之景中。而贾岛在晚年因飞谤贬官，仅一首山水诗，颇且禅意而无贬谪。韩愈在阳山是没有留下山水诗的。

五、中唐诗僧之山水诗之章

探讨皎然《诗式》及其山水诗之间的关联，可导引文学理论和文学创作之间的联结。分析发现皎然《诗式》与山水诗可作为联结的诗学观点主要是以"对句与苦思"、"不睹文字"为二大核心概念。对句与苦思可证其写诗之态度严谨，"不睹文字"说明了其山水诗的空灵之境及禅意之特点矣。其次，文人写送僧山水诗是种普遍现象，但如果是诗僧写给僧人的送僧山水诗，这就特别了。曾为诗僧的贾岛写了许多送僧山水诗，在这些送僧山水诗中，不难看出贾岛对僧人之诚真友谊，诗中之山水风景为开阔的，中间两联对仗精工，苦心锻炼，诗中时有禅语，体式上多为五律。最后则探析诗僧在无官职之累下的山水诗，所谓修行山水诗，可分禅寺修行和云游四海修行两种，探究发现诗僧将山林禅寺坐禅或观心之修行经验记录于诗歌，且无可在云游四海过程中，虽无疲态，然最后仍想安居在禅寺之中。

六、中唐诗人在山水诗体式上之贡献之章

从组诗角度看，钱起《蓝田溪杂咏》二十二首和张籍《和韦开州盛山十二首》韩愈《奉和虢州刘给事使君三堂新题二十一咏》是继承王维五绝体式的山水组诗而来，而刘长卿《湘中纪行十首》孟郊《峡哀》《石淙》《寒溪》和刘禹锡《海阳十咏》的五古体式山水组诗各有特点。值得注意的是，中唐山水组诗体式的开创，有刘长卿五言六句的《龙门八咏》、姚合五言六句的《题金州西园九首》《杏溪十首》，再来是姚合五律的《陕下厉玄侍御宅五题》《游春十二首》以及七绝韩愈《盆池》。其次是五古长篇的千字山水诗，有韩愈的《南山诗》（204 句，1020 字）、白居易的《游悟真寺》（1300 字）和刘禹锡的《游桃源一百韵》（1000 字）。最后是乐府民歌体式，有李贺之乐府体式山水诗以及刘禹锡之民歌式山水诗。专章来研讨中唐山水诗体式作深入之分析是没有学者讨论过的。

七、中唐诗人之山水诗创作艺术之章

本章拟从情景关系、对仗和词句以及篇章布局等方面研析中唐诗人的山水诗艺术技巧，分析过程中，不是以简单的修辞技巧作探讨，而是结合诗人生平遭遇之特殊性来论述。第一，在"情景关系"一节中，结合钱起之仕宦生涯和生活经历，得出，钱起佛寺之自然景使内心平静。柳宗元由于十四年贬谪经历及四十七岁之短寿，故而在其山水诗中显示出峭险空荒之景下的孤愤之情，而韦应物常有隐居之举，从而在清澄之山水景色中看出清闲的心情。第二，在"对仗和词句"一节中，考察发现刘长卿诗中"惆怅"的情绪标签及"一千"词语相对是种结合其个性"刚而犯上"特点而显现的。其次，韦应物善用钟声鸟鸣，以反衬山水之静谧，正所谓"蝉噪林逾静，鸟鸣山更幽"。从另一角度来看，他是要追求内心平静的境界。再者，韩愈的句法有散文化、句式奇变及或字连用等特点。接着探究孟郊山水诗中之对仗刻镂及险语以及贾岛之炼句，使山水充满生命力。第三，在"篇章布局"一节中，韦应物将山景诗句放在末联以及人间之忙和山水之赏结合，其次，李贺虚构哀险幻境之山水诗—鬼魅之境，再者，王建用五官布局以及七绝全景式描写，再者，贾岛五律体描写山水景物的动点和定点布局，动点式的山水诗将景物安排在中间两联，而定点式则安排在开头两句。最后，姚合以"双重主谓结构"之诗句组识建构山林美境。

最后，再提出一个具体数据更有助于对中唐山水诗体式之了解，如下表：

中唐山水诗分析表

诗人 ＼ 体式	五绝	七绝	五律	七律	五古	七古	乐府	总计	备注
1 钱起	22	0	22	3	36	0	0	83	
2 刘长卿	8	3	37	8	25	0	1	85	含六律绝3
3 韦应物	8	6	16	4	44	0	0	78	
4 韩愈	22	12	5	0	9	4	0	52	
5 孟郊	0	1	5	0	77	3	3	89	
6 李贺	0	13	0	0	6	7	4	30	
7 张籍	14	5	19	0	8	0	0	46	
8 王建	1	10	2	9	7	0	1	30	
9 元稹	0	7	1	8	10	5	0	31	
10 白居易	3	14	17	20	29	2	0	88	忆江南3
11 刘禹锡	0	23	6	3	27	2	1	62	
12 柳宗元	2	3	1	0	11	1	0	21	
13 贾岛	2	2	50	3	3	0	0	60	
14 姚合	0	0	40	4	24	0	0	68	

此表显示，中唐诗人的群体山水诗成就有别于盛唐和南朝两个时期者，乃在于众体兼备，数量上尤以五古居多，五律次之，体现出山水诗的创作上，自由和非自由两种手段皆能游刃有余。自由式的五古当以钱起、韦应物、孟郊、元稹、白居易、刘禹锡和柳宗元为操盘手，非自由式的五律则以刘长卿、张籍、贾岛、姚合为掌舵者。就体式而言，中唐已包融了盛唐王维绝句式写意的山水诗，以及南朝谢灵运五古式写貌的山水诗，呈现出"诗到元和体变多"的繁荣局面。

以上几点研究成果皆可作为文学史或文学批评史的补充或修正参考，亦能具体证验诗话文献之说法，故本书实深具学术价值，后续仍可从贬谪、禅学、文人集团与山水诗结合的角度研究历代诗人及其作品之阐释。

参考文献

1 诗人别集·校注·总集·年谱等

［1］（晋）陶渊明著，逯钦立校注：《陶渊明集》，里仁书局 1985 年版。

［2］（南朝·宋）谢灵运著，黄节注：《谢康乐诗注》，艺文印书馆 1987 年版。

［3］（南朝·齐）谢朓撰，郝立权注：《谢宣城诗注》，艺文印书馆 1976 年版。

［4］（唐）王绩著，王国安注：《王绩诗注》，上海古籍出版社 1990 年版。

［5］（唐）王维著，（清）赵殿成笺注：《王右丞集笺注》，上海古籍出版社 1998 年版。

［6］（唐）孟浩然撰，李景白校注：《孟浩然诗集校注》，四川人民出版 1988 年版。

［7］（唐）李白著，瞿蜕园等校注：《李白集校注》，里仁书局 1981 年版。

［8］（唐）杜甫著，（清）仇兆鳌注：《杜诗详注》，中华书局 1979 年版。

［9］（唐）刘长卿著，储仲君笺注：《刘长卿诗编年笺注》，中华书局 1999 年版。

［10］（唐）韦应物著，孙望编著：《韦应物诗集系年校笺》，中华书局 2006 年版。

［11］（唐）钱起著，阮廷瑜校注：《钱起诗集校注》，新文丰出版公司 1996 年版。

［12］（唐）韩愈著，严昌校点：《韩愈集》，岳麓书社 2000 年版。

［13］（唐）张籍著，李冬生注：《张籍集注》，黄山书社 1989 年版。

［14］（唐）刘禹锡著，瞿蜕园校点：《刘禹锡全集》，上海古籍出版社 1999 年版。

［15］（唐）柳宗元著，朱玉麒、杨义等今译：《柳河东全集》，燕山出版社 1996 年版。

［16］（唐）白居易著，朱金城笺校：《白居易集笺校》，上海古籍出版社 1988 年版。

［17］（唐）王建：《王建诗集》，中华书局 1959 年版。

［18］（唐）李贺撰，（明）曾益等注：《李贺诗注》，世界书局 1996 年版。

［19］（唐）李贺撰，叶葱奇疏注：《李贺诗集》，人民文学出版社 1998 年版。

［20］（唐）贾岛著，李建昆校：《贾岛诗集校注》，里仁书局 2002 年版。

［21］（唐）贾岛著，李嘉言新校：《长江集新校》，河南大学出版社 2008 年版。

［22］（唐）姚合著，刘衍校：《姚合诗集校考》，岳麓书社1997年版。

［23］（唐）孟郊著，邱燮友、李建昆校注：《孟郊诗集校注》，新文丰出版公司1997年版。

［24］（唐）刘禹锡著，瞿蜕园笺证：《刘禹锡集笺证》，上海古籍出版社1989年版。

［25］（唐）刘禹锡著，瞿蜕园校点：《刘禹锡全集》，上海古籍出版社1999年版。

［26］（唐）刘禹锡著，蒋维崧、赵蔚芝、陈慧星、刘聿鑫笺注：《刘禹锡诗集编年笺注》，山东大学出版社1997年版。

［27］（唐）柳宗元著，王国安笺释：《柳宗元笺释》，上海古籍出版社1998年版。

［28］（唐）刘禹锡著，高志忠编：《刘禹锡诗文系年》，广西人民出版社1988年版。

［29］（南朝·梁）刘勰著，陆侃如、牟世金译注：《文心雕龙译注》，齐鲁书社1995年版。

［30］（南朝·梁）萧统编：《昭明文选》，华夏出版社2000年版。

［31］（宋）郭茂倩编：《乐府诗集》，中华书局1998年版。

［32］（宋）洪兴祖撰：《楚辞补注》，汉京文化事业有限公司1983年版。

［33］（宋）李昉敕编：《文苑英华》，大化书局1985年版。

［34］（清）彭定求等纂：《全唐诗》，中华书局1996年版。

［35］（清）董诰等奉敕撰：《全唐文》，大通书局1979年版。

［36］卞孝萱：《元稹年谱》，齐鲁书社1980年版。

［37］朱金城：《白居易年谱》，文史哲出版社1991年版。

［38］李学勤主编：《十三经注疏·毛诗正义》，北京大学出版社1999年版。

［39］张达人编订：《唐刘梦得先生禹锡年谱》，台湾商务印书馆1982年版。

［40］赖永海主编：《唐高僧传》，佛光出版社1998年版。

［41］罗联添：《白乐天年谱》，台湾编译馆1989年版。

［42］吴钢、张天池、刘光汉补注：《刘禹锡诗文选注》，三秦出版社1987年版。

2 史书·方志·笔记小说·诗话等

［43］（西汉）司马迁：《史记》，中华书局1997年版。

［44］（东汉）班固：《汉书》中华书局1997年版。

［45］（南朝·宋）范晔著，（唐）李贤等注：《后汉书》，中华书局1997年版。

［46］（北齐）魏收：《魏书》，中华书局1997年版。

［47］（南朝・梁）萧子显：《南齐书》，中华书局 1997 年版。

［48］（南朝・梁）刘勰著，陆侃如、牟世金译注：《文心雕龙译注》，济南齐鲁书社 1996 年版。

［49］（南朝・梁）沈约：《宋书》，中华书局 1974 年版。

［50］（唐）李延寿：《南史》，中华书局 1975 年版。

［51］（唐）欧阳询：《艺文类聚》，中文出版社 1980 年版。

［52］（唐）姚汝能撰，曾贻芬点校：《开元天宝遗事・安禄山事迹》，中华书局 2006 年版。

［53］（唐）房玄龄等著：《晋书》，中华书局 1997 年版。

［54］（唐）姚思廉等著：《梁书》，中华书局 1997 年版。

［55］（唐）姚思廉等著：《陈书》，中华书局 1997 年版。

［56］（唐）李百药：《北齐书》，中华书局 1997 年版。

［57］（唐）李吉甫撰，贺次君点校：《元和郡县图志》，中华书局 2005 年版。

［58］（蜀）何光远：《鉴诫录》，中华书局 1985 年版。

［59］（后晋）刘昫等著：《旧唐书》，中华书局 1997 年版。

［60］（宋）司马光编著，（元）胡三省注：《资治通鉴》，中华书局 1996 年版。

［61］（宋）欧阳修、宋祁等著：《新唐书》，中华书局 1997 年版。

［62］（宋）王谠撰，周勋初校证：《唐语林校证》，中华书局 1997 年版。

［63］（宋）计有功辑：《唐诗记事》，上海古籍出版社 2008 年版。

［64］（宋）乐史撰：《太平寰宇记》，中华书局 1985 年版。

［65］（清）沈德潜编，李克和等校点：《唐诗别裁集》，岳麓书社 1998 年版。

［66］（清）王夫之等著：《清诗话》，上海古籍出版社 1999 年版。

［67］（清）何文焕辑：《历代诗话》，中华书局 2001 年版。

［68］丁福保辑：《历代诗话续编》，中华书局 2001 年版。

［69］上海古籍出版社编纂：《唐五代笔记小说大观》，上海古籍出版社 2000 年版。

［70］常振国、降云等编：《历代诗话论作家》，黎明文化有限公司 1993 年版。

［71］郭绍虞编选，富寿荪校点：《清诗话续编》，上海古籍出版社 1999 年版。

［72］陈伯海主编：《唐诗汇评》，浙江教育出版社 1995 年版。

［73］圣印法师译：《六祖坛经今译》，天华出版社 1987 年版。

［74］谭其骧主编：《中国历史地图集》，中国地图出版社 1996 年版。

3 文学史·诗史·文学研究等

［75］（清）纪昀总纂：《四库全书总目提要》，河北人民出版社1989年版。

［76］（美）宇文所安著，陈引驰、陈磊泽译：《中国"中世纪"的终结：中唐文学文化论集》，三联书店2006年版。

［77］《十三经注疏》整理委员会整理：《十三经注疏》，北京大学出版社1999年版。

［78］丁成泉：《中国山水诗史》，文津出版社1995年版。

［79］丁成泉：《中国山水田园诗集成》，湖北教育出版社2003年版。

［80］王国璎：《中国山水诗研究》，联经出版社1986年版。

［81］王国璎：《中国山水诗研究》，中华书局2007年版。

［82］朱大渭等著：《魏晋南北朝社会生活史》，中国社会科学出版社1998年版。

［83］朱光潜：《朱光潜美学文集》，上海文艺出版社1989年版。

［84］朱德发：《中国山水诗论稿》，山东友谊出版社1994年版。

［85］吴企明：《李贺资料汇编》，中华书局2004年版。

［86］吴庚舜、董乃斌等编：《唐代文学史》，人民文学出版社2000年版。

［87］宋绪连等：《唐诗艺术技巧分类辞典》，中国人民大学出版社1996年版。

［88］李文初等：《中国山水诗史》，广东高等教育出版1991年版。

［89］李亮：《诗画同源与山水文化》，中华书局2004年版。

［90］李建昆：《韩愈诗探析》，中兴大学1999年版。

［91］李建昆：《敏求论诗丛稿》，秀威资讯科技有限公司2007年版。

［92］李泽厚：《美的历程》，谷风出版社1984年版。

［93］周啸天：《唐绝句史》，安徽大学出版社1999年版。

［94］周裕锴：《中国禅宗与诗歌》，丽文文化公司1994年版。

［95］尚永亮：《元和五大诗人与贬谪文学考论》，文津出版社1993年版。

［96］房日晰：《唐诗比较研究》，安徽大学出版社2004年版。

［97］林文月：《山水与古典》，纯文学出版社1981年版。

［98］祁志祥：《佛学与中国文化》，学林出版社2000年版。

［99］纪作亮：《张籍研究》，黄山书社1986年版。

［100］胡可先：《中唐政治与文学：以永贞革新为研究中心》，安徽大学出版社2000年版。

［101］胡遂：《佛教禅宗与唐代诗风之发展演变》，中华书局2007年版。

［102］胡晓明：《万川之月：中国山水诗的心灵境界》，三联书店 1992 年版。

［103］孙琴安：《唐诗选本提要》，上海书店 2005 年版。

［104］孙琴安：《唐诗与政治》，上海人民出版社 2003 年版。

［105］袁行霈：《中国诗歌艺术研究》，五南图书出版公司 1999 年版。

［106］高树藩：《正中形音义综合大字典》，正中书局 1974 年版。

［107］张天健：《唐诗答疑录》，中国文联出版社 2004 年版。

［108］张海沙：《初盛唐佛教禅学与诗歌研究》，中国社会科学出版社 2001 年版。

［109］张秉戍主编：《山水诗歌鉴赏辞典》，中国旅游出版社 1989 年版。

［110］许总：《唐诗史》，江苏教育出版社 1995 年版。

［111］许总：《唐诗体派论》，文津出版社 1994 年版。

［112］陈友琴：《白居易资料汇编》，中华书局 2005 年版。

［113］陶文鹏、韦凤娟等编：《灵境诗心——中国古代山水诗史》，凤凰出版社 2004 年版。

［114］陶敏、李一飞等著：《隋唐五代文学史料学》，中华书局 2001 年版。

［115］傅璇琮：《唐才子传校笺》，中华书局 2000 年版。

［116］傅璇琮：《唐代诗人丛考》，中华书局 2003 年版。

［117］傅璇琮：《唐五代文学编年史》，辽海出版社 1998 年版。

［118］叶树发：《柳宗元传》，吉林文史出版社 1998 年版。

［119］葛晓音：《山水田园诗派研究》，辽宁大学出版社 1993 年版。

［120］蒋寅：《大历诗人研究》，中华书局 1995 年版。

［121］谢明辉：《王建诗歌研究》，花木兰文化出版社 2008 年版。

［122］谢明辉：《国学与现代生活》，秀威资讯科技公司 2006 年版。

［123］钟优民：《新乐府诗派》，辽宁大学出版社 1997 年版。

［124］简锦松：《唐诗现地研究》，中山大学出版社 2006 年版。

［125］罗联添：《唐代文学论集》，学生书局 1989 年版。

［126］严耕望：《严耕望史学论文选集》，中华书局 2006 年版。

4 学位论文

［127］邢宇皓：《谢灵运山水诗研究》，河北大学博士论文，2005 年。

［128］何国平：《山水诗前史——以《古诗十九首》到玄言诗的审美经验变迁为中心》，浙江大学博士论文，2006 年。

［129］郭本厚：《六朝游文化视野中的山水诗研究》，上海师范大学博士论文，

2010 年。

[130]何映涵：《柳宗元山水诗之研究》，台湾大学硕士论文 2007 年。

[131]吴若梅：《谢灵运的政治生涯与其山水诗的关系》，彰化师范大学硕士论文 2004 年。

[132]李及文：《王维山水诗句的美学鉴赏及研究》，彰化师范大学硕士论文 2004 年。

[133]李海元：《谢灵运与鲍照山水诗研究》，政治大学硕士论文 1987 年。

[134]李远志：《盛唐山水诗研究》，高雄师范大学博士论文 2001 年。

[135]李慧玟：《刘长卿山水诗研究》，南华大学硕士论文 2006 年。

[136]汪美月：《杨万里山水诗研究》，高雄师范大学硕士论文 2001 年。

[137]周晓莲：《中唐乐舞诗研究》，文化大学博士论文 2002 年。

[138]林天祥：《范成大山水田园诗研究》成功大学硕士论文 1990 年。

[139]林珍莹：《杨万里山水诗研究》，高雄师范大学硕士论文 1991 年。

[140]林雅韵：《杜甫山水纪游诗研究》，辅仁大学硕士论文 2001 年。

[141]宫菊芳：《南北朝山水诗研究》，辅仁大学硕士论文 1974 年。

[142]张修蓉：《中唐乐府诗研究》，政治大学博士论文 1981 年。

[143]张满足：《晋宋山水诗研究》，高雄师范大学博士论文 1999 年。

[144]庄蕙绮：《中唐诗歌"由雅入俗"的美学意涵研究》，政治大学博士论文 2004 年。

[145]庄蕙绮：《中唐诗歌中之梦研究》，政治大学硕士论文 1984 年。

[146]许缃莹：《韦应物的山水诗研究》，高雄师范大学硕士论文 1998 年。

[147]陈美足：《谢灵运山水诗之研究》，玄奘大学硕士论文 2002 年。

[148]陈敏祥：《李白山水诗研究》，高雄师范大学硕士论文 2000 年。

[149]陶玉璞：《谢灵运山水诗与其三教安顿思考研究》，清华大学博士论文 2005 年。

[150]黄伟正：《王维山水诗之研究》，玄奘大学硕士论文 2004 年。

[151]黄雅歆：《清初山水诗研究》，辅仁大学博士论文 1998 年。

[152]杨晓玟：《中唐佛理诗研究》，玄奘人文社会学院硕士论文 1999 年。

[153]刘明昌：《谢灵运山水诗艺美探微》，成功大学硕士论文 2006 年。

[154]郑义雨：《谢朓山水诗研究》，东海大学硕士论文 1994 年。

[155]萧淑贞：《魏晋山水纪游诗文之研究》，台湾师范大学博士论文 2006 年。

[156]谢明辉：《王建诗歌研究》，东海大学硕士论文 2003 年。

［157］谢乃西：《苏轼山水诗》，东海大学硕士论文 2005 年。

［158］苏心一：《王维山水诗画美学研究》，文化大学硕士论文 2006 年。

5 期刊论文

［159］方芳：《山水诗的界定》，《乐山师范学院学报》2002 年第 2 期。

［160］卞孝萱：《韩愈贬潮原因探幽》，《江苏行政学院学报》2005 年第 2 期。

［161］王刚：《唐前山水诗的量化统计分析》，《宝鸡文理学院学报》（社会科学版）2008 年第 2 期。

［162］王胜明：《论唐代联句诗的特征》，《内蒙古大学学报》（人文社会科学版），2005 年第 4 期。

［163］何方形：《柳宗元与天台宗的关系及其对山水诗创作的影响》，《台州学院学报》2006 年第 5 期。

［164］吴振华：《韩诗自然意象分类统计研究》，《周口师范学院学报》2007 年第 3 期。

［165］李正春：《论唐代组诗的几种特殊形态》，《学术交流》2006 年第 12 期。

［166］李正春：《论唐代组诗及其形成原因》，《苏州科技学院学报》（社会科学版）2007 年第 1 期。

［167］侯发迅：《清丽山水中见宦游之情——论谢朓的山水诗》，《中州大学学报》2002 年第 3 期。

［168］马自力：《论陶诗对后代山水诗的影响》，《北京科技大学学报》（社会科学版）1999 年第 2 期。

［169］曹丽芳：《王绩与山水田园诗派》，《山西大学学学报》（哲学社会科学版）1997 年第 3 期。

［170］陈建华：《试论谢灵运和李白山水诗的文化性格——兼谈李对谢诗的借鉴与超越》，《辽宁师范大学学报》（社科版）1998 年第 1 期

［171］赵以武：《和意不和韵试论中唐以前唱和诗的特点与体制》，《甘肃社会科学》1997 年第 3 期。

［172］刘青海：《试论李白大谢体的五古纪游诗的字法》，《文学遗产》2005 年第 2 期。

［173］景遐东：《论中唐时期江南地区的诗酒文会》，《湖北师范学院学报》（哲学社会科学版）2005 年第 4 期。

［174］谢明辉：《解析李贺〈马诗二十三首〉》，《高雄师大学报》2006 年第 20 期。

［175］谢明辉：《探析大历时期钱起在自然书写诗中的情景关系》，《宜春学院学报》2021 年第 2 期。

［176］谢思炜：《游悟真寺考释》，《清华大学学报》（哲学社会科学版）2002 年第 6 期。

［177］谢海平：《论钱起山水诗及其受谢灵运的影响》，《逢甲人文社会学报》2001 年第 2 期。

［178］陶敏：《韦应物生平再考》，《文学遗产》2010 年第 1 期。

［179］张震英：《20 世纪姚合研究述论》，《广西大学学报》（哲学社会科学版）2004 年第 1 期。

［180］董志广：《名士漫游与东晋山水诗的兴起》，《中国文学研究》2020 年第 2 期。

［181］吕新峰：《东晋中期会稽文人与玄言山水诗》，《齐齐哈尔大学学报》（哲学社会科学版）2019 年第 10 期。

［182］汪春泓：《论山水诗与陈郡谢氏之关系》，《文学遗产》2015 年第 6 期。

［183］胡武生：《玄言诗与山水诗之关系探析》，《中南民族大学学报》2016 年第 6 期。

［184］宋瑞芳：《吴越山水诗与六朝山水诗比较研究》，《内蒙古师范大学学报》（哲学社会科学版）2017 年第 5 期。

［185］季小乔：《论杜甫山水诗的创新特点》，《海南大学学报》（人文社会科学版）2017 年第 4 期。

［186］周寅宾：《论方干的浙江山水诗》，《文学遗产》1996 年第 2 期。

［187］杨万里：《论朱熹别具一格的题画诗创作——兼与其山水诗进行比较》，《西南交通大学学报》（社会科学版）2018 年第 4 期。

后 记

人生的价值在于迅如石火的有形生命中留下无形的精神载体，著书立说。人们用日记记录成长发展史，我却用著书的作者简介来考察自己的无形生命历程。迄今我到底著何书？立何说呢？

著书的内容是以诠释中国文学的内涵和现代意义为主，如《王建诗歌研究》《国学与现代生活》等专著。立说指研发"井字格教学法"，如《应用华语文：以字典取名学为例》《井字格取名法的创意写作》《井字格取名法之研究与教学实践》等专著。这些书对我开展教研工作奠定良好的基础，体现出古代文学专业和创新教学法的深厚涵养。

对于著书立说而言，《中唐诗人与山水诗创作研究》的出版，对于我日后的教学研究有重大意义。中共中央、国务院印发的《关于加强和改进新形势下高校思想政治工作的意见》说"实施中华文化传承工程"，鼓励教育工作者"推动中华优秀传统文化融入教育教学"，本书写作正是传承中华文化，书中的文本可实施于课堂教学，让学生深入感知中华传统文化的活水源头生命力。

人的一生有两个共同任务，先求学，后工作。求学时培养刻苦精神，工作时贡献所能。工作大抵分三个境界，为生存而工作，为兴趣而工作，为理想而工作。因之，在传承发展中华优秀传统文化的时代背景下，我的下一步目标是推动井字格教学法于教育教学，为理想而工作。

井字格教学法的核心是就文本设计两道问题编写成学习单，让学生自主思考与解决问题。我曾将唐诗《送杜少府之任蜀州》和清诗《岁暮到家》的文本设计成井字格学习单，用于课堂教学，其教学成效总结发表在期刊《中国大学教学》上。日后我将在井字格教学中使用本书的文本，使本书发挥更大效用。古代文学和井字格教学法的结合是我努力的方向。

本书出版经过校外三位匿名学者审查通过，再由三明学院和文化传播学院的出资付梓，特此致上万分谢忱。

值此出版之际，触发心绪，聊叙数语，望读者勿嫌唠叨！